Nina Ruge

Mira May und das Zauberhandy

Nina Ruge

Mira May und das Zauberhandy

BAUMHAUS VERLAG

Ein Projekt der Montasser Medienagentur
Lektorat: Bettina Blumenberg
Redaktion: Jörg Mehrwald
Coverillustrationen: Wahed Khakdan, Oberhausen
Printed in Germany
ISBN 3-8315-0226-9

Gesamtverzeichnis schickt gern: Baumhaus Medien AG,
Seelenberger Straße 4, D-60489 Frankfurt am Main
http://www.baumhaus-ag.de

5 4 3 2 02 03 04 2005

1

„So was hätte ich ihnen echt nicht zugetraut ... Jetzt wird mir alles klar!“ Mira ließ sich in eine Art Ohrensessel sinken. Dessen „Ohren“ sahen allerdings so aus, als hätten Generationen von Ratten daran kräftig zubeißen geübt. ZACK!, huschte etwas dunkles, struppig Behaartes unterm Sessel hervor und schoss frech zwischen Miras Beinen hindurch von dannen. „Wahnsinn! Da läuft echt eine! Knox! Na los, pack sie, hol sie dir!“ Doch Stille. Kein Knox. Ganz sachte stand Mira auf – wer weiß, was hier noch für Viecher hausten. Sie beäugte misstrauisch den angefressenen Sessel hinter sich und versuchte, im Zwielicht des Dachbodens, Knox zu erspähen: „Hey! Knox! Komm raus!“ Stille. Mira musterte fassungslos das unbeschreibliche Chaos. Ein Irrsinns-Gerümpel, Generationen ihrer Vorfahren mussten hier alles Schrille und Ausgefallene hineingestapelt haben – das hatte natürlich in der eleganten Wohnungseinrichtung der Familie May nichts zu suchen. Dort drüben ragte ein ausgestopfter Kuhkopf um die Ecke, daneben eine Schaufensterpuppe, brrr: Ohne Arme, wie von Geisterhand gehalten, balancierte sie auf einem Bein in der Düsternis. Das andere Bein schien – wie so einiges hier oben – ziemlich angefressen.

„Das hätte ich ihnen nun wirklich nicht zugetraut“, flüsterte Mira nochmals vor sich hin, „Mami und Dad sind doch sonst so super darauf erpicht, dass alles pikobello und schicki ist – das schöne, alte Haus haben sie perfekt umgebaut, alles bis in den kleinsten Winkel neu geschniegelt. Und hier oben ... der blanke Wahnsinn ... Jetzt versteh ich, wieso es immer heißt: Dachboden streng verboten!“

Moment, da war doch was? Tatsächlich, ein dumpfes Klopfen, ein regelmäßiges WATSCH WATSCH WATSCH –

das kam von dort hinten, unter dem Giebel, da glänzte irgendwas ... Mira tastete sich vorsichtig weiter. Bäh! Spinnweben, voll übers Gesicht! Na, gehört irgendwie dazu auf einem Dachboden. Trotzdem gruselig. Der sanfte Glanz, etwas Metallisches, es war ganz nah. Und das Klopfen wurde immer kräftiger. Bis jetzt hatte sich Mira ganz toll gefunden – so unerschrocken! Aber damit war's jetzt vorbei. Da stand nämlich eine Rüstung, eine mordsmäßig beeindruckende Ritterrüstung, die da klotzig vor ihr aufragte. Und unten, am angeschweißten Fuß – am Schweiß-Fuß gewissermaßen (Mira musste über ihren eigenen Wortwitz kichern) –, dort klopfte es jetzt. Es wurde immer schneller und heftiger. Das WATSCH WATSCH WATSCH steigerte sich zu einem strengen KLOCK KLOCK KLOCK KLOCK. Zum Glück hatten sich Miras Augen endlich an das Schummerlicht gewöhnt: Tatsächlich – dort unten bewegte sich was! „HICKS!" Mist! Geht DAS wieder los! Das war echt zum Junge-Hunde-Kriegen.

Immer, wenn sie so richtig aufgeregt war, Heiligabend etwa, wenn sie vor der versammelten Familie die Weihnachtsgeschichte auswendig aufsagen musste (immer mittenhinein in jede Menge furchtbar wohlwollend-strenger Gesichter!) – dann kam er aus seinem Versteck, der Schluckauf. Mira war davon überzeugt: In friedlichen Zeiten hielt er sich in ihrem Blinddarm versteckt ... Tja, und wenn's aufregend wurde, dann kam er raus und bockte. Wie ein kugeliges Glibbertierchen stellte sie sich ihn vor, den Schluckauf. Grün, mit kräftigen, froschigen Beinen unten dran. Und mit jedem seiner Hüpfer in ihren Eingeweiden flutschte ihr dann dieses dusselige „HICKS!" oben raus. Wie peinlich! Und das jetzt, im Augenblick der größten Gefahr! Aber der Ritter rührte sich nicht. Oben zumindest nicht. Unten aber, der Fuß ...! Ein Klumpfuß! Pechschwarz und riesig – der bewegte sich! Mira erstarrte.

„HICKS!" Prompt entfuhr dem Klumpfuß ein gequältes Jaulen, erstaunlicherweise ein sehr vertrautes ... „KNOX!", entfuhr es Mira erleichtert. Was war bloß in dieses Tier gefahren? Die Schnauze platt auf den Boden gepresst, schielte es so dämlich verdreht zu Mira hoch, dass nur das Weiße in seinen Augen zu sehen war. „Bist du bescheuert? Du bist doch sonst die Ruhe auf vier Pfoten, um nicht zu sagen: zu faul, um dich richtig aufzuregen – spinnst du jetzt?" Knox brachte nichts als ein fiepsiges Winseln zustande. Während sich Mira bückte, um ihn hochzunehmen (wieso werden Hunde mit dem Alter bloß immer schwerer?) – da war ihr verdammt mulmig zumute. „Knox, für wen sind wir denn hier oben, wo's so streng verboten ist? Für dich!" Mira plapperte gegen ihre Angst an – und um dieses seltsame Geräusch im hinteren Winkel des Dachbodens zu übertönen: „Nur für dich will ich meinen alten Kinderwagen mitnehmen nach Amerika! Damit ich dich überall hinkutschieren kann, wenn du mal wieder zu faul zum Selberlaufen bist! Jetzt reiß dich zusammen."

Knox spitzte plötzlich die Ohren – wenn man das „spitzen" nennen konnte: Er stellte das untere Drittel seiner Schlappohren auf und starrte über Miras Schulter in den hinteren Winkel des düsteren Raums. „MIRA!", schallte es dumpf aus dem unteren Stockwerk, „Kind! Jetzt sag endlich, wo du steckst! Wer dreimal ruft und keine Antwort kriegt, dem übermorgen der Beutel zickt!" – „Oh Gott, fängt Lilly wieder DAMIT an", stöhnte Mira. Immer dieser Abrakadabra-Quatsch. So ein bisschen Coolness wie die von Mama würde Lilly nicht schaden. Knox starrte unbeirrt über Miras Schulter nach hinten in die Tiefe des Raums. Schnüffelte, nahm Witterung auf. Mira drehte sich um und ließ ihn dabei um ein Haar fallen, weil der so tollpatschig auf ihrem Arm herumruderte: Nichts zu sehen – das edle Gerümpel war dort hinten besonders hoch zusammengetürmt. Undurchdringliches Krempel-Gestrüpp. Aber da sang jemand, kilometerweit entfernt, trotzdem ganz nah! Klang irgendwie bekannt, ja genau, ein bisschen wie Madonna, eine helle, magische Stimme ...

„Wer für den Umzug keine Kisten packt, dem am neuen Ort das Schicksal knackt" – Lillys vor Sorge zitternde Stimme schien den schönen Gesang zu schocken, er verstummte abrupt. Wild entschlossen klemmte sich Mira den winselnden Knox unter den Arm und tappte in Richtung des dunkelsten Dachbodenwinkels. Knacks! Hatte Mama nicht immer gesagt, hier dürfte niemand herauf, weil der Fußboden morsch sei, weil man durchkrachen könne? Vor vielen, vielen Jahren sei hier ein Groß-Groß-Onkel auf eine morsche Planke getreten und fünf Meter in die Tiefe gestürzt. Auweia. Er hatte das zwar um Haaresbreite überlebt, aber seitdem durfte niemand mehr hierher. Mira hatte das nie geglaubt, klarer Fall von Abschreckung. Was aber, wenn da wirklich was dran war? KNACK-KNIRSCH! Unter ihr war's tatsächlich obermorsch – und über ihr gerade etwas vorbeigeflattert, ganz dicht an ihrem rechten Ohr. Eine Fledermaus? Geben Fledermäuse solche Geräusche von sich? Das hatte so klimperig geklungen wie ein Windspiel, ganz leise, ein Hauch nur beim Vorüberschwingen, wie eine Kinder-Harfe, genau! Mira musste oft mit den Eltern ins Konzert, sie kannte viele Instrumente. Jetzt bloß kein HICKS! Sogar das kleine Magen-Monster schien verschreckt.

Der Fußboden gab bei jedem Schritt stärker nach, das war nicht wie Pudding, eher wie schlecht gelaunter Zündhölzer-Sumpf – der Untergrund schien sich dagegen zu sperren, die beiden zu tragen. PLOINNGG! Mira war gegen etwas Hartes, Großes gedonnert. Etwas Genaues sah man nicht. War dahinter nicht wieder der Gesang zu hören? Ja, fast ein bisschen orientalisch! „... dann kommt von irgendwo ein Lichtlein her“, flüsterte Mira. Sie hatte ständig irgendwelche Sinnsprüche parat und sammelte sie auf kleinen Karteikärtchen. Meistens passten sie sogar zur Situation und halfen ihr auf irgendeine geheime Art. Sie nestelte vorsichtig mit links – schließlich hockte Knox immer noch zitternd auf ihrem rechten Arm – ihr Handy aus der Jeanstasche und befühlte die Tastatur. Unten, zweite Taste von links: Wie sie das machte, wusste niemand, aber Mira hatte eine ganz besondere Beziehung zu ihrem Handy. Es tat eigentlich immer genau das, was sie wollte. In diesem Fall blinkte der Bildschirm. Und zwar hell. Richtig hell. Aha! „Ein chinesischer Paravent!“ Knox knurrte. „Jawohl, ein Parawong!“ Miras Stimme bekam etwas Altkluges, aber das dauerte nicht lange, denn nachdem sie den Wandschirm zur Seite geschoben hatte, war sie mit Staunen beschäftigt. Knox übrigens auch.

Da stand eine wunderschöne Truhe aus dunklem Holz, mit merkwürdigen Schnitzereien, mächtig, klotzig – und trotzdem irgendwie elegant. Wieso Mami und Dad die bloß nicht unten aufstellten? Wahrscheinlich nicht trendy genug. Aber: Wo war der Staub? Die sah ja aus, als würde jemand täglich den Staubwedel schwingen! Mira hatte solche Dinger in alten Filmen gesehen. Und da lag was drauf. Miras Handy blinkte hektisch. Ein Buch. Ziemlich fertig sah das aus, angekokelt, dafür aber riesig. Und auf dem Einband ... Im Handy-Flashlight blinkte eine Art Sonne auf, mit Flügeln dran, auf einer Seite zumindest, die andere war offenbar zum Teil verbrannt. Und auf dieser Sonne waren die Umrisse einer verblassten Figur zu erkennen. „Trotzdem schön“, flüsterte Mira, „wunderschön“.

Wo kam bloß dieser Gesang her? Irgendwie aus dem Buch, und dann doch wieder nicht. Er war nicht lauter geworden. Einfach nur da. Und beruhigend. Komisch, eigentlich müsste ich ja schreckliche Angst haben, fuhr es

Mira durch den Kopf, hab ich aber nicht! Nur Knox hing immer noch als Häufchen Elend in ihrem Arm. Der musste jetzt aber runter da. Sonst könnte sie das Buch nicht öffnen!

Also gut. Oder nicht gut: Knox landete, weil er plötzlich so hampelte, mit den Vorderbeinen auf der Truhe, glitschte aus und fledderte in seiner Panik mit den Hinterbeinen das Buch durcheinander. Ganze Papierbündel segelten durch die Luft, und Mira war, als ob von ihnen leichte, traurige Seufzer ausgingen. Doch das Schlimme war: Während sie wie in Zeitlupe durch die Düsternis segelten, zerfielen sie zu Staub. Prompt musste Mira niesen, was das Chaos natürlich vergrößerte. Mittendrin saß ein über und über bepuderter Knox, mit schuldbewusst eingezogenem Schwanz und hängenden Ohren. Als Mira im Zucken des Handylichts wieder einigermaßen blinzeln konnte, erkannte sie das Ausmaß der Katastrophe: Das Buch war weg. Nur ein paar Seiten kräuselten sich noch unter Knox' linker Hinterpfote. Lammfromm ließ er sich davon runterhieven. Mira starrte gebannt auf die geflügelte Sonne, die sich auch über der obersten geretteten Seite ausbreitete. Träumte sie? Die Flügel bewegten sich! Ganz langsam schwangen sie hin und her, jede Bewegung von einem kleinen Seufzer begleitet. Was war das? Für den Bruchteil einer Sekunde war hinter den Flügelschlägen ein Gesicht zu erkennen, alt sah es aus, majestätisch, mit sehr, sehr traurigen Augen. Doch das Handyleuchten wurde schwächer. Mist! Aber je weniger Mira sah, desto besser konnte sie hören. Mit den Flügelbewegungen auf- und abschwellend war aus den Seufzern eine Stimme zu vernehmen, wie aus einem langen, hallenden Wandelgang, von ganz fern her.

„Mira, ich haaa... Geschenk für dich. Ein gros... Geschenk. Es könnte dein Leben verän... Nichts würde bleiben ... es ist.“ Mira hatte ihre Ohren noch nie so gespitzt wie jetzt. „MIRA!“, brüllte plötzlich Lillys Stimme, gefährlich nah. „Du wirst doch nicht dort oben sein? Himmel! Dreimal seiest du gebenedeit!“ Saublöd, jetzt hatte sie die singende Flüsterstimme nicht verstehen können! Doch jetzt ging's wieder: „Über ... dir gut, Mira, ob du es annehmen willst, das Gesch... Du hast die Wahl. Nimmst du es, wählst du das A...teuer.“ Gänsehautschauer. So sehr, dass Mira noch mal niesen musste. Und der Rest des Buches war weg. Dafür hörte sie Lilly die Treppe hinaufstapfen. Schnell packte sie Knox, der jetzt putzmunter aus seinem schütteren Fell rausschaute, knallte gegen den Paravent, hastete an Ritterrüstung, Schaufensterpuppe und Kuhkopf vorbei – war da wieder dieses harfige Geklingel an ihrem Kopf vorbeigehuscht? – und stand einer vor Angst und Selbstüberwindung schlotternden Lilly gegenüber. Bevor die irgendwas schnauben konnte, stieß Mira nur ein „Schade, mein alter Kinderwagen ist nicht mehr da. Jetzt wird Knox zu Fuß durch New York laufen müssen. Dabei sind seine Pfoten schon so platt“ heraus, schob sich an der zur Eissäule erstarrten Kinderfrau vorbei und entschwand in ihr Zimmer.

„Knox, du warst eine Memme.“ Mira saß im Schneidersitz auf ihrem Bett und hatte ein großes Farbfoto auf den Knien. Knox' tief beleidigten Blick bekam sie gar nicht mit, denn diese Aufnahme zog sie ganz in ihren Bann. Sie zeigte fünf Kinder vor einem Garagentor. Dämmerlicht. Alle hielten Taschenlampen in der Hand, mit denen sie sich selbst beleuchteten. 'Wir werden uns niemals verlieren. Deine Caro, Deine Iris, Dein Benjamin, Dein Nils' war mit einem Silber-Filzstift quer über das Foto geschrieben. Vier verschiedene Unterschriften. Der Satz 'Wir werden uns nie verlieren' war eindeutig von Caro geschrieben. Mira hätte ihre Schrift unter Hunderttausenden herausgefunden. Naja, unter Tausenden. Wie ausgelassen sie in die Kamera strahlten! Mira erinnerte sich genau: Caros Vater hatte sie beim Erdbeeren-Klauen im Garten erwischt, und dann hatten sie sich alle vor dem Garagentor aufgestellt, wie Verbrecher auf frischer Tat ertappt, und weil die Polizei ja immer mit Scheinwerfern leuchtet, hatten sie sich die Taschenlampen vor's Gesicht gehalten.

Mira musterte sich kritisch: Schlaksig, ohne ‚besondere Merkmale'. In ihrem Pass war an der betreffenden Stelle sinnigerweise nur ein Strich gedruckt. Ewiglange, dünne Beine in ebensolchen schwarzen Jeans. Schwarzer Jeans-Blouson und blonder Stubbelkopf, der zu dieser Stunde eher nach Fusselkopf aussah. Nichts Besonderes eben. Grüne Augen (das sah man auf dem Foto ja gar nicht! Aber die konnten herrlich Funken sprühen). Und Stupsnase. Was hätte Mira um so eine schmale, feine Nase gegeben, wie Caro sie hatte! Aber dafür fand sie – wenn sie ganz ehrlich und unbescheiden war – ihre Zähne ziemlich gut: Ganz ebenmäßig, sehr weiß und ziemlich groß. Wenn Mira lachte, dann ging die Sonne auf.

Das Handy fiepte. Eine SMS. „Ich komm vorbei, helf' dir beim Packen. Und beim Wegschmeisen. Du kannst doch nie was wegschmeisen. CARO." Hihi, „schmeißen" falsch geschrieben, typisch Carola. Miras beste Freundin. Aber auch der besten Freundin sollte sie vielleicht nichts von ihrer Dachboden-Expedition erzählen. Sonst würde die sich vielleicht „wegschmeisen", aber vor Lachen. Lilly stand in der Tür. Selten hatte Mira sie so aufgebracht gesehen. Und je länger Lilly schimpfte, desto heftiger pochte Miras schlechtes Gewissen. Du-hast-mich-fast-um-den-Verstand-gebracht, wie-konntest-du-nur, stell-dir-mal-vor-du-wärst-abgestürzt-wie-dein-Urgroßonkel-der-danach-auch-noch-verrückt-wurde-und-von-Strahlen-faselte, sonst-petz-ich-ja-nie-was-aber-diesmal ... Lilly war wirklich fertig.

„Aber es ist doch gar nix passiert, Lilly, schau mal. Alles ist gut. Gleich kommt Caro, zum Packen-Helfen." Was lieb und brav klingen sollte, führte leider zum ganz großen Knall. „Wenn du glaubst, du und deine Chaos-Freundin dürften deine wertvollen Sachen allein in die Umzugskisten schmeißen (mit zwei „s", dachte Mira unwillkürlich, nach der Rechtschreibung jedenfalls) – dann hast du dich aber so was von geschnitten! Hier wird ordentlich gepackt. Mit Packpapier, Seidenpapier und Klebeband!" Da war nichts zu machen, das erkannte Mira sofort. Vielleicht konnte sie ja beim Karton-Füllen einen kleinen Deal aushandeln mit Lilly. Wie letztes Mal, als sie mal wieder hierher in den Familiensitz der Mays nach München zurückgezogen waren, aus Chile: Brav packen, ohne zu maulen, hatte damals Vergebung der Sünden bedeutet. Vielleicht würde Lilly den Eltern dann nichts erzählen von diesem Dachboden-Ausflug.

„Nimmst du es, wählst du das A...teuer", schoss ihr durch den Kopf. Die Singsang-Flüster-Stimme. Abenteuer. Jetzt jedenfalls nicht. Und Mira tippte ins Handy: „Wegen Zoff wurde Karton-Packen zur Lilly-Strafaktion umgewandelt. Und wegschmeißen tu ich nix. Wegschmeißen! Bis morgen! Bussi Mira."

Morgen. Der letzte Schultag für Mira. Puuh, schon wieder weg. Neues Land, neue Stadt: New York, die Freundschaften hier in München wieder auf Eis gelegt. Klar, SMS schicken geht schon. Aber auf Dauer nicht so richtig. „Du spinnst!", würde Mama jetzt sagen, „Sei doch dankbar! Du siehst mit uns die ganze Welt! Andere sehen nur Mallorca. Wenn's hochkommt."

Mira stand auf, Knox schüttelte sich und guckte immer noch komisch. „Abschied ist ein scharfes Schwert", schrieb

Mira auf einen Zettel und steckte den hinter die Karteikarte mit der Aufschrift „TRAURIG“ in ihren Zettelkasten. Für ihre Sprüchesammlung war ihr der Computer nicht seelenvoll genug.

Ohne zu klopfen, stand Lilly in der Tür, einen Stapel Umzugskartons an ihre ausladenden Hüften gelehnt. Oh, oh, ein deutliches Zeichen, dass es diesmal länger dauern würde, bis der Hausfrieden wieder gerade hängen würde. Seit Mira in die Schule gekommen war, klopfte Lilly nämlich immer an. Schulkinder seien reif für eine Privatsphäre, hatte Lilly damals gemeint. Mira konnte sich allerdings unter „Privatsphäre“ nicht viel vorstellen. Was das mit Türklopfen zu tun haben sollte, schon gar nicht. Na gut, jetzt stand Lilly also in der Tür, noch deutlich eingeschnappt, aber dann tönte von der Haustür unten Mamis Stimme herauf: „Mira-Liebling, bist du da?“ und „Lilly, haben wir den fettarmen Truthahn-Aufschnitt da?“, da war in Lillys Augen wieder dieses Zwinkern – eigentlich ein etwas komisches Zucken mit Augenbraue und Oberlid, aber egal, das hieß: „Der Ausflug vorhin, der bleibt unter uns.“

Okay, dann also Truthahn-Aufschnitt. Mit gedünstetem Gemüse. „Iss nicht so viel Brot, Kind! Du weißt doch, die Kohlehydrate!“ Miras Mutter brauchte sich eigentlich überhaupt keine Gedanken um die Figur ihrer Tochter zu machen: Mira war spindeldürr, Dad zog sie immer mit ihren „Biafra-Ärmchen“ auf, was Mami schrecklich ärgerte, man dürfe doch den Hunger in der Welt nicht so verunglimpfen ...“Du wirst schon sehen, Mira, New York wird dir bombig gefallen, und außerdem können wir dort gut dein Englisch perfektionieren.“ Mami hatte wieder diesen gönnerhaften Ton drauf, wie so oft. Na, sie war ja auch „Managerin“ mit irgendeinem ellenlangen Titel davor. Und das Ganze passte nicht mal in eine Zeile auf ihrer

Visitenkarte. Wer bei MAKROSMOOTH arbeitet und Software verkauft, der muss „flexibel“ sein, sagte Mami immer. Und „flexibel“ hieß halt, 25 Mal umziehen, mindestens. Mami würde jetzt wieder prusten vor Entrüstung, Mira übertreibe maßlos. Aber wie 25 Mal kam es ihr einfach vor. Immer dann, wenn sie sich gerade mal irgendwo wohl gefühlt hatte, die Gegend, die Schulklasse kannte, zaghafte Freundschaften sich anbahnten, dann kam Mami wieder mit diesem 'Täterätätä! Wir ziehen um!' um die Ecke. Und aus war's. Einzig die vier Freunde hier in München hatte Mira nie richtig verloren.

„Dad kommt heute später“, sagte Mami beiläufig, als sie sich drei gedünstete Karotten auf den Teller hob. Klar, der kam immer später, der war zwar bei derselben Firma, aber noch ein paar Etagen höher als Mami. Komisch nur: Das, was auf seiner Visitenkarte stand, war kürzer als bei seiner Frau. „Mami, glaubst du, dass alte Bücher sprechen können“, Mira bereute die Frage, noch während sie sie aussprach. „Mira, drück‘ dich bitte klar und deutlich aus“, kam es prompt zurück. Mira hätte es wissen müssen. „Wenn du meinst, ob uns alte Bücher etwas zu sagen haben, dann kann ich nur betonen: Jawohl, das stimmt. Denk‘ bitte an Sophokles oder Aristoteles ...“ Mira schaltete auf Durchzug. Das war eine Übung, die sie schon lange perfekt beherrschte: Links rein, rechts raus, und dabei hoch interessiert gucken, sogar an den richtigen Stellen zustimmend nicken – das Abendessen war gerettet! Ausnahmsweise drehten sich Miras Gedanken heute nicht um Pommes, Fischstäbchen und Pizza, die sie von Mami nie bekam – und sie überlegte auch nicht, was sie Lilly heute vorjammern könnte, damit sie ihr so eine „Schweinerei“ heimlich organisieren würde ... Nein, die Sache mit dem „Geschenk“ ließ sie nicht los. Sie musste sich also entscheiden. Ob sie das annehmen oder ablehnen wolle. So ein Quatsch eigentlich! Sie hatte doch keinen blassen Schimmer, was für ein Geschenk das war! Und wem sollte sie das überhaupt mitteilen, ob sie's annehmen würde oder nicht? Alles Blödsinn.

Knox kam auf sie zugetrottet, auf irgendwas rumkauend, stolz reckte er es ihr entgegen. „Du hast ihm doch nichts vom Tisch gegeben?", kam es pfeilschnell von Mama rüber. „I wo, ich guck nur mal, was er da wieder aufgelesen hat" – Miriam nutzte die Gelegenheit, um vom Tisch aufzustehen, ohne beim Abräumen helfen zu müssen. „Aber wasch dir danach die Hände!", schallte es ihr hinterher. Gleich um die Ecke, in der geräumigen Diele, zerrte Mira dem widerstrebenden Knox das undefinierbare Teil aus der Schnauze. Ein Stück Buchdeckel! Ausgerechnet mit einem kleinen Rest Flügel drauf. Völlig normal, kein Mucks, kein noch so zartes Flattern. Klar, sie hatte sich alles nur eingebildet. Aber wenn sie sich trotzdem entscheiden würde, einfach so? Ob sie das Geschenk annehmen würde, was immer das auch sein mochte? Konnte ja nichts schaden. Immerhin versprach das Geschenk „Abenteuer". Nicht mehr und nicht weniger.

Mira blickte sich um. Auf dem Steinfußboden (polierter Granit aus sonstwoher) waren drei riesige Bodenvasen und ein Pferd aus Stein („China!" rief Mami immer, wenn Mira dem zu nah kam) exakt auf Reihe drapiert. So und nicht anders gehörten die, das war Mira längst eingebläut worden, wegen der „Ästhetik". Das war dann wieder so was wie „Privatsphäre" – Erwachsenen-Kauderwelsch. „Abenteuer?", murmelte Mira in Richtung Bodenvase, warf das feuchte Stückchen Buchdeckel in die Luft und rief: „Jaaa! Abenteuer!" – als sich sanft Mamis Hand auf ihre Schulter senkte: „Bitte, wasch dir jetzt die Hände!"

„Mami, ich möchte noch mal zur Omi nach Kitzbühel, bevor wir wegfliegen" – Mira fuhr herum und legte ihre

Hand auf die von Mami. „Wenn es das ist, was du unter Abenteuer verstehst, bitte. Und trag bitte die Speiseplatten in die Küche.“ Dort waren Lilly und die Haushälterin damit beschäftigt, die Reste des Abendessens so appetitlich für Harry May vorzubereiten, dass er sich die Speisen auch noch um Mitternacht mit Freuden in die Mikrowelle schieben würde. Lilly hatte gerade eine Knoblauchzehe geschält und grinste verschmitzt: „Hilft gegen alle Art Dämonen, auch gegen den Dämon Arbeitswut.“ Beschwingt tänzelte sie auf Mira zu. Leider trug sie auch heute ein Polokleid. Immer trug sie diese Dinger. Stinklangweilig, Polohemden eben, die aussahen, als hätte jemand damit Seilziehen veranstaltet: viel zu lang, mit Gürtel um die Gegend, wo andere Frauen die Taille haben. Bei Lilly war da leider nur Bauch. Wenn sie wenigstens eine Strickjacke drüber tragen würde, hüftumspielend sozusagen. Aber nein: Jedes einzelne der zahlreichen Pfunde rollte sich wohlig unter dem Jersey-Stoff nach außen. „Pizza?“ Lilly konnte Gedanken lesen. „Mit Sardellen, bitte!“ Mira strahlte. Knox strahlte mit. Nachdem die extra-große Teig-Scheibe in der Mikrowelle verschwunden war, zog Lilly Mira ganz nah zu sich auf die Kirschholzbank. Die ganze Küche war Kirschholz-Edelstahl, versteht sich.

„Mira, du solltest die Mächte der Dunkelheit nicht herausfordern. Heute ist der Achtzehnte, das heißt nichts Gutes. Die zweifache Neun. Sonnenfinsternis. Mondfinsternis. Alle 18 Jahre. Niemals an einem Achtzehnten in finstere Räume gehen! Schon gar nicht in verbotene!“ Meine Güte, dachte Mira, da hat Mami wirklich Recht. Irgendwann brennt bei Lilly noch mal eine Sicherung durch. „Ich glaub nicht an diesen Quatsch“, sagte Mira trotzig und riskierte damit die Pizza. Ständig machte Lilly mit solchem Zahlen- und Sprüche-Quatsch rum. Mira fand ihre eigene Sprüche-Sammlung viel spannender. Und das, was da heute auf dem Dachboden geschehen war, das hatte mit dem Lilly-Gefasel nun überhaupt nichts zu tun.

Mira wurde das Gefühl nicht los, dass Lilly eigentlich Angst hatte, vor viel mehr Dingen, als sie zugab. „Mami sagt, Aberglaube macht den Menschen klein", legte Mira noch obendrauf. Wie zu erwarten, war das der Satz zuviel. Lilly stand so heftig auf, dass das Kirschholz ächzte, holte tief Luft – und pustete die knoblauchgeschwängerte Luft genau Judith May ins Gesicht, die durch die Edelstahltür zu Mira rüberrief: „Ich habe gerade mit Dad telefoniert. Die einzige Möglichkeit, Omi zu besuchen, ist übermorgen, Samstag. Du müsstest aber allein fahren, mit dem Zug. Wir müssen den Rest hier mit dem Umzug erledigen. Überleg's dir."

2

Toll. Mira genoss die vorbeiziehende Voralpenlandschaft. Die ließen sie tatsächlich alleine Zugfahren. Lilly musste in München helfen, das Umzugs-Chaos zu lichten. Und Mira hielten sie jetzt mit elf Jahren für alt genug, um die Strecke München – Kitzbühel unfallfrei zu bewältigen. Ha! Null Problem! Und fünf Mark für ein Mineralwasser („keine Cola!“) hatte sie auch im Rucksack. Klar Cola. Mira hängte ihren Mantel ordentlich an den Haken, damit auch jeder sah: Dieser Platz ist besetzt! Und sie machte sich auf die Suche nach dem Bistro-Wagen. Wunderbar, sogar eine Zitronenscheibe spendierte man ihr dort für ihre Cola.

Zurück im Abteil wunderte sich Mira. Eben waren noch alle Plätze besetzt gewesen. Jetzt waren sie leer. Nur – wieso hing ihr Mantel nicht mehr am Haken? Verknäuelt lag er auf dem Sitz. Gut, also Cola wegstellen, Mantel hochnehmen ... und – ein Päckchen entdecken! Wer hatte denn das dort vergessen? Es war nicht sehr groß und rechteckig. Zigmal in Packpapier eingewickelt. Wer benutzt denn heute noch so was? Brüchig sah das aus, uralt. Das Päckchen war mit fester, dicker Strippe mindestens fünfmal umwickelt. Mira nahm es hoch und stutzte: Da stand ja ihr Name drauf! MIRA MAY. Unter ihrem Namen stand noch: 1. Klasse, Wagen 12, Platz 18. Stimmte alles. Also hatte das gar keiner vergessen, nein, das hatte jemand für sie hierher gelegt! Aber wer? Ein Absender war nicht zu finden.

Mira nahm das Päckchen vorsichtig hoch – auf der Rückseite konnte man ganz klein eine Sonne erkennen. Mit Flügeln dran. Mira platzte fast vor Neugier, doch sie zögerte. Mami hatte ihr doch immer eingeschärft, bloß nichts von Fremden anzunehmen, niemals! Obwohl es sie so sehr in den Fingern kribbelte, die Schnur zu lösen und das Papier abzuwickeln – sie blieb standhaft. Omi würde schon Rat wissen, also schnell den Rucksack auf und rein damit!

Omis Häuschen war immerhin mal ein echter Kuhstall gewesen. Davon war aber nichts mehr zu merken. Omi hatte das richtig gemütlich gemacht. Allerdings ohne Zentralheizung und so einen Firlefanz, wie ihr Sohn das so toll fand. Nein, Omi hatte immer ihre ganz eigenen Ideen. Sie war anders als alle Menschen, die Mira kannte, etwas Besonderes. Bei ihr durfte Mira alles tun und lassen, was zu Hause garantiert Familienkrach bedeutet hätte. Aber das war es nicht, was Mira so anzog. Denn Omi besaß keinen Computer, mit verbotenen Computerspielen war es also sowieso nichts. Und die andere Todsünde, nämlich fernsehen bis spät in die Nacht, kam Mira erst gar nicht in den Sinn. Denn mit Omi konnte sie etwas ganz Besonderes tun. Etwas, das sie sonst nie konnte: Reden, erzählen, den ganzen Abend quatschen, das war das Schönste bei Omi. Die hörte nämlich richtig zu. Nicht so wie Mami, die von Mira immer nur mal hektisch ein paar Bemerkungen aufschnappte, um dann irgendwelche Belehrungen loszuwerden.

Omi dagegen verstand Mira, auch wenn sie sich manchmal ein paar neumodische Wörter erklären lassen musste. Am liebsten saß sie in ihrem großen Sessel und hörte zu. Ihr weißes Haar trug sie zu einem schlichten Pagenkopf geschnitten. Dauerwelle ließ sie sich schon seit Jahren nicht mehr machen. Eigentlich ziemte sich das nicht für eine Großmama, aber dafür konnte sie ja stricken wie eine Oma aus dem Bilderbuch. Manchmal blinzelte sie durch ihre Lesebrille, um das Strickmuster besser erkennen zu können. Denn Omi war auch der Hauptlieferant für selbst gestrickte Pullover, Mützen und Jacken für die Familie May.

Mami verzog immer nur angewidert das Gesicht, wenn wieder eine neue Lieferung Selbstgestricktes aus Kitzbühel kam. Mami würde niemals so etwas Altmodisches tragen, niemals! Doch Omi strickte unbeirrt weiter. Nur wenn sie eine Maschenreihe noch einmal aufdröseln musste, dann knurrte sie leise vor sich hin. Ansonsten strahlte sie Ruhe und Gelassenheit aus, selbst wenn Mira die unheimlichsten Geschichten erzählte. Mit anderen Worten, Mira konnte ihr einfach alles erzählen.

Jetzt saß sie auf der kuschlig-warmen Ofenbank und knabberte am fünften Stück Marmorkuchen. „Omi, ich hab hier was für dich. Auf nicht ganz astreinem Weg organisiert. Vom Dachboden zu Hause, weißt du.“ Mira zog den Buchdeckel-Rest aus ihrem Rucksack, sorgfältig in Zeitungspapier eingewickelt. Nachdem ihn die Großmutter mit Hilfe der Brille inspiziert hatte, ließ sie ihn auf ihren Trachtenrock sinken und bedeckte die Stirn mit Falten: „Re. Das ist ja was. Re.“ „Was ist was?“, hakte Mira gleich nach. „Und was heißt Re?“ „Ähem, Re...gen hat das Buch nicht zerstört. Was weißt du, Mira?“ Die sprudelte los. Endlich konnte sie von ihrem Abenteuer erzählen. Oder besser von dem Abenteuer, wie ihr ein Abenteuer angekündigt wurde. Wenn sie ein Geschenk annähme. Und nun endlich nestelte Mira das geheimnisvolle Päckchen aus dem Rucksack. Omis Augen – unter der Brille eh schon riesig – wurden noch größer, als sie die Rückseite sah. „Was weißt du, Omi? Gib's zu, du weißt viel mehr, als du sagst!“ Mira packte sie sanft am Filzjacken-Ärmel. „Sag, soll ich's aufmachen?“ „Gemach, gemach, das schaun wir uns erstmal ganz genau an.“

Omi fischte aus einer Kommodenschublade eine Lupe heraus. „Ich kann dir jetzt nicht viel sagen, Kind. Das wäre zu früh – und offen gestanden, ich muss mich auch erstmal etwas sammeln. Das – ähem – hätte ich nicht mehr erwartet. Und schon gar nicht so ...“ Mira musste sich schwer zusammenreißen, Omi nicht mit Fragen zu bombardieren

– aber die musste doch jetzt das seltsame Zeichen prüfen ... Eine Ewigkeit später richtete sie sich wieder auf und sagte ungewöhnlich bestimmt: „Wenn du das Geschenk annehmen möchtest, dann öffne das Päckchen. Es ist in Ordnung. Aber bitte – überleg es dir sehr, sehr gut.“

Omi sah ziemlich besorgt aus. Endlich! Mira hatte es so in den Fingern gekribbelt. Keine Frage, das Päckchen wird aufgemacht! Omi hatte es wie eine wertvolle Kostbarkeit in den Händen gehalten – also bemühte sich Mira, die Schnur vorsichtig abzuwickeln und das Papier nicht zu zerstören. Das dauerte! Ein Pappkarton also. Seltsame Pappe, ganz warm. Und hart wie Stahl. Keine Aufschrift, gar nichts. Und einfach aufmachen ging nicht. Keine Öffnung, kein Schlitz. Wie ein kleiner Pflasterstein aus Pappmaschee, nur warm eben.

„Versuch's doch mal damit“, riet Omi beiläufig und reichte ihr den Buchdeckel-Rest. Sobald Mira damit in die Nähe des Päckchens kam, wurde es deutlich wärmer. Gleich glüht das Ding, ich brauch `ne Kneifzange, dachte Mira – und das Päckchen sprang auf. An sieben Stellen gleichzeitig. Es war komplett mit einer hell schimmernden Masse ausgefüllt, Mira musste an den neuen Lidschatten von Mami denken, inmitten dieser glänzenden Masse lag etwas, das sah nicht sehr appetitlich aus. Dunkel, unscheinbar, eigentlich wie ein kurzes Stück aufgerolltes Hundehalsband von Knox. Mira wollte es gerade herausnehmen, da griff Omi ungewohnt fest nach ihrer Hand: „Mira, du bist doch ein Mädchen, das gerne anderen hilft.“ Mira nickte. „Und du bist auch sehr mutig. Stärker als man das von dir vermuten würde.“ Mira nickte wieder. Stimmte ja. „Schlau bist du auch.“ Die Lehrer sagten immer ‚intelligent‘, da musste also was dran sein. „Bist du auch unerschrocken?“ Mira stutzte. Das war doch was ganz Ähnliches wie mutig! „Unerschrocken heißt: Seinen Weg gehen, ohne sein Ziel aus den Augen zu verlieren. Auch wenn das Ziel vielleicht sogar verschwimmt. Im Zweifel sein Herz fragen. Und im Zweifel nur ihm vertrauen.“

Mira fiel einer ihrer Lieblingssprüche ein: ‚Woraus besteht Zauber? Aus Herz, Verstand und Unerschrockenheit.' „Ja, Mira, du hast verstanden.“ Hoppla, dann hatte Mira ihren Spruch offenbar laut vor sich hin gesagt. „Dann bist du die Richtige“, Omis hellblaue Augen schimmerten wie ein Kristall. Mira griff sofort ins Päckchen. Ein Stück Hundehalsband aus Gummi – naja. Mira war die Enttäuschung anzusehen. Omi lupfte amüsiert die Augenbrauen, als Mira das Band aufrollte.

Unglaublich. So was hatte sie noch nie gesehen. Und sie kannte sich mit den Dingern wirklich aus. Ein Handy zum Aufrollen! Die Innenseite glänzte wunderschön golden, wie Mamis Lidschatten eben, nur: Die Goldtöne veränderten sich! Wellen von helleren und dunkleren Schattierungen liefen kreuz und quer über das Gerät. Und wie riesengroß das Display war, es füllte fast die gesamte Oberfläche – mitten im Display eine perlmuttfarbene Taste, mit einer klitzekleinen Sonne drauf. Nur – wo befanden sich die restlichen Tasten? An den Seiten war nix. Aber unter dem Display, da waren noch mal zwei gerollte Bänder, an jeder Seite eins. Vorsichtig öffnete Mira auch diese: Die Tastatur! Da konnte man ja Klavier drauf spielen, so breit war die, so viele Tasten! Mehr als ungewöhnlich die Anordnung: In der Mitte das Zahlenfeld:

4 9 2

3 5 7

8 1 6

Na, wenigstens waren alle Zahlen da! Bis auf die Null. Aber was sich rechts und links davon auf den Tasten tummelte, damit konnte Mira nun gar nichts anfangen. Na, später. Als Mira die beiden Tastenfeld-Rollen wieder aufwickelte, fiel ihr auf, dass sie wie Flügel geformt waren.

„Keine Gebrauchsanleitung?", fragte sie. „Das wäre viel zu gefährlich", Omi lächelte sanft. „Ein Magic Light-Handy muss man ganz langsam erkunden. Sonst kann's einem übel ergehen."

„Aber ich kann das nicht einfach so wieder einpacken!" Mira zupfte Omi, die seelenruhig einen Holzscheit ins Kaminfeuer warf, entsetzt am Mieder. „Ich muss doch schauen, ob's überhaupt geht!" „Gut, EINE Taste darfst du drücken. Aber das muss reichen für den Anfang. Und denk dran: Unerschrockenheit."

EINE Taste – bloß welche?

So viele blinkten Mira verführerisch entgegen:

℘ ϒ ∠ Φ ξ ♣ Δ Θ ⇔ ⇐ ⇑ ⇒ ⇓ ◊ ⊕ ℵ ♥

das war nur eine kleine Auswahl. Doch Mira entschied sich für keines dieser Zeichen. Sie entschied sich für den großen, runden Silber-Knopf mit der Sonne in der Mitte des Displays. Tief einatmen, Luft anhalten: „Zaghaft oder beherzt?" – und drücken ...

Hoppla, so hatten wir nicht gewettet! Für den Bruchteil einer Sekunde öffnete sich der Silberknopf, und aus der Tiefe des Handys stiegen sieben verschiedenfarbige Lichtringe auf, als ob das Ding Rauchkringel pustete! Doch das Kichern blieb Mira im Halse stecken. Die Farbkringel wuchsen im Affentempo zu enormer Größe und legten sich lückenlos um Miras gesamte Gestalt, das musste ja aussehen wie ein siebenfarbiger Regenbogen in Mira-Form!

Hu, war ihr das unheimlich! Aber sie musste zugeben: Das kribbelte ganz wunderbar. Wie Brausepulver auf der Haut. Blöd, dass Mira Brausepulver nur aus Mamis Erzählungen kannte. Und dann zerbröselte die ganze Pracht in Millionen winzig kleiner Lichtpünktchen – der Spuk war vorbei.

„PHHHHIIIIYYYY!" – wie von der Tarantel gestochen, schreckte eine der mächtigsten Herrscherinnen des Dunklen Reiches, die Schwarze Gamma, hoch. Es war doch gerade so schön gewesen: Intriga, ihre beste Freundin, hatte ihr die Nagelkrallen poliert – mit einer Black&Blacker Schleifmaschine, der Lärm war wunderbar ohrenbetäubend gewesen, und Intriga konnte derweil ungestört ihren Lieblingssong trällern: „Ich habe unbändige Lust, fies und gemein zu sein" von Nina Hagen. Und jetzt das! „Ich hab's doch geahnt!", kreischte die Schwarze Gamma und knallte die Black&Blacker so heftig an die glitschige Wand des Schwarzen Lochs, dass sie ratternd darin stecken blieb. „Ich wusste, irgendwann wird dieses verdammte Magic Handy auftauchen – und mir einen aus dem Ruder laufen lassen! Ich werde niemals akzeptieren, dass mir einer aus der Kontrolle gerät! Wo kommen wir denn da hin, wenn einer nach dem anderen immun wird gegen meine Kräfte, hä?"

Gammas Stimme bereitete jedem binnen Millisekunden höllische Kopfschmerzen. „Aber, meine Liebe – wer sagt denn, dass das eine R ist? Schau doch mal!" Mit unvergleichlich eleganter Handbewegung winkte Intriga sechs Mieslinge herbei. Bevor man den ersten von ihnen sah, roch man sie schon: Ein penetranter Geruch nach schimmligem Obst breitete sich aus. Die Mieslinge hatten über ihren buckligen, dunkel gesprenkelten Körpern eine Art Platte aus Quecksilber geschultert. Darauf thronte ALC,

Lieblingsratte, Informant und absolut ergebener Erfüllungsgehilfe der Schwarzen Gamma. „Komm her, Schatzi", flötete sie, dass mal wieder die Brillengläser von Grünhild zersprangen. Die war nach Gammas Schrei sofort herbeigestürzt und suchte einen Grund, neidisch und eifersüchtig sein zu können. Diese miesen Gefühle hielten sie bei bester Laune.

„Was haben wir denn da?" Die Schwarze Gamma zerrte das Quecksilber-Tablett so unsanft näher, dass einem der Mieslinge ein paar Saugnäpfe abrissen. „Schau mir in die Augen, Kleines", säuselte Gamma, und schon versenkten sich ihre rotfunkelnden Pupillen in die schwarzen Abgründe von ALCs giftigen Knopfaugen.

„Intriga, woher wusstest du?" Gammas schlanker Körper fuhr herum. „Man hat halt seine Verbindungen", zischte sie zurück. Woraufhin Grünhild noch grüner wurde vor Neid. „Na, es hätte schlimmer kommen können." Gammas Pupillen glühten feuerrot. „Ein kleines, dürres Mädchen. Die packen wir uns mit links." Ihre schwarzen Krallen zuckten. „Und das Magic Handy auch. WO ist sie, ALC?" – Tja, keine Spur mehr von ALC. Grünhild hatte die Ratte einfach mit sich gezerrt. Als Schwester des Neids konnte sie es nicht ertragen, dass Gamma ein so tolles Informationsbüro allein für sich besaß. „Verdammt, wo ist die Göre?" Gamma kochte. „In Kitzbühel." Intriga genoss ihren Informationsvorsprung sichtlich. Was wiederum die Schwarze Gamma zum Kotzen fand.

„Baron le Teer!" Pfeilschnell schoss ihr Befehl kreuz und quer durch die Gemäuer des Schwarzen Lochs. Sofort kam er auf der extrasteilen Rutschbahn funkensprühend herabgesaust, der Oberkommandierende aller Mieslinge und Stänkerer. Klar, die Schwarze Gamma hauste dort, wo's am schönsten war: Am Grund des Schwarzen Lochs. Wie gewohnt griff sie zur Nasenklammer, als der Baron sich näherte. Sie hielt ja viel aus, kein Problem zum Beispiel mit schimmligem Obst, aber penetranter Teer-Geruch war nichts für sie.

Don Mimos, der gerade vorbeischaute, um seine Verlobte Grünhild zu suchen, zog sofort schwer beleidigt von dannen. Er fühlte sich angegriffen, zu Unrecht natürlich. Die ganze Welt beleidigte ihn ständig, jedenfalls bildete er sich das ein. Und so trug sein Gesicht stets säuerliche Züge, eingeschnappt misstraute er jedem, der mit ihm sprach. Schließlich hatte sich ja das gesamte Universum verschworen: Ihn, Don Mimos, zu kränken und zu beleidigen.

Baron le Teer war trotz des Gestankes eine imposante Erscheinung. Mit Sicherheit der Gesichtsälteste von allen, so um die sechzig rum, schlank, Glatze, Monokel. Sein Oberlippenbart war gezwirbelt wie das Geweih einer Felsenantilope und seine merkwürdig bunte Uniform stach in dieser schwarzgrauen Umgebung natürlich besonders ins Auge. „Moirée", pflegte Grünhild angewidert zu sagen, „unser geteertes Testbild!"

Tatsächlich konnte man nicht lange auf das Geflimmer schauen, ohne ohnmächtig zu werden. Die Epauletten auf den Schultern allerdings, die imponierten der gesamten Gesellschaft des Schwarzen Lochs. Auch die Unmengen verbeulter Musikinstrumente, die wie besoffen an seiner Moiree-Uniform baumelten. Getoppt wurde das ganze nur noch durch den Tambourstab des Barons. An ihm flatterten lange Bänder und Fransen, natürlich mit stinkenden Teerklumpen versehen – deren geheime Kräfte noch nicht mal die Schwarze Gamma kannte, die doch sonst alles beherrschte.

„Baron le Teer!" – „Zur Stelle!" „Sorgen Sie dafür, dass diesem aufdringlichen Gör – wie heißt dieses Biest noch mal schnell?" Intriga blasiert: „Mira May, dear." „... dass dieser Mira May jeder Spaß vergeht. Aber auch jeder. Auch am Magic Handy." „Das Mmmmagic Handy ist wieder aufgetaucht!" Der Baron ließ vor Aufregung einen Teerklumpen fahren. Ausgerechnet auf den rotblitzenden Diamanten an Gammas Finger. Zisch! war der verglüht – nicht ohne nachhaltige Wirkung in Gammas Nase. Da half auch keine Nasenklammer.

„Jawohl, Baron le Teer! Und wir werden es ganz schnell sicherstellen, nicht wahr?" Die Schwarze Gamma griff verstohlen zu ihrem Riechfläschchen mit zerstoßenem Hühnerdreck. „Kleinen dünnen Mädchen werden wir sehr schnell sehr gründlich die Laune verderben, nicht wahr? Abtreten!"

„Jawohl!" Mit einem energischen Schwingen der Rockschöße jagte Baron le Teer von dannen – nicht ohne den Teergestank aufs Feinste zu verteilen. „Wie viele Mieslinge setzen Sie auf dieses kleine Biest an?", fauchte ihm Gamma hinterher. „Eine ganze Kompanie!"

„Eine Taste noch, bitte, bitte!", bettelte Mira mit ihrem allerschönsten Augenaufschlag. „Meinetwegen. Aber nur, wenn ich sie aussuche", sagte Omi bestimmt. „Nimm die hier", sie deutete auf das ⇑. Wie langweilig, naja, aber besser als keine ... Omi gluckste wie ein Teenie, als Mira mitsamt dem Handy steil in die Lüfte schoss. „Erstens kommt es anders, zweitens als man denkt. Das ist mein Beitrag zu deiner Sprüchesammlung." Freundlicherweise hatte das Handy kurz unterhalb des Stalldachs sanft abgebremst. „Und wie komm ich jetzt wieder runter?", fragte Mira deutlich weniger forsch als eben. „Einfach die Perlmutt-Taste drücken. Die macht alle Funktionen wieder rückgängig." „Wahnsinn!", strahlte Mira, als sie wohl behalten wieder auf der Ofenbank gelandet war.

„Schau mal, hier! Unten am Rand, die sind ja wie Klaviertasten, goldene und weiße!" „Das sind Klaviertasten.

Na, meinetwegen eine kleine, feine Melodie, aber dann ist Schluss.“ Omi hatte die Aufregung jetzt doch ziemlich zugesetzt – so leicht ließ sie sich sonst nie weich klopfen.

Mira hämmerte auf dem Handy-Klavier herum – kein Mucks. Omis wirklich letzter Tipp für heute: „Du musst erst die Notenschlüssel-Taste drücken.“ Selbstverständlich hatte Mira Klavierunterricht. Seit Jahren. Nicht etwa besonders erfolgreich. Aber „Für Elise“ konnte sie auswendig. Hey, das klang ja superschön! „Aber ich finde, für ein Magic Handy ist das eine schwache Leistung“, knurrte Mira, als sie sich zum zweiten Mal verspielte. „Das könnte die Fehler doch gleich mal automatisch ausmerzen.“ „Nichts da!“, rutschte es Omi raus. „Die wichtigsten Dinge bewirkst du mit ihm, wenn du die richtige Melodie fehlerfrei beherrschst.“ „Wie die Melodie auf unserem Dachboden, beim alten Buch?“ Mira blieb der Mund offen stehen. „Genau die“, antwortete Omi trocken. „Woher weißt du das eigentlich alles?“ Die Frage musste ja kommen.

Omis Laune verschlechterte sich sichtlich. Dummes Ding. Plötzlich roch es nach faulem Obst, wie unangenehm! Omi schreckte hoch. „Früher waren die nicht von der schnellen Truppe“, murmelte sie. „Mira, mach bitte sofort das Fenster auf. Und spiel noch mal ‚Für Elise‘. Aber richtig!“

„Bäh“ – wieso war Mira plötzlich so quengelig zumute? Omi war ja nun wirklich klasse gewesen. Ehrlich gesagt, sie roch ganz schön säuerlich. Weshalb war Mira das nicht früher aufgefallen? Hm. Omi nervte ganz schön. Also „Für Elise.“ Diesmal klang das schon viel besser. Während sie spielte, hatte sie den Eindruck, als ob irgendetwas hastig zum Fenster rausstürzte – und nicht nur sie. Knox hatte es sich nämlich draußen vor dem Fenster gemütlich gemacht – er war mit Mami im Auto gekommen. Und knurrte jetzt

Furcht erregend. Na, andere Hunde konnten das besser – aber es reichte, um Baron le Teer in seinem Felsversteck in verklumpte Flüche ausbrechen zu lassen.

Die einzige, die nichts ahnte, war Mira. Hastig rollte sie das Magic Handy auf und verstaute es ganz unten im Rucksack. „Mieslinge reagieren nur auf zwei Dinge tierisch allergisch. Zum einen hassen sie Lachen. Herzhaftes Lachen beschert ihnen einen Kreislaufkollaps. Und gute, wahre, schöne Musik. Davon wird ihnen ganz schlecht. So richtig schlecht.“ Omi verriet jetzt gleich zu Beginn mehr, als ihr lieb war. „ Mieslinge?“, kicherte Mira „hab ich da richtig gehört?“ „Lass man gut sein.“ Omi wollte wirklich nicht mehr. „Dass du sehr, sehr gut Acht geben solltest auf das Magic Handy, brauche ich dir wohl nicht zu sagen“, mahnte sie. „Da dürften so einige Figuren ein großes Interesse dran haben.“ „Nichts ist aufreizender als Gelassenheit“, erwiderte Mira und fiel Omi um den Hals. „Du bist die Tollste!“

„Und ich?“, fragte Mami fast weinerlich. Ihr war es doch lieber gewesen, Mira selbst mit dem Auto abzuholen. Sie hatte ihre Limousine schon eine ganze Weile vor Omis Haus geparkt und ein langes Geschäftsgespräch am Autotelefon geführt. Jetzt war sie völlig durchgefroren und stand zitternd in der Tür. „Marmorkuchen?“, fragte Omi. „Gern!“, lachte Mira.

3

Alles war falsch! Die unzähligen Umzugskisten, die Mira sogar den freien Zugang zu ihrem Bett versperrten; Mami, die nur noch als Nervenbündel in schickstem Outfit durchs Haus wetzte und ständig abstruse Kommandos versprühte. Die Aussicht auf Osterferien ohne ihre Münchner Freunde, dafür aber mit Riesen-Umzug in eine Wohnung ohne vertraute Kuschel-Orte und die Küche ohne Geheim-Verstecke für Pizza-Verschwörungen mit Lilly ... Die Welt war so gemein zu ihr. Bähhhh, und draußen goss es aus Kübeln – Knox brauchte sie bloß nicht so mitleidig anzusehen – sonst würde er sich gleich eine fangen! Außerdem stank das ganze Zimmer so säuerlich. Musste ja von ihm kommen. „Hau ab!“, fauchte Mira. „Lass mich allein.“ Das konnte Knox nicht auf sich sitzen lassen. Er begann ganz gemein zu knurren. Und zwar nicht in Miras Richtung, nein: Er knurrte den Papierkorb unter ihrem Schreibtisch an. Von dort kam der Gestank! Genau! Mit angelegten Ohren schob sich Knox zwischen Miras fein säuberlich für den Umzug gestapelten Schulsachen hindurch. „Lass den Quatsch!“, keifte Mira. „Wehe, du schmeißt was um, dann setzt’s was!“

In der Ecke begann es zu rumoren. Mira richtete sich auf. Sie hätte schwören können, dass da eben eine kleine, graubraune Hand mit ewig langen gummiartigen Fingern von unten her die gläserne Schreibtischplatte abgetastet hatte. Waren da an den Fingerspitzen Saugnäpfe dran? Mira sprang auf und suchte die Glasplatte nach Spuren ab. Jetzt jedenfalls war nichts mehr zu sehen. Missmutig stand Mira auf. Sooooo schlecht war die Welt! Na, sie sollte vielleicht das Handy vom Schreibtisch nehmen. Knox wedelte sie so verzückt an, dass sie gar nicht anders konnte, als die Tastatur auszurollen, die Taste „Notenschlüssel“ zu drücken und ein bisschen auf dem Handy-Klavier rumzuklimpern. Ihre Lieblingsmelodie. „Summertime ... and the living is easy ...“ Nicht einfach, dieser Titel. Wirklich nicht einfach. Aber Mira hatte den Refrain schon richtig gut drauf. Je schöner der Klang, desto heftiger rumorte es unterm Schreibtisch. Knox hatte sich schon längst mit gesträubtem Fell davor aufgebaut.

Plötzlich machte es einen ordentlichen PLOPP!, der Papierkorb fiel um, kullerte durch den Raum, und mehrere übel riechende, dunkle Schatten sausten quer durchs Zimmer auf die Steckdose in der Wand zu ... weg waren sie. Mira musste lauthals lachen – wie wohl ihr plötzlich war! Und ZACK!, schoss noch ein letzter Schatten durch die Steckdose davon. Was hatte Omi gesagt? WER hasste gute, wahre, schöne Musik? Wer hasste herzhaftes Lachen? Wer machte einem schlechte Laune? Sie musste unbedingt nochmal nachfragen.

Gelöst klimperte Mira weiter auf dem Handy-Klavier. Diese seltsame Melodie war ihr in den Sinn gekommen, die vom Dachboden-Ausflug ... Sie erinnerte ein bisschen an „Nobody's perfect“ von MADONNA, aber halt nur ein bisschen ... Mira war so guter Dinge, sie versuchte es einfach mit dieser Melodie. Knox wiegte sogar seinen Dickschädel im Takt dazu – jedenfalls kam es Mira so vor. Etwas Funkelndes tupfte von hinten über ihre Schulter auf die Tastatur – sieh da, DER Ton war der richtige!

Mira fuhr herum. Obwohl sie saß, konnte sie der kleinen Gestalt auf gleicher Höhe in die Augen schauen. Die sahen übrigens okay aus. Nett. „Gestatten? Ich bin der Kleine Dirigent. Es gibt keinen größeren.“ Fehlte nur noch, dass der 'nen Kratzfuß machte. Aber der kleine Mann wedelte nur mit seinem Taktstock einen kompletten Notenschlüssel in die Luft. Der hing da bestimmt eine Sekunde lang zwischen ihrer und seiner Nasenspitze, bis er verschwand. Wie das gefunkelt hatte! Wow, an der Spitze des Taktstocks prangte ein mordsmäßig großer Diamant. Zehn Karat, mindestens, dachte Mira. Mami kannte sich da aus.

„Wie Ihnen nicht entgangen sein dürfte, Mira, haben wir Kontakt mit Ihnen aufgenommen.“ „Sie können mich ruhig duzen“, Mira war das Gesieze echt unangenehm. „Nun gut, Mira. Ich möchte nicht lange um den heißen Brei herumreden. Und er ist heiß, der Brei, das kann ich Ihnen – äh, dir – versichern. Wir – das ist der Hof des Weißen Gründers ...“ ZISCH!, machte es im Papierkorb. „Oh, dort sind noch Mieslinge zugegen“, fuhr der Kleine Dirigent ungerührt fort. Allerdings vibrierten seine Frackschöße leicht. „Wie du bereits hautnah erfahren durftest, haben wir es hier mit der Auseinandersetzung zwischen – sagen wir – der dunklen und der lichten Seite dieser Welt zu tun. Ich – als Abgesandter der lichten Seite – komme nun zu Ihnen, äh zu dir, um dir eine Einladung zu überbringen. Wir haben am Hof des Weißen Gründers lange und sorgfältig beraten. Wir brauchen ein neues Mitglied für unseren Club der V.I.T., der Very Important Teenies. Für jede Region dieser Welt haben wir einen Vertreter in den V.I.T.-Club gewählt. Nun ist vor kurzem das Mitglied für Nordamerika am Hofe zu einer anderen wichtigen Aufgabe weiterbefördert worden, so dass der Platz frei wurde.“ Mira starrte ihn mit – zugegeben – nicht sehr intelligentem Gesichtsausdruck an.

„Sollte Ihnen – äh, dir – diese Herausforderung liegen, würden wir ...“, und hier beförderte er mit einer ausladenden Bewegung seines Taktstockes einen ganzen Haufen buntschillernder Figuren in den Raum, „... würden wir, als da sind als Abgesandte des Hofes: Meine Mitarbeiter, die Vertreter der Harflinge, also – wir würden uns glücklich schätzen, Sie als Nordamerika-Vertreterin im Club der V.I.T. begrüßen zu dürfen.“

Der Kleine Dirigent verbeugte sich so tief vor Mira, dass sein Zottel-Haarkranz über den Fußboden wischte. Um ihn herum klimperte und fiedelte es mittlerweile, dass einem das Herz aufging: Sieben in allen Regenbogenfarben schillernde Persönchen hockten verstreut auf den Umzugskisten und fingerten so geschickt auf halbdurchsichtigen Miniaturharfen herum, dass ein vielstimmiges „We Are The Champions“ erklang. Interessantes Outfit, dachte Mira: Sämtliche Harflinge trugen nämlich Brillen, die aus zwei Musik-Noten zusammengesetzt waren. Die Notenhälse eigneten sich offenbar hervorragend als Brillenbügel. Daran schienen übrigens seitlich gleich noch die Mundwinkel befestigt. Die Harflinge lächelten nämlich allesamt. Sehr sympathisch. „Gestatten: Donatus, Friderikus, Musikus, Schmus, Rufus, Zotikus und Lukullus“ – jeder Harfling nahm bei Nennung seines Namens höflich die schillernde Perücke ab. Drunter kamen gut polierte Metallplatten zum Vorschein. Na, mit denen möchte ich nicht zusammenstoßen, dachte Mira.

„Solltest du die Clubmitgliedschaft annehmen, begänne in dem Augenblick deine Probephase, Mira“, fuhr der Kleine Dirigent fort. „Schließlich müssen wir uns ganz sicher sein, ob du unsere Erwartungen auch erfüllst. Es geht um nichts anderes als um Alles oder Nichts.“

Mira war knallrot angelaufen. Welch eine Ehre! Auserwählt! Für einen halben Kontinent! Aber was bedeutete „Prüfung“? Sie wusste ja gar nichts über den Weißen Gründer. Von einem Unternehmensgründer hatte sie schon mal was gehört. Aber wer einen kleinen Dirigenten für sich arbeiten lassen konnte, dessen Geschäft musste schon gut laufen. Prüfungen? Musste sie Zaubersprüche können oder gegen Drachen kämpfen? Solange die Guten gewinnen, könnte ihr eigentlich nichts passieren. Und sie stand auf der guten Seite, also würde sie kämpfen, da gab es keinen Zweifel. „Wenn ich gegen Drachen kämpfen soll, müsst ihr mir aber einen feuerfesten Anzug besorgen. Mit Gasmaske und Feuerlöscher."

Der Kleine Dirigent schaute sie amüsiert an und schüttelte das Zottel-Haupt. „Nein, die Zeiten sind längst vorbei. Drachen waren dagegen noch harmlos."

„Darf Knox auch Mitglied werden?", fragte Mira schnell. Dann wäre sie mit dem halben Kontinent wenigstens nicht so allein. „Tja." Der Kleine Dirigent musterte die – zugegeben – nicht sonderlich dynamisch aufs Bett hingegossene Promenadenmischung. „Nun, ich müsste gegebenenfalls nachfragen, ob dieses Tier ebenfalls zur Prüfung zugelassen werden könnte. Ohne Prüfung geht schon mal gar nichts." Prüfung? Knox und Prüfung? Da sei der liebe Gott vor ...

Doch schon sprang Knox federnd auf, hüpfte wie ein Teenager einmal quer über die Umzugskisten, beförderte einen Harfling per Nasenstüber sanft auf seinen Rücken und stand wie eine Eins Aug in Aug vor dem Kleinen Dirigenten. „Hm. Ob der Club der Very Important TEENIES für ihn das Richtige ist, weiß ich nicht so ganz. Aber ich werde das checken. Was ist jetzt?" Der Dirigent schien ungeduldig zu werden.

„Ja." Mehr brachte Mira nicht raus. „Ich nehme das Angebot an. Ich möchte Mitglied bei V.I.T. werden."

„Wunderbar!", stieß der Kleine Dirigent aus und unterstrich seine Freude mit einem kleinen funkelnden Hüpfer. „Hiermit sind Sie aufgenommen – unter Vorbehalt" – sprach's und berührte mit dem diamantenen Ende seines Taktstocks Miras Stupsnase.

„Von nun an werde ich Ihre – äh, deine – Kontaktperson zum Hof des Weißen Gründers sein. Wende dich mit allen Fragen bitte nur an mich. Du musst nämlich zuallererst sorgfältig unterscheiden lernen: Zwischen den dunklen

Mächten und uns, den lichten. Die Dunklen können sich nämlich verdammt gut verstellen. Sollte sich übrigens herausstellen, dass Sie weniger gut geeignet sind für diese Aufgabe, Mira, erlischt die Mitgliedschaft sofort – und Sie werden sich an nichts erinnern."

RUMMS. Wieder hatte Lilly nicht angeklopft! Schon stand sie mitten im Raum, Mira zuckte zusammen. Wie sollte sie ausgerechnet Lilly, dieser abergläubischen Person, die Anwesenheit ihrer seltsamen Freunde erklären? Doch Lilly schien überhaupt nichts zu sehen.

„Mmh. Es riecht ein bisschen streng, meinst du nicht?" Lilly riss ein Fenster auf. „Mit wem sprichst du da eigentlich dauernd? Du weißt, du hast seit neuestem eine Callkarte für dein Handy – wenn die leer telefoniert ist, kannst du sehen, wie du klarkommst. Teil dir das gut ein! Man soll sowieso nicht soviel mit dem Handy telefonieren. Die Strahlen machen Haarausfall." Mira war das sowieso egal. Sie war mit ihrer Frisur eigentlich ganz zufrieden. Mami verpasste ihr immer einen besonderen Stufenschnitt, „dann fällt das Haar fülliger." Für solche Sachen war sie echt gut zu gebrauchen. „Noch was?" seufzte Mira. Der Dirigent klopfte schon ganz nervös mit seinem Taktstock auf Knox' weißer Schwanzspitze herum. „Jawohl." Lilly hatte offenbar heute ihren Energischen: „Ausmisten. Du musst noch ausmisten." „Du weißt, dass ich nix wegschmeiße." „Dann mach ich das für dich!" Sprach's und verschwand. Da war wohl ein Miesling in der Küche hängen geblieben, so schlechte Laune hat sie doch selten, dachte Mira und erschrak.

„So, jetzt aber hurrrtig! Wir haben keine Zeit zu verlieren." Der Kleine Dirigent zog das Magic Handy zu sich heran. „Hier zunächst die Möglichkeit, wie du mich und meine Harflinge rufen kannst." Er spielte mühelos die wunderschöne Melodie, an der sich Mira vorhin versucht hatte. „Versuch's mal. Ich helf dir." Unfassbar! Mira flutschten die Töne nur so aus den Fingern. „Mein Gott, jetzt hab ich's!", jubilierte sie. „Dass das so viel Spaß machen kann!" „Da haben wir ein bisschen mitgeholfen", erwiderte der Kleine Dirigent trocken.

„Diese Melodie wirst du immer spielen können, egal, wann und wo. Und wenn du einen Bestimmten von uns rufen möchtest, dann drück bitte die Note des Anfangsbuchstabens – so wird derjenige sich bemühen, umgehend herbeizueilen. Also „D" für „Dirigent" oder „L" für „Lukullus". „L" kicherte Mira „gibt's doch gar nicht!" „Gibt's doch." Der Kleine Dirigent ließ keine Widerworte zu. „Jetzt zum Wichtigsten des heutigen Tages. Der Weiße Gründer meinte, dass du deine musikalischen Talente unbedingt ausbauen solltest. Das heißt also, viele gute Stücke lernen und auswendig spielen können. Das wichtigste dabei ist natürlich: Mit Herz und Verstand."

Mira klappte die Kinnlade runter. Ausgerechnet Klavier! Egal ob Handy oder echt. Fürchterlich! Eine größere Folter hätten die sich aber wirklich nicht ausdenken können. „Oh nein! – DAS bitte, bitte nicht! Schon gar nicht mit dieser vertrockneten Funzel von Klavierlehrerin!" „Ich habe deutlich gesagt, dass wir dich prüfen werden, bevor du endgültig in den Club der V.I.T. aufgenommen wirst." Der Kleine Dirigent schien schon auf Abflug programmiert, die Harflinge klimperten einen fetzigen Marsch dazu. „Denk bitte dran: mit Herz! Und vergiss nicht, das Handy von Zeit zu Zeit aufzuladen. Es braucht Licht." Sprach's, schwang den Taktstock, dass die Diamant-Blitze nur so stoben – und war weg. Mitsamt seinem Gefolge.

Mira hockte wie ein Häufchen Elend auf einer Umzugskiste. Knox hielt ihr ganz cool in der Schnauze ein Notenbuch entgegen. Mit ganz vielen schönen Liedern drin.

4

„Ist die Pressemitteilung raus?“ Pergament war schon wieder um ein Haar auf dem wunderschönen, uralten Steinfußboden ausgeglitscht, der das gesamte Erdgeschoss am Hof des Weißen Gründers so großzügig und erhaben wirken ließ. „Vor allem bitte sofort an ILA, die „Internationale Licht Agentur“, die brauchen's natürlich als Erste!“ Erstaunlich, Pergament hatte nie Schweißperlen auf der Stirn, auch wenn er eigentlich den ganzen Tag über nichts anderes tat, als fürchterlich hektisch durch die Gegend zu flitzen. Seine äußerst schmale und durchscheinende Figur sah allerdings auch nicht so aus, als ob sie Feuchtigkeit vertragen könnte – und alles Fettige würde bei ihm lebensbedrohliche Auswirkungen haben ... Als PR-Manager und Hoforganisator hatte Pergament aber auch mächtig viel zu tun. Wenn er besonders unter Dampf stand – wie heute –, dann tanzten um das Radar auf seiner suppenschüsselartigen Kappe lauter kleine Kügelchen herum, ganz unterschiedlich gemustert. Jede hatte die Aufgabe, ihn an etwas Bestimmtes zu erinnern.

„Also, der Termin steht für das große Fest zu Ehren des Lichts, die Örtlichkeit auch – beides können wir schon mal rausgeben“, herrschte er seine beiden Selbstläufer an. Die zuckten schuldbewusst zusammen. Sony (rollte immer links von ihm) und Mony (immer rechts von ihm) konnte Pergament blind vertrauen – was er sagte, wurde prompt umgesetzt, aber heute war's einfach ein bisschen viel gewesen. Schließlich kam der äußerst wichtige Fall „Mira May und das Magic Handy“ ja noch obendrauf.

Pergament griff gewohnheitsmäßig zur riesigen Löschpapier-Rolle, die ihm an einer interessanten Konstruktion über den Bauch geschnürt war. Es zeigte sich nämlich doch der Hauch einer Schweißperle unter seinem rechten Arm, und das ihm! Nicht auszudenken, was ... Pergament wischte unwirsch ab, was da gequollen kommen wollte.

„Wartet! Wir nehmen gleich die Einzelheiten zum Fest zu Protokoll, dann könnt ihr davon vielleicht noch was in die Meldung einbauen. ‚VANILLA!'" Atemlos huschte Pergament von einer Ecke des Palast-Geschosses zur nächsten. Wunderschön eigentlich, die großen, hohen, lichtdurchfluteten Räume. Der Innenarchitekt musste sehr spezielle Beziehungen zu Antiquitätenhändlern in aller Welt gehabt haben. Denn was da zusammengetragen worden war, harmonierte auf eine geradezu überwältigende Art und Weise: Afrikanische Stühle mit sehr hohen Lehnen, Schalen aus Afghanistan, russische Baldachine, vietnamesische Tempelsäulen, chinesische Truhen, amerikanische Musikboxen, australische Wandgemälde, südamerikanische Holztische mit geheimnisvoll verschnörkelten Intarsien, französische Betten und polnische Kerzenleuchter: Alles in hellen Gold- und Silbertönen, in Weiß, Perlmutt, Elfenbein und Ecru. Man kannte übrigens am Hof rund 500 Wörter für die verschiedenen Weiß-, Silber- und Goldtöne.

Auffallend war natürlich auch, dass überall Musikinstrumente herumstanden, -hingen und -schwebten. Sie mussten irgendeine Art Eigenleben führen, denn ständig fing eines davon an zu spielen, andere fielen ein, die Musik schwoll an, ebbte dann wieder ab, weil sich ein paar Instrumente ausklinkten und anderen Beschäftigungen widmeten ... Da ständig ein angenehmer Wind durch die Räume zog, wehten die Klänge auf feinen, silbrigen Lichtfäden mit ihm mit. Ungewöhnlich auch, aus wie vielen Quellen das Licht in den Palast strömte: Da waren natürlich die hohen Fenster – mit sich bauschenden, hauchfeinen und silbrig schimmernden Gardinen davor, die nirgendwo befestigt waren – sie schwebten immer gerade so, wie es ihnen passte, vor den Fenstern herum! Und aus jedem Fenster hatte man einen anderen Blick in weite, lichtdurchflutete Landschaften: Hier ein toskanischer Sonnenuntergang, dort eine sibirische Wüste zur Mittsommernacht.

Dann natürlich die vielen, vielen Kerzen, Gaslaternen, Kristallleuchter, Wunderkerzen, Glühwürmchen und, und, und ..., die ständig wechselnde warme Lichtstimmungen verbreiteten. Und erst der Fußboden! Im Erdgeschoss also sandfarbener Stein. Allerdings ein ganz besonderer Stein – der von innen heraus leuchtete! Wenn man durch die Räume schritt, hatte man den Eindruck, man wandle auf einer Wolke weichen, gleichmäßigen Lichts. Überflüssig zu erwähnen, dass in einer solchen Beleuchtung jeder, aber auch jeder – so auch Sony und Mony zum Beispiel – aussah wie eine Hollywood-Diva in ihren allerbesten Jahren. An all das konnte Pergament natürlich keinen noch so winzigen Gedanken verschwenden. „Vanilla, du Gute! Bitte beglücke uns mit deiner Anwesenheit!“ So schwer es Pergament im Augenblick fiel, solch umständliche Lockrufe zu erzeugen – er wusste aus jahrhundertelanger Erfahrung, dass Vanilla ausschließlich auf zarte Töne reagierte. Andernfalls ließ sie sich einfach nicht blicken.

Und schon schwebte eine junge, elegante Erscheinung zur Flügeltür herein, umweht von geheimnisvollen Aprikosendüften und einem zarten Schimmer in Goldgelb. „Pergament, du Grundguter, heute musst du aber aufpassen, dass du trocken bleibst!“ Wenn Vanilla lächelte, glänzten ihre regelmäßig geformten, wie Perlen auf einer Schnur aneinandergereihten Zähne auf übernatürliche Weise. Heute trug sie ihre blonde Mähne spiralförmig zu einer Art Schneckenhaus aufgewickelt, über und über mit kleinen goldorange lodernden Flämmchen gespickt.

Passend natürlich auch ihr flammender Ohrschmuck und der breite Flämmchen-Gürtel um die schmalen Hüften. Wie üblich trug sie ansonsten nur ihren vanillefarbenen Body. Der kleidete sie aber auch wirklich am allerbesten.

„Vanilla, du als Zuständige für den guten Geschmack bei Hofe bist mit den Vorbereitungen für das Große Fest zu Ehren des Lichts betraut. Da ich nun die Vorabmeldung an die internationale Presse herausgeben möchte, würde ich dich gerne untertänigst bitten, mir das mitzuteilen, was du mit dem Weißen Gründer diesbezüglich vereinbart hast." Brrr – an Tagen wie diesen hasste Pergament es, sich so verschraubt ausdrücken zu müssen.

„Leider muss ich dich auf's Unerquicklichste enttäuschen." Vanilla berührte ihn so sanft an seinem papiernen Arm, dass er erschauerte. „Es kam uns leider dieser neue Fall 'Mira May und das Magic Handy' dazwischen. Eilmeldungen wie diese müssen natürlich bevorzugt behandelt werden." In Vanillas lieblicher Stimme schwang ein Hauch von Vorwurf mit, und das wollte was heißen.

„Oh Lux, oh Lux", Pergament sah für einen Augenblick besorgniserregend zerknittert aus (erblassen konnte er ja nicht). Er hatte in seiner ganzen Hektik mit den Festvorbereitungen seinen Hauptjob vergessen! Er hätte die Eilmeldung als „Achtung! Achtung! An alle!" über sämtliche Haus-Libellen verteilen lassen müssen! Jetzt hatte ihn ausgerechnet Vanilla darauf hingewiesen. Wie schrecklich peinlich!

Rechts und links neben ihm ratterte es bereits wie wild. Sony und Mony spuckten aus rotblinkenden Drucker-Anhängen zu beiden Seiten ihrer Roboterköpfe kleine glühende Scheibchen aus. Über ihnen tanzten schon ungeduldig die Libellen-Geschwader in der Luft. „Lasst mich mal kurz drüberschauen", hauchte Pergament dankbar. „ACHTUNG! ACHTUNG! AN ALLE! EILMELDUNG an alle

Gefährten des Lichts!", glühte fett die oberste Zeile. „Die erste Abwehrmaßnahme gegen die zunehmende Verschwörung der Dunkelheit ist eingeleitet. Das Magic Handy wurde nach sehr langer Zeit wieder aktiviert. Ihre Lichtheit, der Weiße Gründer, hat Mira May als Azubi für magische Handy-Belange gewinnen können. Ein gewisser Knox steht ebenfalls auf der Prüfungs-Liste. Wir möchten alle Gefährten des Lichts darüber informieren, dass beiden Personen jede verfügbare Unterstützung zu gewähren ist! Gezeichnet PERGAMENT. PR-DIRECTOR HWG (Hof Weißer Gründer).

„Diesen Knox sollten wir vielleicht erstmal nicht erwähnen", murmelte Pergament und kämpfte mit einer weiteren Schweißperle. „Er ist stets an Miras Seite, Sweetheart", flötete Vanilla dazwischen, „das gehört nun wirklich zum guten Ton, ihn vorzustellen!" Geschwächt, wie er war – ihm, dem Perfektionisten, war etwas durchgerutscht! –, winkte er müde „GO!" in Richtung Sony und Mony – sofort spuckten die beiden Hunderte von glühenden Eil-Scheibchen aus, die geschickt von den surrenden Libellen geschnappt und mit klingelndem „Tatütata" in das gesamte glänzende Reich des Weißen Gründers weiterbefördert wurden.

Während die glühende Wolke in alle Himmelsrichtungen zerstob, kam Pergament eine Idee – sie würde seinen Ruf sofort sanieren! „Megafortus Audius bitte sofort zu mir!", raschelte er forsch in Sonys und Monys kugelförmige Richtmikrofone. Weit schallte die Pergament-Durchsage durch den Palast. Die noch frischglühende Eilmeldung in den schimmernden Händchen haltend, kam der Harfling Megafortus Audius herbeigesaust. Umgangssprachlich nannte man ihn auch das „Große Ohr". Er gehörte zur Abteilung „Aufklärung und Erhellung" im Hause.

„Megafortus Audius“, Pergament musterte äußerst streng Audius' linkes Ohr, das selbst in zusammengefaltetem Zustand von beeindruckender Größe war, „wie reagiert das Schwarze Loch? Welche Informationen hat deine Abteilung zusammengetragen?“ „Wie zu erwarten und keineswegs erfreulich: Die Schwarze Gamma hat eine Kompanie Mieslinge unter dem Befehl des Baron le Teer in Bewegung gesetzt, um Mira May auszuschalten und in den Besitz des Handys zu gelangen. Sie fürchtet nichts mehr, als dass jemand gegen ihren lausigen Miesepeter-Einfluss immun werden könnte.“ Pergaments Körper straffte sich in Sekundenschnelle. „Eilmeldung!“, herrschte er Sony und Mony an.

„So!“ Mira wuchtete eine riesige Schüssel randvoll mit Spaghetti auf den Kirschholz-Küchentisch. Carola, Iris, Nils und Benjamin klapperten mit Gabeln und Löffeln mächtig Beifall. „Und jetzt kommt das beste! Wenn schon eine Abschiedsparty für meine besten Freunde, dann aber auch richtig: Für jeden hab ich seine Lieblingssauce gemacht!“ Mira zauberte voller Schwung ein Tablett mit fünf Töpfen auf die Mitte des Tischs: „Gorgonzola – für dich, Caro. Mit Kapern für Nils. Mit Sardellen für Benjamin. Und hier, Madame Iris: Specially for you ... Zwiehiehiebeln! – Na? Jetzt seid Ihr gebügelt, was?“ Triumphierend schaute Mira in die Runde. Alle guckten ziemlich berührt auf ihre Teller.

„Weißt du, das ist echt blöd, dass du jetzt schon wieder weg musst“, Caros große, dunkle Kulleraugen schimmerten feucht. „Wir werden dich tierisch vermissen.“ Benjamin schaufelte Sardellen-Berge auf seinen Teller. „Lass uns anstoßen!“ Mira war auch ganz blümerant zumute. Sie hob ihr Cola-Glas: „Auf dass ihr mich nicht vergesst! Ich komm ja wieder.“ Mist, jetzt musste sie doch heulen. Hastig stand sie auf und schob die CD, die ihr Nils mitgebracht hatte, in den Player. „Selbst gebrannt", grinste Nils. „Ich glaub, ich hab gleich 'ne Kapern-Vergiftung!"

„Was ist denn das?" Mira kam einfach nicht dazu, Tomatensauce in gewohnt großer Menge über ihre Spaghetti zu kippen. „Woher hast du die Musik?" Das war die magische Handy-Erkennungsmelodie, als Pop-Instrumental-Version! „Offen gestanden, ich weiß auch nicht. Hab ich aus so 'nem Sonnen-Portal vom Internet runtergeladen. Gefiel mir einfach. Als ich da noch mal rein wollte, war's aber leider weg." Wo war eigentlich das Magic Handy? Mira wickelte ihre Spaghetti so heftig um die Gabel, dass sie ihren neuen Donna-Karan-Pulli vollspritzte.

„Entschuldigt mich mal für einen Augenblick", – sie stürzte auf ihr Zimmer. Die Umzugskisten waren schon zu, der Rest mehr als übersichtlich, nämlich leer. Ganz klar: Das Ding war weg! Wann hatte sie es denn das letzte Mal gehabt? Hier im Zimmer hatte sie noch ein bisschen dieses erste Lied geübt, aus dem geheimnisvollen Buch in Knox' Schnauze – ja, und dann hatte sie gekocht. Das war ja ziemlich aufwändig gewesen. Aber in der Küche war's doch auch nicht! Verdammt! Sie hatte erbärmlich versagt. Sie würde bestimmt durch die Prüfung fliegen. Wie konnte sie nur so unaufmerksam sein! Tränen schossen ihr in die Augen.

„Ich hab's verloren!" Entsetzt starrten die vier auf das Häufchen Elend in der Küchentür. Knox lag platt in der Ecke. „Ich ... ich weiß auch nicht. Ich hatte so ein schönes, so ein ganz besonderes neues Handy. Eins, das wirklich niemand hat. Und jetzt ist es weg!" Mira schluchzte in Benjamins Hemd, das nun auch sehr nach Tomate aussah. „Baby, hier hast du mein Handy, ruf dich doch selber an!" Benjamin war echt obercool. Oh Gott, wie peinlich. Sie kannte ja noch nicht mal ihre eigene Nummer! Welch eine

Blamage. Und außerdem hatte das Gerät ja gar nicht mehr viel Saft gehabt. Wenn der Goldschimmer verblasste und die Wellenbewegungen des Lichts nur noch im Schneckentempo über die Oberfläche waberten, dann hieß das: Akku schwach! In die Sonne legen! So viel hatte Mira schon gelernt über das geheime Leben ihres Magic Handy. Aber wohin legen und nicht stehlen, wenn das Wetter so besch... war? Jetzt mal ganz ruhig. Erstmal die Blamage abwenden. Mira wählte ganz relaxed eine x-beliebige Nummer. „Mailbox. Ich hatte es wohl abgeschaltet", sagte sie und drückte schnell die sich meldende Männerstimme weg. Verflixt! Den Kleinen Dirigenten konnte sie ja ohne Handy auch nicht rufen! Sie saß in der Falle. Zu allem Überfluss hockte Knox mit mega-gesträubtem Haar in seiner Ecke. Und knurrte den Ausguss an, aus dem ein unverkennbar säuerlicher Gestank quoll.

„Knox! Such das Handy! Du weißt schon, das besondere ... Such!"

RRRUMMMS! Der Kuhstall hatte noch nie so gewackelt. Obwohl er ja immerhin schon über 400 Jahre alt war. Omi erschrak fürchterlich. Gerade war sie eingenickt gewesen – auf dem Deckel des Buches, das ihr von den Knien gerutscht war, stand „Christoph Meckel: Licht" zu lesen. Omi richtete sich auf und rümpfte die Nase. Eklig, dieser Geruch. Eklig bekannt. „Die schon wieder", murmelte sie gelassen – als sie drei rotglühende Punkte dicht neben sich auf dem Schafwollteppich erblickte. Da müssten dann eigentlich ... Jawohl, nicht weit entfernt davon noch mal drei kaltglühende Punkte.

„Sie können sich ruhig ganz normal vorstellen, wie man das halt so macht, Frau Gamma." Omi sah mit ihrem grausilbrigen Pagenkopf für einen Augenblick wie ein junges Mädchen aus. „Na? Wird's bald?" Sie staunte über ihre eigene Courage. „Ich denke überhaupt nicht daran, mich vorzustellen!" Gammas blutrote Pupillen leuchteten giftig durch ihren Quecksilber-Schleier. Omi erkannte jetzt, dass die drei Pünktchen vorne auf der Spitze von Gammas schwarzen Stöckelschuhen tanzten. „Frau Gamma, ich denke, wir haben unsere – sehr speziellen – Erfahrungen miteinander bereits gemacht. Sehr spezielle." Omi sah im Augenwinkel etwas Grell-Flimmerndes im Kamin Stellung beziehen. „Baron le Teer? Auch Sie könnten etwas mehr Anstand zeigen!" Als Antwort schlug ihr stummer Teer-Gestank entgegen.

„Sie haben leider einen fatalen Fehler begangen", zischte die Schwarze Gamma so heftig, dass Quecksilberkügelchen kreuz und quer durchs Wohnzimmer sprangen. „Die Vergangenheit mit all ihren Verfehlungen in Sachen HWG, Sie wissen sehr genau, Madame ... diese Vergangenheit hätte mehr oder weniger begraben sein können. Aber nein, Sie mussten ja wieder jemandem helfen. Helfen, dem – dreimal sei er geteert! – HWG eine neue Person zuzuführen. Und Sie schämen sich noch nicht mal, ihre eigene Enkelin dafür zu missbrauchen!" Gammas rot funkelnder Ring sprühte Giftblitze. „Sie haben ihr elementare Geheimnisse verraten – aus unserer gemeinsamen" – sie spuckte aus – „etwas anderen Welt. Sie wissen doch, dass wir so etwas niemals dulden werden. Niemals!"

Und ehe Omi sich's versah, war Baron le Teer aus dem Kamin hervorgeschossen, hatte sie mit eisernem Griff gepackt, so dass sie keinen Mucks mehr tun konnte – während die Schwarze Gamma hastig eines ihrer wabernden Quecksilber-Armbänder abstreifte und es Omi ruppig über den Kopf stülpte, so dass es ihren Mund schalldicht verschloss. „So. Viel Vergnügen beim Ausplaudern von Geheimnissen. Ich rate Ihnen eins: Mischen Sie sich nie wieder ein! Oder Sie haben eine weitere Begegnung der sechsten Dimension. Wie damals. Das wäre Ihnen dann noch weniger zu empfehlen!" Das Kichern der Schwarzen Gamma hörte sich an, als ob ein Schnellkochtopf das Husten übte. „So. Das wär's fürs erste. Wir sehen uns wieder. Wenn Sie das riskieren wollen."

„Moment!", zischte der Baron, und die Teerklümpchen an seinem Tambourstab rotierten. „Wir hätten da noch was zu erledigen." Mit einer Kopfbewegung deutete er auf die kleine chinesische Schatulle auf dem Cembalo in der Ecke. „Nichts hätte ich vergessen!", zischte Gamma, die sich aufs Fieseste bloßgestellt fühlte. Wusch! Schon wirbelte das Kästchen quer durch den Raum und zerschellte an der rohverputzten Wand, ganz dicht neben Omis Kopf. Etliche undefinierbare Gegenstände purzelten heraus. „Naaa? Was haben wir denn da?" Die Schwarze Gamma grinste so breit, dass ihre Quecksilber-Zahnfüllungen unangenehm blitzten. Gezielt klaubte sie das Stückchen Buchdeckel vom Boden, das Knox vom May'schen Dachboden gerettet hatte. „Damit haben wir genug Unfug angerichtet", schepperte sie. „Damit ist endgültig Schluss!" Und bevor Omi sich noch unter Aufbringung all ihrer Kräfte dazwischen werfen konnte, war das wertvolle Stück am blutroten Stein von Gammas Ring verglüht. Nicht ohne einen sanften Seufzer von sich zu geben. Omi konnte ein paar Tränen nicht unterdrücken.

„Das war der erste Streich. Und der zweite folgt sogleich. Wenn Sie nicht aufhören, Bockmist zu bauen." PENNNGGG! Das Zimmer war leer.

5

Die Steppe des ewigen Sturms. Zwischen vier karstigen, von Lavabrocken übersäten Hügeln wölbte sich ein kreisförmiger Erdwulst, in seiner Mitte das gähnende Schwarze Loch. Von weit oben betrachtet sah das aus wie von einer gigantischen Erd-Wespe geschaufelt. Mit einer besonders fiesen Sturmböe kam ein völlig zerfledderter Miesling angerauscht und stürzte sich – einen gellenden Fluch ausstoßend – hinein in die schwarze Tiefe.

Zischend raste er an dem in der Mitte des Schwarzen Lochs schwebenden Plutonium-Seil für Extra-Eilige in die Tiefe. Unten, im Aller-Höllischsten, landete der Miesling direkt neben Don Mimos. Der Sog des Fahrtwindes zerwirbelte dem leider die Fönfrisur. „Mistkerl!" Don Mimos hatte sich gerade in seinen Schmollwinkel verzogen, weil Intriga ihn mal wieder auf sein sich lichtendes Haupthaar aufmerksam gemacht hatte. David Hasselhoff fragte auch niemand, ob der ein Haarteil trug! Und er, Don Mimos, sah mindestens so klasse aus wie David Hasselhoff! Mindestens! Der Miesling erkannte natürlich sofort, dass es nur eine Methode gab, um zur Schwarzen Gamma vorzudringen: Schleimen. „Don Mimos, Minister für Selbstzweifel, zweifellos bester Minister aller Zeiten, ich habe eine für das Bestehen unseres Reiches sehr, sehr wichtige Mitteilung zu machen!" Don Mimos hörte jedoch gar nicht zu. Er hatte nur für eines Augen: Für sein Spiegelbild. Langsam, ganz langsam breitete sich ein wohl gefälliges Lächeln auf seinem Gesicht aus: Als er nämlich seinen wohl trainierten und gut proportionierten Körper mit Hilfe des ausklappbaren Frisierspiegels aus jeder Perspektive begutachtet hatte.

„Sensationell. Geradezu umwerfend. Perfekt." Komplimente machten Mieslinge natürlich nie – entsprechend gequält kam ihm das über die wulstigen Lippen, außerdem brach sofort seine zinnoberrote Schuppenflechte aus. Don Mimos drehte sich geschmeichelt um: „Und DAS von einem deinesgleichen! You made my day!" „Don Mimos, Herr Minister, ich MUSS zu Ihrer Dunkelheit, zur Schwarzen Gamma!" Na endlich, mit einer schlaffen Handbewegung winkte Don Mimos den Miesling durch. „Aber nicht, dass du glaubst, du hättest dir das irgendwie verdient!", blaffte er ihm hinterher. Doch da war nur noch eine Rußwolke. Und natürlich säuerlicher Gestank.

Die Schwarze Gamma hockte in einem unendlich hohen Gewölbe mit einem See aus flüssigem Quecksilber in der Mitte. Die Wände waren schwarz verspiegelt, und überall dampfte und brodelte es. Die Herrin dieses finsteren Reiches drehte sich kreischend vor Vergnügen auf ihrem Drehstuhl, der aus einer Lagune aufragte. Die dunklen Spiegelwände waren halb durchlässig, und sie hatte gerade ihr Vergnügen daran, wie sich ein Ehepaar oben auf der Erde Biergläser und Salzstangen um die Ohren schleuderte. Die Schwarze Gamma persönlich hatte nämlich dafür gesorgt, dass sie sich partout nicht über das Fernsehprogramm einigen konnten und sich deshalb in den Haaren lagen.

„Eure Dunkelheit, ich bitte um wohlwollende Verzeihung, Sie bei der Arbeit zu stören." Die Schwarze Gamma fuhr herum. „Los, was ist!", kreischte sie. „Eure Dunkelheit, mir war es gerade vergönnt zu beobachten, dass Mira May das Magic Handy verloren hat." Pause. Dann: „Yippieyeah!" Die Schwarze Gamma rauschte durch die Quecksilber-Lagune, dass es eine Freude war, und klapste dem Miesling so heftig auf die Schulter, dass sein krummer Rücken noch krummer wurde. „Auf geht's!", jubilierte sie. „Wohin eigentlich?" „München, Hellastraße 7." „Fürchterlicher Name." „Los, los, willst du dich hier festsaugen?“ Sie tätschelte die schlaffen Saugnäpfe des Mieslings und schoss senkrecht nach oben durch ihren nur für sie vorbehaltenen Kamin. Den Miesling zerrte sie hinter sich her. „Warte doch!“, rief ihr Intriga nach und schüttelte genervt den Kopf. „Du hast deine Schutzhandschuhe vergessen!“ Unschlüssig wedelte sie mit einem Paar extradicker Handschuhe herum, die an den Fingerenden unsichtbare Spezial-Öffnungen zum Ausfahren der Krallen hatten. „Dann eben nicht!“, kicherte sie.

Die Spaghetti-Party hatte sich in Chaos aufgelöst. Die Gäste robbten im gesamten Haus herum – der aufgebrachten Lilly erzählte man was von einem neuen Krabbel-Spiel (Originalton Lilly: „Dafür seid ihr nun aber wirklich zu alt!“) –, Knox wuselte dazwischen herum und war mittlerweile zur Höchstform aufgelaufen. Wunderbare Dinge schleppte er heran: Hundehalsbänder aller Art (er war ja nicht blöd!), Mamis Handy, sämtliche Fernbedienungen von sämtlichen Geräten, die noch nicht verpackt waren – so dass Lilly prompt versuchte, den CD-Player in der Küche mit dem Garagentoröffner zum Schweigen zu bringen, aber auch Elektrokabel aller Art, Zündhölzer, Glühbirnen, Taschenlampen und Kerzen. Der Kerl hatte es echt drauf! Nur leider – das Handy blieb wie vom Erdboden verschluckt. Und der Gestank in der Küche begann sich im ganzen Haus auszubreiten ...

Mit äußerster Sorge verfolgte der Weiße Gründer das turbulente Treiben. Und ‚sorgenvoll‘, das bedeutete bei ihm: Sein wundervolles, gemütliches Lächeln war weg. Und das kam wirklich nicht oft vor. Aber eben heute. Er saß zusammengekauert – soweit das mit seinem Kugelbauch überhaupt ging – auf einem mächtigen, gläsernen Sessel und starrte in seinen Multifunktions-Kristall, den er stets an einer langen, goldenen Kette bei sich trug. Jetzt hatte er ihn auf „Anschauen: Mira May“ programmiert. Gerade sah er, wie Knox der armen Lilly das Portemonnaie aus der Handtasche zog. Es hatte immerhin eine ähnliche Form und Größe wie das Magic Handy. In dem Moment klingelte der Melde-Kolibri sacht an seinem Ohr: „Der Kleine Dirigent!“, zwitscherte das Vögelchen melodiös „es gibt keinen Größeren.“ „Lass ihn herein“, brummte der Weiße Gründer und erhob sich ächzend.

Diese Menschenkinder machten einem nichts als Sorgen! Schließlich hatte er als Vorstandsvorsitzender der Milchstraßen-AG wirklich noch anderes zu tun! Und dann das große Fest zu Ehren des Lichts! Er blickte aus dem Fenster, und seine Miene hellte sich auf. Von hier oben, von seinem Turmsaal aus, hatte er einen unglaublichen Rundblick auf die wohl schönste Hügellandschaft, die das Universum zu bieten hatte. Deshalb gab auch jedes der zahlreichen Fenster nur diese eine Stimmung wieder – in allen Himmelsrichtungen.

„Eure Lichtheit, wir müssen eingreifen, und zwar schnell.“ Der Kleine Dirigent lief so fix durch den Saal, dass seine Zottelmähne wehte. Vor dem riesigen gläsernen Schreibtisch kam er mit Mühe zum Stehen, denn der Fußboden war ebenfalls aus Glas und deshalb sehr glatt. „Die Schwarze Gamma ist mitsamt Gefolge unterwegs, um das Magic Handy zu klauen. Und Sie wissen, was dann passiert, Eure Lichtheit.“ „Hmhm“, brummte der Weiße Gründer und schaltete sein Multifunktions-Kristall – er nannte es auch zärtlich „Lalli“ – auf „Anschauen: Gamma.“ Ein dunkler, länglicher Schatten sauste wie eine flattrige Langstreckenrakete dicht über der Erdoberfläche durch die mondklare Nacht. Richtung München. Flankiert wurde sie von Hunderten graubrauner Geschoss-Pünktchen und einem größeren, unangenehm irisierenden Punkt. Wenn man sehr genau hinschaute, konnte man das eine oder andere Teerklümpchen erkennen. AHA!

„Ich hasse die direkte Auseinandersetzung, wie du weißt", seufzte der Weiße Gründer, und sein wallendes Gewand knisterte. „Aber diesmal wird uns wohl nichts anderes übrig bleiben ... naja so sehr aufwändig dürfte die Angelegenheit ja wohl nicht werden. Wir müssen nur dafür sorgen, dass Mira das Handy wieder findet, dann ist der Schutz aktiviert und die Dunkle Seite kann sich aufknüpfen – haha! Was sie besser schon längst hätte tun sollen." Der Weiße Gründer konnte einfach nicht länger als wenige Minuten bedrückt sein. Schon lächelte er wieder.

„Aber, meine Lichtheit", der Kleine Dirigent schritt vorsichtig, damit er nicht ausrutschte, durch den leeren Raum, die Hände hinten über den Frackschößen verschränkt: „Noch laufen wir große Gefahr, dass der Dunklen Seite ein sehr, sehr wichtiges Instrument in die Hände fällt. Mit dem wären sie in der Lage, uns einige empfindliche Schläge zu versetzen. Und solange Mira May es nicht wieder hat, ist es sozusagen Freiwild. Da kann jeder, der es findet, schrecklichen Missbrauch damit treiben!" „Ja, ja, ich suche ja schon, wo sich dieses verflixte Ding versteckt hält", grummelte der Weiße Gründer – und programmierte Lalli auf „Anschauen: Magic Handy."

Komisch, das hatte sich eben so angefühlt, als ob das ganze Haus vibrierte! Mira hob den Kopf. Sie und ihre Freunde saßen rund um den Küchentisch und versuchten sich gemeinsam auf das Handy zu konzentrieren. Mira hatte es ihnen so weit beschrieben, wie es ihre Schweigepflicht zuließ, und nun hofften sie – als letzten Versuch sozusagen – mit vereinten Geistes-Kräften auf den richtigen Dreh zu kommen. Apropos Dreh! Der Marmorkuchen! Sie musste sofort den Ofen ausdrehen, sonst würde der schöne Kuchen verbrennen! Mira stand vorsichtig auf, um die anderen nicht zu stören, und schlich zum Backofen rüber.

Auch Knox war hoch geschreckt. Der säuerliche Geruch war schlagartig stärker geworden, eindeutig zog er aus den Steckdosen herein – und das Vibrieren des Hauses hatte er natürlich auch wahrgenommen. Doch er roch noch mehr ... etwas angenehmes, außerordentlich angenehmes sogar! Es duftete eindeutig nach seiner Aller-Aller-Lieblingsspeise – nach getrockneten Schweinsohren nämlich! Wo, um Herrchens Willen, konnte denn hier eins rumliegen? Die wurden doch von Lilly immer so fürchterlich streng rationiert ... Ja, Sapperlot, da flog eins! Mitten durch die Küche! Knox schaute sich verstohlen um. Nein, keiner hatte was mitgekriegt. Die vier Freunde saßen händehaltend am Tisch und waren in die Handysuche versunken. Und Mira studierte nochmal das Marmorkuchen-Rezept. Also – nichts wie dem fliegenden Schweinsohr hinterher! An beiden Ohrzipfeln schillerte und klingelte es, das kam ihm doch irgendwie bekannt vor. Aber angesichts des duftenden Schweinsohrs schwand ihm jede Erinnerung.

Plötzlich fiel etwas um, das Lacktablett, das neben der Dreier-Steckdose an der Wand gelehnt hatte! Knox versuchte mit höchster Konzentration, seine etwas weitsichtigen Augen auf die sechs roten Pünktchen daneben zu konzentrieren. Hm – die bewegten sich ja! Und zwar in Dreier-Gruppen an der Küchenwand entlang, auf Mira zu. Daneben segelte etwas Grellfarbiges durch die Luft, das tat richtig weh in den Augen, wenn man's anschaute! Trotzdem: Das Schweinsohr verlor Knox nicht aus den Augen. Aus der Nase schon, denn jetzt stank es penetrant nach Teer.

„Mist! Bei der schwarzen Kern-Spin-Natter, ich habe meine Schutzhandschuhe nicht mit! Ich kann das Ding doch nicht ohne Handschuhe anfassen!“ Da hatte jemand geflüstert, ohne Zweifel! Auch Mira drehte sich um, schnüffelte und verzog das Gesicht. „Ich darf dieses verflixte Ding nicht berühren, hörst du? Das musst du machen, los, los!“ „Glauben Sie etwa, Eure finsterste, allerdunkelste Dunkelheit, MIR tut das nichts?“, zischelte eine andere, knattrige Stimme ganz leise, aber protestierend zurück. „Papperlapapp, ran an den Speck!“

Wo aber war das Schweinsohr abgeblieben? Weg, spurlos verschwunden! Knox war so tief enttäuscht, dass er sich auf die Hinterbeine stellte und mit den Vorderpfoten zappelte, wie in ganz jungen Jahren. „Hey, was ist denn mit dir los? Bist du jeck? Stör jetzt bitte unsere Kreise nicht“, Miras Stimme klang etwas mitleidig, aber doch ziemlich streng. Egal, völlig egal! Knox entfuhr ein Fieper. Aus seiner Männchenmachen-Perspektive konnte er das Schweinsohr erspähen! Es lag saftig und bräsig im Backofen! Da konnte er sich einfach nicht mehr beherrschen.

Noch bevor das flimmernde Scheusal dazu ansetzen konnte, sprang Knox mit einem gewaltigen Satz Richtung Backofentür, riss sie mit einer Pfote nach unten und biss so gierig in das Schweinsohr, dass er das Ofengitter mit erwischte – autsch! War das heiß! In seinem Schmerz riss er das ganze Gitter samt Marmorkuchen aus dem Ofen. Das landete mit einem Riesen-Geschepper auf dem Granitfußboden, die metallene Kuchenform samt Inhalt aber trudelte mit Lichtgeschwindigkeit quer durch die Küche. Dabei löste sich der Kuchen aus der Form und rollte eiernd noch ein Stückchen weiter. Aus irgendeinem Grund hatte er ganz erhebliche Schlagseite, so dass er in zwei Teile zerbrach ... und dampfend ein dunkles Etwas freigab, das da gar nicht hineingehörte. Dieses dunkle Etwas kam direkt auf drei roten Pünktchen zum Liegen. Mitten in den hysterischen Schrei von irgendwo weiter oben in der Luft: „Baron! Tun Sie doch was! Nun packen Sie's doch!“, brachte Knox die Meisterleistung seines langen Lebens zustande: Er ließ das Schweinsohr Schweinsohr sein, stürzte sich auf das dunkle Etwas, das sich als das Magic Handy entpuppt hatte, und biss dabei der Schwarzen Gamma sogar ein Loch in den unsichtbaren Stöckelschuh.

Mit einem doppelten Rittberger machte er eine flotte Kehrtwende und landete mitsamt Handy in Miras Armen. Die flüsterte nur: „Und plötzlich steht es da, an dich gelehnt – das, was du so lang hast ersehnt ... Danke, Knox!“ Damit hatte auch Knox seine Aufnahme-Prüfung bestanden. Von nun an war auch er ein V.I.T.!

Natürlich hatte die Angelegenheit Folgen. Dass Lilly gegen Knox ein lebenslanges Schweinsohr-Verbot verhängte, war zu verschmerzen. Denn von nun an kreuzten immer wieder wunderbarerweise Schweinsohren seinen Weg. Einfach so, plötzlich lagen sie da oder segelten durch die Luft. Und so köstliche wie diese hatte Knox noch nie verputzt! Nein, auch Miras Freunde waren nicht das Problem. Die waren zwar sehr darüber erschrocken, dass gemeinsames Konzentrieren auch zu gemeinsamen Halluzinationen führte, ließen sich aber durch die Marmorkuchenreste schnell wieder davon ablenken.

Nein, das Schlimme war: Die Schwarze Gamma kochte vor Wut. Und wenn die kochte, dann war das sehr, sehr ungut. Nicht nur, dass etliche Steckdosen und Elektroverkabelungen im Hause May verschmorten und mit erheblichem Aufwand repariert werden mussten – nein: die Schwarze Gamma wollte jetzt Zoff. Mit ganz oben.

„Wenn ich mir erlauben darf, Ihnen einen Rat zu geben“, Pergament stand an einem der Turm-Saal-Fenster und beobachtete das wüste Wetterleuchten aus der Wolke gegenüber, „dann würde ich Ihnen empfehlen, die Schwarze Gamma nicht zu lange warten zu lassen. Je länger sie da oben rumhockt und sich aufregt, desto schwieriger wird es, sie da wieder runterzuholen." „Ach, weißt du, Pergament, ich bin nicht dazu da, dieses Schrappnell glücklich zu machen. Und dort runterholen kann sie sowieso niemand. Im Gegenteil, ich wäre froh, wenn sie da für immer kleben bliebe. Offen gestanden, ich weiß nicht, was dieser Budenzauber jetzt soll: Ein ‚direktes Aufeinandertreffen'. So ein Blödsinn. Das haben wir seit Jahrtausenden nicht mehr gemacht. Aus gutem Grund. Bei der ist doch sowieso Hopfen und Malz verloren." „Völlig richtig, Eure Erleuchtung. Doch in der Aufforderung aus der Chefetage des Schwarzen Lochs, die uns dieser Ober-Miesling ‚Große Klappe' überbracht hat, da war so eine unangenehme Andeutung enthalten. Man würde uns beim großen Fest zu Ehren des Lichts ‚den Stecker rausziehen', wenn Sie sich nicht zu einer direkten Begegnung bereiterklärten." „Haaach, ich weiß zwar überhaupt nicht, wo DIE uns den Stecker rausziehen wollten, aber du hast Recht. Man sollte immer prüfen, ob sich hinter einer dusseligen Drohung nicht vielleicht doch mehr verbirgt. Na gut. Oder auch nicht gut ... Friede und Frohsinn!"

Der Weiße Gründer warf noch einen traurigen Blick zu seinem glasklaren Hüpfball hinüber, mit dem er sich jetzt sooo gerne beschäftigt hätte. Aber er schwang sich in seine Lichtblase. Die musste dann einen kleinen Umweg fliegen, nämlich zu einem doppelflügeligen Fenster. Durch die einfachen passte sie mit ihrer kostbaren Fracht nicht hindurch.

„Im Namen der Mächte des Schwarzen Lochs! Ich stelle fest, dass der oberste Vertreter der anderen Seite endlich den Mumm aufgebracht hat, sich unserer Herrlichkeit zu stellen. Ich erkläre damit die Sitzung für eröffnet." Die Schwarze Gamma hing pitschnass in ihrer Blase aus geteerten Alligatoren-Därmen. Wenn sie ausging, hatte sie meistens ihre Unwetter-Wolke dabei. Die hing als Haufen Unglück direkt über ihrem Kopf. Bei jeder kleinsten Bewegung rückte sie exakt neu in die optimale Position und ergoss sich ununterbrochen über die speckig glänzenden Haare und Schultern der Schwarzen Gamma.

Der Weiße Gründer näherte sich sehr gemächlich in seiner Lichtblase. Die hatte ein nettes Bänkchen für ihn, sogar mit Lehne. Es bestand aus körnigem rosafarbenem Licht. Der Rest der Blase flimmerte in den bekannten schillernden Strahlen des Hofes. Über seine weiße Robe mit den geheimnisvollen blauen und goldenen Symbolen hatte der Weiße Gründer einen silbernen Umhang geworfen. Vorne, am Hals, wurde er mit einer geflügelten Sonne zusammengehalten.

Der Herr des Lichtreichs hatte natürlich seinen guten Grund, sich der dunklen Blase in aller Vorsicht zu nähern, denn ... ZISCHSCH! war's schon passiert. Dort, wo sich die beiden Blasen berührten, hatte es eine gewaltigen Blitz gegeben, giftgrün-rot gestreift; er verdampfte dann aber in friedlich-silbrigen Wölkchen. „Welch eine Energie-Verschwendung", seufzte der Weiße Gründer. „Die könnten wir so schön für unser Fest zu Ehren des Lichts verwenden." Er mühte sich sichtlich, die Lichtblase auf Gamma-Kurs zu halten, denn die beiden, die dunkle und die helle Blase, stießen sich mächtig ab. Etwa so, als hielte man zwei mega-starke gleichgepolte Magneten gegeneinander. Immer, wenn einer von beiden zu viel Gas gegeben hatte, berührten sich die beiden Blasen, und es gab diese Blitz-Gewitter. Unangenehm. Anstrengend, das Ganze.

„Fangen wir an", begann der Weiße Gründer ruhig. „Worum geht es?" „Saublöde Frage!", kam es peitschend zurück. Zum Glück dämpften die Alligatorendärme die Messer-Schärfe ihrer Stimme ein wenig. „Es geht darum, dass ihr an den Grundfesten der kosmischen Machtverteilung rüttelt. Ihr wollt uns unsere Verdunkelungskräfte nehmen, ihr wollt die Missgunst, den Neid, die Zwietracht, den Hass, die Vergeltung, die Intrige und den Verrat aus dem Kosmos entfernen", die Schwarze Gamma redete sich in Rage, „ich sage hier ein und für allemal: WIR werden unsere Macht ausdehnen, und nicht ihr! WIR werden die gefangenen Seelen niemals freilassen – im Gegenteil: Wir werden dafür sorgen, dass noch viel, viel mehr von ihnen in unseren Gefilden der Dunkelheit schmoren werden ..."

„Nun aber mal halblang", – der Weiße Gründer war zwar der Inbegriff der Gelassenheit, aber was zuviel war, war zuviel. „Ich stelle also fest, dass wir uns hier befinden", ZISCHSCHSCH! „weil Sie uns mitteilen möchten, dass Sie zum Angriff blasen. Vielen Dank für den Hinweis. Sonst noch irgendwas?"

„Ungeheuerlich! Er verdreht die Tatsachen, wie er will!" ALC, Gammas Lieblingsratte und engste Vertraute, sprang ihr auf die Schulter. Oh ja, ALC führte zuverlässig jeden der fiesen Aufträge ihrer Herrin aus – und hatte oft die gemeinsten Ideen. Jetzt zischelte sie ihr etwas ins Ohr. Die Schwarze Gamma richtete sich zu voller Länge auf – und sie war sehr lang! „Wir fordern Euch hiermit auf, die jüngste Attacke sofort und ein für alle Mal zu beenden. Sie werden Ihre Handlanger, Mira May und Knox, umgehend in den Schlaf der Umnachtung versetzen und das Magic Handy inaktivieren. Des weiteren werden Sie es an uns aushändigen."

ALC machte einen Riesensatz und landete PLATSCH! zu Füßen ihrer Herrin. „Genau, und danach lade ich Sie in mein Schlafzimmer zu Krötenwarzensuppe ein." Der Weiße Gründer legte den Rückwärtsgang ein. „Sie haben noch etwas vergessen, Verehrteste!" Er wirkte geradezu amüsiert: „Die Weltherrschaft. Die sollte ich Ihnen doch am besten auch gleich übertragen, nicht wahr? Guten Rückflug!" Die Lichtwolke setzte sich in Bewegung. „Moment! ICH sage, wann Schluss ist hier!" Die Schwarze Gamma war jetzt so lang geworden, dass sie oben und unten aus der Alligatorendarm-Blase rausbeulte. „Sollten Sie unseren Forderungen nicht nachkommen, dann könnten wir uns gezwungen sehen ..." – mit einem Blick zu ALC holte sie sich Bestätigung – „... die Quelle des Lichts – sagen wir mal ... zu eliminieren ..."

„Hmhm. Ihr wollt also die Sonne killen." Der Weiße Gründer hielt ein. „Das dürfte nicht ganz einfach werden." „Das ist es auch nicht. Aber wir wissen jetzt endlich, wie das zu machen ist! Jaaaaha!" Ihr strampelnder Stöckelschuh ließ um ein Haar die Blase platzen. ALC wuselte blitzschnell aus dessen Reichweite in die entgegengesetzte Richtung, um bei der Stöckelschuh-Strampelaktion ihrer Herrin keinen Schaden zu nehmen.

Der Weiße Gründer war nicht gewillt, noch länger auf die Drohungen der Schwarzen Gamma einzugehen. „Wenn Ihr das könntet, dann würdet Ihr's auch tun. Mira und Magic Handy hin oder her. Wir gehen." Schon war die schillernde Blase im Abendlicht verschwunden, die Schwarze Gamma wetterleuchtete alleine vor sich hin. „Ich hab Euch gewarnt!", zischte sie zwischen den Zähnen hindurch, „ALC, zu mir!"

6

„Mal wieder das vorerst letzte gemeinsame Abendessen in München. Ein verrücktes Leben. Aber doch irgendwie schön." Harry May wurde sehr selten sentimental. Aber jetzt war ein typischer Anlass dafür. „Mein Gott, was hätte ich als Kind darum gegeben, so in der Welt herum zu kommen!" Er schaute Mira herausfordernd an. Die kaute ungerührt auf ihrem China-Gemüse herum. „Kind, nun sag schon was. Dad möchte von dir wissen, ob du dich auf New York freust. Wie wir beide das natürlich tun." „Nein." Judith May seufzte genervt. Ging DAS schon wieder los! Nie konnte man sich über eine Beförderung bei MAKROSMOOTH freuen, immer bockte Mira. Die wusste einfach nicht zu schätzen, wie gut sie's hatte. Schnell, bevor sich diese altbekannte Vorwurfs-Spirale wieder drehte, mischte sich Lilly ein. Sonst sagte sie bei Tisch eigentlich nie etwas. „Kinder sind eben anhänglich. Die brauchen ihre gewohnte Umgebung, ihre Ansprechpartner – und viel, viel Nestwärme." Lilly konnte sich einen vorwurfsvollen Blick Richtung Eltern nicht verkneifen. „Na, das hat sie doch, wohin wir auch gehen."

Dads Stimme bekam diese gewisse Schärfe, die nichts Gutes verhieß. „Sie hat das Wichtigste überhaupt, eine intakte Familie. Dann die allerbeste Ausbildung, jedes erdenkliche Angebot, was Sport, Kunst und Kultur angeht. Mira sollte wirklich mal hautnah erleben, wie andere Kinder aufwachsen. Wir sollten sie mal zu Tante Senta nach Erlangen geben." „Gähn", maulte Mira, „können wir nicht über was anderes reden." Jetzt war's also wieder da, das, was Mami „bocken" nannte und sie zur Weißglut brachte.

„Du wirst uns später sehr, sehr dankbar sein." Mami beherrschte sich sichtlich. „Und was es alles zu entdecken gibt in Amerika! Du wirst staunen!" „Ja. Hamburger und Vanille-Milchshake." Darauf freute sich Mira wirklich. „DAS werden wir zu verhindern wissen, nicht wahr, Lilly?" Mami blickte drohend zu Lilly rüber. „Nein, ich meine natürlich the ‚American Way of Life' – Baseball zum Beispiel. Und in die Metropolitan Opera werden wir mit dir gehen. Du wirst begeistert sein. Stell dir vor, die Geschäfte dort sind rund um die Uhr geöffnet!" „Wenn ich eh keinen Hamburger kriege, ist mir das sowieso wurscht." Ihre Eltern freuten sich auf solche Sachen, worauf sie, Mira, stand, das interessierte sie natürlich nicht die Bohne.

Noch während Mira überlegte, ob sie nicht den Mund aufmachen sollte und diesen superklugen Eltern mal erzählen sollte, wie einsam, wie unbeachtet, wie kalt sie sich mit ihnen fühlte, da kam ihr Dad zuvor. „Na, ich bin sicher, du wirst noch mal ein richtiges ‚All American Girl'. Du weißt doch, was das heißt, oder?" Dad musste immer Wissen in sie reinpumpen, als ob er dafür bezahlt würde. Soll er's doch für sich behalten, dieses Zeug. Miras Laune war im Eimer. Genervt antwortete sie: „Klar, das heißt ‚Alles Ami-Grütze'„, sie wusste genau: Sie brauchte nur so weiterzumachen, und sie würde am Ende natürlich wieder den Kürzeren ziehen.

„Ich meine, wir beenden das Gespräch an dieser Stelle." Dad warf verärgert seine Gabel hin und schüttelte Mami ab, die ihm beruhigend die Hand auf den Arm legen wollte. „Tragen ‚All German Girls' eigentlich heutzutage solche Känguru-Beutel?", fragte er ungehalten. Mira versuchte krampfhaft, sich nichts anmerken zu lassen. Seit dem Marmorkuchen-Drama trug sie das Magic Handy immer in dieser Bauchtasche am Körper, auch nachts. Zum Glück kamen die Eltern abends nie in ihr Zimmer, so kriegten sie nix mit.

„Das ist gerade in.“ Lilly sagte schon wieder was, unglaublich! Wenn du wüsstest, wie megaout diese Dinger sind, dachte Mira und schaufelte sich unter dem missbilligenden Blick von Mami einen weiteren Berg Reis auf den Teller. „Wie war eigentlich deine Spaghetti-Party?“, fragte Dad, vielleicht war ja auf diesem Weg so etwas wie ein gepflegtes Gespräch mit der Tochter möglich. „Ein durchschlagender Erfolg, nicht wahr, Lilly?“, grinste Mira. „Die Küche sah hinterher aus, als hätte eine Bombe eingeschlagen.“ Bedeutungsvoller Blick zu Lilly. „Jeder schwamm in seiner eigenen Sauce. Echt toll. Morgen, kurz bevor wir abfahren, kommen sie alle noch mal rüber, Caro, Iris, Nils und Benjamin. Kann ich jetzt aufstehen?“ Unfassbar, wie schnell sie beim Reden den Reis- und-Gemüse-Berg verschlungen hatte. „Das nächste Mal isst du bitte langsamer! Gut, du kannst gehen, aber bitte bring noch die Speiseplatten raus, hilf ein bisschen in der Küche.“ Mami blickte streng über den Rand ihres Wasserglases. „Und stell dir den Wecker. Du weißt, wir müssen morgen sehr früh raus.“ Phhht, dachte Mira, in der Küche helf ich supergern. Da waren noch Reste in den Heim-Service-Kartons vom Chinesen!

In ihrem Zimmer klaubte Mira sofort den Zettelkasten aus ihrem riesenhaften Schul-Rucksack. Diesen Kasten vertraute sie keiner Umzugskiste an, den hatte sie immer in Reichweite. „Abschied“ – unter diesem Stichwort hatte sie eine ganze Menge Zettel einsortiert, zum Beispiel: ‚Immer wenn eine Tür sich schließt, geht eine neue auf‘. Nein, nein, nein, traurig war sie bestimmt nicht! Und einsam? I wo. Sie ließ sich doch nicht unterkriegen, wär doch gelacht! Außerdem kuschelte Knox ganz zärtlich auf ihrem Schoß herum – und Lilly hatte heimlich Gummibärchen hingestellt. Also. Was soll’s. Versunken nestelte Mira ihr

Magic Handy aus der Bauchtasche und spielte die Melodie, die ihr der Kleine Dirigent gezeigt hatte.

„Das ist kein Kunststück“, kam es von oben. Der Kleine Dirigent baumelte am Metallschirm der Deckenlampe, der einzigen, die noch nicht abgehängt worden war. Diesmal hatte er seine Meerkatze dabei! Toll, die saß in der linken Brusttasche seines ausgebeulten Fracks und spielte Triangel. Wie friedlich! Offenbar hatten die beiden nicht so viel Ärger am Hals wie sie.

„Wie steht's denn um deine Klavier-Künste?“ Der Kleine Dirigent ließ sich etwas ungeschickt auf den Schreibtisch vor ihr plumpsen. „Och, schon ganz gut! Es macht viel mehr Spaß als früher, ehrlich! Naja, ich übe ja auch allein, ohne diese Klavierlehrer-Schrappnelle.“ „Schrappnelle!“, rief der Kleine Dirigent entzückt, „das kann man ja glatt vertonen!“ Die Meerkatze triangelte heftig. „Los, spiel doch mal was.“

Mira mochte das gar nicht. Vorführen, aufführen, präsentieren. Alles nicht ihr Ding. Mami wollte ja immer, dass sie irgendwas aufführte. Ballet, Golf, Tennis, Reiten, Chor, Orchester. Aber Mira hatte sich stets standhaft geweigert. Diese ganze Vereinsmeierei, furchtbar. Nur Leute wie Mami und Dad sind dort. Und dieses Gerede darüber, was man alles Schickes macht. Dad spielte jede freie Sekunde Golf und kam jedesmal mies gelaunt zurück. Mami machte Fitness und Yoga in so einem Ladys-Club. Danke, das sollten die beiden ruhig weitermachen. Dann konnten sie sich wenigstens irgendwo abreagieren. Aber nicht Mira, niemals! Mami und Dad fanden das ganz furchtbar. Als wäre Mira irgendwie krank im Kopf. Natürlich hofften sie, dass sie doch noch irgendwann auf den Trichter käme, boten ihr immer wieder an, sie zu Kinderpartys im Tennis- und Golf-Club zu fahren. Ohne Erfolg. Mira hatte sich irgendwann mit den Klavierstunden von dem ständigen Generve freigekauft.

Aber nicht vorspielen, nie, nie, nie! „Das erste Stück im Magic-Song-Book, das geht doch irgendwie so ..." Der Kleine Dirigent summte die wunderschöne Melodie ganz sanft vor sich hin, die Meerkatze triangelte wie Samt und Seide. Da fiel es Mira dann doch nicht schwer einzustimmen. Sie hatte echt das ganze Stück auswendig gelernt! Und im Gegensatz zu früher spielte sie es mit richtig viel Gefühl.

Der Kleine Dirigent und seine Meerkatze applaudierten, Knox guckte superstolz. „Wunderbar, einfach wunderbar! So und nicht anders muss man es spielen. Kompliment, Mira." Er reichte ihr seine klitzekleine Hand und schüttelte sie bedächtig. „Du bist ein Talent. Jawohl, er wusste es. Der Weiße Gründer wusste es. Natürlich." Mira schaute ihn groß an: „Wer wusste was?" „Das kommt später. Wenn Du mehr Stücke kannst. Wie du weißt, ist das sehr, sehr wichtig. Mit Herz, Verstand und Unerschrockenheit. Wirst du in Amerika auch weiterüben?" „Klar", seufzte Mira. Wieso musste er sie ausgerechnet jetzt daran erinnern? „Werde ich dich denn wiedersehen können?" „Also, ich bitte dich", der Kleine Dirigent schien direkt beleidigt. „Wenn ich dir sage, du kannst mich und meine Harflinge jederzeit rufen, dann meine ich das auch so. Wo du mit dem Magic Handy gerade bist, spielt selbstverständlich keine Rolle."

„Wie ist das übrigens mit den Gebühreneinheiten, wenn ich dich aus den USA anrufe – oder meine Freunde in Deutschland?" Wichtige Frage für Mira. „Wird alles übernommen", winkte der Kleine Dirigent ab. „Und wenn ich jemandem meine Nummer geben möchte, wie lautet die?" – „Ach, das weißt du gar nicht?" Der Kleine Dirigent tat bass erstaunt. „Ganz einfach. 2812*3*7*9." „Mein Geburtstag? 28.12.?", warf Mira ein. „Genau. Wichtig: Diese Nummer funktioniert nur, wenn sie draußen, im Freien gewählt wird. Dann haben wir die Sonnen-Direktübertragung. Andernfalls muss vorher noch ein Zugangscode gewählt werden: Fünfmal die +-Taste, dann das Handy auf den Kopf stellen und ins Display lachen."

„Na, da werden mich meine Freunde aber für komplett verrückt erklären." „Und wenn schon", sagte der Kleine Dirigent gelangweilt. „Schönen Umzug! Und nicht vergessen: Üben, üben, üben! Es wird immer mehr Spaß machen! Immer mehr." Die Meerkatze triangelte zum Aufbruch, und weg waren die beiden.

Der Weiße Gründer entspannte sich gerade mit einer Partie „Mensch-ärgere-dich-nicht" in Gesellschaft von Donatus, Lukullus und Sisyphus. Allesamt hockten sie im Schneidersitz auf dem Glasfußboden, Becher mit einem weiß-grün-gesprenkelten Getränk auf kleinen leuchtenden Kugeln neben sich. Die rollten rücksichtsvoll zur Seite, wenn sich mal wieder einer vor Lachen der Länge nach auf den Fußboden warf. Gerade hatte der Weiße Gründer den silbernen Stein von Donatus kurz vor dem Ziel rausgekegelt, da flatterte der Melde-Kolibri an seinem Ohrläppchen herum. „Okay, okay. Ich weiß ja." Der Weiße Gründer seufzte sein Jahrtausend-Seufzen. „Ist wichtig. Soll reinkommen."

Großes Ohr war gerade umständlich dabei, sein großes Ohr wieder zusammenzufalten, offenbar war er noch nicht dazu gekommen. „Eure Lichtheit, leider konnte ich am Hofe der Dunkelheit nichts über mögliche Verschwörungen gegen das Licht in Erfahrung bringen. Irgendwas scheint da aber tatsächlich vor sich zu gehen. Was ich aufschnappen konnte, das betrifft die Familie May. Es gibt Hinweise darauf, dass sich ein Mitglied der Familie in einer äußerst unangenehmen Situation befindet." „Mira?", fragte der Weiße Gründer schnell. „Nein, offenbar ein naher Verwandter. Mehr weiß ich leider nicht." „Danke,

Audius Makrofortus. Vielen Dank. Hier, kräftige dich ein wenig.“

Er schob dem Harfling seinen Becher hinüber. „Dann wollen wir mal schauen. Aber richtig. Hiermit ist unsere Vorstandssitzung leider unterbrochen! Liebe Kollegen, wir werden so bald als möglich mit dieser Thematik fortfahren.“ Die Harflinge schoben grinsend das goldene Spielbrett zusammen. „So“, schnaufte der Weiße Gründer und erhob sich erstaunlich behände vom Fußboden. „Jetzt benötige ich fünf internationale Lookilookis. Am besten sofort.“

Sofort wuselten geschäftig zehn Harflinge in den Saal, jeweils zu zweit trugen sie einen großen runden Bildschirm. Die schienen bereits aktiviert, aber in Warte-Funktion – als Bildschirmschoner erblickte man die Zauber-Landschaft, die man auch aus allen Fenstern sah –, und zwar in der gerade herrschenden Lichtstimmung.

„Dann schaunmerma. Bitte Mira, Eltern, Knox, Lilly und Omi aktivieren.“ Der Weiße Gründer hatte auf seinem gläsernen Hüpfball Platz genommen und rollte ein wenig hin und her. Pling-pling-pling-pling-pling! Ein Bildschirm nach dem anderen sprang um und zeigte das Gewünschte. Mira hockte in ihrem völlig leer geräumten Zimmer und packte kleine Päckchen, die sie mit Zeitungs- und Klopapier umwickelte. Ihre Eltern standen draußen beim Möbelwagen und gaben Anweisungen, was ins Flugzeug und was aufs Schiff Richtung Amerika sollte.

Knox nagte verzückt an einem Schweinsohr – Lukullus winkte ihm spontan über den Bildschirm zu, Knox hob den Kopf und blinzelte ihm verschwörerisch zu –, Lilly wischte sich gerade eine Träne an ihrem rosa Polokleid ab – und Omi? Der Weiße Gründer rollte näher an den Bildschirm heran. „So eine Sauerei!“, entfuhr es ihm, schon sprang er wendig in seine Lichtblase, machte noch mal kehrt, um einige Harflinge einzusammeln, und ab ging’s.

Durch das kleine Kuhstall-Fenster kam er natürlich nicht hindurch, also musste er den Umweg durch das Scheunentor wählen. Mit angewidertem Gesicht zog er Omi vorsichtig den Quecksilber-Knebel vom Kopf. Noch in seiner Hand verklumpte das Ding und rollte hüpfend durchs Tor von dannen. „Sag mal, Eli, da musst du ja ziemlich unvorsichtig gewesen sein", murmelte er, als er die erschöpfte alte Dame im Arm hielt. „Womit hast du sie denn bloß provoziert?" „Darf ich erstmal eine Kleinigkeit trinken, dear?"

Omi huschte in die Küche und kam mit einem riesigen Krug Apfelsaft zurück. „Ich habe Mira nur ein paar Grundfunktionen des Handys erklärt. Nur ganz, ganz wenige", stieß sie hervor, während sie ein Glas Apfelsaft nach dem anderen hinunterkippte. „Das musste sein. Da wirst du mir zustimmen." Der Weiße Gründer wiegte bedächtig den Kopf: „Du kennst sie ja noch von damals, die dunkle Seite. Ohne dich wäre die Sache noch viel schlimmer verlaufen, und ich bin dir deshalb bis heute sehr, sehr dankbar. Aber von damals her erinnerst du dich ja auch an ihre Unerbittlichkeit. Der Fall brennt uns bis heute unter den Nägeln, keine Frage. Und wir sollten durchaus daran denken, ihn in nicht allzu ferner Zukunft zu lösen. Der Ärmste, diese bemitleidenswerteste der verlorenen Seelen, er muss da raus, das ist klar. Nur ... Im Augenblick ist die Schwarze Spinatwachtel auf 360. Alles, was sie reizt, führt zu überaus heftigen Reaktionen. Deshalb sollten wir uns jetzt erstmal zurückhalten. Vielleicht warten wir doch besser, bis wir das große Fest zu Ehren des Lichts gefeiert haben." „Oh, dear!", stöhnte Omi, „ich finde wirklich, wir sollten die Sache bald zu Ende bringen. Aber du magst Recht haben – im Augenblick gehen viele von uns ein großes Risiko ein."

„Köstlich." Der Weiße Gründer hatte den Apfelsaftkrug mit einem herzhaften Schluck geleert. „Eli, du hast es ja leider schmerzhaft zu spüren bekommen – ich kann dir nicht immer helfen. Mach besser mal halblang, vor allem mit dem Nachhilfe-Unterricht für Mira. Wenn die Zeit reif ist, werde ich es dich wissen lassen. Erhol dich erstmal ein bisschen. Du bist auch nicht mehr die Jüngste! Ich lass dir Knetus hier. Mach's gut, meine Liebe."

Omi sank in ihren Lehnstuhl und ließ sich mit selig verklärtem Gesicht von Knetus den Nacken massieren. Sanft lächelnd rauschte der Weiße Gründer in seiner Lichtblase durch die Stalltür davon ins Alpenglühen.

In Ermangelung einer hübschen Verpackungsalternative hatte Mira die Päckchen in eine KadeWe-Plastiktüte geworfen und stand, von den Freunden umringt, unter der kahlen Pergola. Es war ungemütlich – feucht und kalt, aber keiner von den Fünfen schien das zu bemerken. „Täglich eine SMS, jeder." Benjamin schüttelte, um dem Vorsatz Nachdruck zu verleihen, sein Handy. „Und wöchentlich ein Brief!" Iris fiel Mira um den Hals. „Und in den Sommerferien sehen wir uns, egal wo!" Nils sah die Clique vor seinem inneren Auge schon auf Ibiza Strandball spielen. „Und ich ruf dich immer an, und wenn meine Eltern das spitz kriegen, dann lass ich mir halt das Taschengeld sperren." Caro hatte jetzt sehr nah am Wasser gebaut. „Passt auf." Mira hob verstohlen die Plastiktüte in die Höhe. „Da ist für jeden ein klitzekleines Geschenk drin. Und meine Handy-Nummer. Mitsamt Gebrauchsanleitung. Wundert Euch bitte nicht, da gibt es ein paar einfache Dinge zu beachten. Aber wenn ihr euch dran haltet, dann telefoniert ihr umsonst. Großes Ehrenwort." Mira verteilte die Zeitungs- und Klopapierpäckchen. Auf die tropfte es dann gewaltig. Dabei regnete es gar nicht!

Mira hatte sich in der Lufthansa-Lounge Frankfurt in die hinterste Ecke verkrochen, da wo die Faxgeräte stehen. Verheult nippte sie an ihrer Cola. Mami hatte sogar zugesehen, als sie sich Cola eingoss – und ausnahmsweise nichts gesagt. Auch nicht zu dem Haufen Cracker, der sich neben dem Glas türmte. Mira tippte verstohlen die erste „Miss you!"-SMS ins Magic Handy, als es im Kartentelefon neben ihr unverschämt laut knackte. Mühsam quetschte sich erst ein diamantbesetzter Taktstock – und dann der komplette Kleine Dirigent durch den Kartenschlitz. Er war ja ziemlich klein, aber sooo klein eigentlich auch wieder nicht ... „Mira, Kopf hoch. Das packen wir", sagte er verständnisvoll. „Es liebt der Mensch, und was er liebt, entschwindet", grummelte Mira. „Pass auf. Schau mich an, Mira." Der Kleine Dirigent nahm Miras Gesicht in seine winzigen Hände und rückte ganz nah an sie heran. Eine hochstehende Zottellocke kitzelte sie in der Nase. Mira lächelte traurig. „Wenn's mal hart auf hart kommen sollte, kannst du deine Freunde zu dir holen – nach Amerika." Er schaute sie erwartungsvoll an. Mira bekam genau den zweifelnd-hoffnungsvollen Gesichtsausdruck, den er sich erhofft hatte. „Du musst sie nur vorher sehr vorsichtig darauf vorbereiten. Die Sache ist nämlich etwas ungewöhnlich."

Eine Dame vom Service-Personal räumte das Cola-Glas weg. Sie schien den Kleinen Dirigenten nicht zu bemerken. „Ich zeig's dir. Hast du eigentlich einen Lieblings-Harfling?" „Naja", meinte Mira, „Musikus hat mir schon sehr beim Üben geholfen." „Genau den rufst du dir – im Fall der Fälle. Und sag ihm gleich, er soll sein Lookilooki mitbringen." Geschwind spielte er auf dem Handy-Klavier die Code-Melodie, drückte dann auf die M-Taste, M für Musikus, raunte etwas ins seitliche Handy-Mikrofon, und schon tanzten zwei Harflinge über dem Cracker-Berg.

Zwischen sich trugen sie einen großen, runden Bildschirm. „So, das Wichtigste hätten wir."

Der Kleine Dirigent freute sich wie ein Schneekönig über die verdatterte Mira. „Jetzt brauchst du nur noch die Namen deiner Freunde zu nennen. Und dann natürlich lächeln." Mira hauchte „Caro" in Richtung Bildschirm – und lächelte schüchtern. „Ja?" Caro saß offenbar gerade mit ihren Eltern beim Tee. „Das lässt du dann besser", flüsterte der Kleine Dirigent. „Du musst natürlich immer erstmal prüfen, ob die Luft rein ist. Und – denk bitte unbedingt dran – du musst deine Freunde vorbereiten." Mira nickte ergriffen. Der Kleine Dirigent bedankte sich artig bei Musikus und dessen Kollegen, drückte auf den Perlmuttknopf des Handys, und der Bildschirm verschwand. „Aber wie krieg ich meine Freunde denn da raus – aus dem Bildschirm und zu mir, meine ich", fragte Mira. „Nichts einfacher als das. Du sagst einfach: ‚Magst du rüberkommen?' Lächeln nicht vergessen."

Der Kleine Dirigent begann sich wieder in den Kartenschlitz zu zwängen. „Und wenn sie wieder zurückmüssen? Nach Hause?" „Dann holst du wieder Musikus herbei, schaust in den Bildschirm, sagst einfach den Namen deiner Freundin, und dann ‚und tschüß!'. Lächeln nicht vergessen! Lächeln nicht vergessen!" „Danke, Kleiner Dirigent!", rief Mira ihm hinterher. Ganz leise konnte sie aus der Tiefe des Telefons noch vernehmen: „Es gibt keinen Größeren!"

7

„Allerbeste Gegend. Ich meine, für den, der sich auskennt." Dad stand schon geschniegelt und gebügelt auf der Straße, der Fahrer wartete mit laufendem Motor. Mami war noch oben und suchte in den Kisten nach ihrem Spezial-Fön, mit dem sie ihre dicke Mähne immer zu dieser Coco-Chanel-Frisur bändigte. Mira hatte keine Ahnung, wieso diese Frisur so komisch hieß – aber DAS wusste sie: Ohne den blöden Fön ging nichts. Dad straffte sich und hob seinen zentnerschweren Aktenkoffer hoch. Sofort kam beflissen der Fahrer angestürzt und wuchtete das schwarze Ungetüm auf den hinteren Sitz. Dad blieb noch einen Augenblick stehen und ließ seinen Blick stolz die Straße entlang schweifen: „Prince Street! Mira, wer kann es sich heutzutage schon leisten, in der Prince Street zu wohnen. Absolut angesagte Gegend. Eine Galerie neben der anderen. Die Trend-Shops der Stadt. Und so gute Leute. Alle im Lifestyle ganz vorn. Ich hoffe ja nur, dass du zu schätzen weißt, welch außergewöhnliches Leben wir dir bieten." Mira verdrehte die Augen, was Dad zum Glück nicht mehr sehen konnte. Er hatte sich bereits auf den Rücksitz neben seinen Koffer fallen lassen. Während er die ersten Papiere rauszerrte, rief er dorthin, wo er Mira vermutete: „Dann geh doch heute mal mit Lilly spazieren, Kind. Inspiziere die Gegend. Bye! See you!"

Eigenartige Straße. Erstmal kein Baum weit und breit. Die Häuser waren ja nicht schlecht. So richtige Blöcke. Wuchtige Häuserblöcke. Nicht sehr hoch, keine Wolkenkratzer, kastig, flache Dächer. Ziemlich alt und in sympathischen Farben: Rostbraun, dunkelbraun. Die sahen eigentlich nicht so aus, als ob da auch schon früher reiche

Leute drin gelebt hätten. Eher nach Fabrik sahen die aus. In Berlin hatte Mira solche Haus-Klötze gesehen, in Kreuzberg. Und im Prenzlauer Berg. Na, auf jeden Fall waren da jetzt ‚Lofts' drin. Und ‚Loft', hatte sie gelernt, hieß erstmal: Riesig. Riesig hoch, riesige Räume, riesige Fenster. Das war schon toll.

Dafür gab's aber nur zwei Zimmer in ihrer neuen Wohnung. Das eine war Wohnzimmer, Arbeitszimmer und Küche in einem. Das andere war Mamis und Dads Schlafzimmer mit Fitnessgeräten, Kleiderschrankwänden, Badezimmer und dem ganzen Kram. Tja, und für Lilly und Mira blieben da nur zwei klitzekleine Zimmerchen nach hinten raus. Die kamen einem besonders klein vor, weil die so irre hoch waren! Dafür gab's aber was ganz Tolles: Ein Hochbett! Und vor Miras Fenster wendelte sich eine Feuerleiter. Da könnte sie doch ... im Fall der Fälle ... Egal, im Augenblick ärgerte sie eigentlich besonders eins: Dass es eigentlich keinen Raum gab außer dieser kleinen Bude, wo sie sich verkriechen konnte! Früher war immer mal die Küche ein wunderbares Versteck gewesen, oder der Fitness-Raum im Keller – jetzt gab's nur das Wohnzimmer. Das Eltern-Schlafzimmer war für sie sowieso verboten.

Lilly riss die Haustür auf und stürzte auf den Bürgersteig, auf Mira zu: „Damit eins mal klar ist: Hier setzt du keinen Schritt allein auf die Straße! Manhattan, die Hochburg des Verbrechens, fordere das Schicksal nicht zu stark heraus, Mirabell!" Hoidenoi, jetzt kam Lilly auch noch mit Miras Taufnamen. Dann wollte sie immer ganz besonders streng wirken. Wenn sie wüsste, wie lustig sie aussah, mit ihrem grünen Polokleid, den wuchtigen Pumps und der fest gesprühten Dauerwelle auf dem Kopf! Da half auch kein ‚Mirabell', das war nur witzig. Na, dann wollen wir mal. Mira stapfte mit Lilly in den riesenhaften Aufzug, der von innen umständlich mit einem Eisengitter geschlossen werden musste, sonst setzte der sich erst gar nicht in Bewegung. Ich denke, die Amis sind so praktisch! Mira schüttelte den Kopf.

Oben stand Mami schon in der Tür, mit fertiger Frisur, der Fön musste also aufgetaucht sein – aber mit diesem Zucken am rechten Mundwinkel. Klares Zeichen für: Maximal-Stress! Am ersten Arbeitstag zu spät kommen, das wäre aber auch was. „Na, dann haltet mir bloß die Daumen, dass ich da unten ein Cab kriege! Tschüß, ihr beiden! Ich habe heute Abend ein Business-Dinner, vergnügt euch alleine! Das wird euch bestimmt nicht schwer fallen. So long!" Ein Segen, der Lift war noch oben. „Was redet sie da? Cab?" Mira starrte auf die krachend zugeknallte Lifttür. „So nennt man hier in New York die Taxis."

Lilly holte einen Fußabtreter von innen und ließ ihn vor die Wohnungstür auf den Boden fallen. „Und wieso bestellt sie sich kein ‚Cab' per Telefon? Den Stress könnte sie sich doch sparen." Mira sprang mit einem großen Satz über die Fußmatte in das Loft. „Das geht hier irgendwie nicht. Man muss sich an die Straße stellen und winken." Lilly war richtig stolz auf ihr Wissen, sie kam sich wie eine alte New Yorkerin vor. „Und wir? Was machen wir heute?" Mira zupfte Lillys Polokleid noch länger. „Ich schlage vor, wir räumen ein bisschen die Schränke ein – und dann gehen wir die Gegend anschauen ..." „... und zu McDonalds!", rief Mira und stürzte in ihr Zimmer.

Knox lag schmollend in seinem Korb. Mira hatte ihn einfach hier sitzen lassen und war allein auf die Straße gelaufen. Das würde er Mira lange nicht verzeihen. Die suchte gerade nach ihrer Bauchtasche. Wie leichtsinnig! Das dürfte ihr nicht noch einmal passieren, dass sie das Magic Handy einfach liegen ließ. Na, zum Glück war Knox dagewesen. „Danke fürs Handy-Bewachen", rief sie ihm zu. Schon schmolz sein Groll dahin ...

Schon irre, dachte Mira. Alles eingebaut. Schränke eingebaut, Fernseher eingebaut, Lampen eingebaut. Wir hätten eigentlich kaum etwas mitbringen müssen. Sie krabbelte auf ihr Hochbett, das war wirklich eine Sensation. Wenn sie von hier aus auf den Hinterhof schaute, konnte sie unten im Erdgeschoss die Leuchtschrift der Firma dort erkennen: „ILM", blinkte da. „International Light and Magic." Na, was die wohl herstellten? Da müsste sie mal runterschauen. Mira begann, ihren Stofftieren die neuen Schlafplätze zuzuweisen.

„Lunchtime!" Lilly hatte immerhin angeklopft. Mira stapelte gerade ihre Unmengen T-Shirts nach Farben sortiert in den stählernen Einbauschrank. Lilly musterte das Zimmer. „So, jetzt werden wir einen geeigneten Platz für das Hufeisen suchen." Oh oh, Lilly hatte das Ding ja extra aus Deutschland mitgeschleppt – und Mira hatte es achtlos in einer Kommoden-Schublade versenkt! Das gab Ärger.

Blitzschnell sprang sie zur Kommode, riss das Hufeisen raus und log: „Ich wollte erst alles fertig haben. Dann lässt sich der richtige Platz viel besser finden." Lilly lächelte verzückt. „Dort, was hältst du davon: Dort mit einem Bändchen vor dem Fenster aufgehängt?" Sämtliche Fenster waren durch Metallsprossen in Hunderte von kleinen Glas-Quadraten zerschnitten. Nur einen kleinen Teil davon konnte man öffnen: Da waren einfach ein paar von den Quadraten zu einem Fensterflügel zusammengefasst, den man mit einem primitiven Haken schloss. Auweia, ewig dieses dämliche Hufeisen abpulen, wenn ich das Fenster aufmachen will, dachte Mira: „Du, Lilly, ich glaube, das wirkt noch viel besser, wenn wir es zwischen den Hochbett-Beinen baumeln lassen."

Mit Bieneneifer knotete Lilly das Ding fest. Ihr war nämlich in diesem Loft überhaupt nicht wohl zumute. Aber sie wollte sich das natürlich nicht anmerken lassen.

Mann, war da was los auf der Straße! Lilly, Mira und Knox schlenderten durch das bunte Gewühle. Die Leute gingen alle viel schneller als in München! Und für Hunde war das eigentlich nichts. Die Menschen düsten nämlich wie ferngesteuert durch die Gegend, schauten niemandem in die Augen und schon gar nicht nach unten auf irgendwelche weißen, puschligen Hundepfoten. „Ich muss doch noch einen Hunde-Kinderwagen organisieren", sagte Mira trotzig, als Knox zum dritten Mal aufjaulte, weil ihn jemand übel getreten hatte.

Ansonsten war die Gegend echt spannend. Sooo viele kleine Geschäfte! Beim genauen Hinschauen sahen die aber ganz schön teuer aus. Und komisch: Es gab überhaupt keine netten kleinen Läden für all das, was man wirklich brauchte! Keinen Bäcker zum Beispiel, keinen Zeitungsladen, wo man für Dad die Sonntagszeitung holen könnte. Auch keinen Supermarkt, keine Drogerie und schon gar keine spinnerten Krempelläden, wie Mira sie liebte. Nur Klamottengeschäfte und Galerien! Schon komisch. Aßen die Leute denn morgens, mittags, abends in Restaurants? Ach übrigens – von McDonalds oder Pizza Hut war ebenfalls weit und breit nichts zu erspähen!

Mira stieß Lilly mit dem Ellbogen in die Taillengegend: „Guck mal! Da!" Ja, das sah nett aus. Eine Art Café, randvoll mit Menschen, auf den Stufen zum Bürgersteig saßen sie wie die Hühner auf der Stange und hatten so komische weiße Becher in der einen Hand, mit der anderen hielten sie riesenhafte Kekse, an denen sie mümmelten. SPLEEN&DELUCA stand in großen Lettern drüber. „Da muss es gut sein, da gehen wir rein." Lilly packte Mira fest an der Hand, die wiederum schleppte Knox auf dem Arm durch die Menschentrauben. „Oh, hier muss man Schlange stehen." Na gut. Und super Musik gab es hier auch. Die Melodie kam ihr verflixt bekannt vor. Auch Knox spitzte auf seine ganz spezielle, verträumte Art die Ohren. Tolle Einrichtung – so hell, luftig und großzügig. Und um sie herum lauter freundliche Gesichter. Irre. „So viele Touristen, Lilly! Schau mal, Japaner, Afrikaner, Mexikaner ..." „Das sind keine Touristen, Kind, die leben alle hier. So ist das in Manhattan. Das ist sehr multikulturell." Holla. Mira starrte die Asiatin neben sich an. Sie konnte sich überhaupt nicht vorstellen, dass die fließend amerikanisch sprach. Doch sie gab gerade ihre Bestellung auf: Oh ja, fließend Amerikanisch! Mira verstand nichts. „Saublöd, dass die hier kein richtiges Englisch reden", Mira schwante für die bevorstehende Schulzeit Fürchterliches. „Da gewöhnst du dich ganz schnell dran. Wir werden ausnahmsweise ganz viel fernsehen. Das fällt hier unter Bildungsmaßnahme." Lilly konnte wie ein Fels in der Brandung sein. Während die beiden geduldig in der Schlange warteten, bis sie an der Reihe waren, tippte Mira schnell eine SMS an Caro in ihr Handy. ‚Dear Caro * du versäumst nichts * ist ganz schön komisch hier. Aber die Kekse sind klasse! Grüß die anderen! Miss you. Mira'.

Lilly legte den Arm um Mira: „Was möchtest du?" Mira deutete stumm auf den größten Keks, den die riesenhafte Auslage zu bieten hatte ... und erblickte dahinter in der Tiefe des Raums einen Kerl, der sie unverhohlen anstarrte. Den hatte sie aber noch nie gesehen. Unangenehmer Typ. Sehr groß, hager, dunkler Teint, mit Pferdeschwanz und stechenden Augen. Jetzt wusste Mira, was das bedeutete, wenn in den Romanen, die sie gerne las, von ‚stechenden Augen' die Rede war. Aber sie hatte diesen Menschen noch nie gesehen, der konnte sie doch gar nicht meinen! Mira drehte sich um, ob vielleicht irgendjemand hinter ihr stand, den er meinen könnte. Doch da wippten zwei Rasta-Mädels im Takt ihres Walkmans, an den sie gemeinsam ihre Ohrhörer eingeklinkt hatten. Seltsam, die waren viel zu sehr mit sich beschäftigt, die hatte der bestimmt nicht angestarrt. Mira wandte sich zurück. Der Typ war weg. Miras Handy vibrierte. Auf dem Bildschirm erschien: ‚Pass auf dich auf! Da soll's ja schlimme Typen geben in New York. Bei uns ist nichts los. Wir denken an dich! Caro'

München-Sendling. Eine kleine, verwahrloste Spielhölle. Hinten, in der Ecke, ballerte eine graugesichtige Gestalt mit rotblitzenden Granatwerfern auf Häschen, Rehe und Mäuse. Jedes Mal, wenn er eins erwischte, entfuhr ihm ein krächziges „Aaahhh... Plötzlich stob ein Windhauch durch die Kaschemme, obwohl die Tür geschlossen war. Sechs rote Pünktchen bewegten sich in Bodennähe auf den einarmigen Banditen zu, der etwas schief am Mauervorsprung zum Klo hing. Dort war es so schummerig, dass es sich die Schwarze Gamma gleich bequem machte, nämlich sichtbar. Dieses ständige Verschwinden war anstrengend. Sie wühlte genervt in ihrer riesigen Umhängetasche herum, bis sie endlich eine pechschwarze Münze mit Quecksilberkern in den Klauen hielt. Ungeduldig warf sie ihren Schleier nach hinten, so dass ihre unruhig flackernden roten Pupillen die Silhouette ihrer phänomenalen Hakennase beleuchteten. Mit leicht zittrigen Krallen warf sie die Münze in den Automaten-Schlitz. Es krachte höllisch. Die Schwarze Gamma lächelte triumphierend. Nach fünf Minuten war ihr Lächeln erstarrt. Nichts war passiert.

Sie rüttelte wüst am Hebel-Arm des Automaten. Die drei Kreise mit den harmlosen Bildchen drauf setzten sich mit einem tiefen Grollen in Bewegung und liefen langsam, ganz langsam, zu einem schwarzen Glimmen auf, blieben dann fauchend stehen. Unten, in den drei Sichtfenstern ... Nichts. Nur Schwärze.

„Haben Sie endlich ein Ohr für mich, Sir?" Gamma schielte auf die drei schwarzen Löcher. Endlich quoll eine grünliche Giftwolke heraus. „Eine zarte Anfrage kann man das nicht gerade nennen“, zischte es aus dem inzwischen komplett grünlich-grau schillernden Automaten. Die Schwarze Gamma musste husten. „Es war dringend, Sir.“

„Das kann ich mir wohl denken, du Flasche. Hast das Handy sausen lassen. Obwohl es dir auf den Füßen lag. Blöder kann man sich nicht anstellen. Wir haben uns ernsthaft überlegt, ob wir dich nicht degradieren sollten. Entmachten.“ Die Giftwolke, die jetzt aus den drei Löchern schoss, war mit klitzekleinen Nadeln bestückt. „Das war eine Verkettung unglücklicher Umstände, Sir“, schnaufte Gamma mit verzerrtem Gesicht. Es war jetzt über und über mit Nadeln gespickt. „Aber das sind Peanuts gegenüber dem, woran wir jetzt arbeiten. Sie wissen schon, die Lichtschleuse ...“

Jetzt sogen die schwarzen Löcher mit Schmackes alles ein, was in der Nähe war. Auch einen Quecksilber-Ohrring und eine gesplisste Locke der Gamma. „Natürlich wissen wir das. Sonst würdest du längst nicht mehr im Allerhöllischsten sitzen. Aber diese Lichtschleuse wird noch etwas Zeit benötigen, bis sie einsatzbereit ist. Inzwischen solltest du deine Angelegenheiten in Ordnung bringen.“

PAFF! Eine neue Nadelwolke. Gamma hatte aber schnell den Schleier runtergelassen. „Sehr wohl, Sir. Dafür benötige ich allerdings die neue Adresse von Mira May. Wie Sie ebenfalls wissen, Sir, befindet sie sich nicht mehr in meinem Einflussgebiet.“ „Ch-ch-ch-ch...“, jetzt entfuhr den Löchern rußiger Rauch – „Oh ja, deine um ein vielfaches erfolgreichere Kollegin wird sich freuen! Tinni-Tu! Wir freuen uns immer besonders über die Art, wie sie ihre Bedeutung kund tut: IIIIHHHH!“ Ein gemeiner Pfeifton durchschnitt die stickige Luft. Auf der Stelle bekam man fürchterliche Ohrenschmerzen davon. „Ich kann besagte Angelegenheit nur in Ordnung bringen, wenn ich A) Miras

Adresse und B) von Ihnen – der obersten Loch-Schwärze – die Zusage erhalte, dass ich ungestört in Tinni-Tus Gebiet arbeiten kann. Ungestört!“ Die Schwarze Gamma rang um Fassung. Stille Schwärze. Der einsame Zocker hatte beim Pfeifton eben kurz um die Ecke geschaut. Als er keinen Kessel entdeckte, trottete er zum nächsten Automaten, Berghühner-Abschießen.

„Nun, wir könnten uns ja auf Folgendes einigen, du dummes Huhn“, Gamma zog unwillkürlich ihre Krallen ein. „Ich sage dir, dass Mira in Manhattan, SoHo, 37, Prince Street wohnt. Ich sende Tinni-Tu eine Post-Bombe mit deinem von uns unterstützten Auftrag drin. Die hat sie dann morgen. Du erledigst die Sache und machst, dass du mit der Lichtschleusen-Angelegenheit zu Potte kommst. Und zwar bald. Sehr bald. Noch vor dem ...“ PFFT! Grüne Schleimkugeln schossen aus den Löchern – „... großen Fest zu Ehren des Lichts. Wenn du das nicht hinkriegst, dann ... übernimmt Tinni-Tu dein Gebiet. Das werden wir ihr bei der Gelegenheit übrigens ebenfalls mitteilen. Viel Vergnügen.“

KLACK-KLACK-KLACK! In den drei schwarzen Löchern rotierten die Blechscheiben, als wäre nie was anderes dort gewesen. Sie kamen auf ♣♣♣ zu stehen. Wieder begann es im Kasten grollend zu rumpeln, aus der Geldausgabe sprang die schwarze Münze heraus und flutsch! In Gammas grün geschleimtes Dekolletee hinein. Die schaute sich verstohlen um, fummelte umständlich in ihren schwarzen Walle-Klamotten herum, musste kichern, wenn sie sich kitzelte, fluchte, wenn sie sich kratzte, hielt die Münze schließlich in der Hand – und verschwand. Gerade hatten die Berghühner den Zocker abgeschossen ...

Hm. Mira saß auf ihrem Hochbett, ließ die Beine baumeln und zappte durch die Programme. Es war schon sechs Uhr, Lilly hatte vor zwei Stunden zurück sein wollen. Im Fernsehen lief gerade eine Anti-Pickel-Werbung. Ein strahlend-glückliches Mädchen mit Seiden-Haut betrachtet ein Foto von sich selbst. Groß eingeblendet: huhuh, welch eine Pickel-Krater-Landschaft! Großaufnahme Seidenhaut-Mädchen: Träne der Dankbarkeit kullert über perfekte Wange. Musik schwillt an, dann groß der Produktname im Bild, Schluss, andere Werbung. „Selten so gelacht", murmelte Mira, klickte den Fernseher aus und sprang vom Bett. Immerhin gut eineinhalb Meter! „Knox, wir müssen was tun. Lilly ist weg. Entweder sie wurde entführt. Oder sie hat silberne Löffel geklaut und sitzt im Knast. Oder sie hat sich verliebt und schwebt auf Wolke sieben. Oder sie hat sich verlaufen. Ich vermute das letztere." Knox schnaufte. „Also greifen wir jetzt zur Wunderwaffe."

Mira pulte das Magic Handy aus der Bauchtasche und spielte fingerfertig die Code-Melodie. Diesmal zwängte sich der Kleine Dirigent durch die Schlitze der Klima-Anlage. Die waren nicht ganz so schmal wie die vom Kartentelefon, aber es reichte, um ihn etwas platt aussehen zu lassen. „Danke!", strahlte Mira und konnte immer noch nicht so recht fassen, dass diese Sache wirklich funktionierte. „Lieber Kleiner Dirigent ...", begann sie, „... es gibt keinen Größeren", fuhr er fort. „Genau, und deshalb habe ich eine kleine große Bitte an dich. Lilly ist verschwunden. Kannst du mir helfen, sie wiederzufinden?" „Na, dafür hättest du mich nun aber nicht rufen müssen." Der Kleine Dirigent klang ein bisschen eingeschnappt . „Du weißt doch, wie das geht." „Klar", Mira war tatsächlich gar nicht auf die Idee gekommen, Musikus und das Lookilooki zu rufen. „Aber wir müssen sehr schnell reagieren können, falls irgendwas ist. Dafür brauche ich dich hier", erklärte sie schnell. Stimmte doch! „Na gut", brummte er. „Dann leg mal los."

Mira schnurrte die Code-Melodie herunter und drückte die M-Taste, flüsterte: „Musikus, bring dein Lookilooki mit“, ins Mikrofon und lächelte ins Display. Mit einem wunderschönen Refrain auf der Harfe segelten kurz darauf Musikus samt Kollege durch die Air Condition, verklemmten sich kurz mit dem Lookilooki darin und landeten sanft auf dem Fußboden vor ihr. „Well done“, sagte der Kleine Dirigent anerkennend. „Und jetzt?“ Mira flüsterte ohne mit der Wimper zu zucken „Lilly“ ins Lookilooki und lächelte ihr schönstes Lächeln. „Oh!“ Mira musste sich anstrengen, um auf dem Lookilooki überhaupt etwas zu erkennen. Alles düster! Nur ein paar Funzeln leuchteten in der Ferne. Lilly keuchte auf einem holprigen Bürgersteig entlang. Trotz der Dunkelheit sah man ihre panisch aufgerissenen Augen. Sie murmelte ständig vor sich hin. „Dreimal links, dreimal rechts, das ist das Dreimaldrei des Spechts.“ Oder: „Lass fünf Ecken gerade sein, und die nächste führt dich heim.“ Mein Gott, jetzt ist sie komplett durchgedreht, dachte Mira. „Wo um Himmels willen steckt sie denn?“, flehte sie den Kleinen Dirigenten an. „Schau genau hin, dann weißt du's“, gab er trocken zurück. Mira beugte sich vor. „Also erstmal sehe ich sechs rote Pünktchen, die springen immer so rauf und runter und hinter Lilly her.“ „Oh nein!“, rief der Kleine Dirigent und putzte sich hektisch mit seinen speckigen Frackschößen die Brillengläser. Das nutzte allerdings nicht viel. „Wir müssen sie ganz schnell da wegholen“, raunte er. „Aus Little Italy. Schau, da rechts.“ Mira erkannte verschwommen ein Schild. ‚Fattoria da Emilio‘ stand darauf. „Wie ist sie so schnell nach Europa zurückgekommen?“ Mira war fassungslos. „Nix Europa. Little Italy ist ein Viertel nicht weit von hier. Dort leben viele italienische Einwanderer. Aber auch viele andere Nationalitäten.“

Der Kleine Dirigent starrte wie hypnotisiert auf die sechs roten Pünktchen. „Hab ich dir nicht gesagt, wir müssen schnell reagieren können?“ Mira war manchmal schon ein bisschen altklug – oder einfach sehr erwachsen für ihr Alter. „Schsch!“, fauchte der Kleine Dirigent. „Lass mich nachdenken!“ „Wieso holen wir sie nicht einfach mit dem Lookilooki hierher, wie du’s mir gezeigt hast?“, plapperte Mira munter weiter. „Ganz einfach. Oder besser: Ganz zweifach. Erstens weil Lilly darauf nicht vorbereitet ist. Die würde einen Herzklabaster kriegen, der sich gewaschen hat. Und zweitens ... würde die andere Seite erfahren, dass wir alle hier sind.“ „Welche andere Seite?“ Logisch, Miras Frage – nur ... der Kleine Dirigent hatte wie alle anderen vom HWG die Auflage, Mira erstmal nicht weiter einzuweihen, um sie nicht unnötig in Gefahr zu bringen. „Ja, äh. Also pass auf, das erklär ich dir später. Jetzt muss Lilly erstmal von den roten Pünktchen weg.“

Der Dirigent schloss die Augen, und Mira hielt ausnahmsweise die Klappe. „Ich hab’s! Kleines Risiko, aber besser, als nichts zu tun. Darf ich mal dein Handy benutzen?“ „Klar!“ Mira war richtig stolz, dass er sie um Erlaubnis fragte. In Windeseile hämmerte der Kleine Dirigent eine Tastenkombination ins Gerät, dass es sich nur so bog und Funken sprühte. Mira konnte nichts erkennen, außer dass er mehrfach auf die Θ-Taste drückte. Und natürlich ins Display lächelte. Dann verkrümelte er sich so weit weg wie möglich, also aufs Hochbett. Er wollte Mira offenbar nicht mithören lassen. Schade. Irgendwas von „Eure Lichtheit“ konnte sie trotzdem verstehen – und „der Junge ist aber eine Schlüsselfigur.“

Als er vom Hochbett runter sprang – das machte er noch eleganter als sie! – war ihr mit einem Blick in sein rosarot angelaufenes Gesicht klar: Die Entscheidung war gefallen! „Du kannst das Lookilooki wieder wegschicken“, sagte der Kleine Dirigent beiläufig. „Der Rest wurde bereits erledigt.“ Brav hauchte Mira „Lilly, und tschüss!“, in den Bildschirm, lächelte pflichtschuldigst, und das Bild sprang um: Kurzzeitig leuchtete die Aussicht aus ihrem Fenster auf. ‚International Light&Magic'. Mira bedankte sich artig und warf der Meerkatze, die sich erst jetzt aus der Brusttasche herauswagte, ein Gummi-Pokémon zu. Die nieste und feuerte es Knox auf den Hinterkopf. Der war gar nicht sauer!

Mira kauerte sich auf dem Küchenhocker zusammen. Jetzt musste sie erstmal die Haushälterin einweihen. Genauer gesagt, ihr irgendeinen glaubhaft klingenden Bären aufbinden, so dass sie am Telefon, falls Mami anriefe, ganz locker wäre. Mami würde ihr bestimmt glauben. Mira konnte überhaupt nicht lügen – Mami ertappte sie immer gleich beim ersten Wort. Also. „Dina, I'd like you to tell that Lilly is for a short while out. She wants to get some cookies – no, some American books for me. If Mum should call, please tell her about. I'm at the piano – doin' some exercises." Wow, klang doch ganz gut. Dina kam aus Mexiko und war in Englisch auch nicht viel besser als sie selbst – das passte wunderbar. So, jetzt abwarten und Klavier üben.

Eine Viertelstunde später – Mami hatte prompt angerufen – rappelte der Schlüssel im Schloss. Mira stürzte in die Vorhalle. „Lilly! Wo warst du denn?" Lilly gluckste wie ein Schulmädchen, das bei den Nachbarn eine Scheibe eingeschmissen hat. „Ich – ähm – ich habe dir den ersten Spielkameraden mitgebracht." Tatsächlich, hinter Lillys Körperfülle schob sich ein Junge hervor! „Juan. Juan Sanchez." Lilly tat schon richtig vertraut mit ihm und schubste ihn in die Wohnung. „Und wehe, du sprichst ihn englisch aus, ‚Dschüähn'! Das kann er gar nicht leiden. Juan, das ist Mira."

Juan reichte ihr artig die Hand und versuchte eine Art Verbeugung dazu. Die ganze Situation schien ihm nicht sehr zu behagen. Ob es die große Wohnung war oder das resolute Auftreten von Lilly – vielleicht fand er ja auch Mädchen einfach doof ... das war nicht auszumachen. „Komm rein, Juan, du bist mein Retter, und dafür musst du belohnt werden“, sagte Lilly in einem bayerischen gefärbten Englisch. Sie zog ihn durchs Wohnzimmer in die Hightech-Küchenecke, wo Dina gerade das Abendessen für Lilly und Mira vorbereitete. Mami und Dad hatten ja Geschäftsessen. Tomatensalat und Putensteak. „Du musst mit uns essen!“, Lilly war unerbittlich. „Nein, vielen Dank, sehr nett, aber ich muss nach Hause. Ich habe meinem Vater versprochen, die Einkaufslisten für morgen bei den Händlern durchzugeben.“ „Juans Eltern gehört nämlich die Kantine bei MAKROSMOOTH“, trompetete Lilly aufgekratzt.

„Na, dann geh schon, mein Junge, wenn du nach Hause musst. Aber nimm das hier mit.“ Lilly kritzelte die Maysche Telefonnummer auf einen Zettel und steckte ihn in eine überdimensionale Dose, randvoll mit Schokoladenkeksen. „Besuch uns bald wieder!“, flötete sie. „Gerne ...“, sagte Juan schüchtern und fügte ein „... so long“ an. Einen Augenblick hielt er sich noch am Küchentresen fest. Ein bisschen klein war er für sein Alter. Mira schätzte ihn genauso alt wie sich selbst, also elf. Aber sonst sah er gut aus, richtig gut. Schwarzes, glänzendes Haar, ein bisschen länger allerdings, als es gerade angesagt war – so hatte bestimmt Mamis Lieblingssänger Julio Iglesias vor vierzig Jahren ausgesehen. Und eine sehr schöne Haut hatte er, ganz so wie das Mädchen aus der Antipickelwerbung heute, nur ein bisschen dunkler, leicht olivfarben. Jawohl, Juans Haut hatte einen Olivenschimmer! Doch die Augen, die waren der Hammer: dunkelbraun, riesig, und ewiglange Wimpern dran. Mira ertappte sich erst jetzt dabei, wie sie ihn anstarrte. In ihrer Verlegenheit fiel ihr Blick aufs Klavier. „Spielst du ein Instrument?“, fragte sie ablenkend. „Naja. Ich hab keins. Aber spielen tu ich schon sehr gerne.“ „Was denn?“, fiel die aufgedrehte Lilly hektisch ein. „Alles, was sich pusten lässt. Flöte, Querflöte, Saxophon auch.“ „Das gibt's nicht.“ Lilly wurde ganz misstrauisch. „Du besitzt kein Instrument und kannst ausgerechnet diese schwierigen Blasinstrumente spielen?“ „Ja. Natürlich nicht richtig gut. Aber es ging irgendwie schon immer. Einfach so.“ „Na, dann werden wir dir mal eins organisieren, und dann spielt ihr zusammen, gell, Mira?“ „Wenn du magst“, sagte Mira schüchtern in Richtung Juan. Der nickte. „Nice evening, ich muss jetzt wirklich.“ Lilly und Mira begleiteten ihn noch zum Lift. „Und vielen, vielen Dank!“, rief Lilly ihm nach. Unten vor dem Haus warteten schon die sechs roten Pünktchen.

„Was war denn nun mit dir heute Nachmittag? Los, sag schon!“ Mira zog das stahlblaue Polokleid bis zu Lillys Knöcheln runter. „Och, nichts Besonderes, Liebling. Ich hatte mich ein bisschen verlaufen. War gar nicht schlimm. Juan hat mich dann hierher nach Hause gebracht.“ Wenn Lilly wüsste, dass ich sie gesehen habe! Wie panisch sie war! Mira schmunzelte in sich hinein.

8

„Interessant, wie der Kleine Dirigent Lilly geholfen hat.“ Mira hockte mit Knox auf dem riesenhaften Ledersofa, das vor der weiß gestrichenen Backsteinwand im Wohnzimmer wie ein mächtiger Thron wirkte. „Sah doch total so aus, als wär das reiner Zufall gewesen.“ Knox schaute sie mit seinem ‚hundemüde‘-Blick an. „Aber weißt du was? Ich würde jetzt eigentlich wahnsinnig gerne wissen, wie es Omi geht.“ Knox schloss zustimmend die Augen. „Ja, dann fragen wir sie doch einfach. Kostet ja nix.“

Mira holte das Magic Handy aus der Bauchtasche, und weil es schon dunkel war (die Sonnen-Direktübertragung funktionierte also nicht), musste sie über die etwas kompliziertere Wählerei gehen. Aber sie hatte sich die Gebrauchsanweisungen des Kleinen Dirigenten gut gemerkt. Schon hörte sie von Ferne die vertraute Stimme: „May!“ „Omi! Hier ist Mira aus Amerika!“ „Schön, dass du anrufst. Wie ich sehe, mit dem ... besonderen Handy.“ „Wie – kannst du das sehen?“ „Naja, weißt du, ich habe hier auch ein Handy – kein so besonderes wie deins, aber du bist immerhin klitzeklein auf meinem Display drauf. Du kannst mich übrigens auch sehen! Du musst nur die ⊕-Taste drücken.“ Hm, jetzt hatte sie schon wieder was Magisches verraten. Ach was, das war ja völlig harmlos ... Mira jubilierte: „Super, ich seh dich, sogar in Farbe! Sag mal, sind deine Haare etwa noch weißer geworden?“ „Och. Ich glaub, die sind so weiß, weißer geht’s nicht.“ „Sag, wie geht’s dir, Omi?“ „Wunderbar, Mira. Nichts Wichtiges. Erzähl mir lieber von deinen Amerika-Abenteuern.“

Mira sprudelte los, erzählte von dem Loft, dem seltsamen Viertel, in dem sie wohnte – und zum Schluss von der verlorenen und wieder gefundenen Lilly. Als sie gerade bei den roten Pünktchen angelangt war, unterbrach Omi sie: „Ich würde dich jetzt wirklich gerne genauer sehen. Vor allem deine Umgebung. Schade, das Display ist einfach zu winzig. Meine Augen machen das nicht mehr so mit, weißt du.“ Irgendwie klang Omi besorgt. „Du, ich hätte da was für dich, Omi. Ich frag mal.“ Routiniert tippte Mira die Kitzbühel-Leitung auf „Warten“ – und rief mit der Code-Melodie Musikus herbei. Der lächelte dann auch freundlich von dem chinesischen Pferd neben ihr herunter. „Musikus, danke fürs Kommen. Sag mal, wäre das jetzt sehr unverschämt, wenn du der Omi in Kitzbühel kurz mal dein Lookilooki geben könntest? Weißt du, sie sieht nicht mehr so gut – und kann mich auf ihrem Display nicht erkennen.“ „Hmhm.“ Musikus zupfte nachdenklich einen Dreiklang von seiner schillernden Harfe. „Im Prinzip ist nichts dagegen zu sagen. Ich frag trotzdem besser mal nach. Wenn du nichts von mir hörst, geht das in Ordnung, okay?“ „Wunderbar!“, rief Mira, „Danke und tschüss!“

Sie holte die Verbindung Kitzbühel-Manhatten zurück und flüsterte Omi zu: „Könnte klar gehen. Wir müssen noch einen Augenblick warten.“ „Kind, was mir inzwischen durch den Kopf gegangen ist ... Du solltest dich schnell um gute, aufrichtige, ehrliche Freunde kümmern. Weißt du, solche für Dick und Dünn.“ „Klar, Omi, aber so was geht nicht von heute auf morgen. Vielleicht in einer Woche, wenn die Schule losgeht für mich.“ „Hm. Ich werde mich dafür einsetzen, dass da schnell was passiert. Ja, Himmelsakra sog i!“ Immer, wenn Omi überrascht wurde, dann fing sie mit diesem tollen Bayerisch an. „Mira, das ist ja eine Schau! Ein brillantes Bild! Und ich kann sogar, wenn ich den – ja was ist das –, wenn ich diese Leinwand verdrehe, in jeden Winkel eures Wohnzimmers sehen! Hübsch habt ihr's! Ich meine, unter gemütlich versteh ich was anderes, aber schön sieht's trotzdem bei euch aus. Exquisit sozusagen.“

Omi plapperte drauflos, um zu überspielen, dass sie den gesamten riesenhaften Raum aufs Genaueste absuchte. Als sie bei der Küche angekommen war, sagte sie beiläufig: „Du, die Amis haben doch immer so witzige Ausgüsse in der Spüle. Weißt du, solche, in denen die Abfälle klein gehäckselt werden. Zeig mir das doch mal.“ Flink sprang Mira auf und öffnete die Abdeckung des Ausgusses. „Riecht nicht sehr lecker“, murrte sie. „Ah ja. Also, Mira, sehr interessante Wohnung. Das nächste Mal zeigst du mir den Rest, ja? Würde mich freuen. Wo bewahrst du eigentlich das ... besondere Handy auf?“ „Hier, immer in meiner Bauchtasche!“ Mira drehte sich so, dass Omi sie genau sehen konnte. „Gut denn, Mira. Ähm, probier doch irgendwann mal die **Φ**-Taste auf deinem Handy aus. Und sei bitte sehr, sehr vorsichtig mit dem Gerät. Geh einfach mal davon aus, dass Andere etwas so Ungewöhnliches gerne selber haben würden. Am besten, du nimmst es auch mit unter die Dusche. Im Plastikbeutel.“

„Du bist ja schräg drauf!“, lachte Mira. „Okay, mach ich! Also tschüss, Omi, war toll, dich gehört und gesehen zu haben!“ Noch bevor Omi sich verabschieden konnte, stand Lilly mit in die Hüften gestemmten Armen im Raum. „Was fällt dir ein? Mit Omi Elsbeth zu telefonieren? Nach Kitzbühel? Einfach so – und um diese Zeit?“ Mira erschrak. Mist, das musste für Omi ja mitten in der Nacht gewesen sein! Aber sie war doch ganz normal angezogen gewesen ... „Du, das war nur ganz kurz. Omi hatte MICH angerufen. Sie wollte unbedingt wissen, wie es uns geht, sie konnte nicht schlafen, weißt du.“ „Aber du kannst das“, raunzte Lilly. „Und zwar jetzt. Wer nicht schläft zur rechten Zeit, den entführ'n die Dämonen mehr als weit.“

Klar, Mira hatte gut zugehört. Das erste Wochenende in der neuen Heimat war angebrochen, das Müsli abgeräumt, Dad in seine (amerikanische) Wochenend-Zeitung vertieft, und Mira hockte etwas unschlüssig am Küchentresen. Sie war bester Dinge, denn eben hatte sie ihre SMS gelesen – drei Stück von ihren Freunden aus München! Nils hatte sich den Fuß verstaucht, beim Radeln. Ach ja. Radeln! Daran war in dieser Asphalt-Wüste hier natürlich nicht zu denken. Mira würde Nils gleich einen Brief schreiben, mit einem ihrer Sprüche drin. Zum schnell wieder gesund werden. Wie schön das war, dass die vier Freunde sie nicht vergaßen. So warm.

Aber da fiel Mira ein: Omi hatte ihr doch gestern, beim Telefonieren mit dem Lookilooki, diese **Φ**-Taste auf einen Zettel gemalt und ins Display gehalten! Mira kribbelte es vor Neugier heftig in den Fingern. Jetzt schnell mal die Taste ausprobieren, das wäre doch was. Also ließ sie sich auf den glänzenden Steinfußboden der Küche rutschen, dort war sie wunderbar durch den Tresen verdeckt – und: gedacht – getan. In dem Augenblick, als sie die geheimnisvolle Taste drückte, klingelte das Telefon. Mami ging ran. Kurzes Palaver. Mira hörte ihre Schritte, verstaute hastig das Handy am Bauch, sprang auf.

„Was machst du denn da unten?" Mami rümpfte missbilligend die Nase. „Du, Mrs. Howe ist am Telefon. Du weißt vielleicht, die Gattin des Unternehmensanwalts von MAKROSMOOTH. Sehr gute Leute. Wirklich, sehr gut. Sie fragt, ob du mit ihrer Tochter Kimberly heute Nachmittag zum Baseball möchtest. Das ist zwar ein arg rüder Sport, das meinte Mrs. Howe auch, aber einmal solltest du das doch gesehen haben. Would you like it?" „Klar, gerne! Darf ich Knox mitnehmen?" „Ich glaube nicht, dass das das Richtige für ihn ist."

Mami vereinbarte mit den Howes, wie Mira zum Stadion gelangen würde. „Das wird ein spannender Nachmittag, Dear, verlass dich drauf", flötete Mami, als sie aufgelegt hatte. „Und Knox bleibt hier."

Am schärfsten fand Mira diese hüpfenden Rassel-Puschel-Mädels. Die waren alle winzig klein! Da wäre ja Mira schon zu groß für die Truppe! Sie saß zwischen Kimberly und deren Mutter in der besten Loge des Stadions. Kimberly war eigentlich ziemlich nett. Supergut erzogen natürlich, aber da konnte Mira mithalten, wenn sie wollte. Heute wollte sie schon. Schließlich prüfte Mrs. Howe verstohlen, ob sie zu Kimberly passen würde. An Kimberly fiel eigentlich nichts so richtig auf. Seitenscheitel, glattes Haar, nicht blond, nicht braun, kinnlang. Ein bisschen mollig war sie, und wie Mira bald mitbekommen sollte, war das ein größeres Problem im Hause Howe. Eine übergewichtige Tochter passte natürlich nicht in eine perfekte Familie wie die der Howes, das wurde Mira ganz schnell klar. Wenn die wüssten, wie viel ich esse, dachte Mira.

Sie holte eine Tüte mit getrockneten Apfelringen aus der Tasche – typisch Mami! – und bot sie Kimberly an. Was Besseres hätte ihr echt nicht einfallen können. Mrs. Howe rief entzückt aus: „Kimberly! Schau mal, wie gesund sich Mira ernährt! Daran nimm dir mal ein Beispiel!“ Mira zwinkerte Kimberly zu. „Ich esse auch anderes. Asiatisches Gemüse zum Beispiel. Und Burger auch.“ Das mit den Burgern hatte Mrs. Howe offenbar überhört, denn sie nickte Mira mehr als wohlwollend zu. Edel angezogen war Kimberly! Sehr teuer, das sah man aber erst auf den dritten Blick, nämlich wenn man eins der ganz versteckt angebrachten Etiketten zu sehen bekam. Von denen konnte man dann hochrechnen, was das Teil so gekostet hatte. In der Familie Howe legte man Wert auf Understatement – Dad hatte Mira mal erklärt, was das bedeutete und dass das für besondere Leute wie die Mays oder auch in bestimmten Berufen fürchterlich wichtig sei. Und irgendwie war Kimberly genau so understatement – also

Zurückhaltung auf zwei Beinen. Aber sehr nett war sie, Mira fand sie sympathisch.

Baseball fand sie dagegen ganz schön doof. Diese Rennerei und Rempelei! Wie das Ganze funktionierte, verstand sie sowieso nicht. Und immer wenn sie einen Ansatz machte, Kimberly nach den Spielregeln zu fragen, gingen deren Erklärungsversuche im Gekreische rundrum unter. Amerika ist so furchtbar laut, dachte Mira.

Als sie das Stadion durch einen Nebenausgang für besonders wichtige Menschen verließen, hatten sich Kimberly und Mira schon richtig angefreundet. Gerade fummelte Mira ihre nagelneue Visitenkarte aus der Jeans – hier hatte jeder Visitenkarten! –, da sprang eines dieser verrückten puschelschwingenden Mädchen auf Kimberly zu: „Hey, Kim! Wie waren wir?" Kimberly schien die Begegnung ein bisschen peinlich zu sein. „Hi, Dionne." Dionne sah total klasse aus! Klar, sie trug dieses knackenge Glitzerkleidchen mit einer Art Ballett-Tütü und dazu klobige weiße Turnschuhe. Damit sah sie aus wie ein Elefant, der das Tanzen lernte. Mira fielen die Funkenmariechen bei den Karnevalsumzügen in Deutschland ein. Die brüllten aber nicht so laut wie die Cheerleader hier. ‚Cheerleader', schon wieder ein neues Wort. Das wirklich Verrückte an Dionne aber war nicht diese Kostümierung. Nein, verrückt war alles, was sich oberhalb davon abspielte: Dionne war nämlich geschminkt. Und zwar sehr ungewöhnlich. Wie eine Japanerin, aber wie eine vor tausend Jahren oder so: Weißes Gesicht, schwarze, ewiglange Balken ober- und unterhalb der Augen, pechschwarze Augenbrauen und ein knatschroter Mund. Ein schwarzer Schönheitsfleck über der Lippe nicht zu vergessen. Und dann die Haare! Irgendwie hatte Dionne das Kunststück fertig gebracht, ihr dichtes, dunkles Haar so geschickt auf dem Kopf zu verzwirbeln, dass die Haarspitzen zu allen

Seiten in die Luft stachen wie ein am Blocksberg zerschellter Hexenbesen ...

„Was machen deine Ballett-Künste?“, fragte Kimberly schnell, um ihrer Mutter zu erklären, woher sie diese für ihre Mutter bestimmt unsägliche Person kannte. „Klasse!“, rief Dionne aus und wirbelte auf den Klotz-Schuhen eine Pirouette auf den Asphalt. „Du weißt ja, ich bin in dieser Fördergruppe von der Eisenhower-Stiftung. Meine Eltern könnten diesen Wahnsinn sonst gar nicht bezahlen. Die Gruppe ist ziemlich groß – nicht so klein und fein wie deine. Aber es ist echt cool! Hey, wer ist das?“ Dionne musterte Mira von oben bis unten. „Das ist meine ... Freundin Mira. Sie ist gerade aus Europa hierher gezogen.“ Deutschland oder gar ‚München‘ erwähnte Kimberly erst gar nicht. Das kannte hierzulande sowieso keiner. „Mira wird auch auf meine Schule gehen.“ „Boah, auch so `ne First Lady“, brüllte Dionne. „Wo wohnst du denn? Lass mich raten. Park Avenue, wie Madame Kim? Oder Madison Avenue?“

Mrs. Howe wurde nun wirklich sehr ungeduldig. „Nein, ganz woanders. SoHo, Prince Street.“ „Wow! Da wohnen die von der Sorte Jennifer Lopez – Robert de Niro und so. Gefällt mir echt besser als diese pieflangweilige Upper Centralpark-Ecke. Ich wohne übrigens nicht weit von dir. Chinatown.“ „Dann besuch mich doch mal!“ Mira wusste auch nicht so genau, wieso sie das jetzt sagte und dieser schrillen Person auch noch ihre Visitenkarte zusteckte! Passierte ihr einfach so. „Mach ich glatt! See you, folks!“ Kusshände werfend und wilde Cheerleader-Schreie ausstoßend, sprang Dionne von dannen.

„Mira, ich verstehe ja, dass du jetzt erstmal Anschluss suchst.“ Mrs. Howe fühlte sich geradezu zum Eingreifen verpflichtet. „Aber lass dir gesagt sein: Das ist wirklich kein Umgang für dich. Na, deine Mutter ist da ja auch sehr wählerisch“, fügte sie mit einem gewissen Lächeln hinzu.

„Sie haben bestimmt Recht, Mrs. Howe!“, antwortete Mira mega-artig. „Wir haben jetzt ja auch uns, nicht wahr, Kimberly?“ Die versuchte sich gerade zu erklären, was das eben für ein seltsames zartes Klingeln gewesen war, wie Harfen. Ganz dicht an ihrem Ohr!

Sonntagmorgen. Schon ein richtig warmer Tag! Mira konnte sogar ihr Sprossen-Fenster offen stehen lassen. Wie schön! Ein weicher Windhauch wehte herein. Aber komisch. Der roch überhaupt nicht nach Frühling wie zu Hause. Irgendwie roch es ... tja, womit war das zu vergleichen ... Es roch ein bisschen nach Dachboden, nach staubigem, trockenem Dachboden. Irgendwie tot, genau. Kein Vogel zwitscherte übermütig den Frühling herbei. Im Gegenteil – da war dieses Rauschen, das umgab einen überall in dieser Stadt, eigentlich war das ganz schön laut. Aber man gewöhnte sich ziemlich schnell daran. So wie man den Lärm eines Flugzeugs vergaß, wenn man länger drinsaß – und trotzdem vergrub der sich im Ohr und machte einen unruhig.

Zu Hause blühten jetzt die Weidenkätzchen und die Krokusse. In München wäre sie schon längst mit ihren Freunden unterwegs, mit den Mountainbikes. Zur Lieblings-Eisdiele vielleicht, dem ADRIA in Schwabing. Heimlich natürlich. Oder sie würden bei irgendwem auf dem Zimmer hocken und Musik hören oder VIVA gucken. Und über die Popstars herziehen. Na ja, oder auch ein bisschen schwärmen. Mira fand Ricky Martin total süß.

Och, Mensch – so alleine war das alles nichts. In dieser Großstadtwüste. Und wenn sie jetzt Kimberly besuchen wollte, dann wäre das ein Riesen-Tam-Tam, mit telefonieren, verabreden, stundenlang durch die Gegend fahren und so. Mira seufzte tief, eine Träne kullerte. Knox legte ihr die Schnauze auf den Oberschenkel. Irgendwas muss passieren, dachte Mira und wischte die Träne weg. Oh ja – sie brauchte doch was ganz Tolles für ihren Bildschirmschoner, was Neues, irgendwas Schönes musste da drauf – vielleicht was mit Licht, mit Sonne ... Wo könnte sie sich das bloß runterladen? Da fiel ihr Nils ein. Der hatte ihr doch damals diese Melodie, die sie immer übte, auf CD gebrannt. Wie hieß noch mal die Internet-Adresse? Irgendwas mit ‚Sonne', genau: „Sonnen-Portal". Hatte er das gesagt?

Mira schob die CD in den Player und loggte sich ein. Wirklich, wunderschön, diese Melodie – ‚Sonnen-Portal'. Da gab's aber nichts. Tausende von Wetter-Adressen, ja klar, oder Garten-Möbel. Mira stützte den Kopf auf die Hände und träumte traurig zum Fenster hinaus. Verdammt blöde Sache, dieses Amerika! So ganz ohne Zauber ..., oder? Tja, dann musste sie eben irgendwas anderes suchen. Plötzlich sah sie in der Such-Zeile durchlaufen „Searching the sun ... Searching the sun ... Searching the sun ..." „Wow!" Mira staunte, das hatte sie doch gar nicht so eingegeben! Schade, die CD war schon zu Ende. Also rollte Mira ihr Magic Handy aus, um sich die Zeit zu vertreiben, bis der Computer vielleicht fündig geworden wäre. Sie spielte die Melodie, und einen großen Teil des Konzerts dazu. Schließlich hatte sie mit dem Magic Notenbuch viel geübt. Da war was hängen geblieben.

Im Augenwinkel sah sie, wie der Bildschirm seine Farbe wechselte. Irre! Da war ja die Sonne drauf, mit den Flügeln! Die vom geheimnisvollen Buch auf dem Dachboden! Aber die Sonne hier war heil. Und auch gar nicht gelb wie in anderen Büchern, sondern sandfarben. Wie Stein. Sehr alter Stein. Die würde sie sich gleich runterladen, als Bildschirmschoner, das war geradezu ideal! Aber erstmal musste sie dieses Muster auf der Sonne genauer untersuchen.

Mira beugte sich vor. Das waren doch die Umrisse eines Gesichts! Aber jetzt wurden sie wieder schwächer, drohten ganz zu verschwinden ... Hing das irgendwie mit der Melodie zusammen? Mira begann wieder zu spielen. Tatsächlich: Die Umrisse wurden wieder deutlicher! Dieses Gesicht hatte sie doch schon mal gesehen. Es war gar nicht so einfach, auf den kleinen Handy-Tasten zu spielen und gleichzeitig auf den Monitor zu starren. Wo hatte sie das bloß gesehen ...?

Von draußen zog wieder ein Hauch staubigen Geruchs herein – Das war's – genau! Auf dem Münchner Dachboden war ihr doch so gewesen, als hätte sie genau so ein Gesicht gesehen, in dieser Sonne auf den zerfledderten Buchseiten, ein sehr würdevolles, majestätisches Gesicht, mit wahnsinnig traurigen Augen. Das war's! Genau das Gesicht! Mira spielte weiter, nicht ganz so schön wie eben, etwas gehetzter, aber immerhin. Je länger sie spielte, desto deutlicher wurde das Gesicht. Plötzlich jaulte Knox auf. Mira erschrak – Knox hatte Angst, das hörte sie sofort. Mit eingezogenem Schwanz winselte er in Richtung Miras violetten Kuschel-Sessel. Den hatte sie unter das Hochbett verfrachtet, es gab ja sowieso keinen anderen Platz für ihn. Ja, und da saß er! Sehr aufrecht, ohne sich anzulehnen. Der Mann mit den traurigen Augen! Das war starker Tobak für Mira. Sie hatte ja jetzt schon viele verrückte Typen in New York gesehen, aber der schoss den Vogel ab. Ein über und über in Erd- und Goldtönen besticktes Gewand reichte ihm bis über die Knöchel hinunter. Wuchtige Goldketten baumelten um seinen Hals, mit großen, goldglänzenden Amuletten. Und dann trug er auch noch ein flaches, genauso reich besticktes Käppi auf dem Kopf. Aber das Beeindruckendste waren seine Augen: groß, dunkel, mit ellenlangen Wimpern. Und die schauten sie so, so traurig an, dass Mira weggucken musste. Sie hatte ja heute selbst sehr nah am Wasser gebaut!

Also, unsympathisch war ihr der Typ nicht. Nur: Was wollte er hier in ihrem Zimmer? Schließlich war schon die Sache mit dem Kleinen Dirigenten und den Harflingen ein bisschen sehr seltsam gewesen – aber darauf war sie vorbereitet gewesen, von Omi und so. Und DER Typ dort drüben? Der hatte sich ja irgendwie selbst eingeladen. Doch er hob abwehrend die Hände. Wie viele Ringe der trug! Und ein ganz, ganz leichtes entschuldigendes Lächeln umspielte seine Lippen. Sah echt cool aus. Wie alt der wohl war? Schwer zu schätzen. Eigentlich noch nicht so alt, vielleicht dreißig oder so. Aber er hatte so was Altmodisches, Altes, obwohl er jung an Jahren schien. Wie diese englischen Jagdhunde. Die hatten auch so was Uraltes, auch wenn sie noch ganz jung waren.

Was wollte dieser Mann? Er machte einfach den Mund nicht auf, stellte sich nicht vor – da musste Mira wohl ran. „Ich heiße Mira May, finde Ihren Besuch sehr überraschend und würde gerne wissen, wer Sie sind und was Sie hierher führt.“ Klang selbstbewusster, als sie sich in diesem Moment fühlte. Er schien sie verstanden zu haben, denn er neigte leicht seinen Kopf. Das sah jetzt aber wirklich sehr majestätisch aus. Obwohl er in einem Sessel saß! Als er den Kopf wieder hob, war das traurige Glühen in seinen Augen noch stärker geworden. Und plötzlich begann es zu verblassen, und mit ihm die gesamte exotische Gestalt. Eine Sekunde später war der ungebetene Besuch verschwunden.

Mira drehte sich zu Knox um, der jetzt ganz entspannt auf dem dunklen Holzfußboden lag. „Jetzt weiß ich, wie der aussah. Ich meine, ich kenne mich damit ja auch schon ein bisschen aus. Knox“, sagte sie feierlich. „Der Mann sah aus wie unglücklich verliebt.“ In dem Augenblick zog ein neuer Geruch durchs Fenster hinein, diesmal ein ekliger, säuerlicher. Und Miras Laune verdüsterte sich mächtig.

Am Hof des Weißen Gründers bahnte sich eine kleine Katastrophe an. Giggel thronte nämlich mitten auf dem Allerheiligsten in Pergaments Büro: Auf dem riesigen, bestimmt hundert Meter langen Alabastertisch. Und darauf lagen – fein säuberlich gestapelt und mit wunderhübsch leuchtenden Karteikärtchen bestückt – die verschiedenen Papiere zu all den Dingen, die im ganzen Universum erledigt werden mussten. Und Giggel tat halt das, was er eigentlich immer machte: Er lachte. In diesem Fall allerdings war es ein hochgefährliches Prusten. Die ersten Papierstapel schwebten schon als heilloses Durcheinander im gesamten riesigen Raum herum. Aber nicht nur Giggel prustete, nein, auch Vanilla schüttete sich aus vor Lachen. Bei ihr sah das aber viel, viel eleganter aus. Kein Wunder, denn Giggel war vor allem erstmal eins: Rund! Und klein. Also klassische Kugelform. Wie sein Gesicht: Vollmondförmig, zu allem Überfluss trug er auch noch das Haar nach hinten gegelt. Auch die liebliche Vanilla mit ihrem anerkannt erlesenen Geschmack hatte ihn nicht zu einer vorteilhafteren Frisur überreden können. Und seine unvorteilhaften knatschbunten Bermuda-Shorts zog er nun auch noch ausgerechnet bis dorthin hoch, wo er am rundesten war, bis zum Bauchnabel nämlich. Dort war die farbige Pracht natürlich nur mit einem Gürtel zu halten, der dann ein wenig ins Bauchfett schnitt. „Alles Muskeln", pflegte Giggel zu rufen, natürlich immer von einer Lachsalve begleitet. An seinem Gürtel übrigens hatte er immer mindesten zehn Lachsäcke baumeln. Er besaß Tausende davon. Aus aller Herren Länder. Schließlich lachen die Menschen überall ein bisschen anders. Jetzt schnaufte also Vanilla vor sich hin: „Herrlich! Wenn ich mir doch nur Witze merken könnte! Wie viele Mieslinge braucht man, um ein Zimmer zu tapezieren? Kommt drauf an, in wie viele Scheibchen man sie schneidet!", wieder prustete sie los. „Den kann ich mir merken, bestimmt!"

„Schluss mit lustig!“, brüllte es vom Fahrstuhl her. Das war wirklich ein fahrender Stuhl, der sich in einem Lichtschacht auf Wunsch rauf und runter bewegte. Das Schöne an ihm war: Er hatte immer nette kleine Überraschungen parat. Eine Kopfmassage vielleicht, einen Glückskeks oder auch mal ein Gläschen Champagner. Pergament jedenfalls wies die freundlich angebotenen Liebesperlen so heftig zurück, dass sie mit ordentlichem Geklicker durch den Lichtschacht stoben. Allerdings nach oben.

„Giggel – es reicht. Ich mache das nicht mehr mit!“ RATTER-RATTER! Sony und Mony rollten artig vom Fahrstuhl runter – jeder mit einem kleinen chinesischen Schirmchen am Lautsprecher-Ohr. „Notiert bitte gleich mal: AN ALLE! Aber nicht eilig: Pergament erteilt Giggel Büro-Verbot! Wegen wiederholten Chaotisierens!“ Vanilla bemerkte cool: „An unserem Meeting jetzt gleich muss er aber teilnehmen. Vielleicht hat er ja eine zündende Idee.“ Giggel kicherte schon wieder. Aber zunächst lieber aus sicherer Position unter dem Alabaster-Tisch hervor. Der übrigens keine Beine hatte. Man könnte sich ja daran stoßen.

„So, fangen wir an. Ich habe heute leider nur sehr, sehr wenig Zeit.“ Der Weiße Gründer hatte im Schneidersitz am Kopfende des Tisches Platz genommen. Der Fußboden eignete sich hervorragend für längere Besprechungen – er war nämlich ein gigantisches Wasserkissen oder besser ein gigantisches Wasserbett. Körpertemperatur natürlich. Und lichtdurchflutet. Der Weiße Gründer senkte den Tisch auf eine bequeme Höhe ab, Giggel konnte gerade noch darunter hervor schlüpfen.

„Zunächst die Sache Mira May. Was gibt's Neues?“ Der Weiße Gründer schaute auffordernd in die Runde. Der Kleine Dirigent erhob sich, sonst hätte man ihn hinter dem Tisch nicht sehen können. „Gute und schlechte Nachrichten. Die guten zuerst. Mira macht Fortschritte im Magic-Melody-Spiel. Es reicht aber natürlich noch nicht. Wir haben ihr drei aufrichtige Personen zur Seite gestellt." „Wie heißen die?", wollte der Weiße Gründer wissen. „Kimberly Howe, Dionne Crawford und Juan Sanchez." „Wie bitte, Juan Sanchez? Wir wollten diese Geschichte doch erstmal ruhen lassen!" Der Weiße Gründer war nicht amüsiert. „Es war in einer etwas kniffligen Situation niemand anderes so schnell zu aktivieren", räumte der Kleine Dirigent kleinlaut ein.

„Und damit kommen wir zu den schlechten Nachrichten. Sowohl die Schwarze Gamma als auch eine Kompanie Mieslinge unter Befehl von Baron le Teer sind in Manhattan eingetroffen und Mira auf der Spur. Sie hat übrigens Kontakt zum ... äh, Duque aufgenommen. Auf eigene Faust. Sehr geschickt. Wir hatten damit nicht gerechnet und haben bestimmt nichts damit zu tun! Auf jeden Fall hat er sie besucht. Aber nur kurz." „Meine Güte, aber ihr wisst doch, was das bedeutet! Die Schwarze Gamma ist jetzt noch verrückter. Was ist mit dieser Kröte Tinni-Tu?" Schon lange war der Weiße Gründer nicht mehr so ungehalten gewesen. „Ja, also, die hat vom Schwarzen Loch die Anweisung, Gamma erstmal in Ruhe zu lassen. Bis sie Mist baut. Dann darf sie eingreifen, ihre Konkurrentin vernichten und deren Reich selbst übernehmen." „Das wäre ja noch schlimmer. Tinni-Tu ist um einiges gerissener als diese Mist-Gamma." Der Weiße Gründer stand auf und wandelte einmal um den Tisch herum. Das dauerte natürlich. Als er wieder an seinem Platz angekommen war, sagte er: „Das ist nicht einfach zu lösen. Giggel, entwickeln Sie bitte gemeinsam mit Pergament eine geeignete Strategie." Pergament erbleichte. (Das ging tatsächlich!) Sehen Sie auf jeden Fall zu, dass Mira weiter übt. Bis sie selbst ihren Schutz herbeispielen kann, müssen andere Hilfsmittel her.

Ihr darf nichts passieren. Vanilla, wir bereiten jetzt das Lichtfest vor."

„Eure Lichtheit", Pergament schoss mit einer so heftigen Bewegung in die Höhe, dass er zehn Papierstapel in die Lüfte riss. „Eure Lichtheit, wir haben Informationen, dass Grünhild, die Schwester des Neids – und ihr Verlobter, Don Mimos, mit einer uns nicht bekannten Person daran arbeiten, uns das wegzunehmen, worauf sie ganz besonders neidisch sind: Das Licht." Betroffene Stille. „Was weißt du noch, Pergament?" Der Weiße Gründer war plötzlich ganz ruhig. „Wir sind d-d-d-dran", Pergament begann immer zu stottern, wenn's eng wurde. „Bitte richte alle deine Kräfte auf die Erhellung dieser Angelegenheit. ALLE", schloss der Weiße Gründer, nicht ohne einen bedeutungsvollen Blick auf die unzähligen Papierberge zu werfen.

„Vanilla, wir werden das Licht feiern. Groß feiern. Ganz groß feiern. Keine Frage, nicht wahr?" „Keine Frage, Eure Lichtheit." Vanilla lächelte ein unergründliches Lächeln. Heute roch es nach Maiglöckchen.

9

„Warum einfach, wenn's auch kompliziert geht?“ Mira hastete wie von der Tarantel gestochen zielstrebig die Prince Street entlang, also exakt in der Durchschnittsgeschwindigkeit, mit der alle Leute hier rannten. Sie fiel überhaupt nicht mehr auf. Es würde nicht mehr viel fehlen, und man würde sie locker für eine Amerikanerin halten. Mit dem grellgelben Acryl-Rucksack auf den Schultern, aus dem oben mörderstolz Knox rauswippte, sah sie genauso schrill aus wie die Meisten hier. Nur: Mira fühlte sich längst nicht so sicher wie die anderen rasenden Passanten um sie herum. Jetzt war sie schon vier Tage hier – und sie durfte immer noch nicht alleine durch das Viertel stromern! Mami war da beinhart. Von Autounfall über Kidnapping bis Zugunglück – Mira schien es, als habe Mami den Polizeireport Manhattans auswendig gelernt. Nur mal kurz ein paar Dinge besorgen – ja, das wurde ihr gnädig gestattet.

Früher, in München, da hatte sie sich natürlich sofort verdünnisiert, wenn Mami ihr unvergleichliches „Hol doch bitte schnell mal meine Gucci-Pumps vom Schuster, Kind!“, zirpte – doch jetzt riss sich Mira um solch dämliche Botenaufträge. Kleine Fluchten ... jetzt also dieser ganz besondere italienische Espressokaffee. NUR der in der goldbraunen Tüte, ungemahlen, versteht sich. Weil Dads anspruchsvoller Gaumen ausschließlich den aus der gigantischen Monstermaschine akzeptierte, die oben in der Küche fauchte. Voll elektronisch gesteuert, versteht sich. Also Schlangestehen bei SPLEEN& DELUCA.

Mira rechnete gerade sorgfältig aus, ob das 10-Dollar-Wechselgeld vielleicht noch für einen Cookie reichte, und Knox flirtete Aug in Aug mit einer schnieken Schönheit hinter ihr, da zerschnitt ein gellender Pfiff das friedliche Dudelmusik-Gemurmel. Alles drehte sich um. Auweia, Dionne schaffte es tatsächlich aufzufallen, in diesem New Yorker Exoten-Zoo, und wie! Was sich da unter ihrem japanischen Tuschkasten-Gesicht erdabwärts ausbreitete, war eine glatte Zumutung in Orange, Rot und Pink. Da knallte einem eine orangefarbene Latzhose aus Tüll ins Auge, die irgendetwas silbrig-Geringeltes (mit Strapsen!) darunter nur sehr unzureichend verhüllte – in Brusthöhe wölbte sich eine Art Ultrakurzjacke in schreiendem Pink um Dionnes Körper, eigentlich waren das nur wattierte Ärmel mit einem genauso wattierten, aber quietschbunt gemusterten Verbindungsstück dazwischen – vorne mit etwas Vogelschnabelartigem verschlossen (Dionne hatte schon richtige Brüste! registrierte Mira ganz neidisch – nur war natürlich viel zu viel von denen zu sehen ...) – ja, und das Durchgeknallteste: Dionne hatte die Tülllatzhose mit einer Art orientalischem Glasfaserkabel umwickelt, kreuz und quer über Beine, Po und Taille: Grundfarbe feuerwehrrot, über und über beklebt und behängt mit kitschigsten Halbmonden, Wasserpfeifen, Blechamuletten und anderem exotischen Billig-Ramsch! Und weil sie auf Rollerblades balancierte, wackelte und klickerte und bimmelte das ganze Zeug zirkuspferdmäßig an ihr herum.

Dionne genoss die geballte Aufmerksamkeit sichtlich. „Hey! Mira, Baby!“, brüllte sie und schwenkte beide Arme wie ein Verkehrspolizist durch die Luft. „Bring mir ’nen Donut mit!“ Oh Gott, war Mira das peinlich! Bloß schnell raus hier. Wie es ihr trotzdem gelang, zwei Donuts so ins Wechselgeld zu kalkulieren, dass ihr die amüsierte Bedienung nur noch drei Cent rausgeben musste, das versank irgendwie in ihrer Peinlichkeits-Trance.

„Weißt du, warum ich Donuts mag?“, kicherte Dionne und griff zielsicher in die weiße Papiertüte. „Die sind genauso langweilig und schlaff wie meine beiden Schwestern. Siehst du?“ Sie biss so heftig in das schwabbelige Teil, als wollte sie ein Hühnerbein zerteilen. Dionnes Schwester möchte ich nicht sein, dachte Mira und verstand eigentlich nicht so ganz, wieso sie sich von ihrem schallendem Gelächter so einfach anstecken ließ. „Ist der Ruf erst ruiniert, lebt es sich ganz ungeniert“, murmelte sie und ließ sich neben Dionne auf die Steinstufen vor dem Coffeeshop sinken. „Knox, du kannst die Augen wieder aufmachen. Schau einfach in die andere Richtung. Los, steig aus, sonst zerquetsch ich dich.“ Ächzend strampelte er sich aus dem Rucksack und wandte Dionne beleidigt sein umfangreiches Hinterteil zu. Die kicherte weiter. „Meine Schwestern sind so spießig, dass es weh tut, ich sag's dir! Highschool, Hochzeit, Kindermeute und verfetten. Davon träumen die echt! Na, viel Vergnügen mit den Kerlen. Schau mal, der da wär was für Sister Mary, die ist siebzehn.“

Dionne wies unverhohlen mit dem Zeigefinger auf einen untersetzten Typ, unter dessen buschigen Augenbrauen träge Augen von undefinierbarer Farbe herausglotzten. „Der ist wahrscheinlich zu blöd, um seine Schuhe zuzubinden. Wunderbar, dann könnte er ihr wenigstens nicht weglaufen.“ Schon wieder dieses Lawinen-Gelächter. Mira wunderte sich über sich selbst. Sie fand diesen verrückten Giftzwerg einfach lustig! Wie leicht sie das Leben nahm! Und es scherte sie offenbar nicht die Bohne, was andere über sie dachten!

„Der Typ wär dann bestimmt was für dich!“, bemerkte Mira todernst und zeigte auf einen farbenfrohen Papagei, der auf der Schulter seines Herrchens durch die Straße schwankte. „Hey, Mira-Baby, du bist ja echt witzig, das hätte ich dir jetzt nicht zugetraut! Ich liebe das Lästern. Ich hänge hier oft stundenlang rum, glotz die Leute an und mach meine Sprüche – I love it!“ Mira starrte Dionne mit offenem Mund ins schwarz-weiß-rote Gesicht. „Ja, darfst du das denn?“ „Wie – meinst du, das Rumhängen hier? Darfst du das etwa nicht?“ „Meine Mutter hat furchtbar Schiss, dass mir irgendwas passiert.“ Mira schämte sich fast. „Verstehe. So nach dem Motto: Der Boden tut sich auf, huhu, und dann greift der schwarze Mann nach unserer Mira-Maus!“

Dionne ruderte mit den Armen, dass es nur so schepperte. „Ich hab 'ne Idee. Ich bin zwölf, und du?“ – „Elf.“ Mira schämte sich schon wieder. „Well, Babe, dann haben wir's! Ich bin älter, kenne die Gegend hier so gut wie die Kneipenszene von Chinatown – also, ich komm mal bei dir zu Hause vorbei, mach einen auf reif und gut erzogen, und dann lassen die dich mit mir zusammen auf Streifzug gehen. Und denken natürlich, wir würden uns gegenseitig fromme Gedichtchen aufsagen!“ „Dann musst du aber ohne diese Faschingsverkleidung antreten.“

Mira gefiel der Schlachtplan sehr. „Was glaubst du, wie ich auf nett-adrett machen kann!“ Dionne brüllte schon wieder vor Lachen und klemmte Knox ein qualmendes Räucherstäbchen unters Halsband. Jetzt grinste er sie richtig an. Und verpasste glatt die Horde graubrauner Gestalten, die sich vor Dionnes Gelächter-Salven fluchend in den Gulli retteten, direkt vor seinen Pfoten.

Mira saß immer noch vor dem Coffeeshop. Irgendwie war sie zu genervt, um sich aufzuraffen. Weshalb denn nach Hause gehen? Da wartete doch eh nur Lilly, und die ging ihr langsam wirklich auf den Zeiger mit ihrer vorsichtig-vorsichtig-Tour. Die Leute brauchten sie gar nicht so anzustarren! Sie saß doch bloß rum, zwischen einer Menge anderer kekskauender Leute. Musste ja ziemlich blöd aussehen, die meisten in guten Klamotten, aber wie die Hühner auf der Stange. Überhaupt alles hühner-blöd hier.

Mira dachte sich so heftig in eine mordsmäßig schlechte Laune hinein, dass ihr gar nicht auffiel, wie ungewöhnlich das für sie war. Schlechte Laune kannte sie sonst nämlich gar nicht. Knox roch den Braten – er versuchte Mira vom Gulli wegzuziehen, doch er erntete nur ungeduldige Klapse von Frauchen. Merkte die denn gar nichts? Von dort her stank es mittlerweile so bestialisch, dass die Leute mitten beim Kekskauen die Hühnerstange verließen – nicht ohne einen zutiefst vorwurfsvollen Blick auf Mira! Aber die war langsam so stinksauer, dass sie gar nichts mehr roch. Quatsch. Sie würde jetzt nicht nach Hause gehen. Wie käme sie denn dazu! Klavierüben, pah! Dummes Zeug, Folter für die Ohren. Fernsehen als Bildungsmaßnahme, mit Schreibzeug und Lexikon daneben – immer schön aufschreiben, was man nicht kennt, und dann nachschlagen und auswendig lernen. Das würde Dad natürlich super gefallen. Der konnte sie mal! Nein, als erstes musste jetzt eine Cola her. Nur – oberblöd – sie hatte ja kein Geld mehr! Lilly – ich könnte diese knickrige Ziege in der Luft zerreißen! Wieso krieg ich hier eigentlich kein Taschengeld? Wahrscheinlich, damit ich mich bloß nicht auf der Straße rumtreibe – alles abgekartet hier! Das muss anders werden, das lass ich nicht mehr mit mir machen! Wo sind wir denn hier? In den idiotischen USA. Ich werde sie erpressen. Entweder sie geben mir Geld und Freiheiten – oder sie kriegen Ober-Stress mit mir. Ha! Die werden mich kennen lernen!

Knox ließ die Ohren hängen. Wie sollte er Mira bloß von dem vermaledeiten Gulli weglocken, aus dem es oberfaul stank? Er schnüffelte in dem Wanderrucksack herum – und plingg! kullerten ein paar Markstücke heraus. „Hätt ich ja selbst drauf kommen können“, knurrte Mira –

klar, die Kohle stammte noch vom letzten Wandertag in den Alpen. Schöne Zeiten. Alles weg, aus, vorbei. „Los, Knox, setz deinen dicken Hintern in Bewegung!“ Mira hatte nämlich eine hervorragende Idee. Meinte sie jedenfalls. Vorne, an der Ecke zur Houston-Street, hatte sie einen fliegenden Getränke-Händler gesehen, mit einer Kühlbox auf Rädern, da würde sie vielleicht ihre Cola ergattern können. Wenn der Händler D-Mark nahm!

Knox hatte das Aufbruchssignal ganz anders gedeutet. Er rannte schon schwanzwedelnd heimwärts, dieser Mistköter! Mira sprang auf, war flugs hinter ihm her, riss das winselnde Tier in die Höhe und versenkte es ruppig in den Tiefen ihres Rucksacks. Noch nicht mal rausschauen durfte Knox jetzt. Jetzt war's mit seinem milden Verständnis aber aus! Mira stapfte zielstrebig zur Houston-Street hinunter. In ihrem wütenden Selbstmitleid nahm sie noch nicht mal die vielen graubraunen Schatten wahr, die sich außen an den Rucksack klebten. Knox strampelte wie wild. „Halt still, du Depp!“ Mira hüpfte ein paar Mal auf der Stelle – sie wusste genau, dass Knox dann schlecht wurde in seinem wippenden Gefängnis. Prompt gab es auch auf ihrem Rücken keinen Mucks mehr. Mira schien Knox' Elend überhaupt nicht zu rühren.

So. Da stand er, der Getränkewagen – ein bisschen komisch sah der ja aus. Alles so schmuddelig und angerostet, verwittert. Als hätte der schon seit Jahrzehnten keine Cola mehr verkauft. Was heißt hier DER – eine Frau ragte neben dem Ding hervor, riesengroß war die! Riesengroß, dünn und unsympathisch. Obwohl sie ein Lächeln aufgesetzt hatte, das würde von hier bis zur Freiheitsstatue reichen, so breit war das. Aber sie roch so seltsam. Ein bisschen wie Teer. Und warum die wohl Handschuhe trug? Es war doch ganz warm! Und eine pechschwarze Sonnenbrille trug sie auch. Der Rest war sowieso in grauschwarze Walle-Klamotten gehüllt. Quatsch, stell dich nicht so an! Mira gab sich einen Ruck und hielt der Vogelscheuche die vier D-Mark hin.

„I'd like to have a Coke. But I have no Dollars ..." – „Du kannst ruhig deutsch mit mir sprechen, Kind", säuselte die Vogelscheuche. Klirrte da irgendwas in ihrer Stimme? Vielleicht sprach sie ja deshalb so leise. „Deine Münzen kann ich leider nicht annehmen, Kindchen. Die wechselt mir niemand. Aber ich könnte dir eine Cola schenken. Ich habe nämlich ein sehr, sehr großes Herz." Was wackelte und kicherte denn da hinten an ihrem Rucksack? Mira versuchte, einen Blick über die Schulter zu werfen – aber natürlich sah sie nichts. „Das ist sehr nett von Ihnen", antwortete sie höflich. Wieso war sie nur so unangenehm berührt?

„Wir Deutschen müssen zusammenhalten." Die Vogelscheuche hob den schmuddeligen Deckel zur Eisbox hoch – und ein schauerlicher Teergestank entstieg der Tiefe. Sie wühlte und stocherte mit ihren Teleskop-Armen im Bauch des Getränkewagens herum, und es klang so, als ob es da gar nicht so viele Dosen gab, genauer gesagt – eigentlich gar keine! Doch dann hielt sie triumphierend eine rotglänzende Dose in die Höhe. „Hier, Kindchen. Geschenkt. Die vier Mark lässt du vielleicht als Trinkgeld hier." Na ja – schön kalt war sie ja. Mira versuchte unauffällig, ein Verfallsdatum zu erspähen, wer weiß ... „Einem geschenkten Gaul schaut man nicht ins Maul", schnarrte es von oben.

Hatte Mira es hinter den schwarzen Gläsern rötlich glühen gesehen? Quatsch, jetzt fang ich an zu spinnen, dachte sie und riss die Dose auf. Die Vogelscheuche strahlte verwegen und reichte ihr einen grauen Strohhalm. So ein widerliches Teil hatte Mira ja noch nie gesehen. Freundlich lehnte sie ab und spülte tapfer den ersten

Schluck direkt aus der Dose hinunter. Igittigitt! Das Zeug schmeckte so scheußlich, dass Mira auf den Bürgersteig sank. Galle – so stellte sie sich Galle vor –, nur nicht so metallisch. Genau, das war, als ob flüssiges Metall ihre Speiseröhre hinunterrauschte – zum ersten Mal in ihrem Leben spürte sie ihre Speiseröhre! Panik kroch in ihr hoch. Ihr war schwindlig, sie schnallte den Rucksack ab – in dem es nach wie vor verdächtig still war. Mein Gott, in was hab ich mich denn hier reingeritten? Mira versuchte aufzustehen. Doch es ging nicht! Sie fühlte sich bleischwer – als hätte sie eine Kanonenkugel im Magen. Und rundherum war es so düster geworden! Aber es war doch noch früh am Tag ... Knox. Sie musste Knox aus dem Rucksack befreien. Mühsam wandte sie sich um. Der Rucksack war weg! Statt dessen starrte sie auf sechs rote Pünktchen.

„Hier, trink noch, Kindchen", die Vogelscheuche hielt ihr tatsächlich diese vermaledeite Dose hin! So eine Unverfrorenheit! Mira sprang auf. Dabei riss sie irgendetwas Glibberiges, Bewegliches mit nach oben, das sich an ihrem Rücken zu schaffen machte. Mira erstarrte, versuchte krampfhaft, einen klaren Kopf zu kriegen. Da versuchte doch jemand, ihre Bauchtasche abzuschnallen! Das Magic Handy! Jemand wollte ihr Magic Handy klauen! Woher sie die Kräfte nahm, war ihr völlig schleierhaft – aber sie sprang. Sie machte einen Riesensatz auf die Straße – und während sie sprang, nahm sie wahr: Ich springe ja über ein parkendes Auto drüber! Einen Lincoln Towncar! Mira kannte sich mit Automarken aus. Wie ging denn so was? Doch dann ein kurzer Blick nach vorn: Hilfe, sie würde mitten auf der Straße landen! Mitten auf der Houston-Street!

Die Autos rasten wie Hornissen auf sie zu – allen voran konnte sie ein schwarzes Motorrad erkennen, viel schneller als die Auto-Front. Pechschwarz, die Scheinwerfer, Rückspiegel, alles. Irgendwas Schillerndes saß hinter dem

Lenker, das schillerte so, dass es richtig weh tat in den Augen. In Mira war nur noch nackte Angst. Der würde sie über den Haufen fahren, der konnte doch gar nicht mehr bremsen! In dem Augenblick wurde sie jäh zurückgerissen, jemand hatte sie von hinten an ihrer Bauchtasche gepackt, der Gürtel schnitt höllisch in ihre Magengegend, Mira krümmte sich vor Schmerz und verlor das Bewusstsein. Doch nur für den Bruchteil einer Sekunde. Sie lag neben dem Lincoln auf dem Bürgersteig. Ihr erster Griff: Die Handy-Tasche! Die hatte ihr offenbar schon jemand losgeschnallt, doch Mira konnte sie gerade noch packen. So heftig riss dieser jemand an dem Teil, dass Mira mitgeschleift wurde, doch sie ließ nicht los. Klar! Die Vogelscheuche! Die Brille war ihr verrutscht, Mira starrte in rotglühende Pupillen. Und plötzlich war da nur noch Wut. DIE würde das Handy niemals kriegen! Die Vogelscheuche versuchte offenbar, mitsamt Handy in der düsteren Öffnung der Eisbox zu verschwinden, sie steckte schon zur Hälfte drin und zerrte mit fratzenhaftem Gesicht am Gürtel der Bauchtasche.

Mira dachte an gar nichts mehr. Sie handelte nur noch. Und wie! Sie suchte mit einem Bein im Rinnstein Halt, holte mit dem anderen weit aus – und rammte es mit ungeahnter Kraft in den Getränkewagen. WOMMMM! Das Ding schoss mit Affentempo los, die Schwarze Gamma war so überrumpelt, dass ihr die Tasche entglitt! Welch ein Bild: Der Wagen rumpelte pfeilschnell den Bürgersteig hinunter – die Schwarze Gamma krallte sich so panisch an der Eisboxöffnung fest, dass es rotglühende Metall-Splitter stob: Eine keifende, flatternde Zottelmähne mit rollendem Blechkasten. Das Ganze knallte dann an der nächsten Ecke voll gegen eine Luxuslimousine, kippte um – und Stille. Räder kreisten ins Leere. Die Schwarze Gamma war weg. Und Mira war ein V.I.T.

„HICKS!" – kam eigentlich ein bisschen spät, der Schluckauf – aber vorher war echt keine Zeit dafür gewesen. Mira stand zitternd an den Lincoln gelehnt. Ihr war schlecht. Um nicht zu sagen: sauschlecht. Wasser! Nie wieder Cola! „Überfall! Polizei! Überfall!" Lilly stürzte auf Mira zu, mit hochrotem Kopf, schweißüberströmt. Und wenn Lilly rannte, sah sie aus wie ein Dromedar im Zeitraffer und im Passgang. So schwankte sie hin und her. Dabei hatte sie doch nur zwei Beine und nicht vier! Diesmal war das besonders hübsch anzusehen, weil sie den quietschgelben Rucksack in den Armen hatte – aus dem sich Knox gerade unter Aufbringung all seiner männlichen Kräfte herauszuwinden versuchte. Glücklicherweise hatte er auf Lillys Bauch eine großflächige Unterlage dafür.

Jetzt landete er allerdings so unsanft auf dem Trottoir, dass er glatt einen Purzelbaum schlug – der ihm wie ein Profi-Stunt gelang. Denn nun versank Mira an Lillys ausladender Brust – und diesmal wusste sie die zu schätzen! Knox schleckte ihr derweil die Hände ab – an denen die Bauchtasche baumelte. Keine Sorge – Knox passte auf!

Lilly zerrte Mira Richtung zu Hause. „Ich wusste es doch. Houston-Street! Houston, zweimal o, einmal u – und weg bist du. Nie wieder betrittst du diese Straße, Mirabell, nie wieder!" „HICKS!"

10

„Kamillentee!" Mira lag auf ihrem Hochbett und sah ziemlich verzweifelt aus. „Knox, Kamillentee ist ungefähr so wie getrocknete Tofu-Scheiben, die du so hasst." Jetzt hatte Mira natürlich ganz schlechte Karten in Sachen Lilly. Aufmucken war nicht, sonst würden Mami und Dad sofort die Wahrheit erfahren. Oder eben das, was Lilly für die Wahrheit hielt – und das gehörte in den Augen ihrer Eltern schon zu den größeren Verbrechen: Heimlich durch fremde Straßen stromern, von einem hergelaufenen Menschen eine Dose Cola annehmen und damit halb vergiftet werden ...

Also musste sie Kamillentee trinken und abwarten. Bis sich die Lilly-Wogen glätteten. Das einzig Gute war, dass Knox bei ihr im Hochbett liegen durfte. Ober-ausnahmsweise sozusagen. Der spitzte gerade die dazu fähigen Ohrenteile: Hu! Das Handy kribbelte! Mira hatte es neben sich unter die Bettdecke gelegt. Als Tarnung mitten in den Stofftier-Zoo. „Huhu!" Das Gefühl kannte sie doch! Dieses angenehme Kribbeln, von der Stupsnase bis zur Zehenspitze, als ob sich 95 kuschelige Kätzchen an ihr rieben ... Mira erinnerte sich genau: Bei Omi hatte sie das schon erlebt, damals, als sie das Handy auspackte, als sie diese große, perlmuttfarbene Taste in der Mitte des Displays drückte. Moment mal, dann müsste sie doch ... „Schau doch mal!" Mira stand senkrecht im Bett und war wie von einer zweiten Haut von schimmerndem Licht umgeben. Knox fand das nicht so richtig toll. „Wie war das? Wenn ich auf diese Perlmutt-Taste drücke, mit der Sonne drauf, dann wird die letzte Funktion rückgängig gemacht." Das klang schwer nach Handy-Profi. Mira klaubte das Handy aus den Pranken ihres Eisbären und drückte. Die schimmerige Schicht zerbröselte in glitzernde Fünkchen – und Omis Stimme hing im Raum. „Tag, Mira, wie geht's dir, ich mach mir Sorgen, ich weiß auch nicht ..." „Hey Omi! Weißt du, dass du die Erste bist, die mich anruft auf diesem Handy?" Mira ließ sich so heftig auf das Bett zurückplumpsen, dass die Tasse Kamillentee umkippte. Zum Glück tropfte das Zeug auf den Holzfußboden. Nicht ohne die aufgeschlagenen Heftseiten mit den Fernseh-Vokabeln zu versauen.

„Klingelt das eigentlich immer so kribbelig, Omi?" „Nur wenn's ziemlich dringend ist. Es zeigt dir immer, wie sehr es dem Anrufer am Herzen liegt, mit dir zu sprechen." Omi klang echt besorgt. „Was ist los, Omi?" „Mit dir ist was los, Mira. Ich hab das ganz genau gespürt." Mira blieb die Spucke weg. „Wie denn, du bist doch so weit weg!" „Ich habe gerade geträumt, Mira. Lilly hat dir einen Kamillentee serviert. Und dann kam auf einem pechschwarzen Motorrad eine gewisse ... sagen wir äußerst unangenehme Person herangerast, mit einer Cola-Dose in den Händen. Die hat sie einer Horde aufgedrehter Mieslinge in die Glupsch-Händchen gedrückt – und hastdunichtgesehen haben sie dir das Zeug in den Tee gekippt. Und das Zeug war nicht sehr lecker. Gar nicht lecker. Was ist passiert, Mira?"

Mira war baff. Gebannt verfolgte sie das Kamillentee-Tropf-Geschehen neben sich. „Na ja, Omi. Das Puzzle sah zwar ein bisschen anders aus, aber der Kern ist wahr. Sie hat mich zu vergiften versucht, um an das Handy heranzukommen." Knox sträubte das Nackenfell und schnappte nach dem Eisbären. „Wer ist SIE?", schoss es durchs Handy. „Tja ... So eine widerliche Person hab ich eigentlich noch nie gesehen, Omi. Eine Art Vogelscheuche mit schwarzer Sonnenbrille. Wie auf 'ner Beerdigung, alles grau-schwarz. Ich hab dann aber ihre Augen gesehen. Stell dir vor ...", Mira flüsterte nur noch, „die sind rot, glühend rot! Und so krumme Handschuhe hat sie getragen. Also eigentlich fürchterlich ..." Schweigen am anderen Ende. „Omi? Bist du noch da?" „Ja ja, Kind, ich überlege gerade noch. Also gut. Oder nicht gut, denn wir wollten dir zunächst noch nicht so viel von der Geschichte erzählen. Aber ich sehe – du läufst in schlimme Fallen, wenn du es nicht erfährst. Sitzt du gut?" „Ich liege im Bett! Mir ist immer noch ein bisschen übel von diesem Giftzeug." Mira war wirklich grünlich um die Nase. „Lass dir bitte nachher von Lilly eine Kugel Vanille-Eis geben. Das stellst du in dein Zimmer und drückst ⊕. Wenn dann was mit dem Eis passiert ist, isst du's, okay?" „Klar, Omi!", strahlte Mira. Vanille-Eis, dagegen hatte sie wirklich nichts einzuwenden. Es tropfte noch immer.

„Pass auf, Mira. Das ist eine sehr traurige und sehr böse Geschichte. Du darfst sie niemandem erzählen – aber auch gar niemandem." „Ehrensache. Aber warte noch einen Augenblick, Omi. Soll ich dir nochmal das Lookilooki organisieren? Dann kannst du mich sehen beim Telefonieren." Mira war sehr stolz auf ihr magisches Sonderwissen. „Nein, nein, lass lieber. Je weniger Aufsehen, desto besser. Die haben sehr gute Spione, weißt du." Omis Stimme zitterte ein bisschen. SO hatte Mira sie echt noch nicht erlebt. Sogar Knox legte die Stirn in bisher unbekannte Dackelfalten. Interessant: Dackelblut floss also auch in seinen Adern!

„Mira, weißt du, was Zauber ist?" „Na ja. Früher hätte ich ‚Hokuspokus' gesagt. Heute bin ich mir da nicht mehr so sicher." „Merk dir bitte: Es gibt Zauberei – und davon hast du schon ein klein wenig mitbekommen. Und es gibt Zauber. Du weißt schon: ‚Woraus besteht Zauber? Aus Herz, Verstand und Unerschrockenheit'. So, und nun gibt es – sagen wir mal – bestimmte Kräfte, nicht nur auf dieser

Erde, die beherrschen Zauberei UND haben Zauber. Und es gibt andere Kräfte, nicht nur auf dieser Erde, die beherrschen Zauberei und haben KEINEN Zauber. Hast du soweit verstanden?“ „Klar“, Mira bewunderte den See aus Kamillentee. „Der Kleine Dirigent zaubert mit Zauber. Und Musikus auch. Diese Vogelscheuche, die zaubert ohne Zauber. Okay?“ „Genau so, Mira. Und du musst wissen: Diese Vogelscheuche ist eine der sehr Mächtigen unter den Kräften der Dunkelheit. Sie gehört zu all denen, die Zauber nicht ertragen können. Ihnen wird von allem, was Zauber ist – pardon –, kotzübel. Also streben sie mit allen verfügbaren Mitteln danach, den Zauber auszurotten. Sie hassen gute Musik genauso wie Glück, sie hassen das Lachen, sie hassen die Harmonie. Sie hassen Herz, Verstand und Unerschrockenheit. Sie hassen das Licht.“ „Um im Guten, Wahren, Schönen resolut zu leben. Dann hätten sie ja Goethe bestimmt am liebsten gelyncht.“

Miras Zettelkasten war manchmal Gold wert. „Das wäre ihnen auch um Haaresbreite gelungen. Seine Freundin Christiane haben sie dann auch erwischt. Ich nehme sogar an, dass auch sie zu den ‚armen Seelen‘ gehört, weißt du. Das klingt jetzt schon etwas sehr seltsam – versuch einfach, dich an diese Gedanken zu gewöhnen.“ „Brauch ich gar nicht, Omi. Ich hab ja diese Vogelscheuche gesehen. Ich glaub dir jedes Wort.“ Irgendwas Längliches schwamm in dem Kamillentee-See.

„Diese ‚Vogelscheuche‘ ist die Herrscherin des Schwarzen Lochs“, Omis Stimme war kaum noch zu hören. „Sie ist nicht zu unterschätzen, hat sehr, sehr viel negative Energie. Zum Glück ist sie oft so irrwitzig hasserfüllt, dass sie Riesenfehler macht. Wer weiß, sonst hätte sie vielleicht schon eine ganz andere Macht. Übrigens: Sie herrscht eigentlich nur in Europa. Bei dir in Nordamerika hat eine andere, auch sehr gefährliche, das Sagen. Aber die darf an dich nicht ran." „WER entscheidet das denn?", fiel Mira ein. „Das erzähl ich dir später. Diese Herrscherin des Schwarzen Lochs, der du auf so üble Weise begegnet bist, nennt sich die „Schwarze Gamma". Und jetzt kommt das Wichtigste: ihre Spezialität ist es nicht nur, Unfrieden, Hass, Unzufriedenheit, Missgunst, Neid und Intrigen zwischen den Menschen zu säen. Nein, sie geht noch weiter."

Hm. Wenn Mira nur den ganzen Kamillentee-See von ihrem Bett aus hätte überblicken können – aber die Hälfte befand sich unter dem violetten Sessel. Und irgendwas war da ... na gut. „Sie versucht nämlich, Menschen, die einen ganz besonders starken Zauber haben, auszuschalten. Weil deren Kräfte über jede Entfernung hinweg zusammenwirken. Je mehr es werden, desto gefährlicher wird es für die Mächte der Dunkelheit. Dann könnten sie große Einflussfelder auf der ganzen Erde verlieren." Jetzt musste Mira doch etwas sagen: „Omi, hier ist irgendein Viech in meinem Zimmer. Es hat sich unter meinem Sessel versteckt – und hat einen langen, ekligen Schwanz, eben hab ich ihn im Kamillentee gesehen." „Im Kamillentee?" Omi war dann doch irritiert. „Egal, dann lass uns ganz schnell fertig werden. Die Schwarze Gamma hält die Seelen von Menschen gefangen, die einen ganz besonderen Zauber haben. Sie lässt sie nicht leben und nicht sterben. Sie schmachten in ihren unendlich tiefen Kerker-Spiralen vor sich hin. Und wir ... wir haben es uns zur Aufgabe gesetzt, seit ein paar Jahrtausenden, diese Seelen zu befreien. Dazu gehört zum Beispiel das Magic Handy. Und dazu gehörst du, Knox auch. Bisher waren wir leider noch nicht sehr erfolgreich. So, pass auf ..."

Omi ließ Mira nicht mehr zu Wort kommen, „du bist jetzt außerordentlich gefährdet – sie wollen das Handy –, vielleicht sogar deine Seele. Solltest du mal ganz arg in Bedrängnis sein und keine Zeit haben, den Kleinen

Dirigenten zu rufen – für eine solche Notsituation gebe ich dir jetzt die mystischen Zahlen des Lichts, die Notruf-Nummer an den Hof des Weißen Gründers." Unter dem Sessel rumorte es erheblich, es hörte sich an, als ob da jemand am Holzfußboden nagte.

„Der Weiße Gründer?" Miras Stimme überschlug sich. „Ist jetzt völlig unerheblich. Schau dir die Tastatur an. Die Zahlen sind ein bisschen seltsam geordnet. Erste Reihe 4 9 2, darunter 3 5 7, darunter 8 1 6. Jetzt zähl mal schnell zusammen, immer senkrecht und waagerecht." Das ging wirklich schnell, Mira war ja perfekt in Mathe. „Wow, Omi! Immer 15!" „Exakt. Und jetzt diagonal." Das war ein Rattenschwanz, eindeutig! „Auch 15! Verrückt. Das da unten ist eine Ratte, Omi." Pause. „Größer als normal?" „Kann ich nicht so genau sehen, Omi – aber wenn das ein Rattenschwanz ist, was da im Kamillentee platscht, dann ist das ein verdammt großer Rattenschwanz." Bloß nicht dran denken, wie das Vieh wohl komplett aussehen könnte, bloß nicht dran denken ...! „Mira, ich befürchte, dass du den Notruf JETZT wählen musst, JETZT SOFORT. Der Haupt-Spion der Schwarzen Gamma ist nämlich eine Ratte namens ALC."

KNACKS! Der violette Sessel knickte ein, als hätte ihm einer gegen das Schienbein getreten. „Sie hat meinen Sessel zernagt!" Mira rang um Fassung. Knox tat so, als ob er nichts merkte. Die Sache war ihm viel zu heiß. Omi klang gehetzt: „Also schnell, schnell. Du musst dreimal die Quersumme 15 drücken, einmal senkrecht, einmal waagerecht und einmal diagonal. Welche Zahlenreihen du nimmst, ist nicht wichtig. Und dann – das kann manchmal etwas schwierig sein – musst du ins Licht schauen, zur Sonne. Aber niemals direkt hinein! Zu lächeln brauchst du übrigens nicht, wenn dir nicht danach zumute ist. Du sagst laut ‚Im Namen der Fünfzehn – ich rufe das Licht!' Zum

Schluss drückst du auf die Sonne im Perlmutt. Nachts musst du was anderes tun ..."

„Du, Omi", unterbrach Mira „die Ratte ist weg – ich glaub, sie krabbelt gerade das Hochbett rauf!" „Ruf den Hof des Weißen Gründers! Mira, ruf an! Sofort!" Ein zarter Dreiklang ertönte – und Omis Stimme war weg.

„Nicht auflegen, Omi, bitte!" Aber es war schon passiert. Mit etwas zittrigem Zeigefinger versuchte Mira fieberhaft, die Tastenreihen des Handys zu drücken – so schwer konnte das ja nicht sein! Einmal waagerecht, einmal senkrecht – einmal diagonal – egal, welche Reihe ... Oh Gott – vertippt! Knox stand am Fußende des Bettes und knurrte sein fiesestes Knurren, das er auf Lager hatte. Es klang ziemlich Furcht erregend, aber offenbar nicht genug: Das Kratzen und Knispeln am Holzbalken, der das Hochbett trug, kam näher. „Einmal waagerecht, einmal senkrecht, einmal diagonal", flüsterte Mira vor sich hin. „Ich glaub, ich hab's. Blöde Zitterei. So, und jetzt ins Licht schauen." Nur: Wo war die Sonne? Das Fenster in Miras Zimmer war ja zum Innenhof gewandt. Und dort fiel kein direktes Sonnenlicht hinein. „Halt' sie auf, Knox", zischte Mira, „Halt dieses Biest auf", und krabbelte ganz, ganz sacht auf der Matratze zum Fenster rüber.

Aus dem Augenwinkel sah sie, wie Knox äußerst merkwürdige Verrenkungen vollführte – er schien auf drei Beinen zu balancieren, mit der vierten Pfote drosch er auf irgendetwas ein. Das musste irgendwie spitz sein, denn er zuckte jedes Mal zurück, als hätte ihn jemand mit einer Nadel gepieckst. Mittlerweile hing Mira mit dem halben Oberkörper aus dem Hochbett heraus. Ein Segen, dass das Zimmer so mickrig war, sie langte tatsächlich mit dem Kopf an die Glasquadrate des Fensters heran. Ja! Ein Lichtstrahl! Schräg gegenüber. Das heißt, die Sonne befand sich schräg hinter ihr. Schnell wandte sie sich um. „Iiiihhh!"

Ein ekliger, pechschwarzer Rattenkopf ragte hinter der Bettkante hervor. Neben ihr schob sich der mindestens fingerdicke, nackte Schwanz ins Laken. Knox stand vor ihr wie besoffen. Kein Wunder. Denn dieses Ekelpaket starrte ihn mit seinen giftgrünen Augen an und bleckte die Zähne. Und was da aus der düsteren Mundhöhle stach, das waren streng genommen gar keine Zähne – das schien eine ansehnliche Ansammlung von rasend scharfen Metallklingen zu sein! Richtig böse schimmerten die.

„Im Namen der Fünfzehn – ich rufe das Licht!" Mira war über sich selbst erschrocken, so hatte sie gebrüllt. Hätte sie das doch bloß nicht getan! Denn nun verengten sich die kullerigen Knopfaugen der Ratte zu ganz gemeinen Schlitzen – und wurden glutrot! Wie die Augen von ... wie hieß sie noch mal? Wie die von dieser Schwarzen Gamma. In der Tiefe dieser Schlitze begann es zu wabern, wie flüssige Lava – wieso konnte sie bloß den Blick nicht von ihr lösen? Ich schau ja jetzt genauso besoffen wie Knox auf dieses Ekelpaket, schoss es Mira durch den Kopf. Bin ich denn noch ganz dicht in der Birne? Birne ... Glühbirne ... Licht! Mira gelang es – und sie brauchte eine Menge Kraft dazu – den Kopf Richtung Sonne zu wenden – oder besser: In die Richtung, in der sie die Sonne vermutete ... und drückte den Knopf. Den mit der Sonne drauf. In diesem Augenblick spürte sie: Jetzt springt sie los.

KLOIINNNGGGG! Das war irgendwie nicht gut. Zumindest für den, der dagegen gesprungen war. Und das war zum Glück ALC, die Ratte der Gamma. ALC war mit zwanzig vereinten Metallplatten kollidiert! Und diese Metallplatten fidelten gerade gemeinsam „o when the saints..., and the saints were marching on!" Fünfzehn Harflinge hatten schlicht und einfach ihre Schädeldecken dagegengehalten – ohne Perücken, versteht sich – gegen

ALC, die ordentlich Gas gegeben hatte. Sehr ordentlich. Hübsch sah das aus! Fünf Harflinge in einer Reihe nebeneinander sortiert, drei Reihen übereinander... Mira strahlte über das ganze Gesicht. Doch wo war ALC? Und was war mit Knox? OH JA. ALC lag mitten im Stofftier-Gewimmel. Und war platt. Aber auch platt war sie unheimlich groß. Der Kleine Dirigent hatte sich vor ihr aufgebaut – den linken Fuß siegesgewiss auf ihrer Nasenspitze. Zur Sicherheit hatte er allerdings seinen Taktstock auf ihrer Kehle platziert – die Diamantspitze tief ins räudige Fell versenkt.

Knox saß da und machte Männchen. Knox machte Männchen! DAS hatte Mira tatsächlich noch nie gesehen. Und er strahlte den Kleinen Dirigenten so sehr an, dass ihm der Speichel aus den Mundwinkeln tropfte.

„Hui. Und nu?" Mira war zu ordentlichen Begrüßungsformeln noch nicht fähig. „ALC nehmen wir mit zum Verhör." „Ja. Ja, natürlich," stammelte Mira – „seid ihr immer so schnell?" „Meine liebe Mira May ..." Hoppla, der Kleine Dirigent hörte sich wie ein Feldherr an! „Meine liebe Mira May. Unterschätz uns bitte nicht. Wir lieben das süße Leben, das verhehlen wir nicht. Dolce vita for ever!" „Yeah!", plimperte es fünfzehnfach zurück. „Doch wenn es hart auf hart kommt, dann hängen wir unsere Herkunft raus. Meine Wenigkeit zum Beispiel ...", der Kleine Dirigent machte einen Kratzfuß, formvollendet! „ ... stammt von Ares ab. Dem griechischen Kriegsgott, aber das weißt du ja sicher." „Klar. Hmhm."

11

„Crema catalan, ramtatatam!“ Gut, dass in Manhattan sowieso nie einer dem anderen zuhörte. Sonst hätte Juan jetzt schlechte Karten gehabt. Er walzte nämlich singend und mit kraftvoll-wiegenden Schritten, die an einen Preisboxer oder Bodybuilder erinnern sollten, die Orchard-Road entlang. Stark sein, groß sein, mächtig sein – wie ein Fels in der Großstadt-Brandung, das war sein heimlicher Traum: Arnold Schwarzenegger, Sylvester Stallone (natürlich nannte er sie nur ‚Arnie‘ und ‚Sly‘, schließlich waren das gewissermaßen ganz nahe Vertraute für ihn), so wollte er auch sein. Muskelpakete schwellen auf und nieder – welch eine gigantische Kraft in ihnen schlummert, das bekommt nur derjenige zu spüren, der sie reizt. Und dieser Lebensmüde wird das kein zweites Mal versuchen ...

Als könnte er vor lauter Kraft nicht laufen, so wankte Juan also durch die Straßen. In Brusthöhe balancierte er sein Geschenk für Mira: Crema Catalan – zufällig auch seine eigene Lieblingsspeise. Heute früh hatten die Eltern eine große Lieferung davon erhalten – die zartgelbe Köstlichkeit wurde natürlich in der Kantine als Nachtisch serviert, und Juan hatte gleich vier Portionen ‚organisiert‘, die er jetzt stolz in einer flachen Schale vor sich hertrug. So was musste man natürlich besingen – „Ratatatam!“

„RATATATAMMM!“, wie aus dem Nichts waren sie aufgetaucht, die vier Fieslinge. Langsam und bedrohlich kreisten sie Juan ein. Unangenehme Zeitgenossen – einer zwielichtiger als der andere. „Naaa? Was haben sie denn mit dir gemacht, dass du so eierst? Wackelpudding in den Knien, hä?“, höhnte der größte Kerl der Truppe. Juan kannte ihn: Sam, der Boss der T-Bone-Bande. Fettige blonde Haare fielen ihm ins Gesicht, die schmalen Lippen krümmten sich halbmondförmig nach unten. Wenn er sprach, glänzte unangenehm ein goldener Schneidezahn. „Kann ich jetzt bitte durch, Sam?“

Juan wusste ganz genau – er durfte sich bloß nicht provozieren lassen. Als Antwort packte Sam ihn am Handgelenk, so dass die Schüssel gefährlich schwankte. „Kann ichch jetzt bitte durchch?“ Sam äffte Juans starken spanischen Akzent nach. „Und warum sollten wir dichch durchchlassen, du kleiner, schisseriger Wichcht?“, presste Sam unter dem Goldzahn hervor und kam Juan so nahe, dass der, angewidert vom Nikotingestank, die Nase rümpfte. Außerdem baumelte jetzt Sams schwere Eisenkette mit dem Kreuz unten dran in der Schüssel. Gut, dass Juan Frischhaltefolie drübergespannt hatte ...

„HiHiiiiehhhh! Wunderschön geht das los! Also, das sollten wir aufzeichnen und auf unserer nächsten Miesling-Vollversammlung bringen.“ Intriga bog ihren seltsamen Gummikörper hin und her vor Begeisterung. Dabei hätte sie allerdings um ein Haar das Gleichgewicht verloren und wäre in den Quecksilber-See geplumpst – das wäre natürlich für ihren – wie sie fand – wunderschönen Nadelstreifenanzug verheerend gewesen. Da war nämlich verdammt wenig Platz auf der winzigen Throninsel der Schwarzen Gamma. Die machte es sich natürlich in ihrem Drehstuhl mit den acht Spinnenbeinen so richtig gemütlich, und sie, Intriga, Grünhild und Don Mimos, sie mussten zusehen, wie sie sich auf dem glitschigen Inselchen einigermaßen aufrecht hielten. Intriga, der besten Freundin, hätte die Gamma nun wirklich den Platz auf ihrem Schoß anbieten können! Aber nein ... Die wollte das ‚muntere Spiel‘ hinter dem halbdurchlässigen Spiegel gegenüber ganz gemütlich alleine im Sessel genießen. „So, und jetzt hau' ihn zu Brei! Oder besser zu Creeeema, hähä, zu Creeeema Catalan!" Die Schwarze Gamma knallte Don Mimos, der direkt neben ihr tänzelte, vor lauter Begeisterung den rotglühenden Ring in die Fönfrisur. Zisch! Verschmorten ein paar Strähnen. Don Mimos war dermaßen beleidigt, dass er sich sofort die knatternde Miesling-Dschunke heranwinkte und mit hochrotem Kopf und mehr als hohlem Hohlkreuz trotzig-aufrecht Richtung Schmollwinkel schipperte.

„Wir lassen niemanden durch, den wir Scheiße finden, nicht wahr, folks?" Die drei anderen Kerle der Gang traten näher und schlossen mit ihren Körpern einen Ring um Juan. Stechender Schweißgeruch stieg ihm in die Nase. War denn kein Mensch hier? Konnte ihm denn niemand helfen? Juan sah mit ohnmächtiger Wut, wie Passanten schnell die Straßenseite wechselten.

Die vier drängten Juan zur nächsten Hauswand, er stolperte und kam dann mit dem Rücken zur Wand zum Stehen. „Was haben wir denn da, du Mistkäfer?" Sam wand Juan die Schüssel aus der Hand. „Schmierseife! Hähähä!" Sam konnte sich immer ausschütten über die eigenen schlechten Witze. „Schaut her, Schmierseife! Musst wohl der Oma ihr Klo putzen, hä?" Juan verdrehte angewidert die Augen. Das hätte er besser nicht tun sollen ... Denn jetzt fühlten sich Sam und seine T-Bone-Gang erst recht auf den nicht vorhandenen Schlips getreten. Sam hatte plötzlich zwei rote Flecken im Gesicht – einen auf der rechten Wange, der andere flackerte am Kinn. Und wenn das erstmal so weit war, dann gab es kein Halten mehr, dann rumste es. Sam packte Juan an den Schultern und rammte dessen Oberkörper mit voller Wucht gegen die Hauswand.

„Yipieh-yippieh-yippieh!", Scholl es durch das Boudoir der Schwarzen Gamma.

Bei jedem Aufprall gab es einen dumpfen Schlag. „Was macht man mit Schmierseife, du spanischer Köter, hä?" Sams Brüllen ging in heiseres Krächzen über. „Na los! Sag's schon! Was macht man mit Schmierseife?" Sam schlug Juan mitten ins Gesicht, rechts, links, rechts, links, während ihn die anderen drei Rowdys brutal an die Wand pressten. „Schmieren", stöhnte Juan erschöpft.

Kreisch-Salven donnerten gegen die schwarzgrauen Gamma-Spiegel, dass sie sich nur so bogen.

„Schmieren! Yippiehieh! Das tun wir dann doch sehr gerne! Los, guys, let's go!" Der fette Matt lachte scheppernd auf, ihm hatte Sam die Crema Catalan-Schüssel in die Hand gedrückt. Schon riss er die Folie herunter, patschte mit seinen fleischigen Pranken in die Köstlichkeit und klatschte sie Juan mitten ins Gesicht.

Die Schwarze Gamma wirbelte vor Begeisterung auf ihrem Drehstuhl herum. Durch den plötzlichen Schwung wurde Lieblingsratte ALC, die es sich auf Gammas Schulter bequem gemacht hatte, in hohem Bogen durch die Luft geschleudert. Intriga und Grünhild hatten sich gerade noch auf die Armlehnen retten können und wirbelten mit.

Plötzlich eine Polizeisirene.

Gammas Lieblingsgeräusch! Sie umarmte in ihrem Überschwang Intriga und Grünhild rechts und links auf den Armlehnen und riss sie so heftig zu sich heran, dass die drei Köpfe zusammenknallten. Grüne und rote Sternchen stiegen auf. ALC war gegen einen der raumhohen Spiegel geknallt und fiepend auf den Boden geplumpst. Leicht humpelnd verzog er sich.

In Amerika sind die Polizeisirenen so schrill, dass einem die Zahnplomben zerspringen. Genauso sah Sam jetzt auch aus. „Keine Bewegung! Polizei! Beim kleinsten Fluchtversuch wird scharf geschossen! Lassen Sie den jungen Mann los. Aber plötzlich!“ Dionne konnte ihre Stimme echt toll verstellen. Und Mira hatte von Musikus gerade die „Sirenentaste“ ins Ohr geflüstert bekommen. Das Magic Handy hatte auch prompt die allerschönste Sirene produziert. „Und – HICKS! – jetzt?“, flüsterte Mira zu Musikus rüber. „Müssen wir ganz schnell die echte Polizei rufen.“ Musikus schaute etwas hilflos drein. „Offen gestanden weiß ich nicht so genau, wie das geht.“ „Wenn's weiter nichts ist, das haben wir gleich!“ Flink tippte Dionne eine Nummer in Miras Handy („Was ist das denn für ein Teil?“) – doch das funktionierte ganz brav, so wie es sollte. „Dad, bitte komm schnell – Orchard-Road, Ecke Prince Street. Randale von Rowdys. Die haben einen kleinen Jungen in der Mangel! Es sind vier. Bring also am besten noch ein paar Kumpels mit. Es eilt!“

Die Schwarze Meute auf Gammas Thron-Insel verfolgte johlend das Treiben.

Kimberly, die sich kreidebleich in den nächsten Hauseingang verdrückt hatte, fuchtelte wie wild zu ihren Freunden herüber: Die Bande hatte den faulen Zauber natürlich bemerkt – Sam kam mit Bernie und Rocky auf die beiden Mädchen zu, dagegen war jeder Western-Showdown eine Märchenstunde. Matt hielt derweil Juan in Schach. Jetzt rotierten die beiden roten Flecken wie

Silvesterknaller in Sams Gesicht: „Ihr habt keine Ahnung, wie ich euch jetzt den Hintern versohlen werde! So was macht ihr mit Sam nur einmal – und nie wieder! Ich schwör es euch!“ Er riss Dionne hoch und warf sie über seine Schulter. Die strampelte und schrie, biss ihm mit aller Kraft in den Nacken. Sam jaulte auf und erstarrte. Dass jemand das wagte! Das ihm, dem ‚mächtigen‘ Sam! „Du Mistbiene, du widerwärtige!“, brüllte er das zappelnde Bündel an – heute war es in lila Gummi und Holzperlen-Röckchen gehüllt. Während er verdammt aufpassen musste, dass ihm Dionne nicht aus den Händen glitschte – und ihm auch keine Holzperle in den Rachen geriet –, mühte er sich sichtlich, sich eine angemessene Strafe für sie auszudenken. Doch beides, festhalten und denken, überforderte ihn deutlich. So helle war er nun mal nicht. Er stand also da, mit offenem Mund und starrem Blick, das T-Shirt war bei all dem Gestrampel weit nach oben gerutscht und hatte einen gepiercten Bierbauch freigelegt.

„Gib's ihr, gib's ihr!“, riefen die düsteren drei im Chor. Grünhilds sensationelles Kleid – wenn sie doch bloß nicht so unförmig wäre! – wechselte die Farbe in Natter-Grün.

Dionne war unterdessen zum Trommeln mit Fäusten auf Sams Rücken und Nieten-Lederjacke übergegangen – unterlegt mit ohrenbetäubendem Indianergeheul, was offenbar die letzten Gehirnzellen von Sam blockierte. Der Rest rundherum war Publikum. Bernie, Rocky, Mira, Knox und Kimberly schienen genauso wie er wie vom Donner gerührt – bis wieder so eine Polizeisirene nervte.

Neue Drehstuhl-Pirouette der Schwarzen Gamma und erneutes ekstatisches Gekreische hallte durch die Höhle der Dunklen Herrscherin. Intriga und Grünhild krallten sich in den Armlehnen fest und äfften die Polizeisirene nach.

Sam schreckte auf, packte Dionne, beförderte sie mehr als unsanft auf das Pflaster und holte aus. Jetzt hatte er den Faden wieder! „WAS hab ich euch gesagt? So was macht ihr mit Sam nur einmal!“ „Achtung, Achtung! Hier spricht die Polizei! Hände hoch und keine Bewegung! Sonst machen wir unverzüglich von der Schusswaffe Gebrauch!“ Sam schaute überhaupt nicht hinüber – er wunderte sich noch nicht mal über das Blaulicht, das heftig rotierte und seine roten Flecken violett aufleuchten ließ. Seine gesamte Aufmerksamkeit hatte er jetzt auf Dionnes wilden Haarschopf gelenkt. Mit beiden Händen wühlte er in der verzwirbelten Pracht und begann mit aller Kraft daran zu ziehen. Und Kraft hatte er wirklich. Noch während Dionne gellend schrie, hatten sich zwei Polizisten auf Sam gestürzt und ihn in den Schwitzkasten genommen. Der war so verdattert, dass er sich noch weiter in Dionnes Mähne verkrallte. Also schleppten die Polizisten alle beide zum Streifenwagen, Dionnes Vater zischte ihr währenddessen ins Ohr: „Du hast doch mit diesen Halunken nichts zu tun, oder? Schwör's mir!“ Dionne schaute ihn vorwurfsvoll an, mit schmerzverzerrtem Gesicht: „Können DIESE Augen lügen? Natürlich habe ich mit diesem Saftsack nichts am Hut! Ich wollte dem netten Juan helfen. Den hatten sie sehr eklig in die Mangel genommen. Vier gegen einen! Autsch!“

„Ihr Idioten!“ Die Schwarze Gamma schubste Intriga und Grünhild von den Armlehnen, die sich gerade so an den Spinnenbeinen des Drehstuhls fangen konnten. Sonst wären sie voll ins Quecksilber geplatscht. Wutentbrannt kletterte Gamma auf ihren Sessel. Zu ihrer vollen Größe aufgerichtet, sah sie wirklich gruselig aus. Alles, was an ihr rot glühen konnte, tat es auch, und zwar mit maximaler

Power: „Ihr sollt verdammt noch mal Juan ausschalten! Und dann macht ihr euch an Mira ran! Fünfzig Mal geschredderter Affenzahn! Das kommt davon, wenn man Laien so wichtige Aufgaben anvertraut!“ Die Luft um sie herum begann zu kochen. „Wenn du sie wenigstens ordentlich bestochen hättest ...“, bemerkte Intriga cool, „... aber du musstest sie ja erpressen, weil’s billiger kommt. Ich hab dir schon Millionen Mal gesagt: Frag MICH in solchen Fällen. Heuchel, heuchel, meuchel, meuchel – das ist nun mal meine Spezialität.“ „Papperlapapp!“, giftete Gamma von oben herab und spuckte glühenden Speichel aus.

Wo war eigentlich Juan? Der saß zusammengekauert auf dem Steintreppchen zu einem Hauseingang. Mira und Kimberly knieten vor ihm und versuchten ihn unter Aufbringung all ihrer Papiertaschentücher von der Crema Catalan zu befreien. Mira schleckte gerade ihren Finger ab und strahlte: „Olé, olé, Juan! Das ist ja der Wahnsinn! Das musst du für uns nochmal richtig machen! Ohne T-Bone-Beilage ...“ Der Rest der T-Bone-Bande wurde gerade abgeführt. Auch Dionne verschwand im Streifenwagen. „Aufregung hattest du heute genug!“, knurrte ihr Vater, als er die Autotür zuschlug. Dionne sah im Wegfahren die beiden Mädchen ganz nah bei Juan hocken. Wieso versetzte ihr das bloß einen Stich? Mira kicherte ihm gerade ins Ohr: „Hey, Juan, der Spuk ist vorbei, jetzt lach doch mal wieder! Glück ist eine Überwindungsprämie!“

„Eiapoeia, mir wird gleich ganz schlecht!“ Die Schwarze Gamma ließ sich zur Beruhigung von zwei Spinnenbeinen massieren.

Mira mühte sich ab, wenigstens einen kurzen Blick in Juans Haselnuss-Augen zu werfen, doch keine Chance. Er wehrte alle Aufmunterungsversuche unwirsch ab. Es war

Kimberly, die den Schlüssel zu ihm fand: „Du hättest sie niemals kleinkriegen können. Nicht alle vier. Du hattest keine Chance, Juan. Mach dir bloß keine Vorwürfe." Endlich hob er den Kopf. In seinen Augenbrauen klebten noch Reste der hellen Creme, so sah er aus wie ein trauriger Clown. „Na ja. Aber mussten es ausgerechnet drei Mädchen sein, die mich gerettet haben?"

„Daran könnten wir weiterarbeiten. Er mag keine Mädels. Tja. Diese Chance jedenfalls ist vertan." Intriga dachte gar nicht daran, ihre Schadenfreude zu verstecken, und zuppelte verträumt an ihrem Dutt herum, während sie sich wieder auf der Armlehne räkelte. „Tja, man kann eben nicht alles haben, nicht wahr?" Grünhild, jetzt in lindgrün changierend, goss Öl ins Feuer. „Ja, glaubt ihr denn, ich hab nur eine Lunte gelegt? Ihr dummen, naiven Quälgeister, ihr?" Die Schwarze Gamma konnte sich's nicht verkneifen, den beiden kräftige Klapse zu versetzen. Damit war er hin, der wunderschön breit gestreifte Anzug von Intriga. Und auch Grünhilds Kreation in lindgrün hatte im Quecksilber-See leider keine Chance mehr ...

Mira fürchtete, dass man ihr was anmerken könnte. Deshalb pfiff sie betont fröhlich den Refrain der Handy-Erkennungsmelodie, als sie die Haustür aufschloss. „Na, du siehst ja ganz schön zerzaust aus!", begrüßte Mami sie. „Du solltest bald mal zum Friseur. Ich habe bereits eine hervorragende Adresse! Hillary Clinton geht auch dorthin." Mira überhörte das, es interessierte sie nicht. „Übermorgen geht's mit der Schule los – bist du schon aufgeregt?" Lilly hielt Mira ein Glas frisch gepressten Möhrensaft entgegen. „Ach was, das wird schon", erwiderte Mira und log.

„Irgendwas besonderes heute, Mami?" „Ja – ich würde sehr gerne wissen, was diese Dionne Crawford heute an

Programm geboten hat." Mami klang wieder mal streng bis säuerlich. „Du musst wissen, ich habe mit Mrs. Howe telefoniert. Sie hält gar nichts von dieser Person." „Mami, hast du Dionne nun gesehen oder nicht? Ist sie nicht ein bestens erzogenes und gebildetes Mädchen? Du sagst doch immer: Verlass dich auf dein eigenes Gefühl. Lass dir nicht reinreden. Hör nicht auf die anderen. So – und jetzt hörst du doch auf andere. Oder etwa nicht?" Eins zu null für Mira. „Was habt ihr heute Nachmittag gemacht? Erzähl!" Mami hörte sich richtig gnädig an. „Wir waren bei Dionne zu Hause. Sie wohnt in Chinatown. Keine sehr reiche Gegend, aber sauber." Was auch stimmte – zumindest für den Hinterhof, in dem die Crawford-Wohnung lag. „Kimberly war auch da." Das stimmte ebenfalls. „Und dann haben wir ein bisschen Musik gemacht." Das stimmte nicht. „Dionne ist nicht sehr musikalisch – aber Kimberly spielt Geige." „Ah ja." Mami schien misstrauisch. „Und Dionne hat einfach zugehört?" „Also, wenn du's genau wissen willst: Sie ist in die Küche gegangen und hat was ganz Tolles zu essen gemacht. Crema Catalan heißt das. Super-lecker!" „Mindestens ein Kilo Zucker ...", seufzte Mami – und das brachte sie zum Glück vom Thema ab.

„In den nächsten Minuten kommt übrigens dein neuer Klavierlehrer vorbei. Du solltest ihn vielleicht erst mal kennen lernen, bevor du mit ihm arbeitest, hab ich gedacht." „Wie zuvorkommend." Miras Höflichkeit war pure Ironie. „Und was ist, wenn ich den unmöglich finde?" „Du wirst ihn wunderbar finden, mein Kind. Er wurde uns empfohlen." Bevor Mira nachfragen konnte, schepperten schon die tibetanischen Glocken an der Tür. „Er heißt Carmichael. Komisch, den Vornamen hat er mir gar nicht genannt", da schob sich der Kerl auch schon ins Wohnzimmer. „Oh, da war wohl die Haustür unten offen. Schön, dass Sie so kurzfristig Zeit für uns gefunden haben", flötete Mami.

Carmichael säuselte zurück: „Aber gnädige Frau! Wenn Mrs. May ruft, dann fliege ich!“ Uahhhh! Mira schwante Böses. Genau den Typ find ich blöd. Um nicht zu sagen: krass.

„Darf ich vorstellen? Meine Tochter Mira. Sie ist in letzter Zeit dem Instrument sehr viel näher gekommen. Irgendwas ist da in sie gefahren. Sie hat einen richtigen Sprung gemacht. Einen Quantensprung, ja.“ Bäh, Quantensprung! Wie Mira dieses Erwachsenen-Kauderwelsch hasste! Sie gab diesem Carmichael widerwillig die Hand und musterte ihn aufmerksam. Hoppla! Den hatte sie doch schon mal gesehen! Mira durchstöberte fieberhaft die vielen, vielen Waben ihres Gedächtnisses. Sie stellte sich das Gedächtnis wie einen Bienenstock vor. Da brachten fleißige Nervenzellen immer neuen Nektar rein. Manchmal wurde eine Wabe aber auch luftdicht verschlossen, da kam man dann einfach nicht mehr heran ...

„Dürfte ich vielleicht einmal Ihr Instrument ausprobieren?“ Dieser Pferdeschwanz sah irgendwie albern aus. Mami fand Männer mit Pferdeschwanz doch auch immer öde – wieso gefiel ihr bloß dieser hier? Wahrscheinlich, weil der von irgend so einer Goldknopf-Lady ‚empfohlen‘ worden war.

„Aber selbstverständlich, bitte, hier entlang.“ Mami hüpfte mal wieder ihr Schulmädchen-Hüpfen. Das tat sie immer, wenn sie jemandem sympathisch sein wollte. Aber nur bei Männern. Alles war dunkel an diesem Carmichael, schwarze Lederjacke, schwarze Jeans, schwarze Mokassins – schwarzer Pferdeschwanz und dunkle, stechende Augen. Jetzt hatte sie's! Dieser verdächtige Typ bei SPLEEN & DELUCA! Der sie so angestarrt hatte! Komisch. Da hatte der doch noch gar nicht gewusst, dass er Mira mal unterrichten sollte. Sehr seltsam.

Inzwischen hatte Carmichael am Steinway-Flügel Platz genommen. Nicht ohne – wie ein Maestro – die Lederjacken-Schöße nach hinten zu werfen – und wie er dabei den Kopf in den Nacken schüttelte – einfach affig! Mami war Feuer und Flamme und gab Lilly ein Zeichen, sich zu ihr zu stellen. „Ein Genius!“, flüsterte sie ihr ins Ohr. Die aber guckte eher unbeteiligt und strich ihr Polokleid glatt. Vielleicht war ihr die Bedeutung des Wortes ‚Genius‘ in diesem Moment nicht so geläufig ... Mira stellte sich neben Lilly und bedeutete Knox, der in seinem Körbchen döste, leise zu sein.

RATTATTATONG! Auweia, jetzt auch noch Beethovens Fünfte! Damit hätte er seine gespannt wartenden Zuhörer wirklich verschonen können! Nicht nur Mira empfand das so – auch Knox sträubten sich die Nackenhaare: Soo fies hatte ihn schon lange niemand mehr aus seinem Nickerchen aufgeschreckt! Der Nachmittag war ja nun anstrengend genug gewesen, und jetzt diese eingebildete Bohnenstange in Schwarz und mit dem Schwanz an der völlig falschen Stelle! Huh! roch der unangenehm! Knox sprang aus dem Körbchen und trollte sich auf der Stelle. Mami aber war hingerissen und applaudierte wild. „So schade, dass mein Mann Sie jetzt nicht hören kann! Er stellt sich gerade einer neuen großen beruflichen Herausforderung, müssen Sie wissen, und da können Sie sich ja denken – das kostet die gesamte freie Zeit ...“

Carmichael sprang vom Klavierbänkchen auf und gab ihr einen fast perfekten Handkuss. „Oh ja, Mrs. May! Von nichts kommt nichts! Und das hat bestimmt die kleine Lady Mira auch schon längst begriffen! Üben, üben, üben. Ohne das geht gar nichts, nicht wahr, Kleines?“ Jetzt fehlte nur noch ’ne Ladung Zuckerguss! Ja, merkt Mami denn gar nichts? Der Kerl schleimt doch mehr als eine Nacktschnecke in der Vorfreude auf grünen Salat! Und wieso starrte der Kerl mit seinen stechenden Augen jetzt auch noch unverschämt auf ihre Bauchtasche?

„Hübsche Tasche trägst du da, Mira“, raunte er prompt. „Trägt man das heute wieder?“ „Nein, nein, Mr. Carmichael“, fiel Mami gleich ein, „Mira ist in manchen Dingen äußerst eigen. Für sie muss das Handy immer in dieser Bauchtasche sein. Nun ja – jedem das seine, nicht wahr?“

Mira hätte ihr am liebsten ein Heftpflaster auf den Schnabel geklebt. Was ging diesen Carmichael ihr Handy an? „Ja ja, heutzutage haben die Kinder schon mit elf Jahren ein Handy“, seufzte Carmichael, ohne seinen Blick von der Tasche zu lösen. „Was ist es denn für eins?“

„Seltsames Modell.“ Weshalb konnte Mami denn bloß den Mund nicht halten? „Sagen wir – einen Design-Preis hat es nicht verdient, nicht wahr, Mira?“ Mira blickte stinksauer zu Boden. Der Typ hatte seine Schuhe nicht geputzt! Da war irgendwas Verkrustetes dran. „Sie hat es von ihrer Omi geschenkt bekommen. Wahrscheinlich ein etwas älteres Modell.“ „Na, dann freue ich mich, dass wir morgen starten können. Freust du dich auch, Mira?“ Die kriegte nur ein gequältes Lächeln raus. Lilly schaute sehr besorgt. Ein so gut erzogener Klavierlehrer! Lehnte Mira etwa seit neuestem gute Manieren ab? Na, den neuen Umgang mit dieser Dionne sollte man wohl doch etwas genauer unter die Lupe nehmen! Ganz die Höflichkeit in Person, schwänzelte Carmichael endlich zur Türe hinaus.

Plingploingg! Alles drehte sich um. Knox war auf die Flügeltasten gesprungen und bleckte die Zähne. Mami war einer Ohnmacht nahe und rief hysterisch nach Lilly, die gerade die Tür hinter Carmichael geschlossen hatte. „Lilly – um Gottes Willen – der Steinway! Nimm diesen unsäglichen Hund da runter!“

„Na, also! Das lässt sich doch hervorragend an!“ Die Schwarze Gamma erhob sich mit einem zufriedenen

Seufzer – der hörte sich ein bisschen nach S-Bahn an – und griff zu ihrem Fläschchen in Seegurkenform. Ein großer Schluck – und es durchströmte sie angenehm wie Gift und Galle: Das Elixier der ewigen Jugend.

12

„Hi Mira! Sind gerade im ADRIA – neue Eissorten ausprobieren – Pizza-Eis – lecker! Was machst du? Denken an dich. Wann bist du in München? Erwarten SMS! Caro&Co." Mira drückte eine Träne weg. „HICKS!" Ging das denn nie weg? Es war doch ganz schön hier in New York! Richtig hipp fand sie es, mit ihren neuen Freunden Dionne, Kim und Juan hier am West-Broadway zu hocken und so richtig abzuhängen, mit Rumlästern, Witze machen und dummen Sprüchen und so. Eine ganz neue Freizeitbeschäftigung für Mira. Echt nicht schlecht! Und trotzdem: alte Freundschaften muss man pflegen, sonst verkümmern sie ganz schnell. Dafür gab es zum Glück das Handy.

Prompt fing Mira an zu tippen: „Sitze am Broadway – klingt toll, gell? Ist auch toll, aber ganz schön laut hier. Wegen Sommerferien muss ich noch meine Eltern fragen. Morgen mehr! Miss you! Mira." Inzwischen konnte sie tippen, fast ohne hinzuschauen. Sie musterte die vorbeiziehenden Menschentrauben. An die vielen verrückten Typen hier hatte Mira sich schon einigermaßen gewöhnt – aber noch längst nicht an alles zusammen: Weder an diese großen, schaukelnden Ami-Schlitten, noch an die Unmengen verwahrloster gelber Taxis. Auch nicht an die Glitzer-Luxus-Geschäfte rund um die Maysche Wohnung, mit Preisen in den Auslagen, die einem die Schuhe auszogen. Und sie konnte sich auch nicht an die ewig heulenden, nervigen Polizeisirenen gewöhnen oder an die eigenartig düsteren, schmuddeligen Häuserfarben, obwohl dahinter doch ziemlich reiche Leute wohnen mussten. Und besonders nervig war der allgegenwärtige Lärm. Auch die Leute brüllten gleich immer so. Amerikaner kriegten wahrscheinlich schon als Babys einen Stimmverstärker mit eingebaut.

„WOW!“ Genau das war es – hoch und kreischig, was Mira so nervte –, diesmal war es Dionne. „Schaut mal, die Köter da!“ Ein flippiger junger Mann tänzelte an ihnen vorbei – mit fünf Möpsen an fünf Leinen – und in einer Hand. Das waren natürlich nicht seine eigenen Tiere. Nein, Mira hatte mittlerweile gelernt, dass man sich ein paar Dollar nebenbei verdienen konnte, indem man mit den Tieren von furchtbar beschäftigten Leuten Gassi ging. Die hatten für ihre Hunde nie Zeit. Knox hatte dafür nur ein mitleidiges Lächeln übrig. Und Dionne nur einen dummen Spruch: „Ich sag euch, diese Möpse sind echt so bescheuert, wie sie aussehen. Als wären die einer nach dem anderen voll gegen die Wand gelaufen.“ Das war nicht zu überhören – der junge Mann blinzelte verschwörerisch zu ihnen rüber. „Hey!“ Das war natürlich das gefundene Fressen für Dionne: „Sollen wir helfen? Für jeden von uns einen! Wir sägen denen auch gleich noch das passende Brett vorm Kopf zurecht! Hab ne Laubsäge dabei!“ Der Hundeausführer kicherte los, zögerte kurz und ging weiter. Juan pfiff anerkennend durch die Zähne. „Du bist ja echt schlagfertig, Dionne, wo hast du das denn gelernt?“ Seine Augen glühten vor Bewunderung. „Jahrelange Übung“, antwortete Dionne und guckte etwas verlegen auf ihre Fußspitzen. Was hatte sie da in seinem Blick gespürt? Mensch, das kribbelte richtig!

Mira rutschte unruhig hin und her. Was passierte denn da zwischen den beiden? Das ging jetzt schon seit einer Viertelstunde so. Juan schmachtete Dionne richtig an! „Ich bin dem natürlich zu langweilig“, knurrte sie halblaut in sich hinein. „Ich hab heute ja auch keinen Cowboy-Hut auf ...“ Dionne trug natürlich einen ganz besonderen: rosa mit gelben Entchen und goldenen Pistolen drauf. Na ja, wenn Juan auf gelbe Entchen stand, dann war ihm auch nicht zu helfen. Trotzdem – Mira beobachtete das Treiben der beiden mit sehr gemischten Gefühlen.

„Was macht ihr hier eigentlich?" Eine resolute ältere Dame hatte sich vor ihnen aufgebaut. „Wetten, ihr schaut, wem ihr die Handtasche klauen könnt? Nicht mit mir, sag ich euch, nicht mit mir!" „Aber Mrs. Shirmer!" Dionne hatte den Namen der Dame an dem Anhänger erspäht, der an ihrer Roll-Einkaufstasche hing – „Mrs. Shirmer, schauen Sie nur, wir sorgen uns sehr um unseren Freund Juan! Der wollte gerade einer älteren Dame über die Straße helfen – die war aber längst nicht so attraktiv wie Sie –, und da hat er nicht auf den Bordstein geachtet, ist umgeknickt ... Schauen Sie nur!" Dionne beugte sich vor und zog verwegen Juans schwarze Jeans an einem Bein in die Höhe. Der zuckte zusammen und lief knallrot an. „Wie – ich sehe nichts", die Dame hatte sich zu Juan heruntergebeugt und nestelte ihre Brille aus dem Ausschnitt, die dort an einer goldenen Kette baumelte. „Juan spielt sehr viel Fußball, wissen Sie, Mrs. Shirmer", – nicht nur Dionne war beeindruckt von den strammen Waden –, „und jetzt befürchtet er, dass er sich eine Zerrung geholt hat. Deshalb machen wir erstmal eine kleine Pause mit ihm." „So so. Ja ja."

Mrs. Shirmer musterte die kleine Gruppe. Das Mädel, das sprach, diese Möchte-gern-Chinesin, die war ihr etwas unheimlich. Aber sie sprach sehr nett. Und die anderen sahen eigentlich auch ganz vernünftig aus.

„Hier ..." – Mrs. Shirmer kramte in ihrer Handtasche, die sie mit mehreren Gurten am Körper gegen Diebe gesichert hatte –, „... hier habt ihr die Adresse von einem sehr guten Orthopäden. Der hat mir meinen Golf-Rücken kuriert. Und hier ...", sie steckte Juan eine Fünf-Dollar-Note zu, „... damit versüßt Euch die Zeit, bis der Junge wieder ordentlich auftreten kann. So long." „Danke, Mrs. Shirmer!", sangen die vier im Chor. „So, wer kauft jetzt was?", grinste Dionne in die verdatterten Gesichter. „Ich denke, das sollte unser Patient hier entscheiden."

Dionne blickte Juan auffordernd in die Augen. Der hatte seine Fassung schnell wieder gefunden und reagierte fix: „Mira und Kim kaufen Milkshakes. Zwei große kriegen wir doch für das Geld? Mit vier Trinkhalmen. Für mich Schokolade, bitte." „Für mich auch!", rief Dionne. Damit war die Wer-mit-wem-Strohhalm-Frage geklärt. Mira und Kimberly trotteten von dannen. Knox blieb lieber in seinem gelben Rucksack drin. Mira blickte sich noch mal um: Tatsächlich! Juan hatte den Arm um Dionne gelegt! Und wie sie die Köpfe zusammensteckten! Mira bekam ein komisches Gefühl in der Magengegend. „Netter Typ", schnatterte Kimberly drauflos und hakte sich schwungvoll bei Mira ein. „Find ich auch", seufzte Mira, „haach – man muss Chaos in sich haben, um einen tanzenden Stern gebären zu können." „Was meinst du?" Kimberly blieb stehen. Mira lächelte gequält. „Ach, nicht so wichtig. War nur ein Gedanke."

Als sie zurückkamen – wie gewünscht, ein Schoko- und ein Vanille-Milkshake, vier Strohhalme –, waren Juan und Dionne verschwunden. Der Rucksack mit Knox allerdings auch. Entsetzt starrte Mira auf den Bürgersteig. Eben hatten die beiden hier doch noch – wie sagt man – geturtelt! Da hörte sie ein Jaulen, ganz leise – aber: DAS WAR KNOX! „Kimberly, hörst du das? Knox!" Die beiden Mädchen spitzten die Ohren und versuchten, ausfindig zu machen, woher das Gejaule kam. „Hier!" Kimberly wies auf den Hauseingang hinter ihnen. Mira legte das Ohr ans Holz. Das Jaulen wurde stärker. „Gut bist du!", flüsterte sie. Sie drückte gegen die Tür. Sie war nicht verriegelt. Kein sehr gemütliches Treppenhaus. Doch das Jaulen kam nicht von hier – es musste weiter hinten sein, wahrscheinlich im Hof.

Mira und Kimberly schlichen sich zur hinteren Tür. Von dort her drang Tageslicht. Doch das Glas in der Tür war Milchglas – sehen konnten sie nichts. Aber hören!

„Na, da hat der Schürzenjäger aber die Hosen voll! Kannst du diesem Köter nicht mal das Maul stopfen? Sonst bring ich ihn um!“ Mira zuckte zusammen. Das Jaulen verstummte sofort. Knox war eben ein helles Kerlchen. Diese Stimme kannte sie doch! Mira blickte Kimberly an. Die nickte. Das war Sam, dieser widerwärtige Anführer der T-Bone-Gang von gestern, eindeutig! Die Polizei hatte ihn also nicht eingebuchtet. Ob er nur Juan in den Klauen hatte oder auch Dionne, das war noch nicht auszumachen.

„So, dann wollen wir doch mal schauen, wie ihr das von gestern wieder gutmachen könnt, du und deine Freundin TschingTsching.“ Aha, Dionne war also auch in den Fängen dieses Verbrechers.

„Ich mach euch einen Vorschlag. Sehr fair von mir, oder? Ihr könnt's euch aussuchen. Entweder ihr lockt diese Mira in eine Falle – für mich ... Oder ich gehe zu euren Vätern – zu deinem, Dionne, den durfte ich ja gestern schon kennen lernen – und zu deinem, Juan, der macht doch diese gnadenlose Kantine bei MAKROSMOOTH ... Und beiden erzähle ich, was gestern wirklich war. Dass ihr nämlich zu unserer Bande gehört, schon seit Monaten – gut, oder? Autoknacken, Automaten auch, Hehlerware verhökern, CDs schwarz brennen und so. Und dass wir uns leider gestern in die Wolle bekommen haben. Weil ihr mehr wolltet als eure zehn Prozent ... Bitteschön. Ihr könnt's euch aussuchen!“

Stille. „Ich glaube, jetzt bin ich dran“, flüsterte Mira und fummelte ihr Handy heraus. Gesagt – gewählt. Schon baumelte der Kleine Dirigent am Türgriff zum Hof, er hatte sich mit den Frackschößen verfangen. „Danke fürs Kommen!“ Mira wusste, was sich gehörte. „Die Gangster erpressen gerade Juan und Dionne. Entweder die beiden stellen mir eine Falle, oder die Kerle hetzen ihre Eltern gegen sie auf! Beides ist ziemlich fürchterlich!" „Hm. Ich glaube, da brauchen wir nicht einzugreifen." Der Kleine Dirigent fand Gefallen an dem Gebaumele. „Du musst doch nur den Eltern der beiden erzählen, dass das einfach nicht stimmt." Mira dachte nach. Weshalb war sie denn nicht selbst darauf gekommen? Genau: „Aber dann kriegen bestimmt meine Eltern was von unserem ‚Ausflug' gestern mit. Und dann verbieten sie mir den Umgang mit Juan und Dionne. Für immer und ewig!" Der Kleine Dirigent sprang ab, landete elegant auf dem Boden und streckte der völlig verdatterten Kimberly seine Hand entgegen. Kratzfuß. Wieso sah sie ihn überhaupt? Andere Menschen hatten ihn doch überhaupt nicht wahrgenommen! „Ich bin der Kleine Dirigent. Es gibt keinen Größeren." Kimberly war so überrascht von dieser mehr als ungewöhnlichen und winzigen Person, dass sie zu stottern anfing: „K-K-K-Kimberly Howe. F-r-r-r-eundin von M-M-M-Mira May." „Sehr erfreut." Der Kleine Dirigent tat so, als ob ihre Begegnung die normalste der Welt sei. „So, was tun wir jetzt. Also, ich würde mal vorschlagen, wir hauen die beiden da raus."

Er winkte die beiden Mädchen ganz nah zu sich heran, sie tuschelten heftig. Alle drei nickten. Der Kleine Dirigent zwinkerte Mira zu, dann blinzelte er zweimal Richtung Milkshakes, und plopp! hielt Mira vier von den Dingern im Arm. Waren gar nicht so einfach zu balancieren.

„Okay? Ab geht's! Toi, toi, toi!", kicherte der Kleine Dirigent, und Mira riss die Hoftür auf. Die vier Milkshakes klemmten in ihren verschränkten Armen, das Handy hielt sie mit der linken Hand umklammert.

„Milkshakes!", brüllte Mira unbekümmert in Richtung T-Bone-Bande. „Wer hat noch nicht, wer möchte noch? Milkshakes!" Zielstrebig und unerschrocken schritt sie auf die Sechsergruppe zu. Bernie und Rocky hielten Juan umklammert, Matt hatte sich Dionne gekrallt. Sam hatte sich wie ein Oberlehrer vor ihnen allen aufgebaut und wandte Mira den Rücken zu. Genervt drehte er sich um und erstarrte. Was wagte diese Göre nur? Na, umso besser. Dann könnte man ja ... Und sie hielt das Handy auch noch so aufreizend in der Hand! Das war ja Schlaraffenland! Doch ehe er sich auf sie stürzen konnte, hatte sich Mira schon den Rucksack mit Knox geschnappt, der sich komplett aus der Kontrolle verlor und ihr überglücklich das Gesicht nass schleckte – dann blitzschnell die ⇑ Taste gedrückt, und ab die Post!

Mira schoss mit Knox und den Milkshakes in die Lüfte, was weder den Milkshakes noch Knox sonderlich gut bekam. Knox sah nämlich zum ersten Mal in seinem Leben aus wie ein begossener Pudel. Milkshake-begossen. Aber eigentlich machte das nichts. Denn es war noch genügend Milkshake vorhanden für die große Attacke. Mira drückte jetzt – wie ihr von dem Kleinen Dirigenten eingeschärft worden war – auf Ø. Dann murmelte sie: „Milkshake, verklebe!“, düste Richtung Sam – und als sie direkt über ihm in der Luft zu stehen kam (er befand sich wieder in seiner Denken-gegen-Handeln-Starre), kippte sie einen kompletten Milkshake über ihm aus. War das eine Freude! Dieses Zeug verhielt sich nämlich so gar nicht milkshakemäßig. Es schien sich selbstständig zu machen, kroch über Sams Körper wie eine Schlange über ihr Opfer, machte sich dünn – bis es den gesamten Sam umhüllt hatte. Und dann wurde es einfach ganz hart. Zwei Schlitze an den Nasenöffnungen blieben freundlicherweise offen. So, der nächste, bitte! Mira düste weiter zu Matt. Der hatte ungünstigerweise Dionne wie einen Schutzschild vor seinen massigen Körper geklemmt. Na, da müsste man vielleicht später ein bisschen säbeln. WUSCH! Die nächste Portion. Schoko-Milkshake vom feinsten. Sehr gut, Dionne hatte fast nichts abgekriegt, und die Brühe kroch auch wie gewünscht nur auf Matt herum. PLING! Noch eine Statue. Keine sehr attraktive ...

Als Mira sich Bernie und Rocky näherte, waren die schon ganz klein mit Hut, aber leider nicht so dämlich, Juan loszulassen. Also war Präzisionsarbeit nötig. Mira schoss ganz nah an die drei heran, das Handy unters Kinn geklemmt. In beiden Händen Milkshakes, und WUSCH!, hatten auch diese beiden ihre Brühe weg. Juan allerdings auch ein wenig. Als die beiden Kerle schön zur Ruhe gekommen waren – auch die gaben nicht gerade eine tolle Figur ab! –, landete Mira rasant vor Juan, pfiff laut durch die Zähne und los ging's: Sie säbelte mit ihrer Nagelfeile an der Milkshakemasse zwischen Juan und Rocky herum. Dort waren die beiden nämlich felsenfest miteinander verbunden.

Kimberly kam mit einer Art Schneidbrenner hinzu. „Wo hast du denn das Ding her?", fragte Mira. „Rate mal", grinste Kimberly. „Schöne Grüße noch. Es war ihm etwas zuviel Öffentlichkeit hier." Der Schneidbrenner brachte es. Juan rieb sich die Hände. Und dann rieb er sich die Augen. Wer von ihnen war nun durchgeknallt? Er oder die Mädchen? Er beschloss, darüber noch eine Nacht zu schlafen. Auf jeden Fall war jetzt alles noch viel schlimmer als zuvor. Schon wieder war er mit der Bande nicht fertig geworden! Schon wieder hatten ihn ... Mädchen gerettet! Juan schüttelte es. Er drehte sich um zu Dionne, umarmte sie etwas linkisch und drückte ihr einen verlegenen Schmatzer auf. Gerade mal ein knickriges „Dankeschön" kriegte er noch rausgedrückt – weg war er.

„Hat der Kerl Format!" Mira stand da und schüttelte den Kopf. Und schüttelte und schüttelte ... Bis sie merkte, dass Dionne weinte. „So sind sie, die Männer", – Mira klang so sicher, als wüsste sie tatsächlich, wovon sie sprach. Während sie Dionne umarmte, überlegte sie, was Mami damit eigentlich immer meinte.

Mira saß nach dem Abendessen noch ganz gemütlich an dem langen, dunklen Holztisch. ‚Refektoriumstisch', sagte Dad immer und guckte ganz heilig. Beide Eltern waren zum Glück ausgeflogen, und das bestimmt noch für ein paar Stunden – traumhaft! So konnte sie den ganzen Wohn-Ballsaal für sich benutzen. Den Feierabend hatte sie sich aber auch verdient! Eben hatte sie noch den armen Knox in der Badewanne schrubben müssen. Schoko-Milkshake, in Hundezotteln verklebt – welche Freude! Komisch, dass der bei ihm gar nicht hart geworden war.

Versonnen saß sie da und spielte mit den Resten ihrer Pommes frites (sie hatte die Mörderportion, die ihr Lilly vorgesetzt hatte, echt nicht geschafft, tatsächlich nicht!) – irgendwie musste sie diesen Obertrottel Sam mit seiner Rinder-Wahnsinns-Bande doch kleinkriegen! Wenn Juan das nicht schaffte, dann mussten da eben andere ran. Sie erinnerte sich an den Tipp, den ihr der Kleine Dirigent vorhin gegeben hatte. „Dieser Kerl hat eine Heidenangst vor allem, was er nicht verstehen kann. Und das ist ziemlich viel. Jag ihm doch einfach ein paar verrückte Träume in den Kopf!" Wenn's nichts weiter als das sein soll... Sie hätte da schon eine Idee ... Sie müsste nur sehr sensibel vorgehen, denn die Haupt-Schreckgespenste waren nicht wirklich eingeweiht ...

Mira wählte Caros Handy-Nummer in München. Hoffentlich hatte sie es eingeschaltet, dort war es schließlich mitten in der Nacht! TTRRUUT! Wunderbar, es war an. „Jaaaahhh?", meldete sich die verschlafene Caro, nachdem es bestimmt zwanzig Mal geläutet hatte. „Sorry, Caro – bitte nicht böse sein – Mira ist hier!" Sie säuselte so sanft, wie sie nur konnte. „Schon gut. Ist was? Was Schlimmes?“ Caro schien schnell auf Touren zu kommen. „Caro, ich habe eine ganz große Bitte an dich. Du und die anderen von unserer Clique – ihr könntet mir saugut aus einer Patsche helfen. Oder sagen wir besser: einem sehr, sehr gemeinen Menschen einen Streich spielen. Viel müsstet ihr nicht tun – aber wundern dürftet ihr Euch nicht.“ „Klar, wenn's irgendwie geht – machen wir. Sag mir, was.“ Caro war echt eine Pfunds-Freundin.

„Also. Dieser Fiesling heißt Sam und ist so ein richtiger Schlägertyp. Mit normalen Mitteln kommen wir dem einfach nicht bei. Also müssen wir es etwas raffinierter anstellen. Folgendes habe ich vor: Er ist so ein typischer Ami, weißt du. So was wie Faschingskostüme hat der noch nie gesehen. Es gibt hier zwar was Ähnliches, das heißt Halloween, aber das ist erst im Spätherbst und geht ganz anders.“ Mira baute Pommes-Häuschen, und Knox lief das Wasser in der Schnauze zusammen. Das wäre was nach all dem süßen Milkshake-Zeugs! „Also. Wenn ihr das hinkriegen solltet, wäre das eine Sensation: Ihr zieht euch eure Faschingskostüme an – die sind ja noch taufrisch, Fasching war ja gerade erst, ihr verkrümelt euch in eine Ecke, wo euch keiner sieht – und macht richtig Faxen. So wie ich das von euch kenne. So richtig schräg. Darf auch böse sein. Das Wichtige dabei allerdings ist – es müsste morgen Vormittag passieren. Wenn hier Nacht ist. Meinst du, das kriegt ihr hin?“ „Och – wenn ich die anderen morgen erreiche, bevor die in die Schule fahren, warum nicht. Wir haben eine Freistunde. Der Zaddach ist krank.“ „Schon wieder, na klasse für euch. Das Einzige, was ihr dann noch machen müsstet, ist: Meine Nummer wählen mit allem Drum und Dran, du weißt schon. Ihr werdet mich aufwecken, aber das macht nichts, dann sind wir wenigstens quitt. Und dann schicke ich euch ein paar sehr nette –

sagen wir – Jungs, die sehen ein bisschen komisch aus, wie Fasching eben. Sie schillern in vielen wunderbaren Farben, spielen sehr gerne Harfe und duften sehr schön. Sie sind allerdings ein bisschen klein. Aber ich kann dir versichern – es sind ein paar ganz Liebe. Man muss immer mal wieder etwas Verrücktes tun, um wieder eine Zeitlang normal leben zu können." „Goethe. Sammelst du immer noch diese Sprüche?" „Klar, merkst du doch."

Knox freute sich jetzt außerordentlich über das Pommes-Haus vor seiner Schnauze. „Diese freundlichen Gestalten werden Scheinwerfer dabei haben und Filmkameras. Etwas ungewöhnliche Kameras allerdings. Die sehen ein bisschen aus wie die Facettenaugen von Bienen oder Fliegen. Lasst euch davon nicht kirre machen. Damit wird alles, was ihr macht, in den Traum dieses gewissen Fieslings eingespeist." „Wie bitte? Träume ich?" „Caro, ich hab dir doch gesagt, die Sache ist etwas ungewöhnlich. Vertrau mir. Überleg dir nur, ob du alle einweihen solltest. Die Jungs sind da ja immer so ein bisschen ... kopfig. Na, probier's einfach. Du rufst mich morgen an, ihr macht den Budenzauber – und du schaust, ob diese schillernden Typen wirklich kommen mit ihren Facettenaugen-Kameras." „Du machst es ja spannend. Du weißt ganz genau, dass ich jetzt nicht mehr schlafen kann. Ich schreib gleich mal eine SMS an alle. Erzählst du mir dann, ob's gewirkt hat?" „Worauf du dich verlassen kannst, Dear. Sei fünfhundert Mal geknutscht! DAS sind Freunde. Das sind WIRKLICH Freunde. Danke, danke, danke, Cora." „Nicht dafür. Good night." Klack. Mira schaute triumphierend zu Knox hinunter. Der kaute jetzt am Nachtisch: Schweinsohr.

Sam saß senkrecht im Bett, schweißüberströmt. Bett konnte man das eigentlich nicht nennen – eher, den Versuch eines Matratzenlagers mit Lakenresten, umsäumt von Müll und Unrat aller Art. Wäre das von der Hand eines Künstlers geschaffen worden, würde man das bestimmt 'Environment' nennen. „Sind sie weg?" Sam starrte mit weit aufgerissenen Augen in die Finsternis. Nichts. Sollte er Licht einschalten, sollte er das wirklich wagen? Wer weiß, vielleicht hockten die da noch in einer Ecke, und der Spuk ginge von vorne los! Bloß nicht dran denken, bloß nicht dran denken, an diese Gestalten – die waren so ... echt gewesen! Er hatte doch alles ganz genau gespürt – so anders als in normalen Träumen ...

Der Frosch zum Beispiel! Klar hatte Sam als kleiner Junge Frösche zu Tode gequält. Hunderte! Und jetzt kommt also dieser riesenhafte Frosch mit seiner meterlangen Zunge – brrrr! Und wickelt ihm die noch mal und noch mal und noch mal um den Kopf – bis er so gut wie keine Luft mehr kriegt. Sam schüttelte sich. Oder dieses harmlose Gör im Dirndl (Caro hatte in der Eile ihr Faschingskostüm nicht gefunden) – wie sie mit einem fröhlichen „Servus, alle miteinand'!" auf ihn zukam, eine Schüssel in den Armen, mit weißblauem Tuch verdeckt ... und ihm die ganze Schüssel samt gelblichem Inhalt über den Schädel kippte. „Äääh!" Und als diese kleine Göre dazu kam, diese Mira, die sich dann als Chef aufspielte – und wie dann sämtliche schrecklichen Figuren – der Frosch, das Dirndl, das T-Bone-Steak und diese schwarze Hexe –, wie die gemeinerweise anfingen, ihn aufzupusten! Jawohl, ihn, den Starken, den Mann der Muskeln ... aufzupusten! An jedem Daumen, an jedem großen Zeh pustete einer. Einfach nur grässlich. Der Gedanke ließ erschaudern. Kruzitürken, war das ein Gefühl. Er konnte sich überhaupt nicht mehr bewegen, überall kroch die Luft in ihm hoch, er schwankte wie ein übergroßer Obelix in seinem Zimmer, stieß sich oben die Schädeldecke an – einfach grauenvoll.

Diese Mira May machte seine Schmach dann vollends unerträglich, sie tanzte nämlich zwischen dem ganzen Krempel im Zimmer herum – und sang! „Schaut ihn euch an, schaut ihn euch an – den großen, den mächtigen, den ach so starken Sam! Schaut euch an, wie er baumelt, wie er die Muskelpakete zeigt! Oh, wie die sich blähen – das kann ich nicht mehr sehen!“ Und dann – „ohhh!“, Sam stöhnte auf ob dieser Erniedrigung – dann zog sie ihm den Stöpsel raus, am Bauchnabel. Und mit einem gewaltigen pffffffffffffffffffff! ging ihm die Luft aus – er schrumpelte wie ein schlabbriger Luftballon zusammen! Panisch zwickte er sich selber in den Arm. Ein Segen. Erleichtert legte er sich wieder lang hin. Doch was drückte ihn da im Rücken? Er tastete vorsichtig nach dem kleinen Teil. Das war der Gummistöpsel aus dem Traum.

13

Mira konnte ein herzhaftes Gähnen nicht unterdrücken. Das war letzte Nacht dann doch ein bisschen viel gewesen. Aber das mit dem Gähnen machte ihr nichts – schließlich passierte es erst jetzt, in ihrer Klavierstunde bei Carmichael. Und den konnte sie immer weniger leiden – je länger er am Flügel neben ihr hockte. In der Schule heute morgen war sie ganz fit gewesen. Schön, dass sie jetzt immer Kimberly traf. Nur das mit dem Ganztagsunterricht, daran würde sie sich verflixt noch mal erst gewöhnen müssen ...

„Tja – das machst du sehr nett, Mira“, lobte Carmichael, nachdem Mira sich mühsam durch die Bachschen Etüden gequält hatte. Ehrlich klang das nicht gerade. „Ich hörte von deiner Mutter, dass du einige Stücke sehr schön auswendig beherrschst. Sogar ein komplettes Konzert sei darunter. Magst du mir das nicht mal vorspielen?“ Das könnte dir so passen, du Schleimer! „Och, wissen Sie“, druckste sie herum „das ist nix Besonderes. Selbst komponiert. Zum Abschied von meinen Münchner Freunden. Wir haben uns gegenseitig versprochen, dass wir das immer spielen werden, jeder für sich. Zur Erinnerung an die anderen.“ Carmichael musterte Mira argwöhnisch. „Na, dann spiel's mir doch einfach vor! Vielleicht ist ja eine ganz wunderbare Komposition dabei!“ Bäh, war der hartnäckig – und so düster. Sogar das Lederband um seinen Pferdeschwanz war schwarz. „Nein. Wir haben uns geschworen, dass das niemand zu hören bekommt, der nicht zu uns gehört.“ Grrrrrmmmm. Das war jetzt ihr Magen. Die Nudeln heute Mittag in der Schule waren nicht sehr ergiebig gewesen. Mira strich sich unwillkürlich über den Bauch. Mist! Sie hatte die Bauchtasche nicht an! Wo hatte sie die bloß hingelegt? Mira sah sich um. Na wunderbar. Tasche und Handy thronten auf dem Küchentresen.

Carmichael hatte sie scharf beobachtet. Als er das Handy entdeckte, glühten seine Augen auf: „Ah, zeig mal her – ein älteres Modell?“ Tatsächlich, er erinnerte sich an Mamis beiläufige Bemerkung. Hm. Jetzt stand der Kerl auch noch auf und griff einfach so mir nichts, dir nichts nach ihrem Allerheiligsten: „Hey!“ Mira sprang auf – „was soll denn das? Die Klavierstunde ist noch nicht zu Ende!“ Wenn sie das doch bloß bald wäre ...

Schon war dieser unverschämte Kerl dabei, das Gerät zu untersuchen – ja, hatte der denn gar keine Hemmungen? „Also, Mira“, säuselte er vorwurfsvoll. „Lass mich doch einfach dieses ungewöhnliche Handy ein bisschen anschauen. Sehr, sehr ungewöhnlich.“ Jetzt rollte er auch noch die beiden Flügel-Bänder auf – es reichte. Mira riss ihm das Gerät aus der Hand. Es war ganz warm. Wärmer als sonst. „Hör mal, du tust ja gerade so, als ob das eine Pistole wäre.“ Aha. DAS also war seine normale Stimme – messerscharf. „Ich mag das einfach nicht, wenn jemand sich an meinen Sachen vergreift.“ Mira schaute Carmichael trotzig an. „Na, dann werden wir mal weiter spielen“, scheinbar gelangweilt wandte er sich ab. „So, wie du's auf dem Handy tust, werde ich das hier auf dem Flügel ja nicht erwarten dürfen.“

„Mira – Besuch für dich.“ Lilly stand da, beide Hände auf die Hüften gestützt, und schmollte. „Juan steht unten vor der Sprechanlage. Er sagt, du hättest ihn für sechs Uhr bestellt. Dabei wusstest du doch, dass du Klavierunterricht hast. Und nun?“ „Ich hab ihm gar nichts gesagt“, brummte Mira. Schön wär's ...! „Soll raufkommen. Kann ja ein bisschen zuhören.“ Jetzt klang sie ziemlich schroff. „Wie Mylady wünschen“, Lilly rauschte ab.

Mira quälte sich gerade mit Mozart, da stand Lilly schon wieder da. Diesmal sichtlich aufgeregt, ihre Lippen mit dem ewig gleichen hellrosa Lippenstift zitterten. „Das ist gar nicht Juan! Das ist ein ... äußerst unangenehmer Zeitgenosse. Er sagt, er kennt dich. Na, wenn das stimmt, dann gute Nacht. Achte immer auf den ersten Eindruck – dann weist du das Unglück zurück. Mr. Carmichael, hätten Sie vielleicht die Freundlichkeit, uns zur Tür zu begleiten – der Kerl soll wissen, dass hier ein Mann im Haus ist“

SAM! Da stand SAM! Mira übersah in ihrer Aufregung, dass Carmichael ihm zublinzelte. „Was willst du denn hier? HICKS!“, fuhr es ihr heraus. Lilly erbleichte. Flucht nach vorn war angesagt. „Lilly, dieser Typ ärgert uns immer, wenn ... äh, wenn wir zu Dionne gehen, zum Beispiel. Ich habe nichts mit ihm zu tun.“ Sam wiederum war seine Aufregung nicht anzusehen. „Ich habe aber etwas mit dir zu tun“, sagte er cool. In Zeitlupe nestelte er einen kleinen Gegenstand aus seiner speckigen Lederhose und hielt ihn Mira unter die Nase. Lilly blinzelte. Sie hatte ihre Brille nicht auf. Carmichael blickte amüsiert. Ein Gummistöpsel! Mira blieb die Spucke weg. Wie hatte das denn passieren können? Das war doch nur ein Traum gewesen ... doch sie hatte sich schnell wieder im Griff. „Interessant. Der Herr hat auch eine passende Wärmflasche dazu? Hat sie auch Ohren?“ Carmichael prustete los.

Sam begann die Sache peinlich zu werden. Oberpeinlich sogar. Was hatte er sich bloß dabei gedacht? Dass Mira in seinem Traum gewesen war, das war klar. Und diese Mira hier war aus Fleisch und Blut, eindeutig. Sie sah nicht sehr nach Traum-Gespenst aus. Aber man weiß ja nie: Die Sache mit dem Alptraum quälte ihn so – er konnte nicht anders. Er packte Mira am Arm, dass sie laut aufschrie, Knox in ein hohes Dauerbellen ausbrach und Lilly

„Hilfe, Hilfe!", brüllte: „Du bläst gerne wildfremde Menschen auf, gib's zu!", zischte er in ihr Ohr. Doch Lilly hatte das gehört: „Weg! Ab! Gehen Sie, aber sofort, Sie Schwein! Und lassen Sie sich nie wieder hier blicken! Ich hole die Polizei!" „Lassen Sie man stecken", brummte Sam. „Die Polizei war vorgestern schon da", drehte sich wortlos um und sprang in Riesensätzen die Metalltreppe runter. Klonnggg- Klonggg-Klonggg.

„Am Wochenende bring ich dich raus aus der Stadt. Das ist so sicher wie das Amen in der Kirche. Amen." Lilly zerrte Mira und Carmichael in die Wohnung zurück und knallte die Tür zu.

„Na dann, viel Spaß auf eurer Ranch! Passt bloß auf, dass euch die vielen Hängebauchschweine nicht fressen!" Dionne winkte wild hinter dem Mercedes her, der sich behäbig in Bewegung setzte. Mira und Kimberly saßen hinten, Kimberlys Bruder Jeff und dessen Freund vorn. Dionne sauste auf ihrem Rennroller noch ein kleines Stück neben dem Auto her und schnitt witzige Grimassen. „Manchmal ist sie schon etwas unterbelichtet." Kimberly klang immer ein bisschen blasiert, wenn ihr großer Bruder dabei war. „Meinst du, die weiß wirklich nicht, was ein Driving Range ist? Sie faselte eben etwas von ‚zur Ranch fahren'." „Ich glaube, Dionne ist Golf völlig wurscht." Mira mochte diese herablassende Art an Kimberly nicht leiden. „Dionne macht aus allem ein Scherzchen. Und jetzt hat sie sich bestimmt mit Juan verabredet. Was sie bloß mit dem will – der ist doch einen halben Kopf kleiner als sie." Jeff drehte sich um: „Ahhh! Jetzt geht das also los mit den Jungs-Geschichten! Na, da werde ich doch umgehend Mum informieren!" „Untersteh' dich!", fauchte Kimberly zurück. Hoppla! Kimberly konnte ja richtig zicken! So kannte Mira sie gar nicht.

Auf der Driving Range übten Kimberly und Mira schon eine Dreiviertelstunde allein. Jeff und sein Freund Rob hatten sich nach ein paar oberflächlichen Versuchen, die Mädels auf den richtigen Golf-Dreh zu bringen, Richtung ersten Abschlag verkrümelt. Und wieder dödelte ein Ball wie eine verwurmte Pflaume in mäßiger Höhe dahin und verreckte in geringer Entfernung. Mira warf den Golfschläger ins Gras – und sich selbst gleich noch dazu. „Ich wusste doch, dass das nix für mich ist", maulte sie. „In München habe ich mal so einen Schnupperkurs gemacht. Hatte sich aber sehr schnell ausgeschnuppert." „Du könntest dir aber auch ruhig von mir was abgucken", Kimberly spielte auf Miras Dickschädel an. „Ach, mir macht das einfach null Spaß – dass die Bälle nie so fliegen, wie ich will." Mira wäre am liebsten auf der Stelle wieder nach Hause gefahren. „Dann lass doch dein Wunder-Handy ein bisschen nachhelfen." Kimberly sagte das so leicht dahin – gute Idee! Da könnte sie gleich ein paar neue Handy-Funktionen üben. Wurde sowieso mal wieder Zeit dafür. So – wie war das noch mal? Geschwindigkeit ist Weg durch Zeit. Also müsste sie doch nur nach einer Taste für ‚Weg' oder ‚Zeit' suchen. Oder für beides.

„Kimberly, du hast mich echt auf eine Idee gebracht", strahlte Mira und wälzte sich mit dem Handy im Gras. „Wem das Lächeln fehlt, fehlt ein Flügel. Üb du ruhig weiter, Kim. Ich hol dich schon ein." Kimberly trottete tatsächlich zu ihrem Übungsplatz. Na – vielleicht würde Mira noch Gefallen finden am Golf.

Welche Tasten mochten das wohl sein? Entfernung ... Mira drückte probehalber auf das ⇔. War da was? Ihr war so, als hätte sich ihre Golftasche bewegt. Sie fixierte die Tasche und drückte noch mal. Nichts. Hm, dann habe ich mich getäuscht, dachte sie und blickte zu Kimberly hinüber. „Sag, bist du nicht mehr ganz dicht?“ Kimberly ließ sich zu solch verwerflicher Gossensprache nur hinreißen, wenn sie sehr erschrocken war. Tatsächlich lag Miras Golftasche quer über ihren Füßen.

Mira erschrak. Was hatte sie denn jetzt gemacht? Oh, sie hatte aus Versehen die ⇔-Taste gedrückt gehalten! Während sie zu Kimberly hinüberschaute ... Moment mal. „Tschuldigung! Soll nicht wieder vorkommen!“, rief Mira zu Kimberly hinüber, und bevor die sich von der Tasche befreien konnte, hatte Mira ein weiteres Mal gedrückt – die Tasche fixiert, den Blick vor ihre eigenen Füße gesenkt – und die Taste losgelassen. Die Tasche stand ganz brav da, wo sie hingehörte. Vor Miras Füßen. „Sensationell. Ich kann Dinge verschieben. Berge versetzen. Wahnsinn.“ Schade, dass Knox nicht da war. Der hätte vielleicht gestaunt! Golfplatz für Hunde verboten. Noch ein Grund mehr, sich dieses Geballere hier nicht anzugewöhnen.

Mira baute sich erneut an der Driving Range auf, legte einen Golfball aufs Tee, schaute ihn an, drückte die ⇔-Taste und blickte dann zur Fahne. Der Ball war weg. Der lag jetzt garantiert ganz dicht an der Fahne. Nur leider hatte ihn niemand fliegen sehen! Hm. Vielleicht mal was mit der Geschwindigkeit machen – das hier probieren: ∞ – Mira wusste aus dem Matheunterricht: das war das Zeichen für ‚unendlich‘. Gut, also ausprobieren. HUIII! Mira sauste in die Höhe und raste so schnell Richtung Horizont, dass ihr ganz schlecht wurde. Schnell, schnell die Perlmutt-Taste drücken! Und Mira saß wieder im Gras – etwas atemlos zwar, aber immerhin. Gut, dass die Leute hier alle so Golf-besessen waren. Keiner hatte was mitgekriegt. Na gut. Noch eine Taste probieren, dann ist Schluss. Δ – das konnte doch was sein! Auch wieder Matheunterricht – den konnte man echt mal gebrauchen, wer hätte das gedacht.

Als Mira diese Taste drückte, hielt sie sich vorsorglich an der Holzbank hinter sich fest. Huch? Wer hat denn da die Tür aufgemacht? Ein eisiger Windhauch trieb Mira die Tränen in die Augen. Ei, wie fies! Ein scharfer Windstrahl war das. Er kam aus dem Handy gepfiffen, direkt aus dem Perlmuttknopf! Und auf dem Display geschah Ungeheuerliches: Tausende Bilder rasten über den Bildschirm, so schnell, dass nur ein wildes Geflimmer übrig blieb. Mira drückte die Δ-Taste noch mal. Jetzt waren die Bilder in Zeitlupe zu sehen. Gerade eine fürchterliche Kriegsszene. Schauderhaft! Die Soldaten kämpften doch tatsächlich an Kanonen. Unten, am Bildrand, stand: ‚Frankreich*Paris* Anno*1779' ... eine Zeitreise! Mit dem Magic Handy konnte sie auf Zeitreise gehen, wow! Mira lief eine Gänsehaut den Rücken rauf und runter. Vielleicht hätte sie doch den Kleinen Dirigenten nach der genauen Gebrauchsanweisung fragen sollen. Aber der hätte sie bestimmt wieder auf ‚später' vertröstet ...

Mira verdrängte diesen Gedanken. Sie hatte nämlich eine neue Idee. Sie versuchte, die Textzeile am Bildrand zu löschen – es funktionierte! Wie bei einem ganz normalen Computer ließ sich der Text markieren und mit ↵ war er weg. Jetzt erschien auf dem Display:

****

WARNING!
DO NOT ENTER WITHOUT PERMISSION!
NO GUARANTEE FOR COMING BACK!

Enter your wish here.

****

„Ich soll meinen Wunsch eingeben. Na, aber gerne doch." Mira war allerdings etwas blümerant zumute, als sie „lost souls" eingab. Sie zögerte einen Augenblick, bevor sie auf ↵ drückte. Und dann war kein Halten mehr. Die Bilderflut setzte wieder ein. Irrsinnige Geräusche, als ob jemand tausend CDs rückwärts abspielte und das Ganze in einem Walzwerk statt in einem CD-Player. Mira war nicht wohl zumute. Gar nicht wohl. Denn unmerklich versank sie im Display-Geschehen. Ob sie versank – oder ob die Bilder selbst auf Lebensgröße wuchsen, das vermochte sie nicht mehr zu unterscheiden. Plötzlich war sie drin. Mitten drin im Zeitgeschehen. Ganz tief in ihr pochte eine Stimme: „Du kennst nicht den Weg zurück!"

Doch das überhörte sie ganz schnell. Denn es trat Stille ein. Es war stockdunkel. Kühl. Feucht. Modergeruch. Schimmlig. Unter sich sah sie ganz schwach auf dem Fußboden glimmen:

Spain*Alhambra*Lost*Souls*Anno*2001

Unwillkürlich hielt Mira den Atem an. Langsam gewöhnten sich ihre Augen an die Dunkelheit. Der Boden unter ihr war abschüssig, und die Fläche, auf der sie stand, musste recht schmal sein. Denn nun konnte sie rechts und links in der Tiefe schwache Lichter erkennen. Na ja – Funzeln war wohl der passendere Ausdruck. Und diese grünlichen, bläulichen, orangefarbenen Funzeln glimmten nicht nur unter ihr vor sich hin – auch gegenüber, auch über ihr. Und überall dort, wo sie waren, konnte sie etwas Grau schimmerndes erkennen. Feuchter Stein, eine gigantische Steinspirale! Mira wurde schwindlig. Denn sie begriff, wo sie sich befand.

Nicht eine, ZWEI riesenhafte Steinspiralen wanden sich umeinander herum – so, wie sie das aus dem Biologieunterricht kannte, so wie diese Erbinformations-Dingsda aussah, diese Säure mit dem verrückten Namen, Desdemona-Ricco-Nikolaus-Säure, irgendwie so was. Nur, dass eben diese Doppel-Wendeln – Doppelhelix, fiel ihr gerade wieder ein, und die Säure hieß Desoxiribonucleinsäure –, dass die hier aus Stein waren und riesen-riesenhaft. Wie weit sie nach unten und nach oben reichten – das konnte Mira noch nicht mal ahnen. Sie wusste nur: Wenn sie das Gleichgewicht verlor, dann ...

Sie wagte es nicht, nach unten zu schauen. Das brauchte sie auch nicht. Denn da war jemand! Ganz nah! Wie diese einzelnen bunten Zipfel an dem Säure-Modell aus dem Biologieunterricht ragten auch hier kleine Plattformen in die Doppel-Wendel hinein. Und auf jeder saß jemand drauf! Mira konnte immer besser sehen. Nicht weit vor ihr, vielleicht zwei Armlängen entfernt, war eine ziemlich junge Frau – sehr hübsch, soweit Mira erkennen konnte. Langes, dichtes, blondes Haar. Sie wiegte sich auf irgendetwas hin und her. Eine Art Schaukelpferd oder so was. Mira streckte die Hand aus, in der sie das Magic Handy hielt. Die junge Frau begann zu summen. Das klang eigentlich sehr schön – ganz ruhig. Irgendwie passte das aber gar nicht zu der fürchterlichen Umgebung hier. Das Summen wurde lauter – doch als Mira die Hand sinken ließ, wurde es sofort wieder leiser. „Okay, okay", flüsterte Mira – und spürte Gänsehaut. Fünfzigtausend Gänse mussten ihr schon über den Rücken gewatschelt sein. Mindestens. Jetzt begann die kleine Plattform, auf der die Frau saß, zu leuchten. Das war wie eine Leinwand, ein Film lief ab! Ja, da war wieder diese Frau. Sie lief in einem hellen Haus herum, sie schien aufzuräumen.

Plötzlich kam eine Pferdekutsche vorgefahren, eine Frau sprang heraus, toll gekleidet, so wie Mira das in historischen Filmen gesehen hatte. Lange Röcke, mehrere übereinander, Spitzenbluse, Goldschmuck, die Haare kunstvoll zusammengebunden, kleiner, niedlicher Hut. Die Frau schien fürchterlich aufgeregt zu sein. Sie zog zwei kleine Kinder mit sich ins Haus hinein, kurzes Gespräch mit der blonden Frau. Die beugte sich zu den Kindern hinunter und nahm die beiden in ihre Arme. Dann rannte die gutberockte Frau zur Kutsche zurück. Sie hielt ein Taschentuch vor ihr Gesicht. Jetzt nahm die blonde Frau die beiden Kinder mit zu einem Schaukelpferd hinüber, setzte sich drauf, wiegte die beiden und sang sehr schön dazu.

Doch draußen näherte sich Militär. Soldaten mit komischen Hauben auf dem Kopf ritten heran, sprangen ab. Die junge Frau blieb ganz ruhig. Die Soldaten traten die Tür ein und stürzten auf die drei zu. Kurzes Palaver, dann fürchterliches Getümmel. Mitten hinein sah Mira plötzlich einen schwarzen Schatten fliegen. Für den Bruchteil einer Sekunde schienen die Soldaten durchsichtig zu werden – scherenschnittartig war der schwarze Schatten zu erkennen: Eine hohe, von dunklen Flattergewändern verhüllte Gestalt. Wow – an den Händen, die sie nach der blonden Frau ausstreckte, hatte sie anstelle von Nägeln lange, gebogene Krallen! Und als die die Frau berührten, wechselte sie die Farbe – wie ein Computertrick: Sie war nur noch schwarz-weiß zu sehen, genau wie das Schaukelpferd, auf dem sie saß. Der Rest der Umgebung blieb in Farbe. Der Film war aus.

Mira ließ den Arm sinken. Das Singen erstarb. Sie ahnte: Das, was sie eben gesehen hatte, war wirklich geschehen. Tränen kullerten ihr über die Wangen. Da entdeckte sie schräg gegenüber, auf einer Plattform der zweiten Steinspirale, zwei schwarzhaarige Jungs bei einer orangefarbenen Funzel – in etwa so alt wie sie.

Einer von beiden trug so ein komisches Käppi auf dem Hinterkopf, ansonsten hatten sie ganz moderne Klamotten an. Sie hockten auf einer Art Steinhaufen. Als Mira das Magic Handy in deren Richtung hob, sah sie, wie die beiden mit den Steinen spielten – was genau, konnte sie nicht erkennen. Und auch hier begann die Plattform unter ihnen zu leuchten, wieder begann ein Film: Gleißendes Licht, eine steinerne Gasse, sämtliche Fensterläden vernagelt. Eine Gruppe von Käppi tragenden Männern eilte durch die Gasse, die Köpfe gesenkt. Der Junge war auch dabei. Plötzlich ein Steinhagel, Schreie. Soldaten rasten auf einem Pritschenwagen herbei. Schüsse in Richtung der Dächer, von denen die Steine geflogen waren. Neue Steine hagelten herab. Der Junge blieb kurz vor einer verwitterten Holztür stehen, klopfte verstohlen an. Die Tür öffnete sich, der andere Junge winkte ihn herein, sie umarmten sich, lachten.

Doch schon sprangen brüllende Männer herbei – von der Straße drängten sie herein, innen stürzten sie die Holztreppe hinunter. Offenbar großer Hass, Handgemenge zwischen denen von außen und denen von innen, Schüsse lösten sich. Die beiden Jungs hielten sich noch immer umklammert. Plötzlich der schwarze Schatten – durch die plötzlich durchsichtigen Körper der kämpfenden Männer hindurch deutlich zu sehen. Die Hand mit den Krallen, die sich nach den beiden ausstreckte – sie erstarrten in schwarz-weiß.

Der Film war aus. Mira stand da und schluchzte. Dieses Monster, diese Hexe, diese widerwärtige Schwarze Gamma! Wie viele Seelen die hier wohl gefangen hielt? Ohnmächtige Wut stieg in ihr auf. Ich werde sie befreien, alle, jeden, und überhaupt!

Plötzlich bemerkte sie erschrocken – das Display-Leuchten ihres Handys wurde schwächer. Verdammt, es brauchte Sonnenlicht! Der Akku war schon richtig schwach. Jetzt stand sie wieder vor ihr, die Frage des Tages: Wie kommt man hier wieder raus? Mira starrte auf das schwache Glimmen in ihrer Hand. Klar, einfach die Perlmutttaste drücken – dann wird die letzte Funktion wieder rückgängig gemacht. Oh, Mist! Jetzt lief der letzte Film wieder ab, der mit den Jungs, sonst passierte nichts. Mira geriet in Panik. Über ihr, unter ihr, vor ihr, hinter ihr: Nur Dunkelheit – und Steinspiralen mit Tausenden Funzeln drauf. Himmel, ob auch sie hier für immer bleiben müsste? Für immer – nicht auszudenken, was hieß das denn: für immer ...?

„HICKS!“ – hundertfach hallte es zurück: HICKS-HICKS-HICKS-HICKS ... Die Schwarze Gamma horchte auf. Sie hockte gerade in ihrem Pech- und Schwefel-Bad und schmierte sich Glibberschlamm in die Haare. „ALC! Hierher!“ Es rumorte hinter der schwarzen Öffnung, durch die sie immer das Pech in die Gummiwanne ließ. Lieblingsratte ALC steckte ihren spitzen, riesigen Kopf heraus. „Von der schnellen Truppe, unser Liebling!“, kreischte Gamma und fuchtelte mit ihren Krallen wild hin und her, um die Schwefeldämpfe zu zerteilen. „Damit ich dich besser sehen kann!“ Ihre Stimme hatte den Charme einer Kreissäge. ALC klappte genervt die Ohren an den Schädel. „Schnelles Kerlchen, dann schau doch mal noch schneller nach, was da in unseren Warteschleifen los ist, da war gerade was. ZACKZACK!“ ALC zischte ab.

„Glück ist eine Überwindungsprämie“, Mira murmelte die vier Worte pausenlos vor sich hin. Sie starrte auf das Display.

Spain*Alhambra*Lost*Souls*ANNO*2001

Und wenn sie das jetzt einfach wieder löscht? Sie spitzte die Ohren. Da kam von oben irgendetwas wie eine

Spirale herabgesaust. Es war noch sehr weit weg, aber es klang nicht gut, irgendwie bedrohlich. Mira drückte ↵. Die Zeile verlosch. Das Display begann zu flackern. Gleich war der Saft weg! Und wenn sie das Handy Richtung Funzel hielt? Kleinvieh macht schließlich auch Mist. Tatsächlich, das Flackern hörte auf. Dafür kam das Sausen näher. Hastig tippte Mira

USA*NEW*JERSEY*CRAZY*GOLF*ANNO*2001

Nichts passierte. Das Sausen war angekommen – direkt ihr gegenüber! Ganz deutlich konnte Mira zwei rotglühende Punkte erkennen. Natürlich! Sie hatte ENTER vergessen! Mit zitterndem Finger drückte sie ↵. Als die gebleckten spitzigen Zähne auf sie zusprangen, war keine Mira mehr da.

14

„Alhambra. Hey, da gibt's ja richtig viel dazu im Internet!“ Mira starrte auf den Bildschirm ihres Computers und überflog die erste Seite: „... maurische Königsburg ..., ...‚rote Zitadelle‘ genannt, ... Macht- und Kunstfülle des maurischen Königtums ..., ... Mauern erglühen im Licht der Tageszeiten in den unterschiedlichsten Farbnuancen eines zarten Rot ..., Farbenspiel..., kunstvolle Ornamentik und Wasserspiele ...“ Wow, Miras Wangen glühten vor Aufregung. Es klopfte. „Come in!“ Das klang schon echt Amerikanisch – wie ein Profi.

Lilly eierte mit einem Tablett zur Tür herein. Kamillentee. Schon wieder Kamillentee! „Ich möchte mal wissen, wo du dir diese Erkältung geholt hast. Mehr Vitamine kann man dir wirklich nicht mehr einflößen. Bist du krank – hast du mit bösen Mächten Zank.“ „Lilly! Jetzt mach mal 'nen Punkt. Erkältungen kommen in den besten Familien vor. Ohne böse Mächte, aber mit Bazillen.“ Wenn Lilly nicht manchmal so nerven würde, wäre sie ja eigentlich richtig süß. „Ist Mami da?“ „Auf der Schönheitsfarm.“ „Aha. Auf der Beautyfarm. Hat sie ihr Handy mit?“ „Aber natürlich doch. Es könnte ja die Firma anrufen.“ „Und ich?“

„Mami?“ „Hmhm?“ „Haben sie dich gerade unterm Messer?“ „Sallö mmmassört grrade n peelöng n.“ „Hab ich dich richtig verstanden – Sally massiert dir gerade ein Peeling ein?“ „Hmhm.“ „Du, Mami?“ „Hmhm?“ „Habt ihr schon entschieden, wo wir im Sommer Ferien machen?“ „Mhmh.“ „Also nein?“ „Hmhmhm!“ „Mami, ich hätte da eine ganz, ganz tolle Idee.“ „Hm?“ „Südspanien. Granada. Al---“ „Sssu heiß.“ „Na ja, wir könnten ja schon im Juni fahren.“ „Sssu fröh.“ „Oder später, im September?“ „Hm.“ „Mami, ich habe so tolle Fotos von dieser Alhambra gesehen ..." „Hmhm, schon schön." „Überlegt ihr euch's noch mal?" „Hmhm ..." „Bitte, Mami. Red mal mit Dad drüber." „Hmhm." „Okay. Schönes Schönmachen." „Tschöss."

Mira und Juan stürmten aus der U-Bahn nach oben. „Ich habe Mami erzählt, Mrs. Howe würde uns hierher fahren. Mami hasst U-Bahn. Der entgeht was. Der entgeht sowieso ganz viel." Mira blieb stehen. „So. Madison Avenue. Und jetzt?" „Einfach hier links. Und jetzt hier rein, das ist es." Wow, ein Wolkenkratzer der ganz glitschigen Art. Schwarze Glasfassade, die sanft nach unten breiter wurde, wie eine riesige Sprungschanze aus Glas. „Ab nach ganz oben. Schaffen wir's noch?"

Juan markierte ganz den Weltmann. Als würde er das täglich schon zum Frühstück tun, drückte er auf den obersten Fahrstuhlknopf. Gerade auf den letzten Drücker hatten sie's geschafft: Kimberly und Dionne liefen geradewegs auf den Fahrstuhl zu, Ballettschuhe baumelten zusammengeknüpft über ihren Schultern. Kimberlys waren natürlich viel schöner als Dionnes. „Juan! Mira!", brüllte Dionne, „ja, was erschreckt ihr mich auf meine alten Tage! Juan, was ist denn mit dir los?"

Juan zog die drei Mädchen zur Seite, ans Fenster. „God! So muss man sich als Pilot fühlen!", stieß er aus, als er Manhattan grandios zu seinen Füßen liegen sah. Kein Wort zu dem Mordspflaster auf seiner Stirn. Mira griff ein. „Sam. Es war wieder Sam. Die ganze Truppe hat ihm aufgelauert und ihn mit dem Kopf auf die CD-Schwarzpresse gestoßen. Nach dem Motto: ‚Nächstes Mal stecken wir dich da rein.'" „Was, in die Presse?" Dionne wurde unter ihrer weißen Schminke – die jetzt, nach dem Ballett, nicht mehr so ganz perfekt zu nennen war – ziemlich grün. „Wir sind hier, weil wir uns etwas überlegen wollen, womit wir diesen Ekelpaketen einen Denkzettel verpassen können, den sie nie, nie, nie vergessen werden. – Auch wenn wir NUR Mädchen sind, wir werden dich da raushauen." Mira konnte sich diesen Seitenhieb nicht verkneifen.

„Na, na, na – wieso denn so empfindlich!" Juan war das natürlich grottenpeinlich. Mira hatte seine Macho-Macke entlarvt. „Habt ihr denn schon eine Idee?", fragte Dionne und setzte sich auf den Teppichboden. „Nee, gar keine." Juan plumpste ganz dicht neben sie.

„Es müsste etwas sein, wovor der Kerl Angst hat. Richtig Angst ..." Kimberly war immer so besonnen. Und sie hatte ziemlich häufig die richtigen Gedanken zur richtigen Zeit. „... und genau das weiß ich. Das, was dem Angst einjagt." Mira sonnte sich in den sechs großen, fragenden Augen. „Frösche. Sam hat einen Heidenrespekt vor Fröschen. Er hat sie nämlich früher dutzendweise umgebracht. Und irgendwer muss ihm erzählt haben, dass die sich irgendwann an ihm rächen werden." Die sechs Augen sahen jetzt ziemlich enttäuscht aus. „Woher willst du denn das so genau wissen?" Juan spielte mit Dionnes Poncho-Fransen. „Ich hatte da so ein einschlägiges Erlebnis. Genauer möchte ich mich dazu nicht äußern. Wenn du was Besseres weißt – bitte. Für gute Vorschläge bin ich immer offen." Mira machte einen auf eingeschnappt. Und siehe da – es wirkte! Vor allem, weil keiner eine bessere Idee hatte. „Also Frösche. Hat jemand besondere Beziehungen zu Fröschen?" Mira blickte auffordernd in die Runde. Kichernd steckten sie die Köpfe zusammen.

„Dana is speaking. May I talk to Mr. Sam?" Die vier standen unten auf der Madison Avenue, Dionne quäkte mit verstellter Stimme durch ein Taschentuch ins Handy. „Sam? Dana hier. Du kennst mich nicht. Ich bin die Schwester von der ... Person, die dich beauftragt hat. Der Fall Juan

Sanchez/Mira May, du weißt schon." Sam antwortete kurz, Dionne schnitt eine Grimasse. „Du wirst dir dein ‚Das-kann-ja-jeder-sagen' gleich in die Haare schmieren, wenn ich dir sage, worum es geht." Dionne war echt die geborene Schauspielerin. „Wir haben einen Laden aufgetan, in dem gibt es solche Handys, wie Mira May eins hat. Die können natürlich nicht so viel wie ihres – aber sie sehen genauso aus. Du könntest dort also eins kaufen, ist Ramsch, nicht teuer – und dann tauschst du's einfach aus." Kurze, heftige Antwort. Dionne reckte grinsend den Daumen nach oben. „Ganz nah bei dir. Orchard Road, Chinatown. Souterrain. Ganz hinten links. ‚Frog-bone' steht draußen dran." Sam fragte was nach. „Das sind Chinesen. Sie wollten den Laden eigentlich ‚Frog-phone' nennen. Aber das haben die nicht so hingekriegt, mit der Aussprache. Die öffnen übrigens immer erst um sechs Uhr abends. Weil sie alle noch ein paar andere ... Jobs haben." Sam hatte ihn geschluckt, den Köder!

Ein freundlicher Chinese hockte an der hinteren Kellerwand. Mira drückte ihm gerade ihr Handy in die Hand. Juan und Dionne waren damit beschäftigt, gemeinsam mit einem anderen jungen Chinesen ein Geländer abzuschrauben,das eine tiefe Kuhle im Fußboden umschloss.

„Achtung! Er kommt! Allein!" Kimberly stürzte zur Tür herein. „Alles wie besprochen!", zischte Dionne und verschwand mit den anderen in einem Holzverschlag in der Wand. Die beiden Chinesen lächelten verschmitzt und blieben sitzen. Kurze Zeit später öffnete sich quietschend die Tür – Sam tappte ins Halbdunkel. „Hallo? Ist da wer?" Seine Stimme klang nicht gerade Tarzan-mäßig. „Good Evening, Sil. Was kann ich tun fül Sie?" Der junge Chinese hatte sich erhoben und machte eine freundliche Verbeugung. „Sie – ähem – Sie führen Handys? Sieht irgendwie nicht danach aus." „Doch, Sil, wil fühlen Handys. Abel nul eine Solte." „Ah ja. Welche denn?" „Sehl, sehl selten. Hat Flügel. Wild sehl selten nachgeflagt. Modell ‚Sole mio'. „Kann ich das mal sehen?" Sams Augen flackerten gierig. „Sie haben Glück! Mein Vatel dolt dlüben hat noch eins auf Lagel."

Der junge Chinese wies zur hinteren Wand hinüber. Dort hockte der Alte mit Miras Handy auf den Knien. Sam dachte nicht lange nach und stürzte wie vom Affen gebissen auf ihn zu. „AAAAHHHH!" Da lag er nun. In der Kuhle, inmitten von Tausenden Fröschen. Abertausenden. „AUTSCH! Die beißen ja! Holen Sie mich hier raus!" Sams Stimme klang erbärmlich. Still und leise hatten sich die vier aus ihrem Versteck geschlichen und rollten behände den vorbereiteten Maschendraht aus. KLOCK-KLOCK-KLOCK! Schon war er an den vier Ecken über der Kuhle festgenagelt – schon nagelten sie auch die Längsseiten zu.

Sam hatte Miras Profil erkannt. „Mira, du Ratte! Du steckst dahinter!" Das war mehr ein Wimmern als ein Schrei. „AUTSCH! Diese Frösche beißen! Was sind das denn für Giftzwerge?" „Das sind keine Giftzwelge!", schnitt ihm der junge Chinese das Wort ab. Das sind wundelbale Tiele! ‚Blennende YÜNNAN Schnapp-Zungen-Flosch'. Schmeckt helvollagend." „Wie – ich sitze hier in einer Froschzucht?" „Jawohl, du MISTEL Sam du. Und Sie werden so lange dadrin sitzen bleiben, bis Sie sich erstens bei Juan und Dionne und Kimberly und mir in aller Form entschuldigt – und zweitens allen geschworen haben, dass Sie Ihre albernen Überfälle auf uns ein für alle Mal einstellen!"

Mira wuchs über sich selbst hinaus. Der alte Chinese nickte anerkennend zu ihr herüber. „Übrigens: Diese Frösche schmecken hervorragend. Zumindest ihre Schenkel. In China isst man sie sehr gerne roh. Dumm ist nur, dass sie im lebenden Zustand ein gewisses Gift auf der Zunge haben, mit dem sie Insekten töten. Das bekommt dem Menschen in hohen Dosen ebenfalls nicht sehr gut. Wir wissen im Übrigen nicht, wie die ‚Brennenden YÜNNAN-Schnapp-Zungen-Frösche' reagieren, wenn sie es mit einem Mörder zu tun haben. Mit einem hundertfachen Frosch-Mörder." Stille. Wie – war da ein Schluchzen zu hören? Der mächtige Sam weinte? Eine Sensation.

„So, ich glaube, das wär's fürs Erste. Wir gehen dann mal nach Hause. Das Abendbrot wartet. Wenn Sie bereit sind fürs Schwören – lassen Sie es uns wissen, Mr. Sam. Die chinesischen Samurai-Bewacher sind immer für Sie da." Mira nahm das Handy mit dem charmantesten Lächeln, das sie aufzubieten hatte, wieder an sich – und schob dem Chinesen schnell wie vereinbart die Brosche zu. Die hatte sie von ihrer Großtante geerbt. Aquamarin und Diamanten. Die fand sie sowieso scheußlich. Und Broschen trug sie nie. „Guten Appetit!", riefen die vier im Chor. Ob sie Sam oder die Frösche meinten, oder die sich davontrollenden vier Freunde, blieb dabei offen.

Der Morgen würde fürchterlich sein für Sam. Und die vier hatten überhaupt nichts dagegen einzuwenden. „Wer nicht hören will, muss fühlen!", flötete Mira, als sie die Kellertür öffnete. „Holt mich hier raus! Holt mich bitte-bitte-bitte hier raus! Sie fressen mich auf! Sie sind überall! Hier, in meiner Hose, in meiner Jacke ...", PLATSCH! „Sie springen mir ins Gesicht!" „Ja ja, morgens sind sie besonders aktiv, die Kerlchen. Können wir von den meisten Menschen nicht behaupten!", kicherte Dionne. „Was ist nun? Schwörst du – oder schwörst du nicht? Hier sind sechs Zeugen!" Die beiden Chinesen nickten freundlich. Sie sahen überhaupt nicht übernächtigt aus.

„Ich schwöre alles, was ihr wollt, alles! Nur holt mich hier raus!" Sam klang so weinerlich – das war ja schon peinlich! „Also, entschuldige dich!“ Mira sollte Lehrerin werden, dachte Juan. Die klingt ja sau-streng.

„Also – ich entschuldige mich. Hiermit.“ „Bei wem?“, kam es scharf zurück. „Bei allen.“ „Bei wem?“ Sam holte tief Luft. „Ich entschuldige mich bei Kimberly, bei Dionne, bei Juan – und bei Mira May.“ Das Letzte klang jetzt doch sehr gepresst. „Wofür?“ „Für die – ähem, Vorfälle der letzten Zeit.“ „Wofür?“ „Dafür, dass ich euch hin und wieder etwas angegangen bin.“ „Wofür?“ Sam schnaufte. „Dafür, dass ich euch immer mal eine in die Fresse gehauen habe.“ „Gut. Und jetzt der Schwur.“ Pause. „Also, ich schwöre, dass ich von nun an ... niemanden mehr von euch angreifen werde.“ „Was noch?“ „Wie, was noch?“ „Nicht angreifen ist zu wenig.“ „Blöde Ziege“, zischte Sam zwischen den Zähnen hindurch. „Du schwörst, dass du nie wieder ‚blöde Ziege‘ zu irgendeinem von uns sagen wirst!“ Mein Gott, das konnte ja noch ewig gehen. „Also, ich schwöre, dass ich nie wieder ‚blöde Ziege‘ zu einem von euch sagen werde“, leierte Sam gelangweilt herunter. „Und, weiter, weiter?“ „Boah ... ich schwöre, dass ich von nun an niemanden von euch mehr irgendwie anmachen, anpacken, angreifen oder anditschen werde. Reicht das jetzt?“ „Anditschen. Das war’s, was wir hören wollten“, kicherte Dionne. „Das war’s“, sagte Mira majestätisch, „du hast geschworen. Du kannst gehen.“

Gemeinsam hebelten sie mit Schraubenziehern die Nägel aus dem Boden. Sam kroch auf allen vieren aus dem Verlies. Ein Frosch thronte mitten auf seinem Schädel. Wenn der wüsste, wie das aussah!

Als Mira abends von der Schule nach Hause kam, stand Carmichael schon in der Tür. „Nanu, so überpünktlich? Wie kommt’s?“ Mira musste sich schwer zusammenreißen, um freundlich zu bleiben. Als sie sich drinnen den Mantel auszog, half er ihr galant dabei und fragte so beiläufig, dass es schon wieder verdächtig war: „Und? Diese hübsche Bauchtasche, legst du die nicht auch noch ab?“ „Niemals!“, fauchte Mira und stürzte zum Flügel. „Nun hab dich nicht so. Ich finde dein Handy einfach witzig. Dann sag mir doch wenigstens, wo ich so eins kaufen kann.“ Schon wieder dieser stechende Blick! Da konnte man echt nicht hinschauen. „Keine Ahnung.“ „Mein Gott, dann leih es mir doch einfach mal – dann schau ich, ob ich das irgendwo kriege.“ „Nein.“ Das war schroff. „Und jetzt möchte ich anfangen.“ Sie setzte sich an den Flügel und gähnte. Mit Bauchtasche. Nach den Bach-Etüden sprang sie auf: „Ich muss mal“, und verschwand. Mami rief ihr hinterher „Das heißt: ‚Ich würde mir gerne schnell mal die Hände waschen‘!“ „Will ich aber gar nicht!“, brüllte Mira zurück. Auf der Toilette fummelte sie schnell ihr Handy raus. „Dionne? Kannst du reden? Ich habe diesen fürchterlichen Klavierlehrer gerade hier. Du, der ist hoch verdächtig. Der will auch an mein Handy ran. Über den müsst ihr was rauskriegen. Nimm das Handy von deiner Schwester mit und ruf die andern an. Carmichael heißt der Typ. Der wird in einer halben Stunde das Haus hier verlassen. Ich versuche, später dazuzukommen.“ „Muss mal schauen, wie ich meine Schwester austrickse. Aber es wird schon gehen. Okay, bis gleich dann! Was ist eigentlich an deinem Handy so toll?“ „Och, das kann halt ein paar Sachen, die andere nicht können.“ „Zeigst du mir das mal?“ Wenn Dionnes Neugier erstmal geweckt war, gab es kein Halten mehr.

Mira rührte lustlos in ihrer Minestrone. „Mami, ich habe morgen einen Englischtest. Darf ich schnell noch mal zu Dionne rüber? Die ist doch ziemlich fit.“ Mami hatte eine nagelneue Lederjacke an, brombeerfarben. Bestimmt super-angesagt. „Es ist doch schon dunkel draußen.

Wollen wir das nicht zusammen lernen?" „Ja – äh, wäre schon schön ..." „Haach! Ich habe ja ganz vergessen – die Oper!" Mami sprang auf. „Die Met! Die Met! Das nächste Mal nehmen wir dich ganz bestimmt mit, Baby, aber dieses Mal sind das Premierenkarten, weißt du. Ganz schwer zu kriegen." Als ob sie sich darum reißen würde ...

„Schade, Mami. Dann geh ich mal." „Nimm das Handy mit! Und geh nur durch beleuchtete Straßen! Um halb acht bist du zurück!" Mami hatte sich schon die Klamotten vom Leib gerissen. Das Hungern hatte echt was gebracht, sie war fast so dünn wie Mira. „Dann sing mal schön", Mira schnappte den Rucksack, packte Knox ein und sprang die Metalltreppe hinunter. KLOINGG-KLOINGG-KLOINGG!

„Wo seid ihr?", flüsterte sie sofort ins Handy, als sie auf die Straße trat. „Er ist auf dem Weg zur U-Bahn. Er scheint's eilig zu haben. Er rennt geradezu. Sieht bei seiner Länge ziemlich krass aus. Wie eine Barbie-Puppe aus Gummi. Und aus Tschernobyl." „Hä? Wieso Tschernobyl?" „Viel zu groß eben. Da ist doch nach dem Unglück alles mutifiert." „Mutiert." Klar, das Verbessern konnte sich Mira wieder nicht verkneifen. „Ich beeil mich!"

Sie rannte los. Um ein Haar hätte sie die drei über den Haufen gelaufen. Sie kauerten hinter einer Plakatwand. „Er ist da drin", flüsterte Kimberly und zeigte auf eine grellbunt beleuchtete Spielhölle. „Passt doch zu dem Typ, oder? Da verjubelt der jetzt Mamis Klavierstunden-Dollars." Mira sah, dass Dionne bäuchlings auf Juans Rücken lag – welch ein Zufall! „Wie lange ist er denn da schon drin?" „Gerade eben." „Sollte nicht einer von uns ... reingehen? Einer von euch! Euch kennt er nicht!" Mira gab Dionne einen Klaps. „Du siehst doch aus wie 21!" „Das glaubst du doch selber nicht. Nee, nee, den Ärger erspar ich mir. Was ist denn mit dem Typ – außer, dass der in dein Handy verknallt ist?" „Schschschttt!", zischte Juan, der unter Dionnes Last immer noch gut durchhielt. „Da ist wer!" Noch so eine schwarz gewandete Gestalt. Da musste irgendwo ein Nest sein. In etwa so groß und dünn wie Carmichael, schob sie sich verdächtig langsam an dem mit allem möglichen Zeug verklebten Schaufenster vorbei.

Als sie die blau-gelb-grün-rosa Glühlämpchenkette am Eingang passierte, fuhr Mira zusammen. Das war doch ... Das war die Vogelscheuche von dem vergifteten Getränkewagen! Das war ... laut Omi ... die Schwarze Gamma! Jetzt war sie plötzlich weg. Knox winselte leise. Diese roten Pünktchen da unten waren doch schon bei ihnen zu Hause in der Küche gewesen, in München. RRRRRR.

„Was ist denn, Mira?" Kimberly hatte mitgekriegt, wie Mira erschrak. „Sie ist verschwunden, habt ihr das gesehen?" Miras Stimme zitterte ganz leicht. „Und ich dachte, ich hätte einen Aussetzer gehabt", nickte Dionne. „Und ich dachte: Jetzt brauche ich wirklich eine Brille", Juan rieb sich die Augen. Mira sah einigermaßen fertig aus. „Also ... ich denke, das ist eine sehr, sehr gefährliche Person. Ich befürchte ... aber bitte behaltet das für euch: Sie kann sich unsichtbar machen. Ähm – ich bin mir nicht so sicher, ob sie ein Mensch ist." Schweigen. Noch vor zehn Minuten hätten sie jeden für verrückt erklärt, der ihnen so etwas erzählt hätte. Doch jetzt ... nachdem sie dieses unheimliche Wesen gesehen hatten glaubten sie Mira. „Was macht bloß dieser Carmichael mit diesem ... Wesen? Die sind doch bestimmt nicht zufällig beide hier!" Kimberly sah richtig besorgt aus. „Klar, die sind verabredet. Die hecken was aus. Und ich schwöre euch – es geht um mein Handy." Mira sah sehr, sehr nachdenklich aus.

„Ich übe noch ein bisschen Englisch." Mira warf Lilly eine Kusshand zu und verschwand in ihrem Zimmer. Lilly schüttelte den Kopf und grübelte. Wann hatte Mira ihr das letzte Mal eine Kusshand zugeworfen? Sie konnte sich nicht erinnern. Was hatte denn das bloß zu bedeuten? Mira war doch nicht etwa verliebt?

Ich muss herausfinden, was die vorhaben – und vor allem, wie ich diese armen, verlorenen Seelen befreien kann. Und ich muss wissen, welche Waffen die haben, was die können – und was nicht. Mira saß an ihrem Hightech-Schreibtisch und trommelte auf die Glasplatte. Knox schob sacht die Tür auf und ließ sich auf den violetten Sessel plumpsen, dem immer noch das eine Bein weggeknickt war. Sah süß aus, wie Knox sich da in der Schräge räkelte! Moment – der geheimnisvolle Mann mit den traurigen Augen! Sie könnte ihn fragen. Der wusste bestimmt ganz viel. Sie musste ihn nur zum Sprechen bringen ...

Mira schaltete ihren Computer ein. Und ging exakt wieder denselben Weg im Internet. ‚Sonnen-Portal' suchen. Das Konzert auf dem Handy spielen. Sagenhaft: Da war es wieder: ‚Searching the sun ... searching the sun ...' Mira wurde ganz warm. Dann diese wunderschöne Sandstein-Sonne, die Gesichtszüge, die darin sanft erschienen. Und auch Knox jaulte wieder auf. Diesmal stand er. Zwischen Hochbett und Fenster. Stimmt, Knox hatte ja auch den Sessel besetzt. Puh, er war größer, als sie dachte! Oh, oh, weiterspielen! Und hinschauen. Gut, dass sie das Konzert auswendig konnte. Angst hatte sie gar keine mehr. Und auch Knox guckte eigentlich nur noch interessiert.

Wie redet man so einen Typ bloß an? Der hatte übrigens exakt dasselbe an wie letztes Mal ... Na ja. „Eure Hoheit ...", wie kam sie denn darauf? Na, egal. „Ich freue mich sehr, dass Sie mich erneut beehren." Weiterspielen! Ein ganz, ganz leichtes Lächeln lag auf seinem Gesicht. Gütig, ja, das war es! Ein gütiges Gesicht. „Eure Hoheit, ich habe Euch die Mühe bereitet, mich zu beehren, weil ich nicht mehr weiter weiß. Ich bin in eine Angelegenheit verwickelt – die mich mittlerweile außerordentlich beunruhigt. Ich habe durch sie nämlich ein klein wenig Kenntnis erlangt über die ANDEREN Kräfte, die in unserer Welt wirken." Weiterspielen! Red nicht so geschraubt. Aber es ging irgendwie nicht anders.

Der große, traurige Mann sah unendlich geduldig aus. „Ja, und ich möchte jetzt was tun. Ich MUSS was tun! Woraus besteht Zauber? Aus Herz, Verstand und Unerschrockenheit." Der Mann wandte den Kopf zur Seite. Wohin schaute er nur? Ganz weit weg. „Also deshalb möchte ich den hellen Kräften helfen. Dem Weißen Gründer." Wieso hatte sie das jetzt bloß gesagt?

Der König, oder was er auch immer war, legte den Zeigefinger auf den Mund. „Ja ja, ich sag ja auch sonst niemandem was davon. Aber, Hoheit, Sie müssen mich verstehen: Ich muss mehr wissen! Ich fühle mich so allein gelassen mit der ganzen Sache. Also: Mit Verlaub: WAS WISSEN SIE ÜBER DIE VERLORENEN SEELEN? Was haben diese armen Menschen getan? Warum werden sie gefangen gehalten?" Auweia. Das war jetzt nicht so gut gewesen. Er warf den Kopf in den Nacken – puh, das waren, wie sagt man?, perfekte Gesichtszüge, eine geheimnisvolle Harmonie. Jetzt – als wäre er ganz tief in einen See voll Leid eingetaucht – wandte er sich wieder Mira zu. Doch dabei hatte er beide Hände vor sein Gesicht gelegt. Wunderschöne Hände, mit diesen vielen, fremdartigen, orientalischen Ringen dran. Oh, oh, da war sie offenbar zu weit gegangen. Viel zu weit. Er ließ die Hände sinken. Der schämte sich ja gar nicht dafür, dass er weinte! Er stand einfach da und hatte Tränen im Gesicht. Eine Hand hob dieses unglaubliche Amulett in die Höhe. Er wollte es ihr zeigen! Wieso nannte er bloß seinen Namen nicht? Wieso sagte er kein Wort? Die Gestalt verblasste und verschwand. Mira hielt es nicht mehr aus. Sie legte den Kopf auf die Arme und heulte los. Es war alles so traurig! Knox kuschelte sich auf ihre Füße.

„Nein. Sooo nicht. Nicht mit mir. Da hocken Tausende verlorener Seelen in der Dunkelheit, wer weiß wie lange schon. Und ich soll Englisch pauken. Nicht mit mir." Miras verheultes Gesicht sah wild entschlossen aus. „Der Kleine Dirigent – er weiß alles und sagt nichts. Das wird sich ändern." Mira spielte die MagicMelodie und rief ihn herbei.

„Was ist denn los, Mira?" Seine Stimme klang wirklich besorgt, als er am Hufeisen zwischen den Hochbettbeinen baumelte. Dieses Mal wagte sich die Meerkatze sogar aus seiner Brusttasche heraus und triangelte auf seiner Schulter eine tröstliche Melodie. „Komm bitte hierher zu mir", Mira winkte den Kleinen Dirigenten zu sich auf den Schreibtisch. „Normalerweise erteile ich die Befehle. Aber na ja."

Er holte Schwung und segelte durchs Zimmer. Die Meerkatze krallte sich in seine Schulter. Als er es sich auf dem Monitor bequem gemacht hatte, setzte Mira an: „Ich darf dich doch immer rufen, wenn ich in der Klemme stecke, gell?" „Exactly." „Ich stecke in der Klemme. Ich fühle mich ganz fürchterlich. Ich muss etwas tun. Und ich weiß einfach nicht was und nicht wie. Ich habe die verlorenen Seelen gesehen." Der Kleine Dirigent straffte sich. „Du hast mit dem Magic Handy rumgespielt. Weißt du nicht, wie gefährlich das ist?" „Wenn ich von Euch nichts erfahre, GAR NICHTS erfahre, dann muss ich doch andere Wege gehen." „Trotz ist kein guter Weggefährte. Gar kein guter."

Den Kleinen Dirigenten schien Miras Verzweiflung überhaupt nicht zu berühren. „Aber wenn ich jetzt von den verlorenen Seelen weiß, dann ist es doch nur zu verständlich, dass ich ihnen helfen möchte. Bitte sag mir doch, wie ich das tun kann. Gib mir irgendeine Aufgabe, zeig mir, wie ich euch dabei unterstützen kann." „Glaub bloß nicht, wir wären da nicht selber dran." Er zeichnete mit seinem Taktstock gelangweilt glitzernde Notenschlüssel in die Luft. „Wir sind da schon sehr, sehr lange dran. Die Schwarze Gamma bestraft seit ewigen Zeiten Menschen, die sich den Kräften des Dunklen Hofes widersetzen. Menschen, die anderen helfen, sie nicht verraten, die sich um sie kümmern. Aufrechte Menschen, denen Liebe, Treue und Gerechtigkeit etwas bedeuten. Menschen, die Zauber haben. Die Dunkle Macht bekämpft solche Persönlichkeiten mit allen Mitteln. Und so lässt sie die Seelen und Körper dieser Menschen nach ihrem Tod nicht in Frieden ziehen, sondern nimmt sie gefangen. In einem schlimmen, furchtbaren zeitlosen Raum warten sie auf ihre Befreiung. Leider geht das nicht so einfach. Denn die Dunklen Mächte sind ebenfalls sehr stark. Sie machen die Menschen skrupellos und hartherzig. Leider haben sie damit bei Vielen Erfolg. Wir müssen sehr vorsichtig vorgehen.

Und du scheinst das Ausmaß der Verwicklungen und auch das Ausmaß der Gefahr zu unterschätzen, Mira. Wir dürfen die andere Seite im Augenblick nicht so stark reizen. Sonst droht den verlorenen Seelen noch größere Bedrängnis. Überlass die Sache bitte uns."

Er klopfte mit seinem Taktstock so nachdrücklich auf die Glasplatte des Schreibtischs, dass der Diamant an der Spitze rosa und gelbe Funken schlug. „Du kannst viel mehr kaputtmachen als helfen. Und vor allem: Du gefährdest dich selbst über alle Maßen. Und so lange du dich noch nicht richtig schützen kannst, bekommst du von uns keinen Auftrag. Null. Nix. Ende der Durchsage." Mira starrte ihn an. Der Kleine Dirigent hatte im Eifer des Wortgefechts die Frackschöße in den Kabeln des Computers verheddert und fummelte jetzt genervt an dem Kabelsalat herum. „Doch. Eine Aufgabe hast du ja. Und die nimmst du – mit Verlaub – noch immer nicht richtig ernst: Üben, üben, üben!"

Mira schaltete den Computer aus. „Üben, üben, üben. Ja, was glaubst du, was ich jeden Tag tue?" So kamen sie nicht weiter.

15

„Sooo glad to see you!“, flötete Mami jetzt schon zum zehnten Mal, mindestens. Doch jetzt ganz besonders zuckersüß, denn das war nun ihr Chef, Mr. Gasser, den sie jetzt begrüßte. Dad stand mit den anderen Gästen im Wohnzimmer herum und parlierte über den Aktienmarkt an und für sich und im Speziellen, kam jetzt natürlich zum Eingang gestürzt, um den Boss zu begrüßen. Unpassenderweise stürzte er mit einem Champusglas herbei – das hatte er in der Hektik vergessen abzustellen. Lilly hatte Mr. Gasser bereits den Mantel abgenommen – ein Butler in beeindruckend dunkelroter Livree hielt ihm dezent das Tablett mit Champagner entgegen. „Well – sehr geschmackvoll hier, eine gelungene Begegnung der Weltregionen“, ließ der Chef verlauten. Mami konnte ihre Verzückung nicht verhehlen: „Nun, die Company hat uns durch fortgesetzte Reisetätigkeit ermöglicht, diverse Weltregionen kennen zu lernen.“ Gasser lächelte gnädig. Mrs. Gasser – in klassischem schwarzen Kostüm, Perlenkette und Pumps – hielt sich, wie es sich gehörte, bescheiden im Hintergrund und schüttelte Mira freundlich die Hand. Die hatte sich ebenfalls in Schale geschmissen – mehr oder weniger freiwillig. Aber den dunkelgrünen Hosenanzug mit grünglänzender Bluse fand sie selbst ganz toll. „Darf ich dir unseren Sohn vorstellen?“ Mrs. Gasser zog einen schlaksigen Jungen zu Mira heran. „Mira, may I introduce to you William – William, this is Mira.“ William faltete sich auch zu einem kleinen Diener zusammen, wie es sich gehörte – doch als er sich aufrichtete, war ein Hauch von Widerwillen in seinen Augen nicht zu übersehen. Grüne Augen, mit einem dunkelgrünen Ring drumrum, ungewöhnlich, dachte Mira und traute sich gar nicht weiterzudenken – dass ihr dieser William nämlich gefiel. Richtig gefiel.

„Mira, würdest du bitte unsere Gäste ins Wohnzimmer führen?“, rief Mami herüber, die natürlich gemeinsam mit Dad an Mr. Gasser klebte. „Ja, komm doch mit rüber“, sagte Mira ganz ohne Etikette. „Hoffentlich fangen die bald mit dem Essen an. Ich kann mir diese ganzen Namen sowieso nie merken. Wenn mich jetzt jemand anspricht, ist das superpeinlich, weil ich nicht antworten kann, wie es sich gehört. ‚Mira, auf welche Schule gehst du denn?‘, äffte Mira einen blasierten Erwachsenen nach – „und ich antworte dann immer: ‚Ich hoffe, auf die richtige, Mrs.‘. Die sind dann immer so verdattert, dass ihnen gar nicht auffällt, dass ich ihren Namen nicht genannt habe.“

William musste lachen. „Der Trick ist gut. Den merke ich mir. Sag mal, sitzen wir denn zusammen?“ Mira wurde ganz heiß. Er hatte sie bei genau demselben Gedanken ertappt, den sie gerade auch hatte. Neben ihm würde sie wahnsinnig gerne sitzen, wie er da so lässig rumstand in seinem Anzug – der sah gar nicht nach Konfirmationsanzug aus, sondern richtig erwachsen –, und wie er den Kopf so leicht schräg legte, mit blitzenden Augen ... Puuh, das machte ihr plötzlich richtig zu schaffen. „Mir ist die Tischordnung immer so was von wurscht – ich frag schnell mal nach.“ Mira flitzte zu Lilly rüber. „Du, wo sitze ich eigentlich?“ – das klang fast ein bisschen scheinheilig. „Neben IHM“, gab sie trocken zurück. Das schwarze Kleid sah richtig nett aus an ihr – wieso konnte sie nicht immer so was tragen? „Danke!“, jubilierte Mira einen Hauch zu laut und versuchte, zu William zurückzugelangen. Doch keine Chance. „Mira, auf welche Schule gehst du denn?“, rief ihr die Dame mit dem grauenvollen rosa Glitzer-Kleid und voller Pfingstochsen-Schmuck-Behängung entgegen.

„Man sollte ihr noch ein Diadem aus Christbaum-Lametta aufsetzen. Dann wäre sie bestimmt so glücklich, dass sie aufhören würde, ständig ‚How amazing!' zu singen." William war voll in Fahrt. Mira aber auch, sie setzte hinzu: „Wenn ich jemals solch ein rosa Kleid anziehen müsste, würde ich lieber ins Kloster gehen. Die Klamotten da sind sexier." „Pscht, pass auf, sie merkt was!" Die Dame in Glitzer-Rosa schaute irritiert zu den beiden herüber. „Der Truthahn war übrigens klasse", zwinkerte William Mira zu. „Für so ein ödes Dinner geradezu der Überflieger." „Ich könnte mir jetzt auch was Tolleres vorstellen", Mira war in ihrem Element. „Was denn?", William grinste sie an. „Och – ähm, mit meinen Freunden durchs Viertel streifen und Spaß haben. Musik hören. Videos anschauen. Und – ob du's glaubst oder nicht, ich spiele gerne Klavier. Nicht mit meinem fiesen Klavierlehrer – aber so für mich allein." „Ich übrigens auch ...", William sah mit Krawatte klasse aus. Dabei mochte Mira gar keine Krawatten. „... Keyboard", fügte er hinzu und schaute auf Miras Hände. „Du hast richtige Pianisten-Hände."

Als hätte Mami das Zwiegespräch belauscht, erhob sie sich und klopfte mit ihrem Messer ans Weinglas: „Meine sehr verehrten Damen und Herren, liebe Gäste – ich möchte Ihnen an dieser Stelle nochmals herzlich danken – dafür, dass Sie alle heute Abend Zeit gefunden haben, uns zu beehren. Ich möchte nur sagen: Ich bin froh, in dieser Stadt zu leben – und diesen amazing Job ausüben zu dürfen", sie lächelte zu Mr. Gasser hinüber. „Mein Mann hat ja bereits jeden der Gäste dieser Runde in seiner kleinen Tischrede vorgestellt. Wer sich jetzt am besten selber vorstellt, das ist unsere Tochter Mirabell. Sie ist kein Mädchen der großen Worte – dafür musiziert sie lieber. Und deshalb möchte ich sie – jetzt, nach dem Hauptgang – um eine kleine Klaviereinlage bitten. Übrigens – das ist eine kleine Überraschung auch für Mira selbst.“ Applaus.

„Ho-ha-ho-ha!“ Der Weiße Gründer schlug sich auf den Bauch, dass es nur so klatschte. „Das wird sie gar nicht mögen, ho-ho! – Kinder, Kinder, das ist ja schönstes Kino!“ Er lag auf einem Diwan, der wie eine Hollywoodschaukel langsam hin- und herschwang. In einer Hand hielt er seine Glaspyramide, sein Lalli, in der er das Geschehen bei den Mays live beobachten konnte – in der anderen ließ er ein funkelndes Jojo auf- und abtanzen. Jedes Mal, wenn es schwungvoll nach oben rollte, stoben, von einem Musikfetzen aus „Summertime – and the living is easy“ begleitet, leckere Plätzchen durch die Luft – um die sich jedes Mal ein Haufen kleiner weißer Kätzchen balgte. Pergament hockte auf einer Art Hochsitz am Kopfende des Diwans und starrte mit einem Opernfernglas auf das Geschehen in der Glaspyramide.

„Ihre Erleuchtung – ich halte es im Augenblick für außerordentlich angebracht, Mira May unter ständiger Beobachtung zu halten – auch wenn wir diese eventuell im Augenblick einer dritten Person überlassen sollten. Sehr ergiebig ist sie momentan nicht. Aber der Kleine Dirigent hat uns berichtet, dass Mira geradezu versessen darauf ist, tiefer in die Angelegenheit „Verlorene Seelen“ einzusteigen. Damit brächte sie sich – und natürlich auch uns in erhebliche Gefahr. Deshalb sollten wir sie zunächst rund um die Uhr beobachten.“

„Nein, nein, du brauchst nicht zu befürchten, dass ich mich beim Zuschauen langweile“, lächelte der Weiße Gründer. „Ich finde das alles außerordentlich amüsant.“ Ein Kätzchen kletterte an ihm hoch, ließ sich auf dem höchsten Punkt seines Bauches nieder und putzte sich voller Hingabe.

Mira war sauer. Mami wusste ganz genau, wie sehr sie diese Vorspielerei auf dem Flügel hasste! Niemals! Schon gar nicht vor allen diesen Leuten hier! Sie kochte. Natürlich konnte sie ihre Eltern jetzt nicht bloßstellen, sie musste spielen. Oh – so eine Gemeinheit! Eine klassische Falle. William hatte sie beobachtet. Lässig legte er seine Hand auf ihren Arm, stand auf und sagte in die Runde: „Wenn Sie gestatten, beteilige ich mich ein bisschen an dem musikalischen Vortrag. Ich habe eben beobachtet, wie sehr Mira ... überrascht wurde von dieser Aufgabe – welche ja keine so ganz normale ist, die man jeden Tag absolviert. Deshalb möchte ich mich als Partner für einen vierhändigen Vortrag anbieten." Sehr freundlicher Applaus, bei dem er kurz zu Mira schaute. Die hatte ganz glänzende Augen und lächelte verlegen. „Offen gestanden – für mich kommt diese Herausforderung genau so überraschend wie für Mira – aber geteiltes L... – ähm, geteilte Herausforderung ist halbe Herausforderung."

Hatte der es Mami aber gegeben! Die tat so, als hätte sie die Spitze gar nicht bemerkt – hatte sie wahrscheinlich auch nicht –, und applaudierte wie wild. „Was spielen wir?", flüsterte William, als sie aufstanden und zum Flügel gingen. „Kennst du das Concierto de Aranjuez? Ich habe es auswendig gelernt, ohne zu wissen, dass es das ist. Aber eben, beim Empfang, hatte Dad es aufgelegt, und da hat mir die rosa Tussi den Titel genannt." „Siehst du, auch rosa Tussis sind für bestimmte Dinge zu was Nutze." Mira hätte ihn knutschen können, sie merkte, wie ihre Ohren rot wurden.

So, da saßen sie nun also. „Fang ruhig an", flüsterte William. „Okay." Mira konzentrierte sich und begann zu spielen. Tatsächlich gelang ihr das, was sie sich erhofft hatte – sie vergaß den ganzen Zirkus um sich herum. Es klang wunderschön. Ohne William wäre das um Etliches weniger gefühlvoll gewesen, aber das konnte zum Glück niemand ahnen. Irgendwann, nach einer kurzen Pause, setzte William ein. Und wie! Er spielte mit dem Refrain, er machte Blues daraus, Rock'n Roll – Mira zögerte einen Augenblick. So was hatte sie noch nie gespielt – das hatte ihr ja noch nie einer gezeigt. Aber sie kannte dieses Konzert so gut – und William hatte sie so sehr auf Wolke sieben verfrachtet ... Sie probierte es einfach. Und siehe da: Beide vergaßen die Etepetete-Gesellschaft an der langen, opulenten Tafel. Sie probierten den Refrain aus, sie probierten sich selbst aus, sie sprachen über die Tasten miteinander – und sie harmonierten. Einfach so – über die Musik ...

Pause. Tosender Applaus. Die beiden standen auf, William griff unwillkürlich nach Miras Hand. Die konnte sich nicht erinnern, jemals so glücklich gewesen zu sein.

„Wow." Der Weiße Gründer saß senkrecht auf seinem Diwan, der mächtig vor sich hinschaukelte, auf Bauch und Armen bestimmt zwanzig Kätzchen. „Das war das Gesellenstück – mindestens. Oder was meinst du?" Pergament hatte fünf Papiertaschentücher gezückt. „Das hätte meinem Teint gefährlich werden können." Tatsächlich – Pergament hatte ein paar Tränen zerdrückt! Zum Glück hatte er sie sofort entfernen können. „Ja. Na ja. Dieser William ist ein Talent. Und ein Glück. Für Mira." „Tja – so etwas gibt's nicht sehr oft. Aber bei lichten Menschen kommt das vor. Ich wusste doch, weshalb ich mir Mira ausgeguckt habe.

Aber die beiden haben noch einen ganzen Haufen Stolpersteine vor sich. Bin gespannt", seufzte der Weiße Gründer und lehnte sich zurück. Mindestens achtzehn Kätzchen kullerten wie Wollknäuel von seinem Bauch.

William schob – ganz Kavalier – Miras Stuhl zurecht. Sie nahmen wieder an der Tafel Platz. Mira war stolz. Vor so vielen Leuten gespielt! Und dann einfach so, na, wie hieß das doch gleich? Improvisiert. Genau – improvisiert! Mit ihm. Mit William. Mira war ganz schwindlig. William sah ebenfalls ein bisschen bleich aus. „Prost!", sagte er und hob sein Cola-Glas. „Prost!", flüsterte Mira und erwartete ganz selbstverständlich, dass jetzt die Welt versank. „Man sollte Kinder lehren, ohne Netz auf einem Seil zu tanzen, bei Nacht allein unter freiem Himmel zu schlafen, in einem Kahn auf das offene Meer hinauszufahren." Ganz leise hatte sie das vor sich hin gesprochen, doch William hatte es gehört. Wie er sie aus den Augenwinkeln heraus anschaute. Tausende kleiner Glückskäfer kribbelten in ihrem Bauch.

„So. Kommen wir zu den härteren Dingen des Lebens. Zu denen der nüchternen Organisation ... Und zu einem der schönsten Dinge des Lebens – einem großen Fest. Einem sehr, sehr großen Fest. Dem Fest zu Ehren des Lichts." Der Weiße Gründer stand in Zeitlupe auf und sammelte sich die restlichen Kätzchen vom Bauch. „Pergament, hol mir bitte Vanilla und Giggel herbei. Ich möchte jetzt in die Feinplanung einsteigen", murmelte er – noch sichtlich ergriffen von dem musikalischen Erlebnis.

„Du kannst ja ordentlich was verdrücken", lächelte William, als Mira die letzte Feige aus der Vanille-Creme gelöffelt hatte. „Wer schuftet wie ein Kerl, muss auch essen wie ein Kerl", gab Mira zurück. „Nimmst du Kaffee?" „Nee, nie." „Dann komm doch mit, ich muss dir was zeigen." William nickte. Mira beugte sich zu ihm und flüsterte verschwörerisch: „Pass auf, erst stehe ich auf und gehe in mein Zimmer. Das ist da vorne im Flur die letzte Tür rechts. Drei Minuten später kommst du nach, okay?"

„Also, ich weiß nicht, Eure Lichtheit." Vanilla war ganz im Gegensatz zu ihrer erfreulichen Erscheinung (heute war ihr Haar zu einer Art Heiligenschein gesteckt, um den sich Orchideen wanden) nicht gut gelaunt. Nicht wirklich. „Denken Sie bitte daran, dass wir mindestens zehntausend Gäste erwarten, Gäste der unterschiedlichsten Art und unterschiedlichsten Herkunft. Deshalb sollten wir von der Idee eines gesetzten Essens Abstand nehmen. Der durchschnittliche Milchstraßen-Harfling liebt nun mal ganz andere Dinge als der Siebenstern-Höfling von Kassiopeia. Ich plädiere für ein Buffet. Und zwar in den gesamten Parkanlagen. Auf Lichtinseln, die jeweils weithin anzeigen, was wir dort servieren." Vanilla warf sich mit Nachdruck die Orchideen-Stola um ihre Schultern. „Hm", brummte der Weiße Gründer, „ist was dran. Nun bestünde aber die Gefahr, dass sich die Gäste in den weitläufigen Parkanlagen so sehr verstreuen, dass sie unser wundervolles Programm verpassen ..." „... das im Übrigen noch längst nicht so witzig ist, wie ich das gerne hätte!" Giggel ereiferte sich richtig. „Ich möchte, dass sich zehntausend Gäste kringeln vor Lachen, dass ihre Herzen Purzelbäume schlagen – dass es nichts anders gibt, als ein großes, überwältigendes Lächeln in ihren Gesichtern und ihren Herzen ..." „Jetzt mach aber mal halblang, Giggel."

Der Weiße Gründer ließ sich nachdenklich auf einer gläsernen Schaukel wiegen, die frei in der Luft hing. „Deine Begeisterung in Ehren – aber wir sollten nun nüchtern in die Planung einsteigen, WIE wir diese Stimmung erzeugen wollen – anstelle sie pathetisch zu beschwören." Hui, das saß. Giggel war muksch, und Vanilla zupfte genervt an ihren Orchideen.

„Hier wohne ICH!" Mira warf sich überdreht in den dreibeinigen violetten Sessel, dass er hintenüber kippte.

Quietschend kullerte Mira hinter ihm hervor. „Ist nicht groß, mein Zimmer, aber hoch. Hat man selten, nicht wahr?“ Mira war durch nichts zu bremsen. William sah der Vorstellung amüsiert vom Schreibtisch aus zu. „So. Und jetzt zeige ich dir was.“ Mira nahm abrupt Haltung an. Feierlich schritt sie zu dem eingebauten Metallschrank und nahm die Bauchtasche heraus. Heute Abend hätte die echt albern ausgesehen, zu ihrem edlen Anzug. Wie ein Känguru in Ausgehuniform. Mira legte bedeutungsvoll das Magic Handy auf die Glasplatte. „DAS hast du noch nicht gesehen, wetten?“ William runzelte die Augenbrauen.

„Eure Lichtheit! Sie verrät das Magic Handy an diesen William!“ Pergament platzte in die grübelnde Runde. Müde hob der Weiße Gründer den Kopf. „Wem? Diesem smarten William? Soll sie machen. Ich meine, spielen kann sie ruhig drauf. Aber keine Tasten verraten! Wenn sie das tut, ist sie das Ding los.“ Da kannte der Weiße Gründer nichts. „Also, ich bin deiner Meinung, Giggel. Wir sollten nicht so viel Show auf den Bühnen anbieten – wir sollten die Gäste lieber anregen, selber etwas Lustiges zu tun.“ „Tanzen, tanzen, tanzen“, hauchte Vanilla und drehte sich so schnell um ihre Achse, dass da nur noch ein vanillefarbenes Wirbeln war. Und segelnde Orchideenblätter.

Mira spielte hingebungsvoll auf der Tastatur des Magic Handy. William saß auf dem violetten Sessel – soweit man diese akrobatische Übung sitzen nennen konnte – und staunte. „Ich habe solche Miniatur-Keyboards in den USA schon gesehen“, sagte er anerkennend, als sie geendet hatte. „Aber als Handy noch nie. Sensationell. So klein – und ein so perfekter Klang. Du kannst es überall hin mitnehmen und spielen, wonach dir gerade zumute ist. Wenn dich jemand nervt – wusch! Bist du einfach weg. Besser als jeder Disc-Man. Was kann das Ding denn noch?" Er stand auf und trat zu Mira an den Schreibtisch. Die fühlte sich geschmeichelt von so viel Bewunderung und wollte das natürlich noch toppen. „Siehst du diese runde Taste hier, aus Perlmutt?" William beugte sich vor.

Plötzlich ein Winseln und Kratzen an der Tür. „Mira, bist du da drin? Knox dreht völlig durch, was machst du da?" „Mist!" Mira warf hastig das Handy in den Schrank und schaltete den Computer ein. „Ich zeige William meinen neuen Bildschirmschoner!" „Wir haben das früher Briefmarkensammlung genannt." Lilly konnte so was von knochentrocken sein, dass es nur so staubte. „Ich würde euch jetzt dringend empfehlen, zur versammelten Gesellschaft zurückzukehren. Man fragt schon sehr nachdrücklich nach euch." Mira starrte wütend Knox an. Schließlich hatte er sie auffliegen lassen! Aber Knox kaute seelenruhig an einem Schweinsohr herum. „Lass man, Mira", William stand schon in der Tür. „Wir sehen uns in Ruhe wieder, okay?" Verdammt, konnte der Gedanken lesen?

„Auf die müssen wir jetzt aufpassen. Verschärft aufpassen." Pergament winkte SONY und MONY herbei: „Eilmeldung!"

16

„Der Moloch vom Schwarzen Loch" – in riesigen, giftgrünen Lettern stach der Filmtitel aus dem chaotischen Filmplakat heraus. Die beiden 'o' des 'Moloch' waren als rotglühende Pupillen gestaltet. Mira, Kimberly, Dionne und Juan saßen auf den Steinstufen des Kinos an der Houstonstreet und waren sprachlos. Sogar Dionne, und das wollte wirklich etwas heißen. Mira war die Erste, die ein paar Worte sprach. „Ohne Sonne geht gar nichts. Das kapiere ich jetzt erst." „Stell dir mal vor, es würde einfach nicht mehr hell." Kimberly war völlig fertig – und schämte sich offenbar nicht die Bohne dafür. „Stellt euch mal vor, es gäbe keinen Frühling mehr. Keine Knospen, keine Blüten, keine Rosen." „Kein glitzerndes Meer", fiel Juan ein und guckte so romantisch, dass Dionne im schrillsten Tonfall, den sie zur Verfügung hatte, ergänzte: „Kein glutroter Sonnenuntergang, keine weißen Sommerwölkchen auf knallblauem Grund – keine Farben mehr!" Dionne war von ihren eigenen Worten so überwältigt, dass sie sich in Juans Arme fallen ließ. „Das haben schon die alten Propheten in der Bibel für den Super-GAU gehalten." Kimberly war in ihrem Wissenselement: „Die Propheten. Ich sag's euch: Die Propheten!" Mira sprang auf Richtung Straßenlaterne und schmachtete die flackernde Funzel an: „Wende dein Gesicht stets der Sonne zu, dann fallen die Schatten hinter dich." Ein schriller Pfeifton schoss aus ihrer Bauchtasche. Alle hielten sich die Ohren zu. „Chinesisches Sprichwort", fügte Mira so beiläufig hinzu, als spräche sie fließend Kanton-Chinesisch – und drückte die Perlmutttaste ihres Handys. Die Stimme, die nun heraustönte, war in der Klangfärbung nicht weit von dem gerade verklungenen Pfeifton entfernt. Mira verzog das Gesicht: „Wieso denn? Ist doch alles gut! Wir waren im Kino, wie ich es dir gesagt habe!" Schnatter-Fiep. „Die Biene Soraya. Sehr niedlicher Disney-Film. Da kann man viel lernen. Englische Vokabeln, meine ich. Pssst! Seid ihr wahnsinnig, so laut zu lachen? Ist ja schon gut. Komme ja schon." PLOPP. „Langsam fangen sie an zu nerven. Sie fragen immer öfter immer genauer nach. Ich befürchte, irgendwann kriegen sie was mit."

Mira seufzte tief. „Ich geh dann also. Kim, bis morgen. Wir telefonieren zusammen, okay?" Mira klang richtig deprimiert. Kimberly begriff zum ersten Mal, was das bedeutete: Deprimiert. Sie sprang auf, umarmte Mira so herzlich, wie sie das noch nie in ihrem Leben hingekriegt hatte, und hörte sich fragen, ganz leise, direkt in Miras Ohr: „Hat ER angerufen?" „Keine Ahnung. Ich fürchte, sie würden's mir nicht sagen. Nichts ist gut." Wie Mira davontrottete – ein Bild des Jammers. Und Knox hinterher: Hängende Ohren, hängender Kopf, hängender Schwanz – und ganz außergewöhnlich: Zu Fuß! Ohne im grellgelben Rucksack zu schaukeln! Na, Mira hätte ihn jetzt vielleicht sogar vergessen. So traurig schien sie.

„Ruf du ihn doch an!" Kim konnte es nicht lassen. „Wer ist er?" Hey, Dionne hatte ja gar keinen Spott in der Stimme – das klang sogar richtig warmherzig! Und schon waren Mira und Knox um die Straßenecke gebogen, zwei Dreier-Packs tanzender Glüh-Pünktchen im Schlepptau. Aber die bemerkte niemand. Noch nicht mal Schlappohr Knox.

„Ich schlage vor, dass du die kommende Woche ausschließlich zu Hause verbringst – wenn du aus der Schule kommst." Wenn Dad auf seinem Stuhl so stockverschluckt da saß wie jetzt gerade, war totaler Tiefdruck angesagt. Widerrede würde ihn höchstens noch tiefer drücken, das wusste Mira aus langer, leidvoller Erfahrung. Also in aller Ergebenheit die Klappe halten.

„Es erreichen mich immer häufiger Meldungen über nicht sehr durchsichtige Verhaltensweisen deinerseits. Du scheinst immer stärkeres Interesse an Dingen und Zeitvertreiben zu entwickeln, die dir nicht zuträglich sein können, Kind." Dad, du hältst hier keinen Vortrag vor deinen Berufshanseln – hier sitzt deine Tochter, Mr. May! „Ich habe nun wirklich nicht die Zeit, dies alles zu analysieren", fuhr der fort, „deshalb werde ich alle nicht kontrollierbaren Aktivitäten deinerseits von nun an konsequent unterbinden."

In Mira stieg eine Woge ohnmächtiger Wut hoch bis unter die Nasenwurzel. „Hatschiieh!" Dad hasste unkontrolliertes Niesen. „Wenn du meinst, dass ich keinerlei Kontakt mit dem amerikanischen Alltagsleben haben sollte – dass ich hier also für die Schule lernen sollte, aber nicht fürs Leben ... Bitte schön. Du scheinst wirklich nur mein Bestes zu wollen."

Mira hatte eine erstaunliche Raffinesse entwickelt, Dad mit den eigenen Waffen – wenn schon nicht zu schlagen – so doch ziemlich zu beeindrucken. Pause. „Knox, komm, wir gehen jetzt Ami-Werbung gucken. Und dann lernen wir die Vokabeln. Damn'! Let's get crazy, folks!" Hoch erhobenen Hauptes wackelten die beiden Richtung Miras Zimmer. Das Knurren der beiden Mägen hörte nur eine – und die musste ein paar Tränen wegdrücken: Lilly hatte heimlich so schöne Spare ribs gemacht!

„Ich glaub's nicht!" Die Schwarze Gamma zerpflückte mit ihren ausgefahrenen Krallen ihre Lieblingsspeise: Getrocknete Fischgedärme, und bestäubte sie aufs Sorgfältigste mit feinstem Quallen-Puder. „Woher hast du das? Dieses Tellerminen-Luder!" ALC balancierte am Tisch neben der Schwarzen Gamma auf dem platten Kopf einer Klapperschlange – was den Vorteil hatte, dass die sie auf Geheiß überall dorthin schwenkte, wo ALC ihre Beißerchen reinhauen wollte; jetzt hatten es ihr gerade die Spießchen mit Küchenschaben angetan. „Hm, in Maul- und Klauen-Soße“, raunte sie.

ALCs Schlitzaugen glühten in Zinnoberrot. Zwischen den einzelnen Häppchen brachte sie der Schwarzen Gamma die pikantesten Neuigkeiten zu Gehör. „Intriga hatte leichtes Spiel, Verehrteste. Sie hat die entscheidenden Personen einfach mit ein paar leckeren Brennstäbchen bestochen. Es ist nicht immer klug, so geizig zu sein ... wie du.“ Außer sich vor Empörung kippte Gamma einen kompletten Lebertran-Altöl-Cocktail über ALCs Schädel. Die Ratte winkte gelassen einen Trupp Mieslinge herbei. Die begannen sofort unter Absingen wüster Flüche und mit wild rudernden Saugnäpfen den Kladderadatsch aus ALCs räudigem Fell zu entfernen. Allerdings nicht sehr sensibel – so dass bald stinkende Lebertran-Fell-Klumpen jeder Größe die Tafel garnierten. „Los, weiter!“ Gamma waren ein paar Fischdärme in den Ausschnitt gerutscht und kringelten sich dort sehr hübsch. „Tja. Das Projekt Nummer eins am Hof des Schattens, du weißt ...“ ALC hatte offenbar eine Rasierklinge als Zunge: SWATSCHSCH! waren fünf Kakerlaken halbiert – „... das Projekt NIGHT-Mär, das ‚Glück ewiger Dunkelheit‘ – Intriga hat da offenbar – wie soll ich ihn nennen – einen Spezialisten gewonnen. Wer oder was das ist, kann ich leider noch nicht genau sagen. Egal: Dieser – nennen wir ihn Fachmann – hatte eine wohl ziemlich geniale Idee. Er versucht nämlich nicht, das Licht zu töten. Das wäre ja auch eine ziemlich unlösbare Angelegenheit. Aber ... er scheint in der Lage zu sein, die Feinde des Lichts so zu aktivieren, dass ...“ „Wieso tut er das für Intriga und nicht für mich?“ Die

Schwarze Gamma war vor Zorn auf den Tisch gesprungen und verquirlte mit den Absätzen ihrer Stöckelschuhe das gegorene Fliegenpilz-Mus. „Wenn SIE weiß, wie das Licht zu töten ist – dann wird SIE die Herrin der Dunkelheit! IIIIIHHHH!“ Ihr Gekreische ließ sämtliche Bleikristall-Gläser in Millionen Stücke zerspringen, die nun zusätzlich die Speisen garnierten. Guten Appetit.

„Putsch! Putsch! Intriga will mich stürzen! Sie selbst will auf den Thron! Wer sind ihre Verbündeten? Los, raus damit!“ Schon hatte die Schwarze Gamma ihre engste Vertraute ALC beim Schwanz gepackt und schleuderte sie in weiten Kreisen über ihrem Kopf durch die Luft. Keine Antwort. So konnte sie ja auch nichts sagen, das fiel der Gamma dann auch auf. Zurück auf dem Klapperschlangen-Kopf und nach einer kleinen Sammelpause fuhr ALC ungerührt fort: „Ich kann dir nur sagen, bei wem ungewöhnlich üppige Sträuße von Brennstäben rumstehen ...“, das klang unendlich blasiert und passte hervorragend zu der aufreizend peniblen Art, mit der sich ALC nun die Krallen reinigte. „Na, mach schon! Sag’s mir! Rück’s raus!“

Die Schwarze Gamma saß nun mitten auf dem Tisch, zwischen Kakerlaken Spießchen und Fliegenpilz Mus und fuchtelte mit einer Widerhaken-Gabel gefährlich nah vor ALCs Näschen herum. „Ich habe mir auch schon lange keine Brennstab-Massage mehr gegönnt“. ALC biss der Gabel schnell mal den Teil mit den Widerhaken-Zinken ab und spuckte ihn in hohem Bogen in Gammas Ausschnitt. Da machte er sich neben den Fischgedärmen wirklich sehr nett. „Sagen wir: Zwölf Stäbe, und wir sind uns einig?“

Die Schwarze Gamma war sprachlos. Was sehr selten vorkam bei ihr. „Ja, dann ... dann ...“ Während sie noch so vor sich hinstammelte, kam die kleine, gemeine Gewitterhexe hereingestürmt, umzuckt von Blitzen in allen erdenklichen Blau- und Grün-Schattierungen, sogar das

Haar bestand daraus. Auf ihrer gigantischen Hakennase tickerten die neuesten Meldungen durch, jetzt war dort gerade zu lesen. „Großer Erfolg für den Hof des Schattens: Ganz Kalifornien ohne Licht!" Die kleine gemeine Gewitterhexe riss einer der unzähligen Ratten, die auf ihrem Körper umherwuselten, einen Zettel aus den Hauern und stieß mit fisteliger Stimme hervor: „Ihre Scheußlichkeit, verehrte Schwarze Gamma, mir wurde von unseren Schlamm-Trollen in Kitzbühel gerade Folgendes gemeldet", sie buchstabierte mühsam vom Zettel: „Großmutter May hat ihrer Enkelin Mira die heiligen Zahlen des Magic Handy verraten." Kunstpause. Miniatur-Donner. Ein kleiner Wolkenbruch umspülte Gammas Stöckelschuhe. „Ja, heilige Pest und Cholera, was soll ich mir denn noch alles bieten lassen?"

Gamma stampfte mit einer solchen Wucht auf den Tisch, dass der – KRÄNGGG! – in der Mitte entzweibrach und sie ziemlich unelegant in einem Kranz von Köstlichkeiten auf dem Fußboden zu sitzen kam. ALC thronte ungerührt über all dem auf ihrem Klapperschlangen-Kopf. „So. Wir werden jetzt klar Schiff machen." Das klang nicht gut. Gammas Stimme hörte sich jetzt tatsächlich nach einem sehr schlecht geölten Schiffsmotor an. Wüst entschlossen raffte sie sich auf, schüttelte sich heftig: Fischgedärme bis Affenzahn – alles schoss durch die Gegend. „Baron le Teeeeer! Bei Fuß!" Der schrille Befehl zischte durch sämtliche Kamine und Schächte des Schwarzen Lochs – augenblicklich waren sie zur Stelle: Der Baron und der Teergestank.

„Erstens. Was wissen wir über die Aktivitäten von Großmutter May und diese verflixten heiligen Zahlen? Zweitens: Wer hier am Hofe des Schattens versucht mir die Macht zu entziehen? Wenn Sie nicht antworten können, sind Sie Rang und Namen los." ZISCHSCH! Der Tambourstab war pfeilschnell durch die Luft gesaust und in der Schüssel mit gebackenem Hühnerkot gelandet.

„Erstens hat Großmutter May ihrer Enkelin die Zahlen per Telefon verraten. Darüber hat uns die kleine, gemeine Gewitterhexe informiert. Sie ist eine der ganz ... sagen wir, gewissenhaften Lauscherinnen in der Atmosphäre. Dank ihr bleibt uns so gut wie kein Telefongespräch verborgen." Die Schwarze Gamma tätschelte der Gewitterhexe tollpatschig das wetterleuchtende Haar. Ein paar Blitze verhedderten sich dabei in Gammas Krallen und lösten sich mit einem fiesen Zischen vom Kopf. Die Gewitterhexe sprühte Spiralfunken vor Schmerz.

„Übrigens hat sie der Mira auch die elementaren Geheimnisse des Zwistes zwischen den Welten verraten." „Ja, spinnt die denn? Ist die lebensmüde?" „Offenbar." Baron le Teer sprach so Iglu-kalt wie immer. „Ich denke, da steht eine Kardinalstrafe an." „Oh ja! Oh ja! Kardinal! Radikal-kardinal!", kreischte Gamma.

„Zweitens." Baron le Teer genoss seinen Wissensvorsprung sichtlich. Seine Glatze rötete sich, sein Monokel beschlug. „Zweitens ...", ZISCHSCH! Eine neuer Hieb in den gebackenen Hühnerkot. „Zweitens basteln Intriga, Grünhild und Don Mimos unter Hochdruck an einem Schirm der vereinten Schatten gegen das Licht. An einem gigantischen Schirm des Schattens, sozusagen weltumspannend ..." „Wie? Die tun das OHNE mich? OHNE mein Wissen? Hochverrat! Ober-Aller-Super-Hochverrat!" „Nun, vielleicht möchte Intriga nur ihre Stellung bei Hofe ein wenig verbessern, verehrte Herrin der Düsternis."

Baron le Teer versuchte umständlich, sein Monokel mit dem Uniformärmel zu putzen, doch vor allem das Orangerot zog schmierige Schlieren. „Sie wartet schon sehr lange auf eine Beförderung. Genauer gesagt, 8645 Jahre." „Aha. 8645 Jahre. Diese Zahl hast du dir so rein zufällig gemerkt, klar. Intriga hat dir natürlich noch nie die Ohren voll gejammert von wegen blockierter Karriere, die jetzt endlich auf Touren gebracht werden müsste. Du Giftzahn, du!“ Die Klapperschlange schloss beleidigt die Kulleraugen. „Du steckst also auch mit dieser ..., mit dieser Hochverräterin unter einer Decke! Jetzt wird mir alles klar: Die Verschwörung läuft schon lange. Sehr lange, ja? Wahrscheinlich trefft ihr euch dreimal die Woche, um an meinem Sturz zu feilen.“

Das Schiffsmotoren-Schnarren ihrer Stimme war gefährlich leise geworden. „Ja, was glaubt ihr denn, wer ihr seid?“, brüllte sie plötzlich. „Ich werde euch alle wegfegen, alle! Ich werde sofort einen neuen Hofstaat ernennen. Ihr kommt alle in die Warteschleife. Nach ganz unten. In Ketten. Auf dem Bauch. Mit dem Gesicht im Dreck. ALC!“ Die Ratte versuchte gerade, der Klapperschlange ihren Giftzahn zu ziehen. „Verhaftet! Intriga, Grünhild, Don Mimos, Baron le Teer – sind alle verhaftet! Ab mit ihnen! Tiefgeschoss Warteschleife! Sofort!“

ALC ließ den Giftzahn los, aus dem sogleich ein ganzer Schwall grünlicher Flüssigkeit schoss. „Okay, okay. Mach ich. Aber wollen wir uns nicht vorher über die Nachfolger einigen?“ Pause. Baron le Teer pulte Hühnerkot vom Tambourstab. Immer noch Pause. „Die kleine, gemeine Wetterhexe könnte ja.... die Aufgaben Intrigas ... heuchel, heuchel, meuchel, meuchel ...“ „Danke, das ehrt mich sehr“, unterbrach die kleine, gemeine Gewitterhexe. „Aber ich verstehe überhaupt nichts von Labyrinthen – und EINER hier sollte das, denke ich doch ...“ Bedeutungsvoller Krähenblick in die geweiteten Gamma-Pupillen. „Außerdem kann ich nicht so gut mit V.I.P.s. Auf die ist sie doch speziell angesetzt, oder? Selbstverliebtheit hinter Witzchen verstecken, Ellbogen-Karriere hinter Katzbuckel-Freundlichkeit, Konkurrenten platt machen –

und jeder denkt, man habe dem doch nur geholfen – Geiz mit falscher Bescheidenheit tarnen ... Niemand flößt das den V.I.P.s genialer ein als Intriga. Danke, nein. ICH würde in so einem Job ganz schnell verbrennen. Und zwar auf Intrigas ganz persönlichem Scheiterhaufen.“ Die kleine, gemeine Gewitterhexe zischte jetzt lieber ab. Auf einer Art Gelände-Blitz. Etwas träge zwar, aber hervorragend zu steuern.

„Wie stellt sich diese vermaledeite Intriga denn eine Beförderung vor?“ Der Baron puhlte gelassen weiter. „Och, sie hätte gerne einen Ministerrang. Ministerin für Intrigen-Affären. Das wäre im Prinzip nicht mehr an Verantwortung, als sie jetzt schon hat. Nur ... sie hätte endlich die Privilegien. Dienst-Reiseblase, persönliche Bekleckerentin, eigener Quecksilber-See. Und die Spesen. Vor allem die Spesen.“

„Erpressung! Das ist glatte Erpressung! Niemals! Und mit der habe ich Jahrhunderte lang im Kohlenkasten gesessen und Kohlenstaub-Burgen gebaut! Meine beste Freundin! Gemeinsam durch Freud und Leid!“ Da die Schwarze Gamma natürlich keinerlei Tränendrüsen hatte, verzog sie nur grässlich das Gesicht.

„Vergessen Sie nicht, hochverehrte Chefin der Schatten-Mächte, WER Sie auf diesen Thron der Düsternis intrigiert hat.“ Baron le Teer nahm sich echt was raus. Er musste sich der gemeinsamen Sache ziemlich sicher sein. „Niemand will Ihnen den streitig machen. Aber von Zeit zu Zeit sollte man sich an Ihrer Stelle vielleicht doch etwas erkenntlich zeigen.“

Die Schwarze Gamma begriff. Da war nichts zu machen. Wenn sie auf dem Thron bleiben wollte, dann musste sie einlenken. Dann musste sie diese Intriga zur Ministerin machen. Aber sie durfte dabei natürlich nicht das Gesicht verlieren! „Nun. Wir haben eine hoch komplizierte

Strafaktion in Kitzbühel vor Augen", quäkte sie blasiert. „Überhaupt nicht kompliziert", fiepte ALC in ihren Ratten-Bart. „Und für solch eine außergewöhnliche Herausforderung sollte man sich – ähem – wappnen. Da braucht man eine schlagkräftige Truppe – eine die zusammenhält und stolz ist auf die eigene Stärke. Dann ist es nur gut, wenn unter den führenden Köpfen ein Minister ist." Jetzt schaute sie auch noch Beifall heischend in die Runde! ALC schüttelte sich, die Klapperschlange unter ihr sah Sternchen. Gamma schien eine Menge ihrer Stärke vergessen zu haben, oder verloren? Oder vielleicht hatte ihr die jemand weggehext? Dem sollte ich mal nachgehen, dachte ALC und peitschte unruhig mit dem Schwanz.

„Operation ‚Kitzbühel bei May' – hiermit übergebe ich Baron le Teer die militärische Leitung. Die Gesamtleitung übernimmt die – ähem – die Ministerin für intrigante Angelegenheiten!"

„Alles gut?" Schmus räkelte sich auf seinem Massagekissen. „Bei mir ist alles gut." Der Harfling hatte auf zwei Lookilookis zu achten. Der eine zeigte Lilly, wie sie gerade einen Löffel Kuchenteig abschleckte und verstohlen über die Schulter linste; auf dem anderen sah man Judith May mit verbissenem Gesicht in sehr schicken Trainings-Klamotten auf und nieder hüpfen, angetrieben von der durchdringenden Stimme der Aerobic-Lehrerin. „Auch alles gut!", rief Zotikus herüber, der sein Massagekissen als Bongo-Trommel nutzte. „Toller Job. Seit Tagen nix los. Diese seltsame Familie May scheint den Weltrekord in Langeweile aufstellen zu wollen." Das eine seiner beiden Lookilookis zeigte Mira, verträumt im Schulbus schaukelnd. Auf dem anderen war Omi Elisabeth im Nachthemd zu sehen. Sie stand am Fenster und suchte mit einem Nachtfernglas die Hügelketten gegenüber ab. „Eine so nette alte Dame. Nur leider hat sie offenbar einen Verfolgungstick. Die ganze Nacht scheint sie auf irgendwen oder irgendwas zu warten. Ich möchte mal wissen, wann sie schläft.“ Schmus begann wunderschön auf einer Panflöte zu spielen. Sofort trommelte Zotikus ganz zart dazu.

Omi zuckte zusammen und drehte hektisch am Schärfenrädchen des Fernglases. Die Kuhherde am Hang gegenüber – vor ein paar Tagen hatte Bauer Unterberger sie auf die Frühlingswiese getrieben – diese Herde schien sich mehr als ungewöhnlich zu bewegen. Im fahlen Mondlicht war das nicht so ganz genau zu erkennen – aber Omi meinte ganz deutlich zu sehen, dass die Tiere tanzten! So eine Art Formationstanz: Die Kühe hatten sich in Reihen aufgestellt und schienen sämtlich auf einen Baum zu starren – und dort meinte Omi einen kleinen, grell schillernden Punkt zu erkennen, der chaotisch hin- und herzuckte. Genauso chaotisch tanzten die Kühe. Schön sah das nicht aus. So als hätte jemand ihre Kuhschwänze in eine Steckdose gesteckt, hüpften sie mit aufgerissenen Augen und wüst gesträubtem Fell hin und her. Als wüssten sie nicht so richtig, wie viele Beine sie eigentlich hätten, warfen sie ihr Gewicht mal auf die Vorder- mal auf die Hinterbeine, mal nur auf die rechten zwei, mal auf die linken. Und als wären ihre Körper aus Gummi, staksten die beiden gerade nicht benötigten Beine senkrecht nach oben in die Luft.

„Mein Gott, da fehlen nur noch die Röckchen, und die könnten im Pariser Lido auftreten. Ob die wohl Techno tanzen? So stelle ich mir das vor ...“ Doch auch mit coolen Sprüchen wurde Omi ihr tiefes Unbehagen nicht los. Dieser gemein schillernde Punkt dort drüben im Baum. Omi drehte weiter am Schärfenrad. Jetzt stand der Mond so, dass der Baum als Schattenriss zu sehen war. Über diesem wackelnden Punkt schien noch etwas zu sein. Eine großes, langes Etwas hatte sich an einen dicken Ast geschmiegt, der sich unter seiner Last bog. Aus diesem Etwas ragte ein seltsamer Gegenstand, vom Umriss her irgendwie trompetenartig, lang, schmal und zum Ende hin breiter werdend.

Omi warf das Fernglas auf die Biedermeierkommode, lief wild entschlossen ins Schlafzimmer, streifte sich hastig einen dicken Wollrock über das Nachthemd, schlüpfte in einen Wintermantel und stapfte ins Freie. Augenblicklich hielt sie sich die Ohren zu. Was für ein unbeschreiblich scheußlicher Krach! Als hätte jemand eine ganze Kompanie Presslufthämmer in einen Tunnel gesperrt und sie aufgefordert, in einen Krach-Wettstreit mit einer Horde durchgeknallter Monster-Möwen zu treten. Wieso hatte sie das denn eben noch nicht gehört? Sehr seltsam. Das Zentrum des Geräusche-Grauens schien tatsächlich in diesem Baum dort drüben zu sein. Vorsichtig ging Omi darauf zu. Da waren noch viel mehr Wesen zu erkennen! Omi erschrak: Mieslinge!

Hunderte von Mieslingen klammerten sich mit ihren Saugnäpfen an die kahlen Äste und arbeiteten sich an unsäglichen Geräten ab, um diesen ohrenbetäubenden Krach zu erzeugen. Oh ja, den Schwall säuerlichen Gestanks, das kannte sie sehr gut aus böser Erfahrung. Also alles klar. Das hier war ein Angriff aus dem Hof des Schattens – und der galt ihr. Baron le Teer – keine Frage, dass der das grelle Wesen da oben war –, der würde nicht extra persönlich angerauscht kommen, um eine x-beliebige Horde Kühe zu verhexen. Nein, das hier galt ihr. Omi fühlte sich ganz schwummerig, und ihr wurde schlagartig bewusst, wie ungeschützt sie hier draußen auf der Wiese stand.

„Hey, Schmus, schau mal her, da haben wir den Salat!" Zotikus schaukelte auf seinem Massagekissen aufgeregt hin und her – und versuchte einigermaßen ins Gleichgewicht zu kommen, um das Geschehen auf dem Lookilooki verfolgen zu können. „Die locken die gute, alte Frau May in eine Falle, die Schweine!" Zotikus sprang auf, knallte dabei mit Schmus zusammen, der ja auch gucken wollte, was los war, griff sich dessen Panflöte und sauste mit einem melodischen „Tatütata" zum Fahrstuhl.

Als Omi sich umdrehen wollte, um zu ihrem Haus zurückzugelangen, schallte Intrigas Stimme zu ihr herüber – diesmal auf ‚schmeichlerisch' gepolt: „Frau May, darf ich Sie darauf hinweisen, dass es ein ungeschriebenes Gesetz ist, die Angelegenheiten zwischen den beiden Höfen nicht an Dritte weiterzugeben? Und dass wir es seit Jahrhunderten so halten, Personen zu bestrafen, die sich nicht daran halten?" Soll sie doch säuseln, dachte Omi und wandte sich um. „Wer nicht hören will, muss fühlen!", kreischte es plötzlich hundertstimmig hinter ihr her.

Omi beschleunigte ihre Schritte. „Wer zuviel redet, muss schweigen!" Omi rannte jetzt, so gut das über die hoppelige Wiese möglich war. Deshalb sah sie nicht, wie Intriga die riesige Flüstertüte anhob und auf Omi richtete: „Eiseswinde der Dunkelheit – seid bereit!" Ein gigantisches Rauschen, Sausen und Fauchen hob an – zunächst nur von der Ferne zu hören, doch es schwoll in Windeseile an. Von allen Seiten kam es näher – Omi blieb wie angewurzelt stehen. Sie wagte es nicht zurückzuschauen. Schon hatte das Pfeifen und Jaulen Sturmstärke erreicht, sammelte sich jetzt für den Bruchteil einer Sekunde über der Flüstertüte, die Intriga mit beiden Händen umklammert hielt. Sämtliche Mieslinge klebten an dem ungewöhnlich großen, dunkel schimmernden Teil, um es zu stabilisieren.

Jetzt wurde auch klar, weshalb: Der Eises-Orkan fauchte plötzlich mit voller Wucht durch die Flüstertüte hindurch – und während die pfeifende Kälte in Richtung Omi Elisabeth raste, brüllte Intriga hinterher: „Reden – verweben! Singen – verklingen! Stimme – verschwinde!"

Und schon hatte der fauchende Eis-Orkan Omi erfasst, hob sie vom Erdboden in die Höhe, wirbelte sie wie einen Kreisel empor, der sich schneller und schneller um sich selber drehte, bis sie die Alpen im kühlen Licht des Mondes aus Flugzeugperspektive sah ... und ZISCH! raste sie schon wieder der Erde entgegen. Als sie Sekunden später auf der Wiese saß, rang sie nach Atem – über und über war sie mit schwärzlichen Eiskristallen übersät. Sie schaute sich um: Der Spuk war vorbei. Ein paar Kühe glotzten verdattert herüber, der Mond schien durch die Zweige ... Omi merkte erst jetzt, dass sie am ganzen Körper zitterte. Espenlaub war echt trantütig dagegen. Sie huschte ins Haus, um sich ein heißes Bad einzulassen. „Noch mal gut gegangen", wollte sie erleichtert flüstern. Doch aus ihrem Mund kam nur eiskalter Atem. Ihre Stimme schien irgendwo festgefroren zu sein.

17

Mira hing in Schräglage auf ihrem dreibeinigen lila Sessel und spielte hingebungsvoll auf dem Handy. Knox hatte es sich bäuchlings in sicherer Entfernung von dem wackligen Dreibeiner gemütlich gemacht und klatschte rhythmisch mit der Schwanzspitze auf den Holzfußboden. Wie Mira spielte, das klang wirklich schön. Wunderschön!

Schlussakkord. „Knox, jetzt reicht's. Ich krieg gleich 'nen Koller. Ich will hier raus! Schon seit drei Tagen lieb und brav das nette Töchterchen spielen – ich werde wahnsinnig!" Mira schnitt wilde Grimassen, Knox' Schwanzspitze klopfte hektisch mit. Mira starrte auf ihr Handy und musterte die vielen ungewöhnlichen Tasten des Geräts. Diese: ⥣ oder diese: ∞, die kannte sie ja. Auf-und-davon-Tasten waren das. Sie könnte doch einfach das Fenster öffnen und ...

„Gute-Laune-Kuchen!" Lilly stand im Zimmer, einen dampfenden Gugelhupf balancierend. „Sorry, konnte nicht anklopfen", Lilly sprach wie mit einer Kranken. Na, Mira war ja auch so was Ähnliches wie krank. Sie hatte eine akute Kinderzimmer-Allergie! „Danke", murmelte sie matt, „mag nicht." Ogottogott. Das Kind mochte keinen Gugelhupf! Da war wirklich was nicht in Ordnung. „Komm, mach dir doch den Fernseher an. ‚Emergency Room' mochtest du doch immer so gern!" „Mag nicht. Lass mich einfach in Ruhe." Nein, jetzt nicht einschnappen – Lilly blieb in ihrem Krankenschwester-Ton: „Was dir heute blöd erscheint – morgen kein Hahn mehr danach weint." „Klasse." Mira war offenbar auf Stress gebürstet. „Wenn du mich brauchst, ruf mich." Jetzt war Lilly doch ein bisschen eingeschnappt. Weg war sie.

„Die Dinge erfüllen sich, an die man wirklich glaubt. Der Glaube macht es geschehen." Mira flüsterte ganz leise vor sich hin – und wählte Omis Nummer in Kitzbühel. „Sie muss mir ein paar neue Dinge auf dem Handy zeigen. Sonst flipp ich aus. Irgendwann schlag ich die Bude hier zusammen!“ Na, mal halblang, Lady – Knox war zum Guglhupf Richtung Schreibtisch geschlendert, saß jetzt wie zufällig auf dem Drehstuhl davor und ließ mit einem Schnaufer die Schnauze ganz nah vor dem Kuchen auf die Tischplatte sinken. Miras Stimme hatte alles andere als in Schlägerlaune geklungen. Eher ziemlich fertig. Das zarte Windspielgeklingel – offenbar der Rufton des Handys für Omi – düdelte jetzt schon zum zehnten Mal ins Leere. „Omi hat wohl Besseres zu tun. Man hat ja auch sooo viel um die Ohren um zwei Uhr früh. Müsste jetzt ungefähr so spät sein, denk ich mal.“

Mira runzelte gefährlich die Stirn, setzte sich mit einem Ruck auf – KNIRRZ! – das angefressene Sesselbein knirschte noch weiter in sich zusammen – und spielte Musikus herbei. „Musikus, thanks for coming.“ Musikus hatte ein etwas gequältes Lächeln auf den Lippen. Mira schob das darauf, dass er auf dem immer noch dampfenden Gugelhupf gelandet war. „Ich möchte dich ein weiteres Mal um ein Lookilooki bitten. Ich habe versucht, Omi in Kitzbühel zu erreichen. Sie meldet sich nicht. Das ist eigentlich noch nie vorgekommen.“ Musikus' Lächeln wurde noch gequälter. „Ja, ähem, ich weiß jetzt nicht so recht, ob ich darf ... ob ich es dir erzählen darf ...“ „Papperlapapp!“, blödes Wort eigentlich, aber Mira fiel auf die Schnelle nichts Schärferes ein: „Das Lookilooki, bitte. Bitte!“ Musikus wollte offenbar Zeit schinden und willigte ein.

Kurze Zeit später sah Mira ein etwas seltsames Schauspiel: Omi Elisabeth stand im Bad, vor dem Spiegel, mit weit aufgesperrtem Mund, und leuchtete sich mit einer Taschenlampe in den Hals. Mira wandte sich zu Musikus.

Der polierte sich gerade mit einer Hand die Platte, mit der anderen telefonierte er leise. „Ist gut. Kommen wir nicht drumrum. Mach ich. Ciao.“ Jetzt polierte die Meerkatze weiter.

„Musikus, was soll ich denn damit anfangen?“ Mira klang ein bisschen verstört. „Tja. Ich denke, wir sollten dir davon erzählen.“ Mira sprang auf und setzte sich neben Musikus auf die Schreibtischplatte. „Wie soll ich dir das sagen. Vielleicht falle ich besser mit der Tür ins Haus. Sie haben deiner Omi die Stimme geklaut.“ Stille. „Waaas? Omi kann nicht mehr reden, ist stumm?“ Musikus schlug die Augen nieder, nickte. Die Meerkatze polierte. „Wer sind SIE?“ Mira war käsebleich geworden. „Ich denke, du weißt das. Sie haben mitgekriegt, dass Omi dir eine Menge Geheimnisse der hellen und dunklen Welten verraten hat. Das fanden sie gar nicht komisch.“ „Wie – ich bin auch noch schuld?“

Mira drehte sich alles vor den Augen, heiße Tränen liefen ihr über die Wangen. Musikus war so verlegen, dass er beim Kopfkratzen aus Versehen die Meerkatze von der Platte stieß. Mira schluchzte herzergreifend. Knox riß sich vom Guglhupf los, schlich sich vorsichtig unter dem Schreibtisch hindurch und kringelte sich um ihre Beine. Eine Ewigkeit sagte keiner ein Wort. Niemand hatte gewagt, sich zu rühren.

Mira wandte ihr verheultes Gesicht zu Musikus, ergriff wortlos sein riesenhaftes Taschentuch aus Silberstoff und wischte sich ruppig die Tränen weg. Oh, oh, das ließ nichts Gutes erwarten. Und tatsächlich: „So. Aus, Ende – vorbei mit der Freundlichkeit. Jetzt wird gehandelt. Das kommt gar nicht in die Tüte, dass Mist-Bienen wie diese Gamma einfach immer weiter ihren Schwachsinn bauen – und keiner was dagegen unternimmt!“ Musikus und Knox guckten betreten. „Wenn sonst niemand aufwacht – ich werde was tun! Und zwar sofort!“

Ganz ruhig griff Mira zum Handy und wählte. Die Nummer schien sie auswendig zu kennen. „Good evening, Mrs. Gasser. Mira May speaking. May I talk to your son, to William?“ Jetzt saßen die drei wie die Bremer Stadtmusikanten gestapelt: Unten Knox, auf dessen Rücken ritt Musikus, und oben auf der Platte thronte die Meerkatze. Keiner gab einen Mucks von sich. Alle schauten sehr aufmerksam Mira zu.

„William? Entschuldige bitte, wenn ich dich störe.“ Mira klang richtig erwachsen. „Ach – das habe ich mir schon gedacht. Niemand hat mir ausgerichtet, dass du angerufen hast. Typisch, hätte ich wissen müssen. Na, das ist ja jetzt geklärt. Ich gebe dir gleich meine Handy-Nummer. William, ich brauche deine Hilfe. Die Sache ist ein bisschen kompliziert zu erzählen. Deshalb wäre es besser, wenn wir uns träfen.“ Pause. „Gerne. Je schneller, desto besser. Sag mir deine genaue Adresse. Okay. Nicht den Express train, sondern local. Hunter College, 68. Straße. Wunderbar, dann ist das ja gleich um die Ecke, Park Avenue. Also, bis morgen Abend, gleich nach der Schule.“ Pause. Musikus hatte richtig rote Ohren. „Das ist nett von dir. Aber ich glaube echt, ich sollte zu dir kommen. Hier hätte ich ... sagen wir, einige Startschwierigkeiten.“ Pause. „Ich mich auch. Sehr. Bye.“ Mira drückte verträumt den Perlmuttknopf und fand nahtlos zu ihrer Wut zurück. „So. Und petzen ist nicht. Verstanden?“

„Braucht auch keiner. Das regelt sich auch so.“ Der Kleine Dirigent knubbelte nervös an seinen Fusselhaaren herum. Er saß gemeinsam mit Schmus und Zotikus vor dem Standby-Lookilooki und ließ betrübt den Taktstock hängen. „Ein bisschen viele Schwelbrände auf einmal. Offen gesagt, ich weiß nicht so recht, wo ich als erstes löschen soll.“ „Ja ja“, Zotikus kehrte den Philosophen raus.

„Das ist eine der Grundfragen des Lebens. Soll man einfach die Feste feiern, wie sie fallen – das große Fest zu Ehren des Lichts zum Beispiel –, oder soll man immer erst seine Hausaufgaben machen? Also: Erst die Arbeit, und dann das Vergnügen!“ Hmmmm! Ein Leuchten ging über das Gesicht des Kleinen Dirigenten. Welch ein zarter, wunderzarter Geruch! Marzipan ... Vanilla hatte sich heute aufs Erlesenste mit Marzipan-Törtchen garniert. Aus den wild aufgetürmten Haaren lugten feinste Marzipan-Rosen hervor, eng an den Hals geschmiegt wanderten Marzipan-Elefanten im Kreis, und ihr vanillefarbener Body war über und über mit kleinen Marzipan-Plättchen gespickt, auf denen hübsche Zuckerguss-Verzierungen zu sehen waren. Die größte und schönste war natürlich die mit der Sonne, direkt über Vanillas Herzen.

„Ich meine, wir sollten in beide Richtungen gehen.“ Vanilla schob allen Dreien, dem Kleinen Dirigenten, Schmus und Zotikus, nacheinander kleine Mozartkugeln in den Mund und krönte das Ganze mit ihrem schönsten Lächeln. „Um das große Fest zu Ehren des Lichts kümmert sich derzeit geradezu aufopferungsvoll unsere Lichtheit. Ich habe den leisen Eindruck, dass er mit all den Verwicklungen und Verzwickungen, die wir abzuwenden haben – dass er von all dem mittlerweile etwas angegriffen ist und sich zunächst mit den guten, wahren, schönen Dingen beschäftigen möchte.“ Wie gütig sie klang! „Deshalb schlage ich folgende Rangliste der Wichtigkeiten vor: An erster Stelle: Herausfinden, was am Hof der Düsternis läuft, um unsere Heilige Sonne zu verletzen.“

Allesamt zuckten sie zusammen und schauten ehrfürchtig zu dem Wasserfall aus plätscherndem Licht hinüber, der an der hinteren Wand des Raumes herunterrann. „Zweitwichtig: Der Fall Familie May. Omi Elisabeth und Mira. Beide in großer Gefahr und beide nicht gerade sehr vorsichtig in dem, was sie tun und sagen. Drittens: Die Aktivitäten der Gamma-Verbündeten. Ich sage nur: T-Bone, Carmichael. Und es gibt leider noch sehr viel mehr zu regeln."

„Und ihre Helligkeit, der Weiße Gründer, ist nicht verfügbar. Das bedeutet, dass WIR uns um all das kümmern müssen?" Der Kleine Dirigent klang richtig verzagt. „Bitte verseht euren Beobachtungs-Dienst mit allergrößter Sorgfalt." Vanillas Marzipanlächeln war einfach umwerfend. Sofort wandten sich Schmus und Zotikus eilfertig den Lookilookis zu. „Und wir ...", Vanilla verneigte sich unbeschreiblich elegant vor dem Kleinen Dirigenten, „machen den Rest." „Gewiss doch!", strahlte der von Ohr zu Ohr und malte mit seinem Taktstock einen extragroßen Notenschlüssel in die Luft. „Schau mal, Mira besucht William! DAS knistert, und wie!" Zotikus fing sich den Notenschlüssel ein und begann darauf zu klimpern. „Vergiss nicht: Meine Notenschlüssel öffnen Herzen. Dieser ganz besonders", rief ihm der Kleine Dirigent beim Hinwegschweben zu.

„Warst du da überall schon?" Mira starrte ehrfürchtig die riesigen Fotos an, die auf Magnetschienen rundum Williams Zimmer zierten. „Nee, natürlich nicht. Hier übrigens schon: Südafrika." William zeigte mit träumerischem Gesichtsausdruck auf eine weit schwingende Hügellandschaft in satten Grün- und Braun-Tönen. Mira war beeindruckt. „Aber ich möchte überall hin. Ich möchte die ganze Welt bereisen. Deshalb werde ich mir auch einen Beruf suchen, in dem ich das kann." „Ich habe schon einige Länder gesehen, genauer gesagt: Ich habe in einer ganzen Menge Ländern gelebt. In Norwegen zum Beispiel, Algerien, in Dubai, in Thailand ..." „Wahnsinn!"

Mira schaute sehnsüchtig aus dem Fenster: Park Avenue, die vornehmen Restaurants und Geschäfte hatten schon die Beleuchtung eingeschaltet. „William, schau doch, wie schön es hier ist! Du hast Freunde, kannst auf sie bauen, kennst die Gegend, die Schule ... Irgendwann habe ich nur noch geheult, wenn ich schon wieder in ein neues Land, Haus oder Viertel ziehen sollte. Fremde Sprache, fremde Menschen, fremde Schule – bei mir hält sich das Fernweh heute sehr in Grenzen.“ „Du sprichst ja schon wie eine Alte“, lächelte William, „aber ich kann dich verstehen. Sag mal, was ist los bei dir?“

Er setzte sich auf sein schwarzes superkuscheliges Sofa und zog Mira dicht an seine Seite. Ihr wurde ganz blümerant zumute. Eben hatte er sie wieder so angeschaut – wie damals, als sie vom Flügel aufstanden. Irgendwie ging ihr das durch Mark und Bein. Komisch: Einerseits hatte sie irgendwie ein bisschen Schiss vor diesem Gefühl, andererseits war es das Schönste, was sie jemals gespürt hatte. In diesem Augenblick öffnete sich die Zimmertür. William blieb seelenruhig sitzen, während Mira unwillkürlich ein Stückchen zur Seite rutschte. „Was möchtet ihr trinken?“ Boah, bei den Gassers hatte das Hausmädchen richtig Uniform an, schwarzes Kleid, weiße Schürze, weiße Haube. „Ein Tonic bitte für mich, Babs – und für dich, Mira?“ „Cola bitte“, „Diet?“, kam es zurückgeschnellt. Na, so richtig nett schien diese Babs nicht gerade zu sein. „Nö.“ Sollte die doch denken, was sie wollte. Mira würde schon nicht verfetten. „Wie gewünscht.“ Babs zog sich vornehm zurück.

„Also, pass auf, William. Ich weihe dich jetzt in ein ganz großes Geheimnis ein. Vieles davon klingt völlig verrückt, ich denke, das ist es auch – aber es ist wahr. Ich möchte dich deshalb bitten, mir sofort zu sagen, wenn du die Sache albern findest. Dann höre ich auf damit. Und du musst mir schwören, dass du niemandem, niemandem, niemandem davon erzählst.“ Jetzt schaute Mira William in die Augen, dass ihm ganz komisch wurde. „Klar“, sagte er mit tiefer Stimme. Mira räusperte sich. „Also. Auslöser für meine ... sagen wir Empörung ist ein Überfall auf meine Großmutter. Ich weiß nicht genau, wie sie das gemacht haben – aber sie haben meiner Großmutter die Stimme geraubt.“

William guckte jetzt doch ziemlich blöd. „Ja, ich sagte dir doch, das klingt verrückt. Sie, das sind ganz besondere Kräfte. Mein Gott, ich weiß gar nicht, wo ich anfangen soll. Das sind die Kräfte der Dunkelheit. Die befinden sich seit Menschengedenken im Kampf gegen die Kräfte des Lichts. Ich bin seit einiger Zeit so ziemlich aktiv auf der Seite des Lichts ...“, kleiner Seitenblick zu William. Der schien aufmerksam zuzuhören. „So. Nun wurde mir von der hellen Seite ein Gerät zugespielt – genauer gesagt, es wurde mir geschenkt –, das ist auf den ersten Blick ein Handy, aber es kann noch viel mehr. Vor allem ist es auch ein geniales Key-Board.“

Mira hielt abrupt inne. Sie griff sich an den Bauch – keine Bauchtasche da – und auch kein Handy! Verdammt. Mira sprang auf: „William, ich bin der größte Idiot auf Erden! Ich habe das Handy vergessen. Irrsinnigerweise vergessen! Vorhin, in der Schule. Ich habe die Bauchtasche abgelegt, weil wir alle in die Sauna gingen. Wohin ... wohin ... wohin hab ich das bloß gelegt?“

Mira lief wie geisteskrank in Williams Zimmer umher und wäre um ein Haar mit Hausmädchen Babs zusammengestoßen, die ein kunstvoll dekoriertes Tablett ins Zimmer balancierte. „Mist! Unten in meinem Spind! Die Schlösser kann jeder Vollidiot öffnen. Prost Mahlzeit.“ So wurscht war es ihr, was diese Babs wohl dachte. Sooo wurscht! „William, ich muss zurück in die Schule. Es gibt jetzt zwar keinen Schulbus mehr, aber es gibt ja die U-Bahn. Wenn DU wüsstest ...!“ William stand auf und legte den Arm um Mira. Babs stand wie angewurzelt daneben. „Ich begleite dich."

„Diesem Carmichael auf die schmutzigen Finger zu schauen, das war eine saugute Idee von Vanilla", flüsterte Schmus. „Vanilla hat immer gute Ideen." Da lag richtig Ehrfurcht in Zotikus' Stimme. „Also. Schau her." Schmus zog Zotikus von dessen geliebtem Massagekissen herüber zu seinen Lookilookis. Carmichael schien in einer Art Imbissbude des Schreckens zu hocken. Hinter ihm wendete ein Zombie undefinierbare Fleischbrocken in noch undefinierbarerem Fett. Es brutzelte, dass sogar das Lookilooki Fettspritzer abkriegte. Carmichael hing – krumm wie ein Geier über seiner Beute – an einem schmuddeligen Stehtisch, vor sich ein schales Bier und einen Haufen fett gebackene Tintenfischringe und hackte mit geradezu mörderischer Gewalt per Gabel auf das Ganze ein. Sein stechender Blick schien ihm beim Zerteilen der zähen Masse sehr gut zu helfen.

„Schau genau hin", flüsterte Schmus, „schau auf die Ketchup-Flasche!" Tatsächlich. Zotikus schüttelte sich, da lugte ein bräunliches Etwas aus der Öffnung! Zwei Patsche-Händchen mit Saugnäpfen betasteten den schmierigen Flaschenhals. „Ein Miesling!", flüsterte Zotikus. „Einer?", hauchte Schmus zurück. Olala. Hinter dem verklebten Senftopf von undefinierbarer Farbe hing einer, unter dem Stehtisch waren gleich mindestens fünf drapiert, und ein Ober-Frecher trug gerade einen Tintenfisch ganz offen auf dem Tisch spazieren.

Carmichael stoppte sein Gehacke und starrte dem wandernden Tintenfischring hinterher, als hätte der nicht alle Tassen im Schrank. Nun wagten sich auch die beiden Mieslinge aus Ketchup und Senf auf die Bildfläche. Carmichael hielt sich die Nase zu. Einer von beiden hatte einen Zettel dabei, entrollte ihn hektisch und spannte ihn mitten im Tintenfischring auf. „MAGIC HANDY“ stand da in mehr als krakeliger Schrift zu lesen. „Schmus, das müssen wir melden. Die sind schon wieder drauf und dran, Mira das Handy zu klauen.“ Zotikus sprang auf. „Aber sie hat das doch immer dabei!“

Schmus schien völlig ruhig zu sein. Schnell kontrollierte Zotikus das ‚Mira-Lookilooki.“ Mira stand gerade wild gestikulierend vor William, der sie mit leicht zur Seite gelegtem Kopf anschaute, als wäre seine Lieblingskatze krank: KEINE BAUCHTASCHE! KEIN HANDY! „Ich informiere den Kleinen Dirigenten!“, rief Zotikus eifrig und winkte die Eilmeldungs-Libellen herbei. Gemeinsam sausten sie von dannen, nicht ohne ein kräftiges „Everything’s gonna be allright“ auf den Lippen.

Mit der einen Hand wischte sich Carmichael das Fett von den Lippen, mit der anderen hielt er den Zettel vor die Augen. Die Hand zitterte. Ein Zug, und das Bier war weg. „Wo?“, stieß er aus, „wo ist es?“ Die beiden Mieslinge deuteten auf Carmichaels Plastiktüte, die unter dem Stehtisch baumelte. Etliche Mieslinge saßen schon drin. Carmichael verstand. Er öffnete die Tüte (wieder verzog er das Gesicht, der Gestank!), und schon waren auch die restlichen Mieslinge drin. Sofort steuerte Carmichael auf den Ausgang zu. „Hey! Hier ist es üblich zu bezahlen!“, kreischte der Zombie hinter der Theke hervor. Carmichael knallte ihm ein paar Dollar hin, und schon stand er auf der schummerigen Straße. Die Mieslinge wiesen ihm hervorragend den Weg: U-Bahn, Richtung Upper East Side.

18

Auch Mira und William stürzten eine nächtliche Straße entlang. Aber diese war um einiges schöner. „Es sind zum Glück nur zwei Stationen“, raunte William in ihr Ohr und ließ ihr galant den Vortritt an der Wert-Münzen-Schranke, „blöd allerdings, dass hier nur der Local train fährt. Kann schon ein bisschen dauern.“ Als sie sich zitternd auf die verdreckte Bank am Bahnsteig fallen ließ, legte er seinen Arm um sie.

Carmichael raste im Affentempo unter der Stadt dahin. Ein erleuchteter Bahnhof nach dem anderen zischte an ihm vorbei, ohne dass die U-Bahn hielt. Ein gieriges Lächeln umspielte seinen schmalen Mund. Er hatte sich ganz dicht an der Zug-Tür postiert, die Plastiktüte steckte in den verschränkten Armen vor der hageren Brust. „86. Straße aussteigen! Nächste Station!“, krächzte es dort heraus. Schon lief der Zug in den Bahnhof ein, Carmichael riss die Türen auf, dass sie mit Mordsgetöse gegen die Wagonwand krachten und war mit einem Riesen-Satz auf dem Bahnsteig und in der Dunkelheit verschwunden.

Endlich zuckelte ein Zug heran. Quietschend kam er zum Stehen, Mira und William sprangen hinein. „Verdammt viel Zeit verloren.“ Mira starrte auf den kullernden Müll zu ihren Füßen. William stand hilflos daneben.

„Rechts, rechts, rechts!“, schrammelte es vielstimmig aus der Plastiktüte. Die beiden Ober-Mieslinge versuchten mehr schlecht als recht, mit einer schwummerigen Taschenlampe den stockdunklen Gang zu erhellen – grünlich waren die wenigen Strahlen, die dem verrosteten Ding zu entlocken waren. Aber es langte immerhin, das ‚Mädchen‘-Symbol an der Holztür zu entdecken. „Hier!

Hier!“ Die Plastiktüte vibrierte. Vorsichtig drückte Carmichael die Klinke. Ha! Nicht verschlossen. Im grünlichen Funzel-Licht tat sich Fürchterliches auf: Mindestens zweihundert Schließfächer! „Verdammter Mädchen-Plunder!“, fluchte Carmichael viel zu laut, „müssen die ihren Krempel denn so bescheuert wegschließen?“ WOMMMS! War er mit dem Schienbein gegen eine Holzbank in der Mitte des Umkleideraums geknallt.

„Da ist jemand! Ich wusste es doch. Einmal vergesse ich das Ding, und schon sind sie dran! Sie sind eben wahnsinnig clever.“ Langsam kroch in William der ungemütliche Gedanke hoch, dass das alles stimmen könnte, was Mira erzählte. „Wo ist der Umkleideraum?“ „Erdgeschoss. Aber auf der anderen Seite.“

„Achtundzwanzig!“ Wenn eine Tüte Mücken kichern könnte, dann wäre das eine gewesen. „Gut informiert. Kompliment.“ Carmichael hob die Tüte, und die beiden Mieslinge leuchteten nach Kräften die Schrankreihen ab. „Na, also!“ Carmichael knallte die Tüte auf den Boden. Vielstimmiges Protestgeschrei. „Schnauze!“, polterte er, fummelte einen Dietrich aus der Jackentasche (den hatte er immer dabei; man konnte ja nie wissen, was sich beutemäßig so anbieten würde!) und begann. Vollprofi. Dreißig Sekunden später war die Schranktür offen. Carmichael und die Mieslinge funzelten. Handtücher. Ein Haufen Zettel, handschriftlich voll gekritzelt. Auf dem obersten stand zu lesen: ‚Man sieht nur mit dem Herzen gut‘. „Pfffft!“ Carmichael hatte für so was nur Verachtung übrig. Hektisch wühlte er in Sportklamotten und Badesachen. „Hier!“ Das gellte durch den gesamten Raum. Er riss die Bauchtasche an sich und erstarrte. Ein Geräusch. Es kam von der Tür. „Mira!“, zischelten die Mieslinge. „Eine Mira kommt doch gegen MICH nicht an!“, brüllte Carmichael, „dieses Handy hast du leider zum letzten Mal gesehen! Lass dir doch ein ‚Zookia' schenken. Auch sehr schön!" Ein Mann, ein Riesen-Satz. Im Türrahmen prallte er mit Mira und William zusammen, die Tüte segelte in hohem Bogen gegen die nächste Wand. Wüstes Geschimpfe. Doch Carmichael war weg. Und mit ihm das Handy.

„Du musst mich für völlig durchgeknallt halten", Mira schluchzte hemmungslos. Arm in Arm schlurften sie die Lexington Avenue hinunter. „Dieses Handy ist einfach unersetzbar. (Schluchz!) Es gibt nur dieses eine – und es kann so, so viel mehr als ein Normales. Es kann zaubern (Schluchz!) – und noch mehr: Es öffnet dir die Tür zu der anderen Welt. Ohne das Handy bin ich verloren (Schluchz!)." William blieb stehen, packte Mira sacht an den Schultern: „Komm. Erzähl mir alles. Von Anfang an. Und vor allem: Beruhige dich bitte!"

„Schau mal, so ein sportlicher Blazer passt doch hervorragend zu deinem Typ!" Mum hielt Mira prüfend ein dunkelgraues Edelteil unters Kinn. Drei Verkäuferinnen, im Halbkreis um die beiden aufgebaut, nickten weise. „Kauf, was du willst, Mum, aber ich bin jetzt echt nicht in Stimmung." Mira klang so grottenmäßig traurig und erschöpft, das war Mum schon richtig peinlich. Als würde sie ihre Tochter nächtens in irgendwelchen Kneipen arbeiten lassen, solche dunklen Ringe hatte Mira unter den Augen! „Dann lassen wir's eben." DAS war Mum dann doch zu bunt. Genauer gesagt: zu grau. Sie zog mit majestätischem Kopfnicken und Mira im Schlepptau von dannen. Viel sagender Blick der Verkäuferinnen in die Runde.

„Hör mal, ich habe dir ein wunderbares neues Handy gekauft. Mit den allerneuesten Funktionen. Dagegen ist das alte gerade noch Flohmarkt-tauglich! Also, sei dankbar und stell dich nicht so an." Mum versteckte ihre Besorgnis immer hinter dieser burschikosen Fassade. „Ich BIN dankbar und stelle mich NICHT an. Ich bin einfach nur ziemlich entsetzt, wieso jemand meinen Spind aufbricht. Wieso ausgerechnet meinen?" „Ach was, da wurden bestimmt mehrere geknackt." „Wurden nicht!" „So – Lilly macht dir jetzt eine heiße Schokolade, und heute Abend gehen wir alle zusammen in die Oper." Mum zog Mira in die Wohnung und winkte Lilly verstohlen zu. „Lilly, eine heiße Schokolade wäre jetzt bestimmt nicht schlecht für Mira." Lilly nickte wie ein Dackel auf der Auto-Hutablage. Heiße Schokolade! So was hatte sie bisher nur klammheimlich für Mira gemacht.

Mira saß mit hängendem Kopf am Küchentresen. Die heiße Schokolade war nicht mehr heiß, und die verschrumpelte Milchhaut auf der Oberfläche bewies: Mira hatte sie nicht angerührt. Die gigantischen Cookys daneben schon gar nicht. „Diebe kommen selten ohne Grund", murmelte Lilly und strich dem winselnden Knox über sein schütteres Fell. „Entweder man kriegt sie gleich – oder man kommt auf den Hund."

Vanilla, der Kleine Dirigent, Schmus und Zotikus hockten vereint vor dem Lookilooki. Harfenklänge zogen durch den Raum. „Es ist so schrecklich, dass wir's nicht rechtzeitig geschafft haben." Offensichtlich: Der Kleine Dirigent machte sich fürchterliche Vorwürfe. „Zu dumm, dass wir nicht wussten, wo Miras Schule genau ist." Vanilla rückte auf ihrer Brust ein Marzipan-Schildchen zurecht, auf dem stand: ‚Nobody's perfect'. „Wir hätten das eben vorher herausfinden müssen", auch Zotikus war heute noch kleiner als sonst. Mit Hut. „Die Mächte der Dunkelheit hatten es herausgefunden. Vorher. Die waren fitter und schneller drauf. So einfach ist das." Schmus kaute vor Verzweiflung am Massagekissen. „So einfach – und so fürchterlich." Vanilla warf das Marzipan-Schild aus dem Fenster.

19

Mira und William saßen schweißüberströmt auf dem Hometrainer. „Pass auf, wir versuchen's jetzt noch mal gemeinsam." Williams aufregender Schräg-von-unten-Blick zu Mira rüber: „Jeder versetzt sich jetzt zurück in diese ätzende Szene im Umkleideraum, als dein Handy gestohlen wurde. Jeder sammelt alles, was ihm an Klitze-Kleinigkeiten aufgefallen ist. Dann wissen wir, wer's war. Believe me." Mira nickte eifrig und strampelte gleich doppelt so schnell weiter: „Okay, es geht los! Fünf Minuten!" Auch William trat schneller in die Pedalen des Fitness-Fahrrads. Dafür hatte es eine Extra-Ausnahme-Genehmigung von allerhöchster Stelle gegeben, von ihrem Dad. Mira durfte nämlich ober-ausnahmsweise, erstens: die Fitnessgeräte im Allerheiligsten, dem ‚Wellness-Bereich' der Eltern, benutzen, und zweitens: auch noch mit Männerbesuch! Die Mays machten sich offenbar echt Sorgen um die so urplötzlich depressiv gewordene Tochter.

„Fünf Minuten sind um!", rief Mira und ließ im Tempo nach. „Weißt du was – es stank!" William trocknete sich das Gesicht. Mit seinen geröteten Wangen sah er irgendwie so ... appetitlich aus. „Das roch irgendwie ganz besonders übel. Nicht so wie sonst in Umkleidekabinen, gemeiner. Als wäre da was verfault. Mit Verlaub: Ist das immer so bei euch?" Mira musste lachen. Lilly, die natürlich an der Zimmertür lauschte, wiegte den Kopf. „Das waren die Mieslinge. Ich würde den Geruch sogar noch erkennen, wenn ich mitten auf einer Müllkippe säße. Es müssen ziemlich viele von diesen Mistkerlen gewesen sein. Mieslinge sind so etwas wie die ‚Allzweckwaffen' am

Hof des Schattens. Sehen eklig aus, sind auch eklig und leider ziemlich helle. Was uns schlussfolgern lässt: Der Diebstahl war eine Auftragsarbeit."

Mira sprach wie eine Hauptkommissarin. „‚Eine Mira, die kommt doch gegen mich nicht an!', hat der Dieb gebrüllt", fuhr Mira strampelnd fort. „Und ich solle mir doch ein anderes Handy kaufen." „Genau, ein Zookia!" William deutete auf Knox, der mit einer Hantel ‚Knochen nagen' spielte. Mira stoppte abrupt, legte ihre Hand auf Williams Arm: „Natürlich! Ich hab's! Wie konnte ich nur so blöd sein. Carmichael, mein Klavierlehrer! Der war doch eh schon immer so verrückt nach meinem Handy. Und faselte was von anderen Marken." „Du glaubst echt, dass der bei euch zu Hause eingeschleust wurde?"

William war das alles überhaupt nicht geheuer. Sollte er das alles wirklich glauben? Wenn diese Geschichte stimmte, wäre das schon sehr, sehr beunruhigend. Aber noch schlimmer wär's, wenn Mira durchgeknallt wäre. „Natürlich! Jetzt verstehe ich auch, weshalb er sich mit der Schwarzen Gamma getroffen hat, in der Spielhölle. Würde zu gerne wissen, was der für den Diebstahl eingesackt hat, als Belohnung." William stieg vom Fahrrad. Jetzt brauchte er festen Boden unter den Füßen. „Die Schwarze Gamma? Wer, um Gottes Willen, ist das denn?"

„Herrenbesuch!" Lilly klang richtig ein bisschen eingeschnappt. „Es ist dein Freund Juan. Er meinte, es sei sehr eilig. Soll er ..." – Pause, viel sagender Blick auf William –, „... reinkommen?"

„Klar, gerne!" Mira sonnte sich in Williams fragendem Blick. „Weißt du, das ist ein guter Freund ...", Mira wackelte keck zum Rudergerät rüber, „... zur Zeit hat er allerdings einen noch besseren Draht zu meiner Freundin Dionne. Er weiß übrigens nichts über das Handy und alles, was dahintersteckt. Dass da einige Leute bestochen wurden, um es zu klauen, ist ihm natürlich nicht verborgen geblieben."

„Mira, du musst mitkommen. Sofort." Juan war genauso schweißüberströmt wie Mira und William. Der fiel ihm übrigens jetzt erst auf. „Tag, ich bin Juan." „Das ist William", ein bisschen kieksig klang Miras Stimme jetzt schon. „Mira, sorry, dass ich dich bei so einer wichtigen Arbeit unterbreche", Juan grinste breit, „aber da läuft irgendwas bei mir zu Hause, das dürfte dich interessieren." „Schieß schon los, Juan", Mira zog die beiden auf die Hantel-Bank, einen rechts, einen links.

„Mira, ich hab dir, glaub ich, noch gar nicht erzählt, dass meine Familie aus Spanien stammt, und zwar aus Guadeloupe in der Estremadura." Mira schien nicht sonderlich interessiert. „Jetzt hör doch zu. Seit gestern ist Besuch von dort hier bei uns zu Hause. Meine Tante." „Aha." Mira tat ziemlich gelangweilt. „Also, jetzt hör doch zu. Der Grund, weshalb meine Tante aus Spanien hergekommen ist, der muss irgend etwas mit deinem Handy zu tun haben." „WIE BITTE?" Mira schoss in die Höhe. „Ja, es wurde nämlich darüber gesprochen." Juan genoss die Aufregung, die er hervorrief. „Ich konnte das nicht so genau verstehen, weil ich in meinem Zimmer war. Aber das ist gleich neben dem Wohnzimmer, und die Wände sind dunn. Was aber ganz komisch war, Mira. Da war noch jemand dabei." Kunstpause. „Dein Klavierlehrer. Dieser Carmichael." William griff sich an den Kopf. In welchen Film war er hier bloß geraten? „Und jetzt kommt das größte ..." Juan schien fünf Zentimeter gewachsen: „Meine Tante Esmeralda ist gerade ausgegangen – mit diesem Carmichael. Sie will aber zum Abendessen wieder zu Hause sein."

Mira schaute auf die Wanduhr, die wie eine Bahnhofsuhr aussah, aber sündhaft teuer gewesen war. „Wann esst ihr?“ „Gegen acht.“ „Dann aber los!“ Mira stürmte Richtung Duschbad. „Ich geh dann mal ...“, William war offensichtlich nicht sehr amüsiert. „William! Das musst du verstehen! Ich ruf dich an, ich erzähl dir dann alles.“ Mira fiel ihm so ungestüm um den Hals, dass er ins Wanken geriet. „Schon gut“, brummte er und trollte sich nach draußen.

„Ein Segen, dass es so mild ist“, Mira zog ihre wattierte Jacke – dunkelgrün, das stand ihr besonders gut – trotzdem noch etwas fester zu. Juan und sie hockten zwischen einem Stapel alter Kartons und dem silbrigen Abluft-Schacht einer Klimaanlage. Genau über ihnen das zu einem Drittel in die Höhe geschobene Wohnzimmer-Fenster der Familie Sanchez. Mira hatte nur einen flüchtigen Blick ins Innere erhaschen können, dann war Juans Mutter hereingekommen und hatte angefangen, mit großem Geklapper den Tisch zu decken.

Besonders aufgefallen war Mira die Beleuchtung. „Habt ihr überall diese Neon-Leuchten?“ „Ja, scheußlich“, knurrte Juan. Das ‚hat man‘ halt so in Spanien – und vor allem auf Kuba. Weißt du, meine Eltern hatten früher ein Restaurant in Miami, da waren vor allem Kubaner Gäste.“ „Aha. Und die mögen auch so hellgrün-hellgelb-karierte Plastik-Tischdecken?“ „Jetzt mach dich bitte nicht lustig über uns, ich bin schließlich hier, um dir zu helfen!“ „Tschuldigung“, flüsterte Mira. GONGGG! „Siehst du, das haben wir auch!“ Juan kicherte über Miras Schreckhaftigkeit. „Das war der Essensgong. Achtung, es geht los!“ Und das ging es wirklich. „Schön, dass du hier bist, Esmeralda! Was haben wir uns lange nicht gesehen. Willkommen in New York! Bienvenido!“, brüllte Juans Vater und setzte seine Rede auf spanisch fort. Die beiden Frauen stimmten ein, lautes Gläsergeklingel folgte.

„Was hat der gesagt?“ „Nichts Wichtiges. Wenn’s was gibt, übersetze ich’s dir.“ „Das kann ja dauern“, stöhnte Mira und ließ sich auf den Boden sinken. Knacks! Ein Holzrest klappte zur Seite. „Bist du wahnsinnig?“, fauchte Juan. „Nein. Nur ziemlich verzweifelt.“ „Tschuldigung.“

Plötzlich schwoll das Stimmengewirr noch weiter an. „Esmeralda, ich konnte sie noch nie leiden. Weißt du, was sie jetzt sagt?“ Juan zog Mira noch näher zu sich heran. „Nein, bitte sag’s mir“, Mira strengte sich mächtig an, ruhig zu bleiben. „Sie sagt, dass meine Eltern unbedingt dafür sorgen sollten, meinen Kontakt zu dir zu unterbinden. Du hättest einen ganz schlechten Einfluss auf mich.“ „WAAS?“ Gut, dass Mira bereits saß. „Moment mal“, Juan lauschte aufmerksam. „Irre. Esmeralda ist nur nach New York gekommen, um meine Eltern zu warnen. Du und dein Handy, ihr wäret hoch gefährlich. Das wüsste sie von einer guten Freundin, die heißt, Augenblick ...“ Juan klemmte sich ganz dicht unters Fenster: „ja, die heißt Gamma oder so. Seltsamer Name. Es soll kein Zufall sein, dass ich so stark von dir und deinem Handy angezogen bin“, Juan tippte sich an die Stirn, „nimm’s als Kompliment.“

Mira blieb ganz gelassen. „Weil – und jetzt halt dich fest – weil es wohl eine eingeschlossene Seele gibt, in der Alhambra von Granada ... Kennst du die?“ „Hab schon mal davon gehört“, Mira tat unbeteiligt und kochte innerlich. „Also, diese verlorene Seele – so ein Blödsinn! – würde nun versuchen, einen aus unserer Familie auf ihre Seite zu ziehen, sozusagen zum Verräter zu machen – damit der sie dann befreit. Puh, so einen gequirlten Blödsinn habe ich ja schon lange nicht mehr gehört. Komm, wir gehen.“

Mira packte Juan an seinen Cargo-Jeans: „Nein! Bitte nicht! Bitte sag mir, worum es jetzt geht! Bitte!“ „Wenn du mir mal wieder Lilly-Kekse mitbringst", grinste er. Heftiger Streit hinter dem Fenster. „Klasse. Mein Vater macht Esmeralda gerade zur Schnecke. Diese Geschichte mit der verlorenen Seele, die geistert schon seit Jahrhunderten in unserer Familie herum, sagt er. Und erstens glaubt er nicht, dass da überhaupt was dran ist – zweitens schon gar nicht an einen Familienschwur, der uns verpflichten würde, die verlorene Seele auf immer gefangen zu halten. Hihi! Jetzt sagt er sogar, Tantchen sei komplett verrückt und soll ihre Klappe halten. Super! Aber von dieser Gamma scheint er was zu wissen. Warte." Lauschen. „Haaach, wunderbar. Esmeralda soll gefälligst die Finger von dieser scheußlichen Person lassen. Die will sie doch nur einspannen, für sie das Handy zu klauen. Weil diese Gamma das Ding nicht anfassen kann. Davon bekommt sie grüne Pickel und mehr. Jetzt fängt Dad auch noch an zu spinnen ... Meinst du, das ist ansteckend?" Mira schüttelte verzagt den Kopf. „Das Schlimme ist – sie haben es doch schon, mein Handy."

Gepoltere an der Haustür. „Carmichael!", zischte Juan. „Ein Segen, dass er uns nicht gesehen hat. Der muss hier ganz nah vorbeigekommen sein." „Los, los! Hör zu!" „Tu ich doch. Denk an die Kekse." Jetzt linste auch Mira in den Raum. Carmichael hatte sich in all seiner Schwärze vor dem Esstisch aufgebaut und griff gerade mit bloßen Händen nach einem Stück Rindfleisch in Kichererbsensoße. Die ihm dann natürlich aus beiden Mundwinkeln rann. Juans Mutter reichte ihm mit angewidertem Gesicht eine Serviette. „So, jetzt geht es ums Pekuniäre!", stieß Carmichael hervor. „Qué?", wollte Esmeralda wissen. „Was, was ... frag nicht so, der will über Geld reden", gab Juans Vater ungehalten zurück. „Exakt, Herr Sanchez. Und da Ihre verehrte Frau Schwester nicht zahlen kann, muss ich mich an Sie halten, so Leid es mir tut." „Wie, was, wofür soll ich zahlen?“ „Na ja, für das Handy, Bruderherz“, fiel Esmeralda ein. „Weißt du, ich sollte es halt für meine süße Freundin Gamma besorgen. Und da ich das von Spanien aus nicht so gut erledigen kann, habe ich Mr. Carmichael damit beauftragt. Gamma hat ihn vorher natürlich auf Herz und Nieren geprüft. Tja, und das Geld für das Handy, das bekomme ich dann selbstverständlich von meiner Gamma wieder, also genauer gesagt, du, mein Lieber.“

Esmeraldas zum Dutt gebändigte Haare waren gerade im Begriff, sich aufzulösen. Was ihrem Hakennasen-Antlitz einen geradezu wilden Anstrich gab. „Sag mal, ist das dein Ernst? Du kommst hierher, erzählst mir, was für ein Windhund mein Sohn ist – und ich soll dir auch noch für ein mehr als windiges Geschäft Geld leihen – von dem du noch nicht mal weißt, ob du das Geld je wiedersiehst?“ Juans Vater war aufgestanden und sah Carmichael auffordernd ins Gesicht. Wie groß sein Vater ist, dachte Mira – dafür ist Juan wirklich ein bisschen klein geraten ... „WO IST DENN DAS KOSTBARE STÜCK?“, flüsterte Juans Vater. Carmichael kaute noch immer und stieß zwischen den malmenden Zähnen hervor: „Das ist in Sicherheit. Und wo, erfahren Sie erst, wenn ich die Kohle habe.“ „Und wenn ich das Ding tatsächlich bezahle – weil ich es behalten will?“ Herr Sanchez hatte Carmichael doch tatsächlich am schwarzen Rollkragen gepackt! „Sie zahlen, aber sie kriegen es nicht.“ Carmichael wehrte den Arm von Juans Vater ab. „Dann zahl ich eben nicht und hol's mir trotzdem!“

Blitzschnell griff Herr Sanchez in die Innenseite von Carmichaels Lederjacke, aber der stieß ihn sofort zurück. Jetzt sprangen auch Juans Mutter und Tante Esmeralda dazwischen. Frau Sanchez versuchte, die beiden, die jetzt nach allen Regeln der Kunst auf dem Fußboden miteinander rangen, auseinander zu bringen, während Esmeralda um sie herumsprang und Carmichaels Jackentaschen befingerte. „Das Teil kriegt ihr nie!“, brüllte Carmichael derweil unter dem Tisch hervor. „Das hab ich so gut versteckt bei mir zu Hause, das kriegt ihr nie!“

Ein Blick, ein Sprung – Juan und Mira verschwanden im Dunkel von Little Italy.

„Habt ihr das gesehen?“ Giggel schlug sich mächtig auf den Bauch, und das klang wunderbar nach Trommel. Wie dieser Sanchez dem Carmichael an die Wäsche ging? Es geschehen doch noch Zeichen und Wunder.“ Giggel thronte mitten auf Pergaments Arbeitstisch, was ihm in regelmäßigen Abständen schärfste Kontroll-Blicke einbrachte. Aber Giggel wusste seine Lachsalven zu kontrollieren. Kein Papierstapel wurde in Mitleidenschaft gezogen. „Vanilla, stehen Sie ruhig Ihrer Heiligen Erleuchtung zur Seite, unser großes Fest rückt schließlich näher und näher – ich kümmere mich um Mira May.“ Pergament war heute ganz Kavalier. „Sicherlich war das eine köstliche Szene“, Pergament konnte seine Herablassung Giggel gegenüber schlecht unterdrücken. „Aber wir sollten dann doch die Harflinge losschicken. Und zwar presto, presto!“

Mit diesen letzten Worten schwirrte auch schon eine Hundertschaft perlmuttener Wesen in den lichten Raum. „Ihr seid informiert?“ „Yeah, yeah, yeah!“, sangen die Harflinge. Die Beatles hätten ihre Freude gehabt. „Ihr habt die Adresse von Carmichael?“ „I say no-oh-oh-oh and you say hello!“, schallte es ihm so herzerfrischend rhythmisch entgegen, dass es ihm schwer fiel, den richtigen, gestrengen Tonfall zu finden: „Giggel, Sie wollten sämtliche Adressen der Beteiligten zusammentragen.“ „Hab ich auch!“ Lachsalve. „Eine traumschöne Gegend. Ich sage euch!“ Lachsalve. „West-Street, auf Höhe der 14. Straße. Nummer 18 c. Naaa? Zufrieden?“ Lachsalve. „Don’t worry, be happy!“, erscholl es, als die Harflinge in trauter Eintracht vom Hof schwirrten.

„Meat Packing District“, zischte Mira in Juans Ohr, während sie die Stufen der U-Bahn heraufstürzten. „So ein Mist, so weit bin ich noch nicht im Englischunterricht – weißt du, was das bedeutet?“ „Na, ‚meat‘ heißt doch ‚Fleisch‘.“ Juan guckte oberschlau, „also war hier vielleicht früher mal eine Rinderweide, bei den Indianern damals, weißt du.“ „Auf jeden Fall macht Carmichael Hackfleisch aus uns, wenn er mitkriegt, dass wir in seiner Wohnung sind.“ Mira keuchte schwer. Klar, dass sie wieder schauen musste, wo es langgeht, Stadtplan einnorden, Straßennamen suchen – Knox kriegte sowieso nichts geregelt, und Juan und Orientierung, das war so wie Mäusedreck und Erdbeertörtchen, das ging überhaupt nicht zusammen. Apropos Mäusedreck: Gemütlich war die Gegend hier eigentlich nicht. Wirklich nicht. Irgendwie roch es so ... gemein. Ziemlich fies. Offen gestanden: Widerlich, verwest – wie ein Müllsack, der besser schon vor drei Wochen in der Tonne gelandet wäre. „Hier ist es, West-Street, Ecke 14. Straße, ganz in der Nähe muss seine Wohnung sein.“

Mira hüpfte siegesgewiss um die Ecke ... und landete in einem Container mit den übelriechendsten Plastiksäcken, die ihr je untergekommen waren. „Juan! Tu doch was!“ In solchen Dingen war er wirklich klasse, ganz spanischer Kavalier: Mit Todesverachtung zog er sie mannhaft aus dem Schlamassel. „Ihhh! Fleisch! Gammliges Fleisch! HICKS!“ Ging das schon wieder los, wenn sie Schluckauf hatte, war überhaupt nichts mit ihr anzufangen. Juan wurde maulig. „So ein paar mickrige Fleischreste, Himmel, das ist doch gar nix. Oha.“

Juan hatte in die nächste Toreinfahrt geschaut. Halbe Kühe. Da ratterten halbe Kühe an der Decke entlang.

Ohne Haut, aber mit Knochen. „Mira, das ist ein Schlachthaus – Carmichael wohnt in einem Schlachthaus!“ Kreidebleich drehte sich Juan zu ihr um. „Hier ist alles Schlachthaus.“ Wortlos deutete Mira auf die Baracke gegenüber: ‚Happy Cow Ltd.‘ stand auf dem rostigen Schild zu lesen, und darunter: ‚Meat Packing Company‘. „Wir sind im Schlachthof-HICKS!-Viertel“, stöhnte Mira. „Nichts ist aufreizender als Gelassenheit. HICKS! Soll doch der Kerl mit fünfzehn Hackebeilchen zusammenleben, wir steigen trotzdem bei ihm ein.“

So viel Mut – das konnte nicht gut gehen: Schon hatte Juan Miras neues Handy aus ihrer Bauchtasche gezogen. „Hey, Dionne? Hol Kimberly von ihren Hausaufgaben weg und wirf dich mit ihr in die U-Bahn! Linie A,C oder E, Station 14th Street! West-Street 18 c. Dort wohnt unser Freund Carmichael, bei dem haben wir was abzuholen. Das würde er aber nicht so klasse finden. Ihr müsst Schmiere stehen und ihn unbedingt daran hindern reinzukommen, solange wir drin sind. Übrigens – ihr kriegt eine echt tolle Kulisse zu sehen. Wundert euch bitte nicht.“

Das hat er nun wieder gut gemacht, dachte Mira und stoppte abrupt vor der Hausnummer 18: „Here we are!“ „Protz nicht so rum mit deinem Englisch“, knurrte Juan – und blieb wie angewurzelt stehen. „Road to nowhere“, murmelte er und schob die rechte Zehenspitze vor, zentimeterweise Richtung Verderben. Denn nichts Anderes würde dort hinten auf sie lauern: Unterwelt, Verdammnis, Hackfleischmaschinen. Ein schwarz-schummriger Gang, so lang und schmal, dass gerade mal eine Katze oder eine Mira hindurch passten. Dafür aber superhoch: Die grünliche Zwanzig-Watt-Birne, die irgendwo vor sich hin funzelte, brachte nur eins zum Leuchten: Haken schimmerten über ihren Köpfen, riesenhafte Haken! So riesig, dass locker ein Dinosaurier daran baumeln könnte – na, ein

Halber zumindest, denn die hatten ja so riesenhafte Bäuche – Ganze passten hier bestimmt nicht hindurch ... Aber die haben sicher genau so aus dem Maul gestunken.

Mira schob Knox und Juan vor sich her. Der allerdings sah fast nichts, weil er sich das frisch gebügelte Taschentuch von Mama vor die Nase drückte. „18 c", flüsterte Mira, „c!" und kam so ins Rutschen, dass Juan alle Mühe hatte, ihr Fliegengewicht in der Senkrechten zu halten. „Ihhh! Was ist denn das, putzt hier denn keiner?" Mira starrte auf den glitschigen Boden. „Och", tönte Juan und fand natürlich Gefallen an der neuen Rolle ‚Action-Held': „Das ist Blut, ich würde mal sagen, Ochsenblut."

„HICKS! ‚c' heißt also, Carmichaels Wohnung liegt im Hinterhof." Richtig. Wenn man so was als Hof bezeichnen konnte. Irgendwo, ganz weit oben, musste es tatsächlich eine Art Schacht geben, durch den diffuses Licht nach unten sickerte. Allerdings nicht genug, um das Chaos aus Containern, Plastiksäcken, Stapeln von undefinierbaren Blechteilen, Eisenketten und verwegenen Maschinenteilen überschauen zu können.

„18 c" – ehrfürchtig schlich Juan auf das Türschild unter der Neonfunzel zu: „Hier leben bestimmt mehr Ratten als im gesamten Rest von Manhattan!" „Ich befürchte, hier leben noch ganz andere ..." Mira zuckte zusammen. „Hast du gesehen, Juan? Riechst du was?" „Ich hab die Nase so voll, da passt noch nicht mal mehr Veilchenduft rein." „Da hinten, unter dem Ding, das so aussieht wie ein zu groß geratener Hühnergrill, da ist er eben rausgekrochen, ganz krumm, und als er hier, direkt neben mir, vorbeihuschte, da hab ich's gerochen, das war schimmliges Obst, Juan, keine Frage: Hier hat ein Miesling Wache geschoben. Der hockt jetzt auf seinem ekligen Plastik-Fledermaus-Umhang und düst Richtung Carmichael, um ihn vor uns zu warnen. Oder vielleicht noch schlimmer, der holt vielleicht die Schwarze Gamma selbst hierher!" „Deine Horror-Geschichten kannst du wem anders erzählen, aber egal: Was stehen wir hier rum wie Plastikmüll – rein und das Handy holen!"

Juan trat mit einer Wucht, die ihm Mira nun wirklich nicht zugetraut hätte, mitten in Carmichaels Haustür hinein: WOMMMMMM. Wie ein gewaltiger Schulgong rauschte der Klang der vibrierenden Metalltür durch die Fabrikhallen. „Bist du wahnsinnig? Da können wir ja gleich mit einer Trompete herumlaufen und verkünden: Hallo, hallo! Mira und Juan sind hier! Wir brechen jetzt in eine fremde Wohnung ein!" „Halt dich zurück. Schau doch!" Die Haustür stand offen. Carmichael hatte offenbar vergessen, das Licht auszuschalten. Oder vielleicht gab es da eine Automatik: Carmichael wohnte in einer Halle! „Ein Loft, wie bei uns." Mira war platt. Juan warf ihr einen genervten Blick zu: „Hör mit deinem Englisch auf. Ich denke, du suchst dein Handy."

Nur – wo beginnen? Carmichael lebte nämlich nicht in diesem Loft, er hauste dort. Uralte Schlachtbänke nutzte er als Sammelstellen für Altpapier. Bottiche, Wannen, Metallbehälter aller Art quollen über von Klamotten, leeren Bierkästen, vor Dreck starrendem Geschirr. Hunderte Videokassetten lagen herum, in zerfledderten Hüllen... Ein Handy in diesem Plunder zu finden, das war wie die berühmte Stecknadel im Heuhaufen. WUMMMM! Die Haustür war ins Schloss gesaust, und mit ihr irgendetwas in die Halle ... „Knox! Was war das? Bitte." Doch Knox wedelte nur erschöpft. „Jedem Anfang wohnt ein Zauber inne", Mira begann wild entschlossen, die erste Tonne zu durchwühlen. „Iihhh!" Eine Ratte sprang ihr entgegen. „Mira, das Teil finden wir nie."

Juan stöberte missmutig durch das Loft, knallte mit dem Schienbein gegen einen Metallpfosten, fluchte ... „Juan! Mir stinkt's auch gewaltig. Könnte echt alles hinschmeißen. Merkst du das nicht? Das sind Mieslinge, die uns die Laune verderben, die müssen hier sein, ganz nah! Und gleich kommt Carmichael zurück, die Schwarze Gamma ist alarmiert ... Das wird ein Fest für die, uns zu grillen!" Mira musste an den überdimensionalen Hühnergrill draußen denken. Eine Träne kullerte ihr über die Wange. „Wenn ich das Handy nicht finde, dann, HICKS! verliere ich alle meine Freunde, dann, HICKS! bin ich ganz allein, und helfen kann ich dieser, HICKS! armen, verlorenen Seele auch nicht mehr ... Sooo schrecklich!" Schluchzend ließ sie sich auf einen Stapel Kisten fallen. Knox schleckte ihr kreuz und quer über das Gesicht. Und er hörte auch nicht damit auf, als draußen, vor der Haustür, ein Riesengezeter ausbrach. „Hey! Das sind doch Kimberly und Dionne! Was singen die denn da?" „Die machen einen auf Straßenmusikanten und betteln Carmichael an. Aber er wird trotzdem gleich hier sein."

Juan klang jetzt auch völlig verzweifelt. Mira schoss aus ihren morschen Kisten hoch. Dabei barsten die unter dem Druck in tausend Stücke auseinander. Offenbar war das eine verrottete Ladung Elektro-Rasierapparate gewesen, Hunderte schwarzer Päckchen kullerten Mira um die Füße – und Knox fing spielerisch eines davon auf. Mit einem für seine Verhältnisse äußerst dynamischem Schwanzwedeln hielt er es Mira entgegen. Die schob ihn genervt weg, entriss ihm unwirsch den Rasierapparat ... und hielt – das Handy in der Hand!

„Juan! Versteck dich! Ich hab das Handy!" Mira spielte, so gut das zwischen Hicksern und Schwanz wedelnden Attacken von Knox möglich war, die Harflinge herbei. Das ging wirklich ruck zuck, aber schließlich waren sie auch schon unterwegs gewesen. Draußen wechselte das

Gesinge in schrille Opern-Parodien. Ein Schlüssel wurde ins Schloss gesteckt.

Musikus war drauf und dran, sich auf eine uralte Gitarre zu stürzen, die Mira erst jetzt in einer Ecke des Lofts entdeckte. „Nicht jetzt, bitte!", flehte sie. Der Schlüssel hatte sich irgendwie im Schloss verhakt – jetzt sprang die Tür auf, Carmichael stand im Raum, mit verzerrtem Gesicht hielt er sich beide Ohren zu. Mira hatte Musikus hinter einen Stahlträger bugsiert und flüsterte hektisch mit ihm – während Carmichael misstrauisch begann, seine Wohnhölle zu inspizieren.

Es ertönte ein Donnergrollen aus der Tiefe des Raums. Das verhieß nichts Gutes, überhaupt nichts Gutes. Vorsichtig spähte Mira hinter ihrem Stahlträger hervor: Aus der Tiefe des Raums quoll eine gefährlich grünlich-rot schillernde Staubwolke hervor. Oder waren das gefärbte Glühwürmchen? Oder vielleicht rote und grüne Moskitos? Nur ... Wo kamen die her? Unglaublich: Aus einer Art Spielautomat. Ja, genau, ein pompöser Spielautomat, mit kitschigen, quietschbunten Fratzen drauf. Aus diesem Kasten quoll also diese grün-rote Wolke hervor! Davor, einigermaßen um Fassung ringend, hielt Carmichael die Stellung. Offenbar befand er sich in einem tiefen Konflikt: Flüchten oder Standhalten? ‚Flüchten!' dachte Mira, und genau das pustete ihr Musikus schon die ganze Zeit ins Ohr. Tatsächlich: Carmichael machte kehrt, bevor ihn die Wolke erreichte, Mira konnte für Bruchteile einer Sekunde sein fratzenhaftes Gesicht ausmachen, und schwupps!, weg war er. Die Wolke blieb. „HICKS!" Mira suchte nach Juan und Knox, die sich blödsinnigerweise ausgerechnet unter dem Spielautomaten versteckt hatten. In dem wabernden Giftgrün und Giftrot konnte sie die beiden nur schemenhaft erkennen. Eins war allerdings klar: Gut gehen würde es ihnen dort nicht. Und schon hatte sich aus der Wolke eine Figur geformt.

Mira erstarrte. Krumm, hager, schwarz – rot-funkelnder Diamant am Finger: Die Schwarze Gamma! „HICKS!“ Die Schwarze Gamma fuhr herum. Stinksauer natürlich. Carmichael war weg, das Handy unauffindbar, und dort, hinter der Säule, hickste es. Sie hastete direkt auf Mira und Musikus zu. „Wo die Gamma hereingekommen ist, dort findet man auch wieder heraus!“ „Danke, Musikus!“, stammelte Mira – und während sich die Schwarze Gamma mit einem schrillen Schrei hinter dem entschwindenden Perlmuttstreif des Harflings her stürzte, flitzte Mira zu Juan und Knox hinüber. „Hier muss es irgendwie rausgehen!“, flüsterte sie den beiden zu. Und dann: „Mögt ihr Trampolin? Achterbahn? Bungee Jumping? Folgt mir!“ Die Schwarze Gamma klebte zum Glück noch an der Hallendecke und rieb sich den blauen Fleck am Hinterkopf. Dort, zwischen den Wellblech-Platten, hatte zwar ein Harfling hindurch gepasst – aber nicht sie!

So kriegte sie nur ziemlich benebelt mit, wie zwei nicht allzu große Personen und ein etwas behäbiges schwarzes Etwas auf den Spielautomaten sprangen, die gläserne Abdeckplatte anhoben und drunter schlüpften. Noch bevor sie überhaupt kapiert hatte, dass die an genau der Stelle entschwanden, die sie allein als ihr Spezial-Schlupfloch nutzte, waren sie schon weg: Einer nach dem anderen wurde – wie die kleinen weißen Automaten-Kugeln – von der Sprungfedervorrichtung nach draußen katapultiert. Wer die Sprungfedern ausgelöst hatte, wer an den Automatenknöpfen zog? Da war nur ganz kurz ein perlmuttener Schimmer zu sehen.

PATSCH. Zu allem Überfluss landete die Schwarze Gamma in einem Goldfischbottich. In dieser Stimmung sollte man ihr jetzt besser nicht begegnen. Tja. Carmichael hatte sich – bebend in einer Mischung aus Wut und

Verzweiflung – vor seiner Haustür aufgebaut. Was da in seinem Loft abging – ungeheuerlich! Vor allem: Da war das Handy drin – und er hatte die Kohle dafür nicht bekommen. Also stürmte er verwegen zurück in seine Wohnhölle ... Der Schwarzen Gamma vor die krummen Füße. ‚Adlerkrallen!', dachte er noch, da raubte ihm ein spitzer Schmerz im Nacken fast die Besinnung. Das musste der Diamant sein. Der Schmerz fühlte sich irgendwie rot an – heiß und sehr, sehr gemein. „Wieso hast du sie entkommen lassen? Wer hat denen geholfen? Wo ist das Handy?" Mit jeder Frage schoss ein neuer rötlicher Schmerz bis in seine Zahnwurzeln. Besonders der Weisheitszahn oben links ließ ihn rot-grüne Sternchen sehen.

„Ich bin unschuldig!", stammelte Carmichael, als er wieder halbwegs bei Sinnen war, und spuckte den Weisheitszahn aus. „Deine Mieslinge haben hier leider mies Wache geschoben." „Wo ist das Handy?" Jetzt baumelte der Diamant gefährlich nah vor seinem linken Schneidezahn. „Das können sie gar nicht gefunden haben. Das ist in der dritten Rasierapparatkiste von unten." Carmichael deutete vorsichtig hinter sich, um bloß dem Diamanten nicht noch näher zu kommen ... So schnell war die Schwarze Gamma schon lange nicht mehr durch die Gegend gefetzt, genauer gesagt, zu dem Sperrholzhaufen, der in besseren Tagen einmal ein ansehnlicher Kistenstapel gewesen war. Carmichael rasterte die geradezu mörderische Gefahr aus dem Augenwinkel – und rettete sich mit einem Riesensatz in die Toilette. Die Schwarze Gamma hinterher: WOMMM! Das war die zweite dicke Beule, weil sie auf die zugeknallte Klotür krachte. Weg war Carmichael. Wie er durch das katzenkleine Klofenster gekommen war, das konnte er sich Zeit seines Lebens nicht erklären.

Während sich also die Schwarze Gamma daran machte, Carmichaels Wohnung zu zerlegen, zumindest das, was noch zerlegbar war und wofür sie sogar eigens ihre Sonnenbrille absetzte – während sie also unter dem gefährlichen Flackern ihrer roten Pupillen Geschirrberge, Videostapel und Klamottenhaufen zu einer stinkenden Masse zusammenschmolz, rannten Mira und Juan schweißüberströmt die Houston Street hinunter. Knox hatten sie in weiser Voraussicht in den Rucksack gestopft. Doch bevor sie ihren Handy-Sieg mit den Freunden gebührend feiern konnten, stellte sich ihnen ein neues Hindernis in den Weg: Sam und seine T-Bone-Bande. Die schienen gerade eben ganz besonders auf Zoff gebürstet.

20

„Du hast geschworen, Sam!“ Mira klang wie ihre Mutter, genauso streng. Sam, Mat, Bernie und Rocky hatten die beiden in eine Toreinfahrt gedrängt. „Oh ja! Ich habe geschworen! Dass ich euch nämlich so richtig platt mache. Ha, was sag ich ‚platt‘ – zu Krümeln mache ich euch, zu Staub – pulverisieren werde ich euch!“ Eklig, Sam spuckte, wenn er brüllte. Das machte die Situation leider nicht einfacher. „So. Punkt eins: Wo ist das Handy?“ Sam packte Juan und knödelte ihn in den Schwitzkasten.

„Für freie Menschen sind Drohungen wirkungslos!“, trompetete Mira, fand, dass ihre Sprüche doch immer wieder Mut machten, und hatte eine Idee. „Aaaaahhh!“ Mira sank plötzlich in sich zusammen, als hätte ihr jemand den Stecker rausgezogen. Sam stutzte. Wieder dasselbe Problem: Handeln und reden gleichzeitig, das setzte ihn schachmatt. Miras Ohnmachts-Theater schien zu funktionieren: Zumindest so lange, dass sie auf ihrem Handy verstohlen den Notruf betätigen konnte: Einmal senkrecht, einmal waagerecht, einmal diagonal, schnell noch geflüstert: „Im Namen der 15: Ich rufe das Licht!“ Nur – wo war es? Verflixt, es war ja schon dunkel – schließlich musste sie doch ins Licht schauen, sonst konnte sie den Notruf nicht aktivieren. Aus ihrer Position auf dem Boden der Toreinfahrt konnte sie nur eine einzige Lichtquelle ausmachen – die Leuchtschrift eines Ladens: „Industrial Light&Magic“. Blitzschnell streckte Mira das Handy in diese Richtung, drückte den Perlmuttknopf – und genauso blitzschnell hatte Sam ihr das Handy entrissen. Mira brach in Tränen aus. Das war jetzt doch zu viel. Eben noch in allerhöchster Gefahr aus Carmichaels Wohnhölle entronnen, und jetzt das! Sie wusste noch nicht mal, ob das mit dem Notruf geklappt hatte ... Warum war sie bloß nicht lieb und brav in ihrem Zimmer geblieben, hätte vielleicht einen Film auf DVD geguckt und später noch mal nett mit Kimberly telefoniert? Oder mit William? Ach, William. Mira hickste und schluchzte so sehr, dass Knox in seinem Rucksack rebellierte.

„Hey, Matt, nimm mir mal diesen Latino ab." Sam schien ein bisschen durcheinander. „Und Rocky, pass auf die Heulsuse auf." Rocky grinste stolz, legte seine drei Zahnlücken frei und klemmte Mira zwischen seinen Springerstiefeln fest. „Bernie, siehst du was? Also, ich meine, an mir!" Sams Stimme zitterte ja! „Was soll ich schon sehen". Glatzkopf Bernie musterte Sam mit verkniffenem Blick. „Ich ... ich habe das Gefühl, als würde mich jemand aufpusten, als würde ich auseinander gehen wie ... wie ein Bier, das man tierisch geschüttelt hat!" „Genau davon hast du offenbar zu viel intus." Bernie verschränkte die Arme abweisend vor der Brust. „Und da! Frösche! Oh, nein ... die mit den Giftstachel-Zungen! Uahhh! YÜNNAN-Schnapp-Zungen-Frösche! Bernie! Matt! Rocky! Nehmt die Dinger da weg! Los! Ich sag euch: Schlagt sie tot, weg mit denen! Überall, da, da, alles voll auf deiner Sch...-Lederjacke, Matt! Schlag sie tot! Und die Luft muss raus, die Luft muss raus!" Die drei sahen nichts, schauten sich entgeistert an. Klapsmühle oder Ausnüchterungszelle?

Plötzlich röhrte von der Straße her Motorengeräusch. Grüne und rote Funken sprühend raste ein pechschwarzes Motorrad mit ohrenbetäubendem Getöse auf die völlig verdatterte Gruppe zu. QUIIIETSCH! So knapp war das riesenhafte Gerät vor Sam zu stehen gekommen, dass der Vorderreifen seinen Stiefel plättete. Mit angstgeweiteten Augen starrte Sam auf die schillernde Gestalt. Den Teer-Gestank nahm er erst gar nicht wahr. Das wäre wieder viel zu viel für ihn gewesen. „Das Handy", zischte der Baron und knallte seinen Tambourstab wie eine Peitsche durch die Luft. „Rück das Handy raus, Sam. Sonst werden wir dich ähnlich entsorgen müssen wie Mr. Carmichael." Tatsächlich, da war etwas auf den Rücksitz geschnallt: eine Art überdimensionaler Hühnerstall. Da drin hockte völlig apathisch Carmichael, mit wirrem Haar und genau so wirr flackernden Augen. „Den bring ich gleich auf die englische Hühnerfarm von meinem Bruder. Der sucht schon lange eine Arbeitskraft, die richtig zupacken kann. Vor allem Hühnerkot kratzen. Also: Her mit dem Ding!" RRÖÖRRR.

Sam war mittlerweile richtig in Panik geraten: Er ging auf Baron le Teer los! „Weg mit den Fröschen!", brüllte er, „raus mit der Luft!" Um den Baron zu packen, warf er einfach das Handy weg: „Du Frosch-Terrorist! Weg mit den Fröschen! Raus mit der Luft!" Noch im Flug hatte Mira das Handy geschnappt. Rocky hatte gar nicht gemerkt, dass sie ihm durch die Stiefel geschlüpft war. Mit dem einen Arm hakte sie Juan unter – der steckte noch in Matts Schwitzkasten –, und Knox hatte sie noch immer auf dem Rücken. Mit der anderen Hand drückte sie auf ⇑, und ab die Post! Die drei sausten in die Höhe. Den fetten Matt entsorgte die Schwerkraft: Der klatschte aus einigen Metern Höhe auf Carmichaels Hühnerstall. „Ein wahrhaft großer Mensch wird weder einen Wurm zertreten noch vor dem Kaiser kriechen! Merk dir das, Sam!", rief Mira im Steigflug und keuchte zu Juan: „Das reicht aber jetzt für heute." Sam starrte entgeistert erst nach oben und dann auf den Stöpsel in seiner Hand.

Mira war völlig erschöpft in einen wohl verdienten Tiefschlaf gesunken. Sie träumte, sie liegt mitten in einer blühenden und duftenden Sommerblumenwiese, so eine, wie es sie zu Hause in München an der Isar gab. Bienen summten, Schmetterlinge flatterten, und Gräser kitzelten sie an der Nase. Kitzelten sehr an der Nase. Kitzelten ziemlich sehr! Mira schlug die Augen auf: „Entschuldige bitte vielmals! Bitte nicht böse sein!“ Tatsächlich: Musikus hockte auf ihrem Kopfkissen und hielt einen funkelnden Notenschlüssel in der Hand. Aha, mit dem hatte er sie bestimmt gekitzelt. „Nicht jetzt!“, knurrte Mira und drehte sich um. „Mira, ich habe eine einzigartige Einladung für dich! Deine Müdigkeit wird sofort wie weggeblasen sein, glaub mir: Dies hier ...“ Musikus wedelte mit dem Notenschlüssel „... ist die Einladung, an unserem Konzert teilzunehmen. An dem Konzert mit den Philharmonischen Harflingen. Allerdings jetzt gleich.“ Mit einem Ruck setzte sich Mira auf. „Ich? Und mein Handy?“ Sie schien tatsächlich hell wach zu sein. „Jawohl. Wir sind der Meinung, dass du jetzt die nötige Grundreife erreicht hast.“ „Na, logisch!“, rief Mira, während sie vom Hochbett direkt in die Jeans sprang.

Der Konzertsaal am Hof des Weißen Gründers war auch von Ferne betrachtet eine recht ungewöhnliche Konstruktion. Das gigantische und geheimnisvoll illuminierte Schloss trug einen sehr eigenwilligen Ableger im obersten Geschoss: Eine ins Riesenhafte vergrößerte Musiknote war sozusagen mit dem ‚Stiel‘ an einem ausladenden Balkon befestigt – der ovale ‚Bauch‘ der Note schwebte somit frei in der Luft. Und darin befand sich, unter freiem Himmel und mit ansteigenden Sitzreihen für das Orchester, der Konzertsaal. Wenn dort gespielt wurde, rann die Musik durch den Notenstiel in das Schloss hinein, so dass allerhöchste Klangqualität in allen Gemächern garantiert war.

Jetzt war der Konzertsaal bis auf den letzten Platz mit musizierenden Harflingen gefüllt, und es erscholl aufs Schönste das Concierto de Aranjuez. Der Noten-Bauch-

Saal bewegte sich – passend zu den Klängen – in sanften Schaukelbewegungen. Der Kleine Dirigent leitete mit ausladenden Bewegungen die in allen Farben schillernde Orchestergruppe – mit einem seligen Lächeln auf den Lippen. Er schwebte wohl in ganz anderen Sphären. Und ganz oben, am Rand des Ovals, in der letzten Reihe, da spielte Mira mit. Sie war die einzige mit Handy – die acht anderen Keyboard-Spieler hatten die handelsüblichen Instrumente dabei. Auch Mira war in ihr Spiel völlig versunken. Wie leicht ihr das Konzert von den Händen ging! Wie wunderbar es war, in einem Orchester zu spielen, die Wucht und die Magie der Musik bis in die Zehenspitzen zu spüren! Mira ließ sich weit forttragen von den Klängen. Was hatte Musikus vorhin gesagt? Sie solle wissen, dass in solchen Augenblicken, wenn sie so ganz in der Musik sei und so ganz bei sich, dass dann Wünsche wahr werden könnten? Die Kraft der Gedanken machte sie wahr.

‚Ich würde sooo gerne wissen, was diesen ungewöhnlichen Menschen aus dem Wunderland so unglücklich machte. Wieso der seine Seele verloren hat', dachte Mira und wiegte ihren Oberkörper gemeinsam mit ihren Nachbarn nach rechts und dann nach links ins nächste Crescendo hinein. „Das ehrt mich sehr." Moment, wo kam das denn her? Eine dunkle, sympathische Stimme war das, mit arabischem Akzent. Den kannte sie noch von ihrer Dubai-Zeit. Komisch, sie konnte trotzdem mit gleicher Inbrunst weiterspielen! Da saß er. Eine Reihe vor ihr, also ein bisschen tiefer. Nur anders herum als die Flötenspieler neben ihm. Er schaute sie genauso traurig-melancholisch an wie damals in ihrem Zimmer. Und denselben Kaftan trug er auch. Aber heute konnte er sprechen! Die Musik schwoll wieder an. Trotzdem verstand sie ihn bestens: „Ich fühle mich hoch geehrt, dass du dich meines Schicksals annehmen möchtest. Und ich möchte nicht verhehlen, dass ich mich aufs Erquicklichste darüber freue, meinem Kerkerverlies für ein weiteres Mal kurzzeitig entfliehen zu dürfen. Meinen untertänigsten Dank, dass du mich erneut zu dir riefst, Dame Mira May", – er meinte das ganz ernst! „Und offen gestanden: Ich habe seit Jahrhunderten sehnsüchtig darauf gewartet. Damals, in grauer Vorzeit erging eine Prophezeiung an mich: Es werde ein Mädchen kommen in ferner Zukunft, die werde die Aufgabe in ihrem Herzen tragen, meine geschundene Seele zu befreien. Und du bist gekommen. Ich vergehe vor stiller Freude." Auch dieses Mal kam Mira nicht aus dem Rhythmus. 'Könnte das vielleicht sein – ich habe diesen Auftrag, und ich weiß das noch gar nicht?', dachte Mira. „Nun, wenn ich mir erlauben darf, dazu Stellung zu beziehen." Wie. Konnte dieser verlorene Mensch Gedanken lesen? „Mira May, in der Tiefe deines Seins weißt du das schon. Bedenke schlicht: Sonst hättest du nicht unablässig nach mir gesucht. Mit dem unerschütterlichen Bedürfnis im Herzen, mich zu befreien – und die Liebe leben zu lassen." Stimmte eigentlich. Zumindest das Erste. Das mit dem Befreien. Aber wie das mit dem Liebe leben lassen? Was wusste sie denn schon darüber. Na ja ... William! schoss es ihr durch den Magen.

Doch sie schob dieses unheimliche Kribbeln lieber ganz schnell wieder weg. Auf jeden Fall hatte sie von der Liebe dieses fremdartigen Herrn schon gar nichts gewusst. „Bitte, erzählen Sie mir, Hoheit. Wie ist das alles passiert?" „Das ist lange her, Dame Mira May. Sehr lange." Seine Stimme klang brüchig. „Ich darf mich zunächst einmal vorstellen: Mein Name ist Yusuf Ben Nazar. Ich lebte in Granada, das ist in Andalusien, in Südspanien – vielleicht hattest du in deinem jungen Leben bereits die Möglichkeit, diesem Ort der Lieblichkeit eine Visite abzustatten? Dort hat mich das Schicksal ereilt, das Schicksal von der Art, die so selten ist wie der Edelstein von Alexandria. In Person von Donna Yvonna de Sanchez, Duquessa de Frias, Marquesa de Hinojosa y Castelnovo – wie du unschwer vernommen haben wirst, eine Spanierin, von einer Schönheit, wie sie Gott auf dieser Erde kein zweites Mal schuf ..." Sein Seufzer schien direkt aus dem Erdmittelpunkt zu kommen, so tief war er. „Ich verliebte mich in sie. Und sie verliebte sich in mich. Eine der ganz großen Lieben, musst du wissen. Vielleicht haben die nachgeborenen Generationen eine andere Vorstellung von der ganz großen Liebe entwickelt. Unser Geschlecht der Ben Nazars zumindest ist der Auffassung, dass es auf Erden jeweils nur einen Menschen gibt, weiblichen oder männlichen Geschlechts, mit dem du die Gnade der einen, ganz großen Liebe erfahren kannst. Diesen einen Menschen zu finden, darauf sollte dein einziges Trachten gerichtet sein."

Mira war zwar ein bisschen peinlich berührt, weil ihr das alles etwas schwulstig klang – auf der anderen Seite schien sich dieser Yusuf seiner Sache so sicher ... Mira wollte unbedingt mehr darüber wissen. „Und wie findet man diesen einen Menschen, Hoheit?"

„Es ist dafür erforderlich, sein Herz zu stärken. Und seinen Verstand. Sowie Unerschrockenheit zu üben. Dann wird eine Persönlichkeit – sofern es sich um eine mit persönlicher Größe handelt – Zauber entwickeln. Sobald sie in dieser Wesensform zu leben begonnen hat, wird sie es einfach spüren, wenn sie sich zu einem gesellt – die einzige, die große, die unwiederbringliche Liebe."

Mira nickte verständnisvoll und tupfte das hohe C auf dem Handy. Toll, er ging ganz selbstverständlich davon aus, dass sie die verschiedenen DIN-Größen von Liebe kannte! „Ich hatte nun also das unendliche Glück, von diesem göttlichen Glück bereits in jungen Jahren geküßt zu werden", fuhr der traurige Yusuf fort. ‚Wenn die alle damals so blumig geredet haben, dann muss das ja die reinste Frühlingswiese gewesen sein, wenn die mal so richtig diskutiert haben!', dachte Mira. „Doch das Schicksal führte mich von nun an hinab in die leidvollsten Abgründe, Dame Mira. Dem größten Glück folgte die größte Verzweiflung. Leider verliebten Donna Yvonna und ich uns zur falschen Zeit. Es war die Zeit der maurisch-spanischen Kriege. Und wir, das tapfere Volk der Mauren, waren damals als Eroberer nach Granada gekommen. Und so war es von unerbittlicher Grausamkeit für uns: Kein spanischer Fürst hätte seine Tochter freiwillig einem Mauren gegeben. Donna Yvonna und ich hatten uns gefunden und zugleich verloren. Wir durften uns nur in aller Heimlichkeit treffen." 'Wie fürchterlich!', dachte Mira und spielte Moll. „Doch war dies eine gar wundervolle Zeit – wenn ich das von meinem jahrhundertelangen Elend aus betrachte. Denn es gelang uns immer und immer wieder, einander zu sehen, zu herzen und unserer edlen Liebe zu versichern. Doch dann entdeckten ihre Eltern, dass wir nicht voneinander ließen.

Von da an setzten sie ihr ganzes Trachten darauf, uns zu trennen. Oh, welch eine Spitzelei, welche Intrigen, welch grausames Misstrauen fuhr in diese spanische Familie! Als ihnen dennoch nicht gelang, was sie zu erreichen suchten, verbündeten sie sich mit den Mächten der Dunkelheit." Mira spielte noch mehr Moll. „Um es kurz zu machen: Sie beauftragten die Herrscherin über Zwietracht, Düsternis und Verwerflichkeit, die Schwarze Gamma ...", Mira spielte fortissimo, „... der es dann zu meinem ach so unglaublichen Leidwesen auch gelang, die herzlosen Pläne von Donna Yvonnas Eltern in die Tat umzusetzen. Um es frei heraus zu sagen: Sie lockte mich in eine hinterhältige Falle. Sie inszenierte ein gar hexenhaftes Theater – gemeinsam mit ihren vermaledeiten Verbündeten. Diese gaben sich als spanische Bäuerinnen aus. Dame Mira, du hörtest wohl: SPANISCHE Bäuerinnen! Ihnen drohte durch einen Trupp düsterer Wegelagerer das sichere Verderben.

Ich selbst kam zu dem auf's Überzeugendste gespielte Überfalltheater hinzu, nichts ahnend und den bedrängten Kreaturen selbstredend sofort Hilfe leisten wollend. Zu spät erkannte ich die Gerissenheit des Plans der verwerflichen Gamma. Ich geriet – als einziger Heroe der Szene – in einen ausweglosen Hinterhalt. Ich wurde getötet. Doch damit nicht genug: Mit meinem Tod entriss sie mich meiner Donna Yvonna, mein so großen, so einzigen, so überirdischen Liebe. Und sie mehrte ihre schauerlichen Verbrechen, die Bestie Gamma. Sie setzte meine Seele gefangen. Damit waren wir einander auf ewig verloren, meine Donna Yvonna und ich. Denn, spätestens im Tode beider Seelen von großen Liebenden finden Getrennte einander wieder. Wenn sie bestimmt waren füreinander. Doch eine gefangene Seele wird dieses späte Glück niemals erfahren. Eine solche Kraftentfaltung spät vereinter Herzen würde die Herrscherin der Dunkelheit in ihrem Machtfeld beschneiden. So setzte sie meine Seele in Ketten. Bis zum heutigen Tage.

Meine geliebte Donna Yvonna – ob sie wohl noch im Zustand der Hoffnung ist? Ob sie noch immer auf mich, ihren Geliebten, wartet? Dort oben, wo die lichten Seelen Gestorbener sich fröhlich vergnügen? Dame Mira. Dies ist die größte Hoffnung meiner elendiglichen Existenz: Dass sie bis heute auf mich warten möge. Und dass es dir, Dame Mira, gelingen möge, die Prophezeiung zur Wahrheit zu vollenden. Mein größtes Glück wäre damit verbunden. Und nicht nur das: Ein Triumph des Lichts über die teuflische Dunkelheit."

Längst war der nächste Satz verklungen. Mira spielte geistesabwesend im nächsten mit. Fehlerfrei übrigens. „Ich hasse sie. Ich hasse die Schwarze Gamma“, brach es aus ihr heraus. „Sagen Sie mir, Hoheit Yusuf Ben Nazar, sagen Sie mir das Mittel, das sie vernichtet.“

Das traurige Glimmen von Yusufs Augen gewann an Kraft. „Sie bevorzugt Seelen von Menschen, die besonders unerschrocken für die Sache des Lichts kämpfen. Und sie setzt mit einer hämischen Freude diejenigen gefangen, die in der Reinheit der Liebe erstrahlen. Menschliche Wärme, Geborgenheit und Fürsorge verachtet sie mit aller Boshaftigkeit ihrer verabscheuungswürdigen Person. Alle, die seit Jahrhunderten gemeinsam mit mir gefangen sind, haben zu den verschiedenen Zeiten den Verlockungen des Bösen und Dunklen aufrecht widerstanden. Sie wurden damit unweigerlich zu Feinden der Schwarzen Gamma. Wenn du mich fragst, was das Mittel ist, das die Vernichtung dieser Ausgeburt des Schreckens bewirken kann, dann muss ich dir sagen: Die Befreiung. Die Befreiung der gefangenen Seelen. Die Erlösung der Kräfte des Hellen und Guten. Das würde dieses widerwärtige Wesen ihrer Macht des Verderbens berauben. Der Öffner der Ewigen Warteschleife, der Mensch des Lichts, der die gefangenen, die besonderen Seelen aus ihrem Verlies der düsteren Ewigkeit erlöst, der wird die Schwarze Gamma vernichten.“

Jetzt kam Mira doch aus dem Takt. Nur für den Bruchteil einer Sekunde, Ein Segen, der Kleine Dirigent schien das nicht bemerkt zu haben. Er schwelgte weiter – vom Taktstock bis zu den Frackschößen – in den traumschönen Wogen der Musik. Oder hatte er ihr da gerade zugeblinzelt? Mira war wie elektrisiert.

„Hoheit, ich war in dieser Ewigen Warteschleife des Grauens. Doch mit Verlaub, was ich dort sah, waren richtige Menschen. Wie Seelen sahen die nicht unbedingt aus.“ Der maurische Fürst nickte gnädig. „Unsere Körper sind nur noch zum Schein da. In dem Moment, in dem wir befreit werden, vergehen sie endlich – und unsere Seelen können sich wandeln in ihre wahre Form. Das mit Worten zu beschreiben, übersteigt allerdings meine Fähigkeiten, verehrte Dame Mira. Ich kenne keine größere Sehnsucht, als dass sich meine befreite Seele mit der meiner geliebten Donna Yvonna vereinen möge."

Mira kullerte eine Träne aufs Handy. In letzter Zeit musste sie aber ganz schön oft weinen! „Darf ich noch eine Frage stellen?", flüsterte sie. Der maurische Fürst nickte stumm. „Die Familie Ihrer Geliebten, die Familie von Donna Yvonna ...", der Fürst zuckte bei dem Namen zusammen, „... sind die Nachfahren heute verarmt? Haben die vielleicht auch alle Titel verloren und heißen nur noch Sanchez? Leben einige von ihnen in New York?" „Du bist sehr klug, kleine Prinzessin. Genauso ist es. Und einer der Nachfahren – so wurde mir prophezeit –, würde diesem Mädchen helfen, das mich befreit."

Die Schlussakkorde erklangen. Mira konnte gar nicht hinschauen, so niedergeschlagen sah der arme Fürst aus: „Verlorene Zeit wird nie wieder gefunden. Ich verstehe Sie so gut, Hoheit. Doch seien Sie guten Mutes. Ich habe beschlossen mit all meinem Mut, all meinem Verstand und all meiner Unerschrockenheit: Ich werde Ihre Seele befreien und die der anderen Unglücklichen auch." Hoppla, jetzt fing sie auch schon an, so altertümlich daherzureden! Der Fürst sah Mira unverwandt in die Augen. „Finde den Ort – und spiele dieses Konzert!" Als der letzte Ton verklang, war er verschwunden.

Mira saß da wie in Trance. Den Ort kannte sie: Die Alhambra. Das Konzert konnte sie mit geschlossenen Augen spielen. Sie musste nur noch dorthin. „Glückwunsch!", giggelte ihr die fröhliche Stimme von Musikus ins Ohr. „Gelungene Premiere! Du wirst natürlich bei den

Orchesterproben nicht oft dabei sein können. Aber wenn du ordentlich zu Hause übst ... wirst du künftig immer dabei sein, wenn wir vorspielen. Du hast ja unser magic Notenbuch ..." „Aber ja doch, Musikus – ich übe wirklich viel! Glaub mir bitte." Mira wirkte abwesend. „Mira", Musikus nahm ihre Hand, „versprich mir, dass du keine Alleingänge mehr machst. Es mag ja sein, dass du einen Auftrag hast. Wir alle werden dir dabei helfen, ihn zu erfüllen. Doch bedenke: Alles hat seine Zeit." Mira nickte schwach. Sie flüsterte: „Je dunkler es um uns wird, desto mehr müssen wir die Herzen öffnen für das Licht."

„Ich bin echt stolz auf dich." Mira und William liefen Hand in Hand durch den Central Park – Hunderte Menschen aller Altersgruppen strömten in die gleiche Richtung. „Bist du aufgeregt?" Mira schaute William an und staunte. Er sah ganz entspannt aus. „Ich spiele ja nun wirklich nicht das erste Mal vor Publikum". William beschleunigte seine Schritte so sehr, dass Mira nur hüpfend und springend das Tempo hielt. „Aber vor SO vielen hast du noch nie gespielt!", wandte sie trotzig ein. „Stimmt." Jetzt rannte er.

Der Weiße Gründer drehte sich vor der Spiegelwand in seinem Gemach hin und her und kicherte ohne Punkt und Komma in sich hinein. „Na, wie finden wir das?" Vanilla nickte freundlich – heute brillierte sie in dezentem Perlen-Outfit: Perlenketten im Korkenzieher-Haar, zwanzigreihige Perlenkette um den Hals, Perlenring und natürlich Perlengebirge als Ohranhänger. „Ich würde Sie für einen Schriftsteller halten, Hoheit", sagte sie, während sie in ihrem Perlentäschchen kramte. „Hier, das fehlte noch". Vanilla reichte ihm einen Siegelring mit weißem Stein. Auf dem war selbstverständlich eine Sonne eingraviert. Alles zusammen sah doch sehr ordentlich aus! Weißer Anzug mit Weste, weißes Hemd, helle Krawatte – dazu ein heller Hut und etwas seltsame Schuhe: Oben weiß, die Seiten und Spitzen schwarz. Der Spazierstock fehlte noch! Nee, in Weiß sähe der zu sehr nach Blindenstock aus. Schade nur, dass weiß so aufträgt. Sooo füllig war er eigentlich auch wieder nicht ...

„Viel Vergnügen!", flötete Vanilla. „Amüsieren Sie sich gut. Wir kümmern uns um die Details." „Herzlichen Dank, ihr Lieben", strahlte der Weiße Gründer zurück. „Aber ihr wisst auch: Dieser Besuch ist kein reines Vergnügen. Ich werde mich vor Ort ein bisschen um unsere Mira kümmern." „Bitte, tun Sie das, Ihre Erleuchtung!" Vanilla verströmte heute den zarten Duft von Seeanemonen.

„Sie können hier nicht sitzen bleiben." Dieser Ton war mehr als messerscharf – er sirrte ganz schrecklich in allerhöchsten Frequenzen ... und gehörte zu einer imposanten Polizistin. Außergewöhnlich groß, außergewöhnlich hager, und das Gesicht: Wie aus Ebenholz geschnitzt, nur grünlich. Lippen hatte sie keine, dafür um so größere Augen. Die schluppten so weit aus dem Gesicht, dass man ständig befürchten musste, sie könnte eins davon verlieren. Die äußerst gehakte Hakennase komplettierte den Eindruck: Grauenhaft. Sie steckte natürlich in einer dieser pechkohlrabenschwarzen Polizeiuniformen. Wie üblich völlig fusselfrei. Der Penner vor ihren Füßen sprühte Rattengift – und zwar aus den Augen, und die glühten rot. „Ich bleibe hier!", zischte er und schlitzte mal eben mit dem Diamantring an seinem Finger die Rinde des Baums auf, an dem er lehnte. Die Polizistin trat dem Penner ungerührt ans Schienbein. „Bäume verletzen verboten. Während des Konzerts Aufenthalt im Park verboten. Und wenn du bis heute Abend nicht das Handy hast, gilt für dich: Aufenthalt in USA verboten!“ Die Polizistin griff nach dem Schlagstock: „Na, wird’s bald?“

„Willst du Krieg, Tinni-Tu?“ Der Penner entfaltete sich zu seiner vollen Höhe, und die war in etwa so imposant wie die der Polizistin. „Ab heute um Mitternacht: JA! Dann übernehme ich den Fall. Das Schwarze Loch ist mehr als ungehalten, das kannst du dir wohl vorstellen. DU HAST SCHÄNDLICH VERSAGT!“ Der Penner hielt sich die Ohren zu. Die vorbei strömenden Menschen starrten herüber. Wie konnte diese Frau nur so eine Stimme haben. Wie eine Kompanie Flöten-Kessel! „Verschwinde von hier, Gamma! Oder ich setze dich fest!“ Die Polizistin ließ den Schlagstock schwingen, holte aus. ZACKCK! Der Schlagstock steckte mitten in der aufgeschlitzten Rinde. Der Penner war weg.

„Hey, die ‚Go Angels‘! Die habe ich noch nie live gehört!“ Mira begann, im Wummer-Rhythmus mitzuhopsen. „Hier, halt mal!“ Sie warf William die Bauchtasche zu. Der fing sie mit seinem ‚Von-unten-nach-schräg-oben-Blick‘ auf und schaute unverhohlen zu, wie Mira tanzte. Das gefiel ihm. „Die hat was, finde ich auch.“ William staunte nicht schlecht: Eine Inderin stand neben ihm und schaute ihn mit großen chinesischen Augen an. Kichernd stieß sie ihm in die Seite und riss sich den Schal vom Gesicht: „Dionne!“ „Tja, heute musste es Sari sein. Ich befinde mich im Stadium der Erleuchtung.“ Dionne begann ebenfalls im ‚Go Angels‘-Rhythmus zu hupfen. William klemmte sich die Bauchtasche unter den Arm und tanzte mit. Mira warf einen kritischen Blick hinüber. Doch plötzlich begann sie wild zu gestikulieren, deutete wie geisteskrank auf die Tänzer hinter William. Bevor Dionne und er überhaupt geschaltet hatten, hatte der Penner die Tasche schon unter sein speckiges Sakko gestopft und rannte im Zickzack davon.

Doch da hatte er nicht mit Dionne gerechnet! Sie war Weltmeisterin im Menschenmengen-Surfen. Mit Mordsgezeter stürzte sie sich auf den Penner und schubste ihn zu Boden. Als sich William obendrauf warf, gab das ein interessantes Bild: Sich wälzende Körper, in orangefarbene Sari-Stoffbänder gewickelt. Allerdings hörte der Penner nicht auf zu zetern: „Kommt mir nicht zu nah mit dem Ding! Kommt mir bloß nicht zu nah!“ Dionne stutzte: Wollte der Kerl die Tasche nun klauen oder nicht?

„William! Dein Auftritt! Wo ist William?“ William wurde kreidebleich. Da stand der Sänger seiner Band auf der Bühne und rief ihn aus! Wie von der Tarantel gestochen sprang er auf, raffte seine Sachen zusammen und stürzte Richtung Bühne. Dionne schaute ihm schmachtend hinterher. Was zur Folge hatte, dass der Penner entkam. Unterdessen hatten sich endlich auch Mira und Kimberly durch das Gewühl hindurchgearbeitet: „Wo ist das Handy?“ „Schon wieder weg.“ Dionne wirkte überhaupt nicht zerknirscht. „Dieses ganze Getue um das Ding nervt allmählich. Lass doch den Penner damit glücklich werden.“ Mira griff Kimberlys Hand, machte auf dem Absatz kehrt und verschwand in der Menge.

„Hmmm.“ Der Weiße Gründer stand ein wenig abseits, um alle im Auge behalten zu können: William, der auf der Bühne mit seinem Keyboard ein richtig gutes Bild abgab; Mira, die gemeinsam mit Kimberly die Randbereiche der Wiese nach dem Penner absuchte und natürlich so oft wie möglich zu William schaute – und die Schwarze Gamma. Die hatte er allerdings gerade aus den Augen verloren. Sie hatte bestimmt schon wieder ihre Verkleidung gewechselt. Oder doch nicht? Da drüben schienen sich die beiden Mädchen tatsächlich auf den Penner zu stürzen! Oh, oh, da müsste er doch nach dem Rechten schauen. Schnell drehte sich der Weiße Gründer noch die Stöpsel in die Ohren, die ihm Pergament vorsorglich zugesteckt hatte – es wurde jetzt doch ein bisschen laut –, und wieselflink schlüpfte er zu Mira und Kimberly hinüber. Donnerwetter! Die Gamma ließ ja so einiges mit sich geschehen! Kimberly hatte nämlich dem Penner von hinten die Arme verdreht, so dass er sich nicht rühren konnte – und Mira durchsuchte gerade seine Jackentaschen. „Nichts!", rief sie in höchster Verzweiflung, „der hat die Tasche bestimmt weggeworfen!" „Das glaube ich kaum." Autsch, was für eine Stimme!

Mira und Kimberly blickten auf: Ganz weit oben ein grausliches Habichtsgesicht, darunter der ellenlange Körper einer Polizistin. „Solltet ihr den Penner dingfest machen, dann sagt mir Bescheid. Dafür gibt's eine saftige Belohnung." „DEN Penner haben wir hier, was redet die denn für ein Blech!" Dionne hatte die Sari-Reste sehr gewagt über die entscheidenden Körperteile gewickelt. „Los, raus mit der Sprache: Wo ist die Tasche?" Offenbar wollte sie etwas wieder gutmachen.

Der Penner starrte die drei Mädchen an: „Ich habe weder eine Tasche noch ein besonderes Bedürfnis, wegen euch noch einmal mit der Polizei in Kontakt zu kommen. Verschwindet! Los, haut ab hier!" Der drückte sich ja richtig gewählt aus – das war bestimmt kein richtiger Penner! Offenbar dachten alle drei das Gleiche. „Dass Sie obdachlos sind, können Sie meinem Kindermädchen erzählen." Mira war auf 180. „Okay. Dann erzähle ich deinem Kindermädchen die traumschöne Geschichte von einem erfolgreichen Programmierer, der seinen Job verloren hat, weil ihm Neider einen Diebstahl unterschoben. Und weil das jeder brühwarm erfuhr in dieser Branche, bekam der Programmierer auch keinen neuen Job mehr. Er verlor sein Haus, seine Frau und sein Auto. Dann fing er an zu trinken und genießt jetzt sein Leben auf der Straße." Mira stand sofort auf: „Entschuldigen Sie bitte vielmals", stammelte sie. „Quatsch! Das ist ein genialer Blender! Glaub dem kein Wort! Der hat die Tasche irgendwo versteckt!"

Mira schaute zur Bühne hinüber. Wie gerne hätte sie das Konzert einfach so genossen – ohne Handy-Stress! Das Publikum tobte. Feuerzeuge klickten, und ein Lichtermeer flackerte auf. Alles sang mit, rundherum glückliche Gesichter. So ein netter älterer Herr dort drüben, in einem urkomischen weißen Anzug! Jetzt zwinkerte er ihr auch noch zu. Da sah sie, dass William zu ihr herüberblickte. Wow, das war wie eine warme Dusche von innen – und der Duschkopf war irgendwo in ihrer Magengegend eingebaut. „Das Glück kommt plötzlich", murmelte sie, und der nette Herr nickte ihr aufmunternd zu. „Ich weiß nicht". Mira war plötzlich abgrundtief müde. „Was soll ich tun? Was meint ihr?" „Ruft doch die Polizei, wenn ihr was vermisst!" Mit einem Ruck hatte sich der Penner losgerissen – schon war er in der Menge verschwunden. „So. Jetzt ist es endgültig weg, dein Handy. Und du bist selber schuld." Dionne konnte widerlich sein. Aber Recht hatte sie.

Nicht weit entfernt stocherte ein Müllmann in den Papierkörben am Wegesrand herum. Eine krallige Hand senkte sich von hinten auf seine Schulter. „Ich frage mich sowieso, wie du eine solche Musik auf die Dauer aushältst, Gamma. So harmonisch. Du musst Höllenqualen leiden", pfiff es dem Müllmann in den Gehörgang. „Ich freue mich, dich so engagiert bei der Arbeit zu erleben. Immerhin hast du noch bis Mitternacht Zeit." Der Müllmann drehte sich um: Rotglühende Wut in seinen Augen. WUSCHSCH! Der Papierkorb war nur noch eine verschmorte, stinkende Masse.

„Wer glücklich reisen will, reise mit leichtem Gepäck“ – wie freundlich sich dieser schrullige, weiß-hütige Mann Mira zuwandte! Gleich ging auch die warme Dusche in ihrer Magengegend wieder an. „I'm walking away“, scholl es gerade von der Bühne. Frenetischer Jubel im Publikum. Tatsächlich, der nette Herr stellte sich als Räuberleiter zur Verfügung! Mira guckte sich um, passieren konnte ja nichts, es waren genug Leute drumrum. Behände kletterte sie auf seine Schultern hoch. Welch ein Ausblick! Und – direkte Sichtlinie zu William hinüber! Der hatte sie auch gleich erspäht. Und sämtliche Penner der Umgebung konnte Mira nun auch gleich mit im Auge behalten. Nur: Da war keiner, kein Einziger! In ziemlicher Entfernung stocherte ein Müllmann in den Papierkörben. Komisch: Gehörte das zu seinem Job?

Die Menge begann zu toben, Kimberly tanzte wie in Trance, Dionne und Juan versuchten einen Rock'n Roll auf die Wiese zu legen – obwohl der überhaupt nicht zur Musik passte. Irgendwo ragte die Polizistin aus der Menge – ohne sich auch nur einen Hauch von der Musik anstecken zu lassen, versteht sich. Mit Feldstecherblick konnte Mira erkennen, dass die Polizistin ihren Oberkörper plötzlich um 90 Grad abklappte. Ein herrenloser Kampfhund machte sich an ihren Beinen zu schaffen. Rotglühender Beiß-Hund-Blick, und schon versenkte das Vieh seine Monster-Zähne in der Wade der schwarzen Bohnenstange. „So dämlich kannst auch nur du sein!“, pfiff die Polizistin mit verbissener Miene durch die Zähne, murmelte ein unverständliches Kauderwelsch und ließ die Glupschaugen kurz aus den Höhlen treten. Sie schnappte sich ganz locker ihr Bein und löste es von der Hüfte, einfach so, als ob es mit Klettband dort befestigt wäre. Sie schleuderte das Bein mitsamt dem Kampfhund hoch über die Köpfe der Menschenmenge hinweg. Niemand dachte sich etwas dabei. Schließlich flogen ständig irgendwelche komischen Dinge durch die Luft. Auch als die Polizistin das fehlende Bein durch ihren Schlagstock ersetzte, einen Spruch vor sich hinmurmelte – und dann wieder seelenruhig und ganz normal zweibeinig aus der Menge ragte, kriegte das niemand mit. Fast niemand. Mira aber und der weiße Herr unter ihr – die hatten höchst interessiert zugeschaut.

Brr, irgendjemand zog an ihrem Stiefel, das mochte Mira gar nicht. „Dionne! Was ist denn jetzt schon wieder?", zischte Mira von ihrem Logenplatz herunter. Dionne wies zu William hinüber. Was war denn in den gefahren? Hatte er plötzlich Magenkoliken, oder was? Der schaute ja, als hätte ihm jemand alle Weisheitszähne gleichzeitig gezogen, und deutete ständig auf seinen Bauch. Was sollten denn die Leute von ihm denken? Na, die hielten das wohl für eine schicke Macke. Aber was wollte er bloß? Irgendetwas schien er Mira tatsächlich mitteilen zu wollen. Doch die stand voll auf der Leitung. Je hektischer William gestikulierte, desto gemütlicher begann sich der ältere Herr unter ihr zu wiegen. „Ommm!", summte er ständig. Na, auch nicht ganz von dieser Welt, oder? Mira beugte sich zu ihm hinunter: „Entschuldigung, das ist wirklich klasse hier oben. Aber ich glaube, mein Freund William will mir irgendetwas sagen, und ich verstehe einfach nicht, was! Würden Sie mich bitte freundlicherweise absteigen lassen?" „Selbstverständlich, Mylady. Wenn ich mir erlauben darf, Ihnen einen kleinen Tipp zu geben: Mit einem Dolmetscher wären Sie jetzt bestimmt sehr gut bedient." „Wie bitte? Mit einem Dolmetscher?" Der Typ war wirklich nicht von dieser Welt. Donnernder Applaus. Danach winkte der Herr Mira noch einmal zu sich herunter: „Ich kenne da einen ganz hervorragenden. Den kennen Sie übrigens auch. Soll ich ihn kurz mal herholen? Wäre ja nur ein Versuch, die Angelegenheit ein wenig zu erleichtern." „Na ja. Probieren können wir's ja mal." Mira war echt unsicher, was mit diesem Typ los war. William hielt jetzt seine Hand an sein Ohr und tat so, als ob er mit einem imaginären Handy telefonierte. Die Menge jubelte. Noch immer sah er so gequält aus. Das fanden die Zuschauer offenbar besonders klasse.

„Mira! Schön, dich wieder zusehen!", flüsterte es ganz dicht an ihrem Ohr. Unglaublich! Der Kleine Dirigent saß auf ihrer Schulter! Und die Meerkatze saß auf seiner. „Darf ich mich vielleicht als Dolmetscher betätigen?" „Du?" Mira war mehr als baff – und schaute sich unwillkürlich um –, die Leute mussten doch alle mitkriegen, dass da ein mehr als seltsamer, zottelköpfiger Typ auf ihrer Schulter thronte! Nichts. Niemand guckte. Alles wogte Richtung Bühne hin.

„Pass auf: Beschreibe mir doch einfach mal, was William da tut auf der Bühne." Der Kleine Dirigent sprach so, als sei sie noch im Kindergarten! „Also, der telefoniert mit einem nicht vorhandenen Handy und zeigt ständig auf seinen Magen. Wahrscheinlich hat er eine Überdosis Hamburger drin." „Das Erste ist schon sehr gut. Doch das Zweite ließe sich noch viel einfacher übersetzen." Grrr. Wie alt war sie? Vier oder fünf? Na gut: „Das Handy und der Bauch ... Das Handy am Bauch ... Ich Idiot! Einfachheit, das ist der Schlüssel zum Erfolg! Nur kleine Leute haben Zeit, sich komplizierte Gedanken zu machen! William hat die Bauchtasche mit dem Handy! Danke, Kleiner Dirigent." „Gern geschehen." Schon wollte er von dannen düsen, da hielt ihn Mira an seinen verschlissenen Frackschößen fest. „Du, kannst du mir einen Gefallen tun?" „Immer, das weißt du." „Könntest du dem einen Penner hier im Park einen Job besorgen? Der ist Programmierer und...“ „Ich weiß schon“, unterbrach sie der Kleine Dirigent. „Ich kenne da einen, der könnte durchaus was für ihn tun.“ Wieso kicherte er denn jetzt so albern und plinkerte zu dem netten älteren Herrn hinunter?

William saß – trunken vom Konzerterfolg – auf den Planken hinter der Bühne, umringt von Mira, Dionne, Kimberly, Juan und dem netten Herrn. Sie prosteten sich schon mit der zweiten Runde Cola zu – natürlich Diet-Cola für Kimberly –, und William schwelgte: „Stellt euch vor, mitten in ‚I'm walking away‘ schaue ich einfach mal so unter mein Keyboard – und was sehe ich da? Deine Bauchtasche, Mira. Und wieso ist sie mir aufgefallen? Weil die völlig verrückt aussah! Wie umrahmt von Regenbogen-Strahlen!“ „Da wollte mich wohl jemand anrufen“, blubberte Mira überglücklich dazwischen, „stell dir vor, ich weiß gar nicht, wie die Mailbox funktioniert!“ William beugte sich vor und nahm Miras Gesicht in seine Hände: „Ja, und dann hatte ich deine Tasche wieder! Ich hatte sie wohl in der Hektik, als ich viel zu spät auf die Bühne stürzte, mit gegriffen.“

Der nette ältere Herr hatte die Hände über seinem ausladenden Bauch verschränkt und sprach ganz ruhig in die Runde: „Auch höchste Eile macht den Weg nicht kürzer.“ „Doch!“, erscholl es schrill hinter den Lautsprecher-Türmen. Ein Roadie kletterte offenbar ganz oben in dem Gestänge herum. „21 Uhr ist es! Ich habe noch exakt DREI Stunden!“

21

FLASHFLASHFLASH! Ein Horde Fotoreporter war auf die Bühne gestürzt und schob die fünf Jungs der Band vor dem Schlagzeug zusammen. William schlurfte ein wenig linkisch mit. Sein Herz raste. Und wenn diese Fotos nun in die Zeitung kamen? Noch nie hatte er sich Gedanken darüber gemacht, wie er ‚rüberkommen' wollte: Verwegen, mit Pokerface, so ‚dirty William'-mäßig? Quatsch, das war er nicht. Oder eher als Schmusebacke, mit Schmachtblick? Albern. William beschloss also, ganz ‚er selbst' zu bleiben, wobei er übersah, dass sein ganz eigener ‚Schräg-von-unten-nach-oben'-Blick genau beides war: Verwegener Schmachtblick ...

Mira war jetzt doch sehr schwummerig zumute: Was ging da denn ab? Würden die ihren William gleich einpacken und mitnehmen, auf Nimmer-Wiedersehen? Klar kannte sie die ganzen Geschichten von Pop-Stars, die plötzlich Raketen-Karrieren machten – und dabei zu richtigen Ekelpaketen wurden, ihre alten Freunde nicht mehr kannten und nur noch die Menschen mochten, die ihnen sonst wo reinkrochen ... Na, so weit war das mit William noch lange nicht – na ja, und ziemlich stolz auf seinen Erfolg war sie natürlich schon ... Was wohl der nette ältere Herr dazu dachte? Sie drehte sich zu ihm um. Hoppla, er war weg! Wieso hatte sie das nicht mitgekriegt? Er hätte doch fast über sie drübersteigen müssen ... Hm.

Um die fünf Jungs tänzelte jetzt nicht nur der Trupp Fotoreporter herum, der „Hierher! Hierher schauen! Hierhierhier!" rief – nein, Mira lernte: Wo Kameras sind, da sind auch Mädels! Und was für welche! Wow. Mira musste neidvoll anerkennen: Ein paar von ihnen sahen geradezu oberknackig aus. Bauchfrei natürlich. Und wenn sie, Mira, mit so knallengen Hüftjeans nach Hause gekommen wäre, dann hätte Dad wahrscheinlich die Polizei gerufen. Oder, noch schlimmer: Den Psychologen. Zu dem hatte sie schon einmal gemusst, als Mami meinte, Mira esse nicht genug. Na, egal: Auf jeden Fall war das Mädchen, das sich gerade bei William einhängte und sämtliche Beißerchen in die Kameras zeigte, irre gut geschminkt! Diese Linie um die Lippen, also so was von perfekt gemacht. Klar, ein bisschen größer geschummelt, puhh, aber sehr sinnlich war er, der Mund. Mami hätte jetzt natürlich ‚ordinär' gewettert – aber nein. So, wie William diesen Mund anschaute – Mira verstand jetzt, was ‚sinnlich' hieß. Und fragte sich das erste Mal in ihrem Leben, wieso dieses Wort von Mami und Dad eigentlich nie verwendet wurde ...

Mira sah sich plötzlich selbst auf den Bühnenbrettern sitzen: Schlaksig, weder auf besonders hip noch auf sexy ausstaffiert. Das mit dem ‚sexy' ginge auch gar nicht so gut, denn das war noch nicht so viel an ihrem Körper, was besonders zu betonen gewesen wäre. Bis auf den Bauchnabel vielleicht, den fand sie ja sehr hübsch. Aber den wollte sie nicht rausblitzen lassen unter dem T-Shirt, wie es jetzt Mode war. Das fand sie langweilig. Das taten ja alle. Also: Nichts Besonderes war da an ihr, gar nichts! Was Mira natürlich selbst gar nicht wahrnehmen konnte: Allein das Funkeln ihrer grünen Augen stach jede Bauchnabel-Show aus. Und wenn sie lachte und ihre großen, weißen Zähne blitzten, das Grübchen am Kinn erschien und sich die Stupsnase kräuselte – das war mehr als umwerfend. William konnte mehr als ein Lied davon singen. Aber Mira wusste das alles nicht. Vielleicht war das ganz gut so. Sie war der festen Meinung: Die Mädchen, die da drüben an William rumfingerten, die seien eine ganz andere Klasse als sie, viel spannender ...

„Das Wichtigste ist vielleicht, dass Unsicherheit das einzige Sichere ist." Manchmal nahmen die Sprüche richtig Druck aus ihrem Leben – wie schön. „Weil unser einziges Nest unsere Flügel sind." Hoppla, wer kannte denn da ihren Lieblingsspruch? Ein Reporter hatte sich neben sie gesetzt. Keine sehr angenehme Erscheinung. Allerneueste angesagte Klamotte, aber der Typ war gar nicht jung. Eigentlich konnte Mira Erwachsenenalter immer ganz gut schätzen, aber bei dem fiel ihr nur ‚deutlich über 35' ein. Obwohl er sehr gut aussah, durchtrainiert, Baseballkappe, unter der er nicht allzu viel Haar zu verstecken schien. Strahlend weiße Zähne, wie aus Plastik. Stahlblaue Augen. Gut aussehend, wirklich! Nur ... So wie er sich neben ihr in Pose drapierte: Die Springerjacke weit offen, Brusthaar quoll aus seinem piekfein gebügelten Jeans-Hemd ... alles so gewollt – irgendwie. Solche Leute konnte Mira auf den Tod nicht leiden. Ha! Dem würde sie's zeigen. Wenn sie schon nicht mit ihrer Optik protzen konnte – mit ihren Sprüchen konnte sie es wirklich!

„Achtung. Wir fordern Sie auf, Ihre Träume zu räumen. Sofort und unwiderruflich. Es wird erwartet, dass Sie sich den Tatsachen stellen. Und den Behörden." Triumphierend schaute Mira dem Reporter tief in die Robert-Redford-blauen Augen. Bestimmt farbige Kontaktlinsen, dachte sie. „Ich bin mein Himmel und meine Hölle", kam es sekundenschnell zurück. Von wegen! „Man entdeckt keine neuen Länder, ohne bereit zu sein, die Küste für lange Zeit aus den Augen zu verlieren." „Ein Leiden tritt dem anderen auf die Ferse – so schnell folgen sie einander." Der Reporter tat so, als sei diese Art, in Sprüchen zu reden, das Normalste von der Welt. „Auf Dauer nimmt die Seele die Farbe meiner Gedanken an." „Wahre Sprüche tun gut, sie geben der Seele einen Schub." Diesmal grinste der Reporter. „Uahhh. Das klingt so wie der abergläubische Mist von

Lilly." „Die ist bestimmt Fan unserer Sendung!", streute der Reporter ein: „Unsere Sendung heißt nämlich so, ‚Wahre Sprüche', und ist ein Quiz. Es geht immer um wunderbare Preise. Ich stelle mich mal besser vor: Mein Name ist Mimos. Tobias Mimos. Ich arbeite beim Fernseh-Sender CBN und suche nach neuen Talenten für das Quiz. Fotoreporter bin ich nur im Nebenberuf. Gute Truppe übrigens."

Mimos deutete zu der Band hinüber, die es sich mit Mädels und Reportern gerade auf der Bühne bequem machte. „Mmh," brummte Mira. Irgendwie mochte sie diesen Tobias überhaupt nicht. Sein Handy schepperte. Das klang wir ein Topfdeckel, der unter eine Straßenbahn geriet. „... das ist ja furchtbar! Das heißt, die Sendung platzt ... nicht auszudenken! Und ihr habt keinen Ersatz?"

Dieser Tobias hatte eine ganz besondere Art, mit den Augen zu rollen. Das sah schon ein bisschen albern aus. Wie gewollt und nicht gekonnt. Wichtig-wichtig-Getue. „Warte mal, ich hätte hier vielleicht ein ganz besonderes Talent, ein Ausnahmetalent sozusagen. Ich habe sie aber gerade erst kennen gelernt, ich weiß nicht, ob sie so schnell einspringen könnte. Pass auf, ich frage sie mal. Ähm – ich rufe gleich zurück, okay? Ja ja, ich weiß, ich werde alles versuchen. Ja. Ich weiß, wir setzen sonst ein paar Hunderttausend in den Sand. Lass es mich einfach versuchen. Ciao, bis gleich."

Richtig. Wie Mira sich das gedacht hatte, wandte sich dieser Tobias mit ‚Es-brennt!'-Miene zu ihr: „Hör zu, du musst uns helfen, Kindchen. Uns ist ein Quiz-Gast weggebrochen." „Wo brechen die denn ab?", fragte Mira scheinheilig, „am Hals oder an den Beinen?" „Blödsinn. Also, der ist einfach nicht gekommen. Und wir haben für heute – anders als sonst – keinen Ersatzgast. Wenn wir jetzt nicht sofort jemanden finden, der sich in Sprüchen, Weisheiten,

Zitaten und Lebensregeln hervorragend auskennt – also ... jemanden wie dich ...“ „... genau“, fiel Mira ein, „so ein Zufall, wer hätte das gedacht.“ „Ähem... dann können wir die Sendung nicht aufzeichnen. Das wäre eine Katastrophe! Kameraleute, Studiomiete, Gäste eingeflogen, Publikum ins Studio gekarrt – alles umsonst! Mira, du musst uns helfen. Stell dir vor, du wärst die jüngste Teilnehmerin aller Zeiten!“

Tobias schmachtete sie an, so weit er überhaupt schmachten konnte. Und das war nicht sonderlich viel. Mira fand das einfach schmierig und blickte sehnsuchtsvoll zu William hinüber. Der war mit Reportern und Mädels beschäftigt. Mist!

„Woher wissen Sie denn, wie alt ich bin?“ Gute Frage. „Ja, äh, das schätze ich mal so. Also ... ich würde sagen ... so um die elf.“ „Hervorragend geschätzt. Sie haben bestimmt 95 Kinder.“ „Wie bitte? Ich hasse Kinder!“ Verflixt, das war ihm jetzt so herausgerutscht. „Also, Mira – das war natürlich Quatsch eben ...“

„Und woher kennen Sie meinen Namen?“ Das saß. „Wie, äh, ja ... Also. Ähm. Dieser William da drüben hat dich doch so gerufen. Ja, genau, er war’s.“ Das wurde ja immer besser. „Und wann beginnt Ihre Sendung, wie heißt sie noch gleich?“ „Wahre Sprüche. Beginnt um 22 Uhr.“ „Och, dann haben Sie ja noch 45 Minuten Zeit.“ „Scherzkeks. Was ist nun? Eine Riesenchance, Mira! Du kannst ganz groß rauskommen!“ „Was gibt’s denn zu gewinnen, Herr Mimos?“ „Ja, Sensationspreise selbstverständlich! Eine Überraschungsreise ins Land der unbegrenzten Möglichkeiten. Wenn du verlierst, übrigens auch.“ „Ach. Hoch interessant. Das ist wurscht, ob ich gewinne oder verlieren?“ „Äh. Ja. Nein. Äh, das sind natürlich trotzdem verschiedene Preise. Also, so genau weiß ich das nicht.“

Tolle Vorstellung gab dieser Tobias Mimos da. „Hey, Mira, was machen wir mit dem angefangenen Abend?“

William kam zu ihr rüber geschlakst, offensichtlich ziemlich aufgedreht. Dem müsste sie jetzt was bieten. „Was hältst du von einem Besuch in einer Fernseh-Quiz-Show?" Mira tat völlig cool. „Wie. Soll ich da mitraten? Dafür bin ich zu doof." William winkte großspurig ab. „Nee. Aber ich. ‚Wahre Sprüche' – du weißt doch, ich steh auf so was."

Mira lächelte ihr schönstes Lächeln. Es wirkte. „Woraus besteht Zauber? Aus Herz, Verstand und Unerschrockenheit." William guckte wieder mit seinem Mega-Blick. Tobias Mimos verzog daraufhin schmerzvoll das Gesicht. Hatte ihn jemand gebissen? „Also, ich rufe jetzt zu Hause an. Wenn die mir das erlauben, kommst du dann mit?" Jetzt schmachtete Mira. „Klar. Kann ja ganz lustig sein – tu ich eben was für die Bildung." William trottete vorsichtshalber von dannen. „Mami?" Mira säuselte selten freundlich ins Handy. „Du, ich habe hier einen ... wie nennt man Ihren Job, Herr Mimos?" „Redakteur". „Ich habe hier einen Redakteur neben mir, der möchte mich für jetzt gleich in eine Quiz-Show einladen. Da ist jemand ausgefallen. Am besten redest du selbst mit ihm." Mira reichte wortlos das Handy weiter. Mist! Da hatte sie gar nicht dran gedacht: Wenn der damit abhaute! Ein bisschen zitterte seine Hand tatsächlich, aber nein. Sie litt bestimmt unter Verfolgungswahn. Langes Palaver am Handy. In dem Augenblick, als dieser Tobias das Gespräch mit Mami beendet hatte, riss Mira ihm das Gerät auch schon aus der Hand. „Und?" „Alles paletti. Eine gewisse Lilly kommt mit. Die kommt aber direkt zum Studio. Ins Rockefeller Center." „Na, dann!"

Mira sprang auf und packte William am Arm. Der war gerade mit einer langhaarigen Blondine ins Gespräch vertieft. „Wir gehen jetzt. Zu CBN. Ins Rockefeller Center. Kommst du mit?" William fühlte sich sichtlich geschmeichelt. „Okay, Baby." Wie dämlich das klang.

„Hier ist deine Garderobe." Ein sichtlich gestresstes Mädchen öffnete die Tür zu einer Art Verschlag. Hier hast du alles, was du brauchst." Ach ja? Außer ein paar Polster-Möbeln vom Sperr-Müll schien der Raum nicht viel zu enthalten. „Wasser ist da hinten im Kühlschrank. Die Sendung geht eh gleich los." Oh ja, da ratterte ein gelbliches Monster in einer Ecke: Der Kühlschrank! „Meine … Freundin Lilly muss gleich kommen. Führen Sie sie bitte hier hinein?" Mira wirkte schon richtig Show-erfahren. „Wir haben Anweisung, sie ins Publikum zu setzen." „Auch sehr fein." „Du darfst übrigens nichts mit ins Studio nehmen. Keine Tasche, keinen Mantel, nichts. Lass das alles hier." Mira stutzte. „Gibt's denn Schließfächer hier?" „Mal nachschauen... Hier!" Die gestresste Blondine wies auf ein wackliges Holzkästchen auf dem Kühlschrank-Ungetüm. Ein rostiger Schlüssel baumelte im ausgefledderten Schloss. „Das ist alles?" fragte Mira verzweifelt. „Du wirst doch wohl keine Juwelen bei dir haben. Und wenn, dann leg sie dir um den Hals." Die Blondine knallte die Garderobentür hinter sich zu.

Mira stand mit hängenden Schultern vor der Schließfachattrappe. Was sie natürlich nicht sehen konnte: Auf der anderen Seite der Wand saß die Schwarze Gamma hinter dem halbdurchlässigen Spiegel und rieb sich die Krallen-Hände. Allerdings sah auch sie sehr fertig aus. Und sie war allein. Kein Don Mimos, keine Intriga, keine Grünhild.

Schließlich gab sich Mira einen Ruck und legte die Bauchtasche samt Handy in den Sperrholz-Kasten. Knarzend sperrte sie ab und steckte den Schlüssel in die Hosentasche. Sie hatte kein gutes Gefühl. Gar kein gutes. „Auftritt!", brüllte die gestresste Blondine. Jetzt trug sie komische schwarze Kopfhörer und eine Batterie Stoppuhren baumelten vor ihrem Bauch. „Wo ist mein Freund William?" Jetzt kroch unangenehm kneifende Aufregung in

Mira hoch. „Der sitzt mit Lilly im Publikum“, das hallte ihr richtig durch den Kopf, der ihr plötzlich wie leer vorkam. Der Tonfall der Blondine war mehr als schroff gewesen. Mit einem schmerzlichen Blick auf den Sperrholzkasten ließ sich Mira aus der Garderobe zerren.

Schrappeliger Keyboard-Dreiklang. ‘Fürchterlich!’, dachte Mira, als sie durch blinkende Lichterkettchen drei Stufen zum Moderator der Sendung runterstapfte. „Und hier, meine Damen und Herren, liebe Zuschauer, liebe Gäste: Das Überraschungstalent des Abends! Wahre Sprüche – sie kennt sie alle. Und das schon im zarten Alter von elf Jahren!“ Applaus. Tosender Applaus. Ach so, kein Wunder. Da sprang ein schwarz gekleideter Typ wie vom Affen gebissen vor dem Publikum auf ab und brachte die zum Klatschen. So läuft das also.

„Hier ist sie! MIRA MAY!“ Als Mira ihren Namen hörte, wurde ihr noch blümeranter. Sie ging wie auf Eiern auf den Moderator zu. Sah der albern aus: Pechschwarze Föhn-Frisur. Flackernde Augen, fahrige Bewegungen. Vor wem oder was hatte der bloß Angst? Mira wurde wieder ganz ruhig. Wenn sie mit solchen Dünnbrettbohrern zu tun haben sollte, bitte schön. Schade nur, dass sie nicht das Publikum sehen konnte. Das saß nämlich im Dunkeln. Na, doch! Die erste Reihe war schemenhaft zu erkennen. Und da saß Lilly! Tatsächlich: In einem schreiend türkisfarbenen Polokleid. Rechts neben ihr William. Dieser Blick ... wieder. Mira fühlte sich gut.

„Und hier ist Miras Gegnerin für heute Abend! Meine Damen und Herren, liebe Zuschauer, liebe Gäste: Begrüßen Sie mit mir – Helene Grünhild!“ Uaah. Was da jetzt die Showtreppe runterschwankte, war groß, fett und grün. Schon wieder Habichts-Profil. Das schien heute geradezu angesagt zu sein. Meterdicke Brille. Grünliche

Klamotten, grünlicher Teint. Kurz gesagt: ein Ausbund an Attraktivität. „Helene Grünhild: Die Meisterin der wahren Sprüche! Sie tritt heute an gegen – Mira May!“ Wieder irrer Applaus, Glühlämpchen-Geflacker, Schepper-Fanfare aus den Lautsprechern rundum. Was für ein billiger Blödsinn, dachte Mira – und dann sah sie Lillys Gesicht: So ein Strahlen! So eine Bewunderung! Ja, fast wohl Verehrung! ‚Bloß weil ich hier oben stehe?‘, dachte Mira, ‚bloß wegen dieser läppischen Kameras? Na, denn. Kann ja nichts schaden.‘ Sie konzentrierte sich jetzt.

„Meine Damen – ich bitte Sie, Platz zu nehmen.“ Der geföhnte Moderator in seinen lila Plastikklamotten führte die Damen übertrieben affig-galant – andere würden ‚schleimig‘ sagen – zu einem Sperrholz-Aufbau auf der anderen Seite der Bühne. „Bitte Platz zu nehmen.“ Miras Platz war links, Helene Grünhilds rechts auf der Bühne. Mira saß hinter einem gelb angepinselten Pult, Helene hinter einem grünen. Außen hui, innen pfui, dachte Mira und musterte die angefressene Rückseite ihrer Pult-Dekoration. Da fiel ihr das Schließfach ein. Und das Handy darin! Sie machte William ein Zeichen. Der sah sie zwar – kapierte aber natürlich nichts. Mein Gott, jetzt verstand sie, wie es William auf der Bühne gegangen sein musste, als er versuchte, ihr den Handy-Fund mitzuteilen! Und jetzt war es umgekehrt, nun musste William kapieren, dass es um das Handy ging und dass es nicht sicher war! Mira telefonierte mit einem imaginären Handy. William lachte. Mist! Jetzt dachte er, sie wollte ihn an seine Bühnenshow erinnern.

„Seid ihr bereit? Achtung, wir starten ...“ Der Moderator hatte seine Stimme auf ‘spannend!’ geschraubt. Wie im Zirkus, da tragen sie auch immer so fett auf. Aber da wissen wenigstens alle, dass es Zirkus ist! Hier tun sie so, als wäre das sonst was ...

„Mira May, sind Sie bereit?“, fragte der Moderator, als solle sie ihm jetzt das Jawort geben. „Ja“, kicherte sie. „Helene Grünhild, sind Sie bereit?“ Deren „Ja“, durchschnitt die Luft wie ein Skalpell. ‚Gemütliche Zeitgenossin, in letzter Zeit treffe ich ständig auf diese Sorte‘, dachte Mira und war schon ein bisschen beunruhigt. Und wieder wies sie in Richtung ihrer Garderobe. William kapierte natürlich wieder nicht.

„Nun. Dann starten wir mit den Quiz-Runden. Ich darf Sie noch darauf aufmerksam machen, was heute als Gewinn winkt: Eine Reise für eine Person in der Dienstreise-Blase einer nicht genannten prominenten Person zu einem Ziel ihrer Wahl. Also der Wahl der prominenten Person. Sie müssen die Reise antreten, haben keine Rücktrittsmöglichkeit und keinerlei Mitspracherecht bei der Zielauswahl. Diesen Preis erhalten Sie, wenn Sie das Quiz gewinnen. Und heute – ausnahmsweise, und gegen die üblichen Regeln – das hat uns der Sponsor so aufgetragen – auch, wenn Sie verlieren!“ Tosender Applaus. Wie? Sie müsste verreisen? Mit einer wildfremden Person an ein ihr unbekanntes Ziel? Mira fand das gar nicht lustig. Das klang nach ..., nach ... – genau! Nach Falle. Jawohl, eine Falle war das hier! „Und wir starten!“ Eine trötige Fanfare schepperte los.

Der Moderator plusterte sich noch mehr auf und stolzierte in die Mitte der bepinselten Bretterbühne. „Frage Nummer eins.“ Er senkte die Stimme, als würde er gleich den Weltuntergang verkünden: „‚Frei ist er, wenn er bei sich ist.‘ Von wem ist dieser Spruch? Von A) Rudolf Moshammer, B) Hegel oder C) Rumpelstilzchen?“ Pause. Dödelmusik, eine klickernde Rhythmusmaschine sollte wohl die verrinnende Zeit anzeigen. Mira patschte auf den roten Klingelknopf an ihrem Pult: „Hegel.“ „Und Helene?“ „Rumpelstilzchen.“ Die Dödelmusik wurde lauter, auf der

Leinwand zwischen den beiden Pulten wurden auf lila Grund „Hegel“ und „Rumpelstilzchen“ eingeblendet, die Dödelmusik schwoll zu körperverletzender Lautstärke an: Blink! Blink! „Hegel“ blinkte. Der schwarz gekleidete Typ begann wie ein Gummiball zu hüpfen, Applaus, Applaus: „Die Kandidatin hat 99 Punkte!“ RRRATTERRATSCH!

An der Vorderseite von Miras Pult schepperte die Punktzahl in die Anzeige. Mira konnte sie von ihrem Platz aus aber nicht sehen. Wieder versuchte sie, William die heikle Handy-Situation in der Garderobe klarzumachen. Ohne Erfolg. William lächelte sie nur etwas belämmert an. Jetzt war offenbar Smalltalk angesagt. Der Moderator näherte sich ihr, wie ein Kasper von einem Bein auf das andere wackelnd, und er redete viel zu laut: „Liebe Mira May, woher hast du denn dieses sensationelle Wissen?“ Mira schaute nur zu William hinüber und sprach betont langsam: „Aus der Garderobe. Ich habe eine hinter der Bühne, zweite Tür links. Da liegt mein Wissen im Schließfach. Und es muss immer jemand darauf aufpassen.“ Während der Moderator süßsäuerlich lächelnd überlegte, mit welcher Plattitüde er diesem Mädchen antworten solle – sie schien hoch intelligent zu sein, und er verstand nur Bahnhof! –, schoss William in die Höhe und verschwand im Dunkel des Zuschauerraums.

„Nun ja, verehrte Helene – das beachtliche Wissen der Mira May liegt im Schließfach gesichert – na, wer das wohl knacken mag! Hahaha!“ Der Moderator war offenbar über seinen Spruch ganz besonders erheitert: „Helene, wo haben Sie denn Ihr Wissen her?“ „Aus dem Schwarzen Loch.“ „Ja. Dann ...“ Der Moderator stocherte verzweifelt in seinem Vorrat dämlicher Sprüche: „... dann machen wir mal weiter. Frage zwei. Bitte vervollständigen Sie folgenden Spruch: ‘Geheimnisvoll am lichten Tag, lässt sich Natur des Schleiers nicht berauben. Und was sie deinem

Geist nicht offenbaren mag, das zwingst du ihr nicht ab mit ... mit ... mit?“ Mira donnerte mit der Faust auf den roten Knopf. „Mit Hebeln und mit Schrauben. Goethe.“ Stille. „Und Helene?“ „Mit Brenneisen und Schraubzwingen.“ „Meine Damen und Herren, liebe Zuschauer, meine Gäste: Es wird spannend!“ Die Stimme des Moderators überschlug sich geradezu. Auf der Leinwand war nun zu lesen: ‚Mit Hebeln und mit Schrauben‘ und ‚Mit Brenneisen und Schraubzwingen.‘ Als ‚Mit Hebeln und mit Schrauben‘ zu flackern begann – mordsmäßiger Applaus. „Und wieder 99 Punkte für Mira May! Applaus, Applaus! Frage Nummer drei ...“

William schlich durch den Gang hinter dem Studio. Notbeleuchtung, da war nicht viel zu erkennen. Zweite Tür von links ... Er drückte die Klinke. Stockfinsternis. Wo wohl der Lichtschalter war? Oh. Drei rote Pünktchen sprangen durch den Raum, nein sechs! William tastete die Wand ab. Kein Lichtschalter. Ganz eindeutig: Da war noch jemand im Raum. Der roch nicht gerade erfrischend. Eher moderig. Und nach Teer. Und mehr. William erinnerte sich, dass ihm vorhin ein Mädchen eine Streichholzschachtel mit ihrer Telefonnummer drauf in die Hosentasche geschoben hatte. Er entzündete ein Hölzchen: Aha. Kleiner, miefiger Raum. Verschlissene Polstermöbel, dort hinten ... eine Art Riesen-Kühlschrank, wie aus den fünfziger Jahren. Und daneben, an der Wand war etwas Schwarzes. Unten rote Leuchtpünktchen dran. Das Streichholz ging aus. William entzündete flink das nächste. Der schwarze Umriss war weg. Jetzt sah er etwas hinter dem Kühlschrank. Genau: Dort kauerte ein dunkler Klumpen. Sollte er doch. William war nur auf Handy-Suche programmiert.

Wo, um Himmels willen, gab's denn hier ein Schließfach in dieser Bruchbude? Wieder war das Streichholz verloschen. Holla, die roten Pünktchen sprangen hinter dem Kühlschrank hervor! Nun doch ein bisschen zittrig, entzündete William das nächste Streichholz, mitten in den nächsten Applaus hinein: Da stand eine riesige schwarze Person am Kühlschrank! Glutrote Pupillen. Glutrot funkelnder Ring. Mit dem fingerte sie an einem Kasten herum, der auf dem Monster-Gerät thronte. Sie schlitzte den Kasten auf, mit ihrem Ring! Klar, das Schließfach! William machte einen großen Satz hinüber. WUSCH! war das Streichholz aus. „Nehmen Sie es nur! Nehmen Sie das Handy! Es gehört Ihrer Freundin! Aber wickeln Sie es gut ein. Ich empfehle ihnen diese Bleihülle hier!" Uaaah. Diese Stimme versengte einem die Eingeweide! William hatte das nächste Streichholz angezündet. Seltsam.

Jetzt stand eine Dame vom Service vor ihm. Auf einem Silbertablett hielt sie ihm eine dunkle Metallhülle entgegen. „Aha. Damit soll ich es einwickeln. Und dann?" „Dann nehmen Sie es mit! Anders geht das nicht, Handys sind hier verboten!" Blödsinn. Gequirlter Blödsinn. Diese Dame hatte jeweils drei rotglühende Punkte oben auf ihren Stöckelschuhen. Das stank doch zum Himmel! „Okay, okay. Mach ich. Geben Sie her." William nahm die Bleihülle vom Tablett. „Wo ist das Handy?" „Hier!", säuselte sie, dass ihm das Blut in den Adern gefror. Tatsächlich: Samt Bauchtasche lag es in dem aufgeschlitzten Sperrholzkasten. William griff es, knallte der Dame vom Service die schwere Bleihülle von unten gegen das Tablett, so dass die Mamsell nach hinten überkippte, und rannte aus dem Zimmer. „Das wirst du bereuen! Das wirst du bereuen! Ich werde dich verfolgen bis ans Ende deiner Tage!", scholl es William hinterher. „Dann leg mal los mit deinen komischen Stöckelschuhen!"

Schon saß William schwer atmend wieder auf seinem Platz. Lilly musterte ihn missbilligend von Kopf bis Fuß. Er zwinkerte Mira aufmunternd zu – die strahlte: „Vertrauen ist eine Oase im Herzen, die von der Karawane des Denkens nie erreicht wird." Applaus. Frenetischer Applaus. „Letzte Frage auch für Sie, Frau Grünhild: Welches ist der wichtigste Spruch des Propheten KG?" „Der Mensch setzt Ruhm an, wie das Schwein das Fett." Buuuuhhh! Pfiffe, „Nieder! Nieder!"-Rufe. Auf der Leinwand blinkte: ‚Vertrauen ist eine Oase im Herzen ...' „Meine Damen und Herren, liebe Zuschauer, liebe Gäste ... Ruhe bitte! Die Siegerin steht fest!" Die Menschen sprangen von ihren Plätzen, Beifall-Pfiffe, „Bravo!"-Rufe ... William hatte ganz rote Ohren. Lilly saß auf ihrem Klappstuhl wie vom Donner gerührt. Dass ihre Mira so schlau war! Das lag bestimmt an Lillys wunder-weisen Sprüchen. Gut, dass sie bei dem Kind so früh damit angefangen hatte: „Steter Tropfen höhlt den Stein – sonst kann niemand weise sein." Verstohlen tupfte sie sich mit ihrem Spitzentaschentuch ein paar Freudentränen vom Gesicht.

„So, und nun die große Preisverleihung!" Der Moderator leitete mit lächerlich dramatischer Geste den Lichtwechsel ein: Lila-grün-rote Scheinwerfer kreisten, die Lautsprecher spuckten wummernde Dreiklänge aus, die hintere Bühnenwand öffnete sich ... und heraus fuhr die Schwarze Gamma in ihrer Blase aus Alligatordärmen! Rechts von ihr die Kandidatin Grünhild, links Don Mimos, der Reporter. Das Publikum johlte wie verrückt. Nur William, Lilly – und vor allem Mira standen da wie eingefroren. „Und hier der erste Preis für Mira May!" Donnerndes Getrampel auf den Studio-Boden. „Eine Reise für eine Person mit dieser reizenden Dame an einen unbekannten Ort! Und weil wir eine Sendung sind mit Herz: Die Verliererin und der leitende Redakteur dürfen auch mit! Ich möchte noch mal darauf hinweisen: Rücktritt gibt es nicht, Reiseantritt ist ... JETZT!"

Der Moderator war nur noch ein einziges feistes Grinsen auf zwei Beinen, wie er da auf Mira zu wankte. Die machte auf dem Absatz kehrt, sprang zu William in den Zuschauerraum und griff sich hastig das Handy. Doch schon waren sie von Gamma, Grünhild und Don Mimos umringt. „Dieses Mal treten wir die Reise aber an, nicht wahr, mein Kind?“, säuselte Gamma, dass es einem das Trommelfell zerschnitt. „Ja – doch – selbstverständlich“, stammelte Mira, um Zeit zu schinden. Das Handy klingelte. Jemand, der es gut mit ihr meinte. Die Regenbogen-Ringe kribbelten ganz besonders stark. Verstohlen drückte Mira den Perlmuttknopf. „Stell diese grauslige Musik aus!“, flüsterte es aus dem Handy-Lautsprecher. „Zieh den Stecker oder was auch immer!“

Das hatte auch William gehört. Ohne zu zögern, sprang er auf die Bühne und trat auf die Lautsprecher ein. WUTSCH-WUTSCH-WUTSCH, einer nach dem anderen platzte. Stille. Die Zuschauer waren irritiert. Ohne diesen Wummer-Lärm fühlten sie sich richtig verloren. Gerade packten Gamma und Grünhild Mira an beiden Ohren und versuchten sie samt Handy zur Blase zu zerren, da sprangen die Studiotüren auf: Welch eine Befreiung! Welch eine Musik! Mindestens zwei Hundertschaften Harflinge tänzelten wohl geordnet zu den Klängen herein, vor ihnen hoch aufgerichtet General Takt, mit gleißendem Diamanten an der Taktstockspitze, und sie spielten das Concierto de Aranjuez! Mira war glücklich, sie schloss die Augen und ließ sich nach hinten an Williams Brust sinken – und er schlang beide Arme um sie. Lilly war von den Klängen so sehr verzaubert, dass ihr sogar diese enge Umarmung der beiden entging! Nein, war das schön, sie hielt zwei brennende Feuerzeuge in die Höhe und summte verzückt den Refrain mit. Das steckte an! Der ganze Saal summte, wiegte sich und ließ die Feuerzeuge flammen – wer keins hatte, fasste die Nachbarn bei den Händen oder fiel dem Nächstbesten um den Hals. Niemand bekam mit, was auf der Bühne passierte! Gamma schien so unter den harmonischen Klängen zu leiden, dass sie Erstickungsanfälle bekam. Don Mimos versuchte Mund-zu-Mund-Beatmung und wurde von seiner Verlobten Grünhild barsch zurückgerissen.

Schließlich verfrachtete der Moderator kurzerhand alle drei energisch in die Reise-Blase, schob sie nach draußen und gab dem Ganzen einen ordentlichen Tritt. Und während das Ding in das Dunkel der Nacht hinaustrudelte, tönte ein gackerndes Lachen die Laderampe herunter, hinter den dreien her: „Noch fünfzehn Minuten! Dann bist du platt – meine Liebe!“

22

„Das geht in die Geschichte ein – in die Geschichte des Lichts! Ein Krimi, Donnerwetter!" Der Weiße Gründer trug wie gewohnt sein wallendes Gewand und schritt forsch in Begleitung seines engeren Hofstaates in den inneren Lichthof des Palastes hinein – eine Art runder Kreuzgang, mit Alabastersäulen, an denen sich weiße Rosen emporrankten. Den Mittelpunkt bildete ein großes, rundes Bassin, in das von mehreren Seiten kleine Bäche von sprudelndem Licht mündeten. Jedes Rinnsal schimmerte in einer anderen Färbung – von elfenbein bis gold –, und ein jedes verströmte einen anderen Plätscherklang. Das eine hörte sich ein wenig nach einer Querflöte an, das andere wie raschelnde Palmen im Wind und wieder ein anderes ähnelte dem Jubilieren einer Lerche. Zusammen mit dem Klingeln der vielen, vielen kleinen See-Fontänen ergab das ein melodiöses Rauschen von ganz wunderbarer und geheimnisvoller Art. Ganz zu schweigen von den in allen Regenbogenfarben glitzernden, schimmernden, funkelnden Wellen und Licht-Spritzern, die der Oberfläche des Licht-Sees eine magische Tiefe verliehen.

„Bis gestern war ich der Auffassung, dass es nicht angezeigt sei, die Mächte der Dunkelheit schon jetzt herauszufordern. Und schon gar nicht mit Hilfe von Mira und dem Magic Handy. Das war wohl etwas voreilig ... Ich war davon ausgegangen, dass sie noch geraume Zeit benötigen würde, um die entsprechende Reife und auch Fingerfertigkeit auf dem Handy zu erlangen." Der Weiße Gründer ließ nachdenklich sein Jojo auf und nieder sausen. Lichtfunken stoben, die aussahen wie Miniatur-Wunderkerzen. „Nach ihrem Auftritt gestern aber bin ich zu der Überzeugung gekommen: Sie soll es versuchen. Sie soll die verlorene Seele des Fürsten befreien. Die erste seit mehreren tausend Jahren. Vermutlich könnten dann die anderen Gefangenen ebenfalls freikommen. Das wäre ein gewaltiger Schlag gegen den Hof der Düsternis. Der schwerste seit langer, langer Zeit. Was uns das an Ärger bereiten wird, darüber dürften sich alle Anwesenden hier im Klaren sein."

Ernster Blick in die Runde: Vanilla, Pergament, der Kleine Dirigent und Giggel schwiegen betreten. „Irgendwann müssen wir diesen Schritt doch tun. Wir haben uns lange genug darauf vorbereitet, Eure Lichtheit. Und bedenkt bitte: Am Hof des Schattens arbeiten sie daran, uns das Licht zu nehmen. Wenn wir jetzt nicht aktiv werden und beginnen, die verlorenen Seelen zu befreien, dann ..." „Nicht auszudenken." Vanilla drehte versonnen an einer der vielen Spiral-Muscheln herum, die an langen glänzenden Fäden an ihrem Kleid herabbaumelten.

„Aber Ihnen ist schon bewusst, Eure Lichtheit, dass wir mit dieser Befreiungsaktion Krieg haben werden?" „Ja." Der Weiße Gründer war stehen geblieben und legte seine Hände auf die Schultern von Vanilla und Pergament: „Wir werden Unterstützung nötig haben. Befreite Seelen sind die besten und kompromisslosesten Kämpfer für das Licht." „Verstehe." Der Kleine Dirigent nahm Haltung an: „Wir müssen die Aktion Mira starten. Wir haben gar keine andere Wahl." Der Weiße Gründer schlug nun den Weg in Richtung Halle des Lichts ein und schloss mit den Worten: „Genau so ist es, meine Freunde."

„Uff!" Mira ließ sich in den Fonds des Taxis plumpsen, und sie plumpste doppelt weich: Lilly saß nämlich schon in der Ecke und hatte gemütlich ihre Speckröllchen ausgebreitet. William musste sich ganz dicht an Mira schmiegen, um überhaupt noch auf die Rückbank zu passen –

und das war ihm alles andere als unangenehm. Energisch schloss er die Taxitür. „First to Park Avenue, at the corner to 68th Street. Afterwards you go on to SoHo."

Der Taxifahrer nickte stumm, gab Gas und zischte los. „Im Beet des Erfolgs blüht die Verwegenheit", Mira nuschelte schon vor lauter Müdigkeit und lehnte ihren Kopf an Williams Schulter. „Ich glaube, die Schwarze Gamma ist damit erledigt."

Das Taxi legte sich mit quietschenden Reifen in eine Rechtskurve, Mira und William rutschten tief in Lillys türkisfarbene Wonnepolster hinein. Sie murmelte etwas von „Schwarze Gamma – das klingt nicht gut. Das klingt überhaupt nicht gut, Kind, Kind, was hast du da nur wieder ..." in sich hinein.

„Mira, darf ich dir eins sagen?" William klang ungewöhnlich ernst: „Ich bin stolz auf dich, ehrlich! Du hast Dich sensationell geschlagen auf der Bühne. Und auch hinterher. Hut ab."

„Ach was, das war doch kinderleicht. Du warst toll auf der Bühne. Ich sag dir, morgen bist du richtig berühmt." „Wir sind schon ein Wahnsinnsteam ...", flüsterte ihr William ins Ohr. Mira lächelte selig.

Plötzlich straffte sich Lilly und setzte sich mit einem Ruck kerzengerade hin, so dass das Taxi gefährlich ins Schaukeln geriet. „Bevor wir nach Hause kommen, muss ich dir noch etwas sagen, Mira." Oh-oh! Wenn Lillys Stimme drei Oktaven tiefer klang und dieses leichte Zittern hatte, dann war Alarmstufe drei angesagt. „Was denn, um Gottes Willen, Lilly? Knox geht's gut" – sie schaukelte den gelben Rucksack auf ihren Knien –, „mir geht's gut, alles ist gut." „Mira, ich habe heute Mittag mit deiner Mutter gesprochen. Sie hat eine ... na ja, wahrscheinlich etwas unangenehme Nachricht für dich." Da kullerte ja eine Träne! „Deine Mutter war zum ersten Mal auch nicht so sehr begeistert. Die Wohnung ist ja gerade erst fertig geworden ..."

„Nein!" Mira lief es heiß und kalt den Rücken hinunter. „Das kann nicht sein – du willst mir doch nicht sagen – ziehen wir schon wieder ...?" „Doch, Mira." Lilly schaute Mira nicht an. „Doch. Spanien", ergänzte sie tonlos. „William, ich hoffe, ich träume. Einen ganz, ganz schlimmen Traum. Bitte kneif mich! Damit ich aufwache!" William kniff sie nicht, sondern blickte schweigend zum Fenster raus.

„Sag mal, was ist denn hier los? Wo sind wir denn überhaupt? Wir fahren ja überhaupt schon viel zu lange, wir hätten längst in der Park Avenue sein müssen!" Tatsächlich. Das Taxi raste durch eine völlig fremde Gegend, und die sah mehr als übel aus. Leere Fensterhöhlen gähnten sie an, Türen hingen schief in den Angeln, Putz blätterte von den Fassaden, ein Balkon war halb heruntergebrochen. Hin und wieder torkelte eine zerlumpte Gestalt über den aufgerissenen Asphalt. Und überall war Müll. Dieses trostlose Chaos war sowieso nur schemenhaft zu erahnen, weil es hier nichts gab, was den Namen ‚Straßenlaterne' verdient hätte. Nur hin und wieder schaukelte eine fahle Funzel im Wind.

„Harlem", presste William zwischen den Zähnen hindurch, „wir sind im allertiefsten Harlem." Der Wagen schleuderte um die nächste Ecke, die drei Insassen purzelten durcheinander. William pochte heftig an die Glasscheibe, die den Fahrer vom Fahrgastraum trennte. „Drehen Sie sofort um! Was soll der Quatsch? Wenn Sie Kohle machen wollen, dann suchen Sie sich einen anderen Dummen aus! Umwege fahren können wir auch alleine. Sie wenden jetzt den Wagen und fahren zurück zur Park Avenue!"

Keine Reaktion – nichts! Die schwarz verhüllte Gestalt hing dicht über das Lenkrad gekrümmt, Baseballkappe und verspiegelte Sonnenbrille verdeckten das Gesicht. Diese Gestalt da vor ihnen schien so groß zu sein, dass sie gar nicht richtig aufrecht sitzen konnte, ohne sich den Kopf zu stoßen. Jetzt trat sie das Gaspedal noch stärker durch. Der Wagen schoss weiter in das verrottete Viertel hinein. Lilly saß mit panisch geweiteten Augen in die Ecke geklemmt und hielt sich mit beiden Händen an einem brüchigen Haltegriff fest.

Jetzt trommelten beide, William und Mira, gegen die Scheibe. Nichts – wieder keine Reaktion! Der Fahrer raste durch die Nacht, als sei er ferngesteuert. Mira erschrak: Wieso trug der eine Sonnenbrille? In dieser Düsternis! Der sah doch bestimmt überhaupt nichts! „Mira – das ist nicht gut! Das ist überhaupt nicht gut! Wie spät ist es?“ Williams Stimme klang gepresst. „Fünf vor zwölf.“

„Um zwölf wird die Schwarze Gamma abserviert ... – wenn sie das Handy bis dahin nicht ergattert hat. Wo hast du das eigentlich, Mira?“ Mira fummelte es aus ihrer Bauchtasche. „Oh nein ...“ „Was ist, Mira? Los, hol Hilfe mit dem Ding!“ William versuchte, seine Aufregung zu verstecken, was ihm nicht so ganz gelang. „Der Akku ist platt.“ Miras Stimme zerbröselte in der Luft, so brüchig war sie.

In diesem Augenblick raste das Taxi durch eine sperrangelweit offene Toreinfahrt in eine Art Fabrikhalle hinein, bremste mörderisch – der Motor erstarb. Totenstille. Gespenstische Dunkelheit rundum. Nicht ein Fünkchen zu sehen. Auch nicht der Fahrer, der keinen Mucks von sich gab und wie versteinert hinter dem Lenkrad saß. William rüttelte an den Autotüren. Verschlossen. Keine Chance. Auch die Fenster ließen sich nicht öffnen. „So ein Taxi hat doch eine Innenbeleuchtung“. Mira tastete die Seitenholme nach einem Schalter ab. „Hier ist was!“ Ein krächziges Rauschen ertönte. „Aha. Ein Radio. Da haben wir jetzt echt was davon.“

Von rechts war Lillys leises Wimmern zu hören: „Bist du verloren in der Dunkelheit, das Böse düstere Zeichen speit ..." „Hör auf, Lilly!" Mira fauchte richtig. William hatte einen anderen Schalter ertastet. Doch das Lämpchen, das jetzt aufleuchtete, gab nicht viel mehr als einen schlappen grünlichen Schimmer von sich. Immer noch besser als gar nichts. Erneut trommelten beide an die Glasscheibe. „Willkommen in der Dunkelkammer! Hihihahahoho!", schnarrte es plötzlich aus der Sprechanlage. Grauenhafte Stimme. „Würden Sie uns jetzt gefälligst nach Hause fahren!" William fühlte sich wie ein Karnickel im Hamsterkäfig. „Natürlich nicht! Das wisst ihr doch selber, meine Lieben. Ihr gebt mir jetzt das Handy! Und keine Zicken diesmal!" Da waren sie wieder, die rotglühenden Pupillen, ganz dicht an der Glasscheibe. „Und dann fahre ich euch ganz gemütlich in die Warteschleife." Gellendes Gelächter hallte durch die Dunkelheit, das brannte richtig in den Ohren. Mira griff nach Williams Hand. Beide überlegten fieberhaft. „Na, macht schon, rückt das Ding raus! Her damit, los!"

Die Schwarze Gamma griff plötzlich durch das Glasfenster hindurch, als ob es flüssig wäre. Es zerteilte sich wie durchsichtiger Sirup und umschloss ihre Krallenhand gleich wieder ganz dicht. Sofort verbreitete sich beißender Gestank. Der rotglühende Diamant schwebte auf sie zu. „Iiihh!" Mira spürte irgendwas Kralliges in ihrem Haar. „Her mit dem Ding – los, los!", kreischte es. „Wie lange soll ich noch warten? Ihr seht doch, dass Ihr keine Chance habt!" Wieder dieses grauenhafte Gelächter.

William trat mit aller Kraft in Richtung Diamant. „Autsch!" Das Ding hatte ihm die Schuhsohle aufgeschlitzt. „Lass den Blödsinn, Kerlchen. Also, mir wird das jetzt zu dumm. Ihr überlegt euch, ob ihr das Ding lieb und nett herausgebt – oder ob ich nachhelfen soll. Auch das tu ich mit dem größten Vergnügen!“

Die Schwarze Gamma zog ihre Krallenhand zurück, es machte PLOPP! Stille. Von draußen drang durch die Fensterritzen säuerlicher Gestank herein. Bestimmt warteten dort Armeen von Mieslingen schon in Lauerstellung auf sie. Mira begann zu weinen, sie schluchzte: „William, das ist das Ende. Alles ist aus. Die Hoffnung stirbt immer zuletzt. Aber sie stirbt.“ „Hör auf!“ William schüttelte Mira wie eine Geisteskranke. „Erst im Unglück weiß man wahrhaft, wer man ist. Siehst du, jetzt kriegst du auch von mir mal einen schlauen Spruch. Ich weiß, wer du bist! Nämlich kein Angsthase und auch keine Zittermaus!“ Mira schluchzte noch einmal auf. KLOCK-KLOCK-KLOCK! Der rote Diamant tanzte vor den Fensterscheiben hin und her. „Jetzt macht hin! Andernfalls freuen sich meine .... besonderen Freunde hier schon sehr aufs Nachhelfen!“

An den Scheiben war ein widerliches Schmatzen zu hören, so als lutschte da jemand ferkelig an Bonbons herum. „Das sind die Mieslinge mit ihren Saugnäpfen. Die kleben da draußen bestimmt schon überall auf dem ganzen Taxi,“ flüsterte Mira. „William, ich hab eine Idee. Wir machen einfach dasselbe wie im Fernsehstudio!“ Mira tastete an der Armkonsole herum. „Also, ihr könnt schon mal anfangen, Kollegen, Freunde des Glibbers!“ knirschte die Stimme durch den Lautsprecher. Das Geräusch sich senkender Autoscheiben folgte. Offenbar hatte die Schwarze Gamma die Fenster einen Spalt weit geöffnet. Ekel erregender Schimmelgeruch drang herein, und mit ihm bestimmt Hunderte von Saugnapf bewehrten Miesling-Tentakeln.

Doch plötzlich berstend laute Musik, dröhnend erklang eine Beethoven-Symphonie! Lilly war aus ihrer Angststarre erwacht und presste sich die Hände auf die Ohren. Mira hatte den Lautstärke-Regler am Radio auf volle Power gedreht. Der glutrote Diamant bewegte sich in wildem Zickzack aus der Fahrerkabine nach draußen. „Sie ist geflohen! Harmonische Musik macht ihr Gallenkoliken, Tiefen-Migräne und Atemnot!", brüllte Mira gegen das Orchester-Dröhnen an, direkt in Williams Ohr. „Okay, Attacke!", rief William, entriss Mira das Handy, holte weit aus und spürte dabei, wie sich Saugnäpfe an seinem Unterarm zu schaffen machten. Unglaublich: Das Handy wirkte wie ein Notfallhammer – die Scheibe zersprang in tausend Stücke. Trotz der Finsternis krabbelte William behände nach vorne auf den Fahrersitz, während Mira voll zu tun hatte, Hunderte von eklig schleimigen Saugnäpfen vom Drehknopf des Radios fern zu halten. „Brrr!" Sie schüttelte sich, riss aber tapfer einen Glitscharm nach dem anderen vom Radio weg. Von draußen knallte der Diamantring gegen die Frontscheibe, die war nun bestimmt gesprungen!

William startete den Wagen, legte erst den Rückwärtsgang ein, um die Schwarze Gamma abzuschütteln, und raste dann einmal im Kreis herum, um den Ausgang zu finden. „Da, da, da!", kreischte ihm Mira von hinten ins Ohr und zerrte an seinem Jacken-Kragen. Der Richtung ihres Gezerres entnahm er, dass es irgendwie nach links gehen müsse. Eine neue Diamantring-Attacke. KNIRSCH-RATSCH! Jetzt war die Frontscheibe ganz hin ... Tatsächlich, an der linken Hallenseite wurde ein schemenhaftes Rechteck sichtbar. William raste mit Karacho darauf zu, hatte jetzt auch den Lichthebel gefunden. Mira hangelte sich nach vorne auf den Beifahrersitz. „Du siehst ja gar nichts!", rief sie. Die Frontscheibe war von tausend Splitterlinien durchzogen. „Doch, doch. Schau bitte, ob du irgendeinen Wegweiser findest", keuchte er. Jetzt erklang VIVALDI.

„Achtung, Mieslinge!“ William hatte sie im Rückspiegel entdeckt. Sie schoben sich von außen durch die offenen Fensterschlitze in den Innenraum und trugen seltsame, schraubenartige Stöpsel in den Ohren. „Fenster zu!“ Mira drückte den Knopf in der Mittelkonsole. „Es sind aber schon welche drin ... Lilly, pass auf! Schmeiß sie wieder raus!“ William trat auf die Bremse, Mira fiel fast ins Handschuhfach: „Nach rechts Manhattan! Gott sei Dank! Hier ist es richtig!“

Mira hängte sich nach hinten in den Fahrgastraum hinein und nestelte Knox aus dem Rucksack, der die ganze Zeit schon kläffte und rumzappelte. Lilly saß immer noch wie paralysiert in ihrer Ecke, sie schien noch immer völlig handlungsunfähig zu sein. „Knox, jetzt bist du dran. Mach sie fertig! Schnapp sie dir!“ Knox kapierte sofort. Es begann ein wildes Getümmel. Endlich wurde auch Lilly mobil. Sie griff nach ihrer Handtasche und schlug wie wild auf die Mieslinge ein. Was? Diese Widerlinge grapschten nach ihrem Knox? Das wäre ja noch schöner! Mit eiserner Mine begann sie, die k.o.-geschlagenen Mieslinge einzusammeln und im Rucksack zu verstauen. Knox bewachte tapfer das Radio und jaulte herzerweichend zu der immer noch dröhnenden Musik.

Währenddessen stieg über Harlem eine große Dienstreise-Blase auf. Darin, gefesselt und geknebelt: Die Schwarze Gamma, Don Mimos und Grünhild. Die Reiseblase hielt exakt Kurs Richtung Europa. Es war fünf Minuten nach zwölf.

In der Prince Street hielt quietschend ein Taxi. Mira, William, Lilly und Knox sprangen heraus. „Wieso kannst du eigentlich so gut Auto fahren?“ Mira strich sich eine Strähne aus dem Gesicht und zuppelte ihren Jackenkragen zurecht. „Gehört zur Allgemeinbildung“, antwortete er mit wegwerfender Geste. Mira war völlig erschöpft, aber glücklich. Sie dankte William und drückte ihn etwas verlegen. „Ciao, Mira, ich muss jetzt. Krieg sowieso einen Höllenärger zu Hause. Morgen reden wir über die Spanien-Sache, okay? Gute Nacht Lilly. Toll, wie Sie diese Stinktiere platt gemacht haben! Nacht Knox, mein Alter.“ Und weg war er. Knox wedelte mit dem Schwanz und gab einen anerkennenden Kläffer von sich. Mira ließ den Kopf hängen. Lilly war nun wieder ganz die alte, sie hob den gelben Rucksack in die Höhe und schüttelte energisch ihre Dauerwelle: „Was machen wir jetzt bloß mit diesen Viechern?“

Mira hatte ihre Lieblingsklamotten angezogen: Schwarze Satin-Jeans und stahlblaue Lederjacke. Für Miras Verhältnisse echt gewagt. Aber auch William hatte sich nicht lumpen lassen. Er sah in seiner schwarzen Jeansjacke einfach umwerfend aus. Den Vogel schoss natürlich wie immer Dionne ab: Sie trug arabische Trauerkleidung und war schwarz verschleiert von Kopf bis Fuß. Juan, der ihr keinen Schritt von der Seite wich, sah mit seinem Military-Look natürlich etwas merkwürdig neben ihr aus. Und Kimberly war wie immer die dezenteste von allen: Schwarze Hose, schwarzer Pulli, das war's.

„Ihr seht ja alle aus, als ob ihr zu einer Beerdigung geht!“ Mira war auch genau so zumute, sie zeigte das nur nicht. „Das ist doch auch irgendwie so, oder?“ William hatte im wahrsten Sinne des Wortes ins Schwarze getroffen. Puuh, was schaute er jetzt traurig und schräg! „Setzt euch bitte!“ Mira wies zum ‚Grabbeltisch‘, wie sie ihn nannte. Wenn Mami das hörte, korrigierte sie dann immer mit gerümpfter Nase: Refektoriumstisch! Mira fand, das klang nach Krankenhaus und Operation. „Ich habe ein ganz besonderes Menü für euch. Ich meine – ein Abschiedsessen muss doch ganz besonders von Herzen kommen – und da habe ich ... Also, ich serviere jetzt besser gleich."

Mira sprang zum Tresen hinüber, stellte die Schüsseln mit Pommes frites, die Lilly ganz frisch zubereitet hatte, mit einem etwas zu lauten „Täterätä!" mitten auf den Tisch, parkte große Platten mit Tomaten- und Gurkenstückchen daneben. „Und jetzt kommt's". Mira öffnete die Backofen-Tür: „Burger! Selbst gemacht! Hier: Mit Tortilla für dich, Juan." Mira senkte eine gigantische Burger-Schicht-Burg vor ihm nieder. „Mit japanischem Tofu und Gemüse" – das war für Dionne, die einen Schreianfall bekam und sogleich damit begann, Juan zu füttern. „Ganz klassisch für dich, Kimberly" – sie bekam mindestens ein Pfund Hackfleisch auf den Teller, „und für dich ...", Mira wandte sich William zu: „... das Passende für den Helden der Saugnapf-Schlacht – du weißt schon, was ich meine." In Williams Burger waren Tintenfisch-Fangarme gestapelt. Er prustete los: „Mira, ich habe eine Fisch-Allergie!" „Dann musst du dir das hier mit mir teilen". Mira zauberte ihren eigenen Burger hervor. Mit einer ansehnlichen Hühnchen-Kollektion. „Eins möchte ich euch noch sagen."

Mira hatte sich nun ganz förmlich hinter ihren Stuhl gestellt. „Ihr seid wunderbare Freunde. Und ihr werdet das immer für mich bleiben." Alle trommelten auf die Tischplatte. Mira setzte sich. Es war mucksmäuschenstill. Alle knabberten traurig an ihren gigantischen Portionen herum.

„Kennt jemand von euch die Alhambra?", fragte Mira in das betretene Schweigen hinein. „Ja, ich!", rief Juan wie aus der Pistole geschossen. „Mira, ich habe hier was Passendes für Dich. Das hat meine Tante, du weißt schon, bella Esmeralda, bei uns – sagen wir – vergessen." Juan schob Mira einen Umschlag zu. „Nichts Wichtiges. Mach's nachher auf." Sein Blick allerdings sah gar nicht nach

‚unwichtig' aus. „Dort werden wir hinfahren, wenn ich Sommerferien habe. Das ist das Einzige, worauf ich mich freue, das könnt ihr mir glauben."

„Kind, ich sage dir, das siehst du falsch". Frau May legte ihren Mantel ab und mischte sich oberklug in die Unterhaltung ein. „Madrid! Die Museen, Picasso, die Kunst! Der Königspalast, die uralte Kultur, das südliche Leben! Du wirst es lieben, Mira." Hilfe, hatte das gekünstelt geklungen. Kein Mensch im Raum glaubte auch nur eine einzige Silbe. „Ja, ja, Mami. So was Ähnliches hast du auch gesagt, bevor wir nach New York gingen. Und bevor wir nach Dubai gingen. Und, und, und."

Mira säbelte gemeinsam mit William an einem Hühnerbein herum. „Und? Es hat doch gestimmt!" Mami klang schnippisch. „Geschmackssache." Mira säbelte mit William am nächsten Hühnerbein. „Übrigens, Mira – kannst du dir erklären, wieso dieser Carmichael wie vom Erdboden verschluckt zu sein scheint?" Mami knabberte im Stehen an einer Tomatenscheibe. „Oh, der hat seine Hühner gesattelt und ist gen Osten geritten!"

Mira und Juan brachen in gackerndes Gelächter aus. Mami verstand natürlich gar nichts. „Du meinst, der hat so einfach die Stadt verlassen?", fragte sie pikiert. „Kann man so sagen", kam es kichernd zurück. „Na, da hätte er sich doch wenigstens abmelden können." Mira stocherte mit ihrer Gabel in der Luft: „Ich fürchte, dazu hatte er keine Zeit mehr." „Du sprichst in Rätseln, mein Kind. Na, jetzt brauchen wir ihn ja sowieso nicht mehr." Mami entschwand in den Wellness-Bereich. Ihre spitzen Absätze klackerten über den Boden.

Komisch, wo hatte Knox nur das Schweinsohr her? „Kleine Geschenke erhalten die Freundschaft – für euch! Zum Abschied." Mira baute vier Päckchen am anderen

Tischende auf. „Tut mir Leid, zum Einpacken hatte ich nur noch Zeitungspapier. Mein ganzer Kram ist schon in den Kisten. Und jetzt gehen wir runter, okay? Auf den Broadway – zum Lästern. Das allerletzte Mal." William knackte frustriert das letzte Hühnerbein.

23

„Das fängt bei ihr aber sehr früh an, dieses ... gewisse Alter. Normalerweise kommen Kinder doch erst so mit dreizehn in die Pubertät. Frühestens ...“ Mami saß hoch aufgerichtet wie eine spanische Fürstin am Refektoriumstisch und hatte den missbilligendsten Blick, den sie im Repertoire hatte, auf Mira geparkt. Die schien allerdings überhaupt nicht beeindruckt. „Wieso kommst du mir denn jetzt ständig mit diesem Pubertät-Dings? Ich will doch einfach nur gefragt werden, wenn's um die Sommerferien geht. Und ich habe schlicht und herzhaft meine Meinung gesagt!“

Dad blickte grimmig aus dem Fenster: Platanenblätter quirlten im Wind und warfen tanzende Lichtpunkte durch die hohen Fenster auf den dunklen Holzboden. Eine riesenhafte Altbauwohnung war das, das Esszimmer war ein rechteckiger Tanzsaal mit gigantischen Flügeltüren. „Wir haben dir unsere Pläne frühzeitig mitgeteilt.“ Dad ließ keinen Zweifel daran, dass er die Diskussion zu beenden wünschte. Doch nichts da: „Klar, ihr habt mir mitgeteilt, dass ihr nach Marbella fahrt. Und dass ich gefälligst mitzukommen habe. Ich will aber nicht nach Marbella. Die sind doch alle ausgestopft da, die Leute.“

„Also, Mira, ich bitte dich!“ Mami spreizte Messer und Gabel zu beiden Seiten ab, was Mira an diese komische Zeichnung in ihrem uralten Struwwelpeter-Buch erinnerte. Sie kicherte. „Also, ich mache euch einen Vorschlag.“ Dieses Kind hörte einfach nicht auf zu nerven! Dad stieß ergeben ein „Bitte?“ aus. „Wir fahren zunächst drei Tage nach Granada, die Alhambra angucken. Und dann weiter nach Marbella. So weit kann das doch nicht sein.“

„Aber ein großes logistisches Problem!“, warf Mami mit

spitzer Stimme ein. „Logistisches Problem. Du meinst, dass die Reise nicht ganz einfach ist mit deinen fünfundzwanzig Koffern?“ Mira hatte heute aber echt Biss. Das lag vielleicht daran, dass sie vorhin gerade eine sooo schöne SMS von William bekommen hatte ... Puh, jetzt hatten sie sich schon fast drei Monate nicht gesehen – und das kribbelte immer noch wie tausend Ameisen in ihrem Bauch!

Bevor Dad irgendetwas entgegnen konnte, hatte Mira schon neue Munition geladen: „Die Alhambra gilt als eines der kunstvollsten und schönsten arabischen Bauwerke der Welt! Der Thronsaal, der Myrtenhof, der Löwenbrunnen – Kunstwerke von Weltrang. Wer in Spanien lebt und das nicht gesehen hat, gehört mit dem Klammerbeutel gepudert.“ Mami zuckte zusammen. Gerade noch hatte sie sich über die gewählte Ausdrucksweise ihrer Tochter insgeheim gefreut – und dann das: Klammerbeutel! Schrecklich, einfach nur schrecklich.

Dad holte Luft und wurde schon wieder von Mira ausgebremst: „Das ist doch völlig irre – wir wissen nicht, ob wir vielleicht in drei Monaten nach Timbuktu umziehen werden – und ihr zögert nur eine Minute, ob ihr diese Wahnsinns-Alhambra sehen wollt?“ Stille. Mal wieder mit den eigenen Argumenten geschlagen. Wie sollten die beiden Kultur- und Bildungsverfechter ihrer Tochter erklären, dass sie ausgerechnet dieses Wunderwerk der Baukunst nicht besichtigen wollten – sondern Golf in Marbella vorzogen? „Tja, dieser Vorschlag hat seinen Reiz. Ich werde meine Sekretärin mal prüfen lassen, welche logistischen Möglichkeiten wir da hätten.“ „Du meinst, ob das mit den Reiseverbindungen klappt“, setzte Mira drauf und grinste.

„Das hätte ich mir gerne erspart. Sehr gerne.“ Mami saß schweißüberströmt in eine Ecke des Überland-Busses geklemmt, neben ihr auf dem zerschlissenen Plastiksitz eine in Schwarz gekleidete uralte Spanierin, die zwar sehr schlank war, Mami aber mit Unmengen von Taschen, Tüten, Köfferchen bedrängte. Ein ansehnlicher Teil ihres Gepäckberges quoll bis auf Mamis Schoß hinüber.

„Eine wundervolle Fahrt!", jubilierte Mira, „schau doch, Mami, diese grandiosen Berge, und wie sich die Straße dort hineinkringelt!" „Furchtbar." Mami litt unter Reisekrankheit, ihr wurde immer leicht übel im Auto. Und dieser schaukelnde Bus war erst recht nichts für sie. „Die Fluggesellschaften hier in Südeuropa sind schlichtweg eine Katastrophe." Auf Dads Platz sah es in etwa genauso aus wie bei der alten Spanierin: Er hatte sämtliche Taschen und Tüten der Familie um sich herum drapiert, die mit den Wertsachen drin türmten sich auf seinen Knien. Das Ganze umklammerte er krampfhaft.

„Wieso müssen die ausgerechnet UNSEREN Flug stornieren? Wieso ausgerechnet UNSEREN?" Dad sah aus, als ob er gleich jemanden umbringen würde. „Du meinst, wieso der gestrichen wurde?" „Natürlich. Storno. Storno! Heißt absagen, löschen, streichen." „Danke vielmals, Dad. Hey, der Bus hält! Pinkelpause!" „Das heißt: Eine Möglichkeit, sich die Hände zu waschen", seufzte Mami, am Ende ihrer Kräfte.

Alles stieg aus und schob sich auf die idyllisch gelegene Tapas-Bar samt Plumpsklo zu. Die Sonne brannte gnadenlos, aber das schien Mira überhaupt nicht zu bemerken. Sie hüpfte aufgeregt auf das windschiefe Gebäude zu. Heute Abend würde sie die Alhambra sehen! Vielleicht könnte sie auch schon die gefangene Seele befreien, wer weiß. Der Plan, den Juan ihr geschenkt hatte, beim Abschiedsessen, zeigte sehr klar, wo der Eingang zu dieser Warteschleife war. Sie hatte das Handy proppenvoll mit Licht aufgeladen und war auch ansonsten bestens vorbereitet – wie sie meinte. Auch der Kleine Dirigent hatte ihr noch Hinweise gegeben! Vorher war der doch mit Informationen über die verlorenen Seelen so geizig gewesen ... Wie dem auch sei: Mira wusste die einzelnen Schritte im Schlaf. Eingang finden zur Warteschleife. Per Handy den maurischen Fürsten beim Namen rufen. Wie das genau ging, hatte ihr der Kleine Dirigent erklärt. Und dann musste sie das Konzert spielen. Irgendwas würde dann auch mit der Person passieren, die den Fürsten dort eingesperrt hatte. Was, das wusste Mira allerdings nicht so genau.

„Buenas dias, chica." Die alte Frau, die Mami als Päckchenablage benutzt hatte, stand neben ihr. „Du deutsch?" Mira nickte. Ungemütliche Person. „Ferien in Granada? Sehrr schön. Stadt gutt, Alhambrra nix gutt." „Was, Ihnen gefällt die Alhambra nicht?" Mira war so erstaunt, dass ihr das rötliche Flackern hinter der dicken Sonnenbrille entging. „Oh ja – wunderrrschöne Hof und alles. Aberr grroße Gefahrr. Liegt wegen Sala de los Abencerrajes. Saal des Geschlechts derr Abencerrajes. Wunderrbarr Saal, nurrr ganz schlecht. Nie betrreten. Spanisch Familie Abencerraje dorrrt geköpft. Alle."

Mira hatte das ungute Gefühl, dass sich die Sonne ein wenig verdüsterte. Na, es war ja schon Nachmittag, da ließ die Strahlkraft eben ein bisschen nach ... „Und grrößte, aller-größte Gefahrrr ... Puerta de los Siete Pozos. Torrr derrr sieben Brrrunnen. In Wald. Viele, viele Schächte. Grrruben. Kerrkerr. Niemals betrreten. Niemals!"

Mira erstarrte. Genau diese beiden Orte sollte sie doch aufsuchen, um die verlorene Seele zu befreien! Sala de los Abencerrajes und Puerta de los Siete Pozos! In ihrem Gedächtnis hatte sich Mira den ganzen Lageplan sehr genau eingeprägt. Wieso nannte diese Schreckschraube ausgerechnet diese beiden Orte? Das war eine Warnung, ganz klar. Die Alte wusste von Miras Vorhaben!

Fürchterlich. Unvermittelt drehte sich die Alte um, schritt – eigentlich viel zu energisch für eine Greisin – auf einen wackligen Holzstuhl im Inneren der Bar zu und fingerte eine Flasche mit grünlicher Flüssigkeit aus ihrem Beutel. Scheußliche Hände. „Die innere Stimme ist bei den meisten Menschen heiser. Ich hätte gleich kapieren müssen, dass mit der was nicht stimmt." Mira flüsterte in sich hinein. Ihr Handy klingelte sahnetorten-weich. „William! Das muss ja grotten-früh sein bei Dir drüben!" Mira lief puterrot an. „Ja. Doch, ich hab's für heute Abend vor." Verdrehter Blick gen Himmel: „Klar, wenn's zu heftig wird, ruf ich dich. Du weißt ja, wie das geht." Strahlen. „Bye bye, viel Spaß mit der Mathearbeit. Ätsch! Ich hab schon Ferien! Adios."

„Komm schon, Knox! Wir müssen da reinkommen, bevor sie zumachen!" Knox watschelte im Schneckentempo die Steigung hinauf, die Ohren auf Halbmast. „Mein Gott, dieses Tier!", mit einem Stoßseufzer klemmte sich Mira das struppige Bündel unter den Arm. Jetzt wedelte und schleckte er begeistert, wie ein junger Spund. Typisch! „Na, hoffentlich geht die Sache schnell. Mami und Dad meinen, dass ich nur mal kurz Alhambra-Anschauen gegangen bin." Mira keuchte ganz schön. „Ist ja ziemlich hoch, dieser Ausläufer des Sonnenbergs. Hätte ich nicht gedacht. Wow!" Mira war an der Palastmauer angelangt. In der Abendsonne schimmerte sie rötlich. „Doch rot! Dabei hieß es doch, der Name al-hamra, das Rote, käme nur daher, weil dieser Palast bei Nacht gebaut worden sei. Im Schein von rotglühenden Fackeln. Von einem arabischen Herrscher, der im Krieg gegen die Christen hier war ...", brrrr, blutige Geschichte.

Mira zahlte den halben Preis, weil es schon so spät war, und betrat die Burg. Es waren kaum noch Touristen da, in einer halben Stunde würde die Anlage geschlossen. „Mein Gott“, Mira war überwältigt. Sie stand mitten im Myrtenhof. So etwas Schönes, Paradiesisches hatte sie noch nie gesehen. Und irgendwie total perfekt, es war alles so harmonisch, wie im Märchen. Der Myrtenhof war rechteckig und hatte in seiner Mitte ein rechteckiges Wasserbecken, in dem türkisblaues Wasser schimmerte. Eingefasst war das Becken von weißem Marmor, zu beiden Seiten mit Myrtensträuchern bepflanzt. Und dann diese Säulengänge! Sieben Bögen, der mittlere mit dem Durchgang jeweils höher als die anderen – und alles aus einem Material, das aussah wie Elfenbein! Elfenbein, zu streng geordneten und zugleich verspielten Ornamenten geschnitzt. Arabische Inschriften verkündeten geheime Botschaften, Symbole verstrahlten magische Kräfte.

Mira war wie angewurzelt stehen geblieben, an eine Säule gelehnt. So war dem Wachpersonal tatsächlich entgangen, dass sich noch jemand im Hof befand. Als sich Mira aus ihrer Andacht löste, war sie allein im Palast. Nur Knox wedelte neben ihr. Hübsch hier! Das fand er auch. „Dies ist der Vorraum zum Thronsaal“, flüsterte Mira ergriffen. „Wie der wohl erst aussehen mag?“ Sie zerrte Knox durch zwei wunderschön geschwungene Torbögen vorwärts. Mira wusste genau, wo welche Säle lagen, oft genug hatte sie den Lageplan studiert.

„Knox! Schau nur!“ Keinerlei Möbel enthielt der unendlich hohe Raum – sein einziger Schmuck waren die unglaublich kostbaren Verzierungen an den von Rundbogen-Portalen durchsetzten Wänden: Eine perfekte Kombination von arabischen Ornamenten, Rosetten, Sternen, Pflanzenmotiven, Buchstaben und Symbolen – golden schimmernd. Und die Kuppel erst, dort oben! „Zedernholz“, hauchte Mira ergriffen. „Die sieben Himmel des islamischen Paradieses.“

„Die wirst du nötig haben, Madame!“, krächzte es hinter einem Torbogen hervor. „Die wirst du bitter nötig haben!“ „HICKS!“ Das hatte Mira kalt erwischt. Sie blieb wie angewurzelt stehen, Knox winselte leise. Diese Stimme kannte er nur zu gut! Gegen das schwindende Licht zeichnete sich vor dem Bogenfenster eine hohe Silhouette ab: Die alte Frau aus dem Überlandbus! Sie nahm die Sonnenbrille ab und trat näher.

Mira zuckte, als hätte sie der Schlag erwischt. Die Schwarze Gamma! Natürlich! Diese rötlich glühenden Spiral-Pupillen, die Hakennase, der Gestank – und der rotgleißende Ring! Sie packte Knox und rannte schnurstracks nach links. Dort musste es zum Hamam gehen, zum Palastbad. Und richtig! Sie stürzte durch drei hintereinander liegende, gekachelte Räume. „Thronsaal, Sala de la Barca, das kommt von baraka und heißt Segen“, keuchte Mira. „Wieso muss uns das Miststück ausgerechnet dort auflauern?“ Weiter, weiter. Mira blieb in einem kleineren Raum stehen und rang nach Atem. Sala de las Dos Hermanas, dachte sie, „der Saal der zwei Schwestern.“ Da saß ja ... nein, das konnte nicht sein ... da saß Dionne! So ganz richtig war sie nicht zu erkennen, sie hatte sich eine Fliegermütze übergestülpt und war ansonsten kunstvoll mit Leder und Spitze garniert. Doch das musste Dionne sein.

„Du weißt, dass hier zwei Schwestern gefangen gehalten wurden? Um sie von ihren großen Lieben fernzuhalten. Und dass die hier gestorben sind? Hier!“ „Klar, weiß ich das, Dionne. Seit wann interessierst du dich denn für so was?“ Dionne stand auf und kam auf sie zu. Irgendwie roch sie nicht gut. Irgendwas stimmte nicht mit ihr ... Sie wankte auch so komisch. Mira wich unwillkürlich zurück. Ein Schritt, noch ein Schritt ... Dionnes Brüll-Gelächter kam ihr plötzlich richtig bösartig vor. BOING! Mira war mit dem Rücken gegen eine Säule gestoßen. Mit einem schnellen Seitenblick erkannte sie sofort: Sie war im Herzen der Alhambra gelandet: Im Löwenhof, dort, wo der Kaiser mit seiner Familie gelebt hatte. Was hätte sie darum gegeben, die Schönheit dieses Ortes in Ruhe bestaunen zu können! Doch rechts von ihr schnarrte schon wieder Gammas Stimme: „Unmögliche Hütte hier! Viel zu harmonisch, viel zu hell! Doch warte nur, bald – dann ist die Sonne weg ..." Jetzt mischte sich ihr schepperndes Gelächter mit Dionnes Gedröhne.

Mira wandte sich um und lief quer über den Löwenhof auf den Brunnen zu. Gigantisch! Zwölf Bronzelöwen trugen eine riesige zwölfeckige Schale, aus deren Mitte eine Wasserfontäne plätscherte. Doch was war das? Die Löwen bewegten sich! Unglaublich: sie schauten Mira mit großen Kulleraugen an – mit Knox' Augen! „Ja, spinne ich?" Mira blickte gehetzt um sich. Knox war weg. Sie schaute erneut zu den Brunnen-Löwen. Niedliche Kulleraugen, die ihr zublinzelten ... Doch plötzlich ein zwölffaches Zähnefletschen, ganz gemein! Das war Knox' Maul, das waren seine Zähne, aber dieses widerwärtige Knurren, das einem Mark und Bein tief gefror – das war nicht seines!

Mira stürzte weiter, auf die andere Seite des Hofes. Im Torbogen zur Sala de los Abencerrajes lehnte jemand. Nein. Doch! William! Das war William! Aber sie hatte ihn doch gar nicht gerufen mit ihrem Handy ... Strahlend lief Mira auf ihn zu. William aber drehte sich um, ohne eine Miene zu verziehen, winkte Kimberly herbei, die offenbar hinter dem Torbogen gewartet hatte, legte demonstrativ den Arm um sie und verschwand in der Dunkelheit des Saales. Niemals konnte das William sein. Mira weigerte sich einfach, diese Unverschämtheit zu glauben, die sich ihr eben geboten hatte. Dabei sah er so echt aus, der William. Bei Kimberly konnte sie sich täuschen, aber bei William ... jetzt blieb keine Zeit.

Mira griff sich an die Schläfen. „HICKS!“ Reiben, ganz vorsichtig reiben, dann wirst du wieder klar. Omi hatte ihr das immer gesagt. Ach, Omi! Mira wurde ganz schwummerig zumute. Omi. Die nicht mehr sprechen konnte, nicht singen, gar nichts. Nur wegen des Zauberbanns der Schwarzen Gamma. Hilflos und allein war die arme Omi jetzt. Plötzlich durchfuhr Mira eine Woge von Wut. „Ihr kriegt mich nicht klein!“, rief sie. „... klein-klein-klein“, hallte es von den Wänden wider. „Ihr nicht!“ „... icht-icht-icht“, gab das Echo zurück.

Sie stürzte in den dunklen Saal hinein. Zwei glühende Pupillen erwarteten sie. Mira umklammerte die Bauchtasche und schlich sich in die entgegengesetzte Ecke des Raums. Noch lag ein bläuliches Zwielicht im Saal. Mist, so musste die Schwarze Gamma gerade noch erkennen können, wo Mira sich befand. Dionnes scheppriges Lachen ertönte dicht neben ihr. Juan, das war Juan, der Dionnes Fliegerstiefel aufschnürte und dabei mehr als deppert aus der Wäsche schaute. So kannte Mira ihn gar nicht. Und sie alle rochen so widerlich! Die roten Pupillen kamen näher. Mira überlegte fieberhaft. Aus dieser Falle zu entwischen schien aussichtslos. Und ob sie auf ihre Freunde bauen konnte? Die schienen plötzlich so durchgeknallt. Vor allem, waren es wirklich ihre Freunde? Wenn sie nur nicht so täuschend echt ausgesehen hätten.

„So so. Die kleine Mira treibt sich also nachts allein in der Alhambra rum. Sauber!“ Die Schwarze Gamma schien sich ihrer Sache sehr sicher zu sein. Sie ließ sich richtig Zeit. William und Kimberly spielten im schwindenden Gegenlicht irgend so ein albernes Spiel, in dem wurde vor allem sehr viel und sehr heftig gekitzelt und gekreischt. Mira war entsetzt. Okay, dann war sie eben mutterseelenallein. Noch nicht mal Knox war da. Feiger Hund! Der hatte sich sofort, als es brenzlig wurde, unsichtbar gemacht. Unsichtbar gemacht ... Natürlich! Warum war sie bloß nicht früher auf diese Idee gekommen ...! Der Kleine Dirigent hatte ihr doch extra ... Mira verdrückte sich in die hinterste Ecke und nestelte das Handy heraus. Wo war die Gamma? Die Glüh-Pupillen waren nicht zu sehen.

Also. ∉-Taste drücken. Und das Handy vom Kopf bis zu den Zehen möglichst in der Mitte des Körpers entlang führen. Und dann die Taste loslassen, Perlmuttknopf drücken. Huh! Kühl war das! Irgendwie von innen heraus. Mira schaute auf ihre Füße: Nichts. Ihr Arm: Nichts. Doch! Das Handy schwebte vor ihr in der Luft! Mist! Weshalb hatte ihr keiner gesagt, dass es nicht verschwinden würde? Okay, es war ja jetzt sowieso stockdunkel.

Mira machte einen Schritt auf die Mitte des Saales zu. KLONGGG! Dort, wo sie eben noch gestanden hatte, rammte der rote Diamant die kostbaren Ornamente. Gellendes Gelächter der Freundes-Truppe. Ja, waren die denn von allen guten Geistern verlassen? Nicht auszudenken, was passiert wäre, wenn sie stehen geblieben wäre! Kein Zweifel: Die Sache war ernst. Also schnell, schnell. Mira musste irgendwie zu dieser Brunnenschale gelangen, die genau in der Mitte des Saales im Boden eingelassen war. Und alle, alle wussten, dass sie dorthin musste. Weil hier der Schlüssel verborgen war für das Tor mit dem Eingang zur Warteschleife ...

In der Brunnenschale musste sich ein dunkler Fleck befinden. So war das jedenfalls hinten auf Juans Plan zu lesen gewesen. Auf Spanisch zwar, aber Juan hatte ihr das übersetzt. Dieser Fleck bestünde aus dem Blut der Abencerrajes, stand da. Schreckliche Vorstellung. Aber es musste ja nicht stimmen. Dort war jedenfalls der Schlüssel. Wie, um Gottes willen, in der totalen Finsternis einen dunklen Fleck in einer Brunnenschale finden? Mira war drauf und dran zu verzweifeln. Da zündete ausgerechnet

William eine Kerze an: „Mira, wo bist du? Eben warst du doch noch hier!" Mira meinte ein Zischeln in seiner Nähe auszumachen und zwei glührote Punkte an seinem Ohr. „Sag mir, wo du bist, Mira! Du wirst mich doch nicht einfach hier so stehen lassen?" Und wie ich das kann, du falsches Luder! Soll er ruhig näher kommen mit seiner Kerze! Mira schlich sich nahe an die Brunnenschale heran, deren Umrisse sie jetzt erkennen konnte. Das Handy führte sie ganz nah am Boden entlang, so war es außerhalb des Lichtkegels der Kerze. „Mira, komm, jetzt sag, wo du bist!" Zischel, zischel an seinem Ohr. Jetzt musste er gleich die Brunnenschale passieren.

Mira starrte unentwegt auf den Boden der Schale. Ja, dort! Ganz nah der Mitte war ein dunkler Fleck. Jetzt hieß es: Schnell handeln und bloß keinen Fehler machen! Wie sie es schon tausend Mal in Gedanken durchgespielt hatte, hielt sie das Handy jetzt mit dem Perlmuttknopf genau auf den Fleck gerichtet und – Luft anhalten! – spielte den Refrain des Concierto de Aranjuez. Ein Mordsgezeter setzte ein. Ihren New Yorker Freunden schien diese Musik geradezu körperliche Qualen zu bereiten. Dabei klang das doch so wunderschön, gerade in dieser Halle, mit dem ganz feinen Echo ...

Geistesgegenwärtig war Mira zur Seite gesprungen. Und das war sehr gut so, denn dort, von wo eben noch die Melodie erklungen war, knubbelten sich jetzt ihre Freunde über- und ineinander. Offenbar hatten sie Mira packen wollen. Was für Freunde? Auf gar keinen Fall die echten. Es sei denn, die Schwarze Gamma hatte sie alle verzaubert. Schauderhafte Vorstellung.

Doch ein Gutes hatte das Gewimmel: William hielt die Kerze krampfhaft in die Höhe, um bloß nicht zu verpassen, wenn Mira irgendwo auftauchen sollte. So konnte

Mira den Grund der Brunnenschale erkennen. Und da tat sich etwas! Dort, wo der dunkle Fleck gewesen war, schob sich eine Fliese des Brunnens zur Seite, und ein langer, schmaler Gegenstand glitt heraus. Bevor Mira überhaupt einen Gedanken fassen konnte, war sie mit einem Riesensatz in das Becken hineingesprungen, hatte das längliche Etwas ergriffen und war auch schon wieder hinaus und aus dem Torbogen geschlüpft. Hinter ihr Affen-Getöse. Sie wusste genau, sie musste sich links halten. Und noch mal links. Dort musste eine schmale Pforte sein: Tatsächlich! Mira rannte, so schnell sie konnte, auf den Ausgang zu. Hinter ihr höllisches Getrappel. Besser, sie würde sich seitlich in die Büsche schlagen!

Mira drehte ab und lief dicht an der Befestigungsmauer entlang. Wo Knox bloß abgeblieben war? Hoffentlich war dieses Tor, diese Puerta de los Siete Pozos, auch vom Inneren des Palasts aus zu erreichen. Mira wusste nur vom Zugang jenseits der Mauer. Dorthin schien sich auch die johlende Meute zu bewegen. Mira konnte ganz deutlich die Stimmen von Dionne und William vernehmen, dazwischen Gammas Geschnarre. Plötzlich ein starkes Geraschel, direkt hinter Miras Füßen. Sie fuhr herum. „Knox! Du Feigling! Wo warst du?" Da sah sie im fahlen Licht der Mondsichel: Knox war pitschnass! Und trug irgendein Gestrüpp in der Schnauze. Mira wurde es ganz anders. Natürlich! Der Kleine Dirigent hatte ihr ja gerade deswegen ins Gewissen geredet, und sie hatte es vergessen. Sie sollte unbedingt einen kleinen Myrtenzweig mitnehmen, aus dem Myrtenhof, hatte er ihr eingeimpft, sonst wirke der Zauberstein aus der Brunnenschale nicht. Na, um ein Haar wäre das schief gegangen, bloß gut, dass Knox nun wieder bei ihr war.

„Gratulation, Knox. Du bist der Größte!", flüsterte sie in sein Halbmast-Ohr und kraulte ihn hingebungsvoll. „So.

Hier muss es sein. Das Tor der Sieben Brunnen. Dazu müssen zwei Wehrtürme gehören. Sieht ja ziemlich scheußlich aus." Zwei quadratische Klötze ragten jenseits der Mauer bedrohlich in die Luft. Dort musste sie hinein. Nur wie? Kaum gedacht – schon gestürzt. Was genau geschah, kriegte Mira gar nicht mit, es war einfach viel zu schnell gegangen. Irgendwie gab der Boden unter ihr nach, und mit einem fürchterlichen Knirschen und Krachen rauschte sie samt Knox in die Tiefe.

Stille. Irgendwo in der Ferne tropfte es. Mira bewegte vorsichtig Arme und Beine, eins nach dem anderen: Alles heil. Auch Knox schien okay zu sein. Sie schaltete das Handy ein, vielleicht half der schwache Schein des Displays weiter. Nichts. Ein stockdunkler Gang. Nichts weiter. So. Da saßen sie nun. Den Schlüssel-Stein hatten sie, und auch die Myrte. Aber der Weg zum Eingang? Alles war schwarz. Mira stieß die Luft durch die Zähne. „Ich rufe den Kleinen Dirigenten. Und meine Münchner Freunde. Was meinst du?" Knox schniefte nur. „Ach was, das ist ein klassischer Notruf-Fall." Mira drückte die 15. Einmal waagerecht, einmal senkrecht, einmal diagonal. „Im Namen der 15 – ich rufe das Licht!" Nichts. Wieso auch. Schließlich war kein Licht da, in das sie hätte sprechen können.

„Der Kleine Dirigent." Mira spielte die Melodie, um den Kleinen Dirigenten zu rufen. Das Blöde war – es gab ein so seltsames Echo. Ob das wohl wirkte? Offenbar nicht. Niemand kam. Knox und Mira blieben in der Dunkelheit allein. Warum eigentlich hatte sie keine Taschenlampe mitgenommen? Zu blöd aber auch.

„Das ist der Super-GAU." Der Weiße Gründer rollte auf silbrigen Roller-Blades hektisch vor dem Lookilooki hin und her, weiß glänzende Spuren hinterlassend. „Mira weiß schließlich nicht, dass wir uns nirgends aufhalten können, wo kein Licht ist. Wir können ihr nicht helfen. Pergament, wo sind die Feinde des Lichts?" „Leider nicht weit entfernt." Pergament deutete auf ein weiteres Lookilooki, das außer deutlich vernehmbarem Getrappel und einer wüst hin- und herflirrenden Gruppe roter Pünktchen nur Schwärze zeigte. „Sie suchen systematisch die sieben Kerkerebenen ab. Es ist nur eine Frage der Zeit, bis sie sie gefunden haben."

„Dann rufe ich eben meine Münchner Freunde. Die aus New York sind ja offenbar irgendwie durchgedreht oder ferngesteuert." Mira drückte die entsprechenden Tasten und lächelte ins Display. Na, also! Auf einem ultra-schwachen Lichtschein schwebten Caro, Iris, Benjamin und Nils herbei. Leider blieben sie irgendwo zwischen Höhlendecke und Tropfstein-Wand hängen. Die vier musterten ängstlich die Umgebung. Caro öffnete den Mund, doch es kam nur ein völlig verzerrter Geräusche-Salat heraus. So, als hätte jemand mit einem Elektromesser die Wörter klein gehackt. Nils, Benjamin und Iris mühten sich genauso vergeblich ab. Sie schafften es auch nicht, bis auf den Boden zu gelangen, der Lichtschein, der sie bisher getragen hatte, fing plötzlich an zu zittern, zu flirren und zu flimmern, und die Münchner Freunde verschwanden genauso schnell, wie sie gekommen waren.

„Dann eben nicht. Dann eben SMS." Mira tippte mit affenartiger Geschwindigkeit ins Handy. Gut, dass sie auch im Dunkeln wusste, welche Tasten wo lagen und wie sie sie drücken musste. „Puh, gesendet." Wenige Sekunden später: BLOINK! BLOINK! „Na, wer sagt's denn." Mira hob das Handy an, um besser lesen können. „Der Kleine Dirigent wird bestimmt Hilfe holen." Doch zu ihrem Entsetzen rasten die Buchstaben viel zu schnell übers

Display, und das offenbar auch noch rückwärts! Sie waren durch nichts aufzuhalten. „Das war's dann wohl, Knox." Mira ließ das Handy sinken.

Der Weiße Gründer rollerbladete so schnell durch den Saal, dass die weiß glänzenden Spuren hinter ihm zu Spiralnebeln aufgewirbelt wurden. „Wir können doch nicht einfach nur so rumsitzen und zuschauen, wie die Geier der Dunkelheit unsere Mira festsetzen – na, festsetzen wäre eine viel zu freundliche Umschreibung für die Warteschleife. Wir müssen etwas tun!" „Verhindern Sie doch wenigstens, dass sie ihr das Handy wegnehmen können. So lange sie das Handy hat, werden sie ihr nichts Wesentliches antun." Vanilla war mal wieder ganz in ihrem Element. Und das hieß: Vanille-klarer Verstand.

„Natürlich!" Der Weiße Gründer schlug sich vor die Stirn, dass es glitzernde Schuppen rieselte. „Der Notfallzauber. Ich aktiviere sofort den Notfallzauber. Danke, Vanilla." „Nicht dafür." Vanilla wedelte zart mit ihrer silbrigen Federboa. Der Weiße Gründer rollte zum Fenster und sog die Märchenlandschaft in sich ein. Dann hob er beide Hände zum Horizont und murmelte etwas Unverständliches in seinen weißen Bart.

Eine Sternschnuppe zischte quer über den violetten Abendhimmel hinweg. „Das hätten wir." „Was?" fragte Giggel und kicherte nicht. Strenger Blick vom Chef: „Klassischer Notfallzauber eben. Niemand kann Mira das Handy entwenden. Wenn es ihr entwendet wird, kommt es trotzdem immer wieder zu ihr zurück. Es sei denn, sie gibt es freiwillig weg." „Das kann sie retten. MUSS aber nicht." Nachdenklich zog Vanilla ihr Federhütchen tiefer ins Gesicht.

24

Knox knurrte plötzlich das fieseste Knurren, das er auf Lager hatte. „Sie haben uns entdeckt, gell, Knox?“, flüsterte Mira hoffnungslos. So langsam war ihr alles egal. Sie hatte jedes Zeitgefühl verloren, keinen Hauch einer Ahnung, wie lange sie sich schon an dieser bröckeligen Mauer durch die Dunkelheit getastet hatte. Auf immer und ewig durch die unendlichen Katakomben irren – oder von der Schwarzen Gamma festgesetzt zu werden –, Pest oder Cholera: Es war wohl alles verloren. Aber so ganz richtig begriffen hatte Mira trotzdem nicht, was das nun wirklich bedeutete ... Morgen, übermorgen, in einer Woche ...

Knox' Knurren war rekordverdächtig. Was wuselte denn da unten an ihren Beinen rum? Mira ging in die Hocke. Verflixt. Rote Glüh-Schlitze, von struppig-pieksigem, schwarzem Haar umkränzt: Keine Frage, das war ALC, die Ratte. „Lass Knox in Ruhe! Und mich auch! Hier ist genug Platz für alle!“ Dämlicher Spruch. Aber die Situation war ja auch dämlich. Mehr als das. Irgendwie schien sich ALC nicht richtig ran zu trauen. Oder hatte dieses Mistvieh was Anderes vor? Vielleicht, weil Knox noch die Myrte in der Schnauze trug? Dabei fiel Mira auf, dass der längliche Stein in ihrer Hand ganz warm geworden war. Vielleicht waren sie der Warteschleife ja schon ganz nah – und ALC war die Wächterin? Dann könnte sie ja doch noch versuchen, den Fürsten zu finden. Viel Sinn machte das wahrscheinlich nicht – mit der Schwarzen Gamma und ALC auf den Fersen ...

„Die Chinesen haben dasselbe Schriftzeichen für Krise und für Chance“, murmelte Mira und stapfte tastend weiter. Plötzlich hörte die Mauer auf. Einfach Ende – nix mehr

– Schluss ... Mira blieb stehen. Irgendwas war da, vor ihr, da vorne, eine ganz schwache Lichtquelle, die ganz leicht hin und her schaukelte. „Komm schon, Mira! Na, komm, komm, komm!“ Grundgütiger! Unverkennbar: die Schwarze Gamma. Der Lichtschein kam näher. Aha. Ein schwarzer Kahn auf schwarz-silbrigem ... nein – Wasser war das nicht. Das schwappte so zäh, schien sich am Rand, wo es auf die Felsen traf, in Kügelchen zu verwandeln und wegzutrudeln. Sie war mit Sicherheit am Quecksilber-See gelandet.

„Willkommen am Freizeit-See der Intriganten! Meine Freundin Intriga heißt dich aufs Allerherzlichste willkommen. Es würde ihr die allergrößte Freude bereiten, dich in ihrem hauseigenen See zu versenken – ha-ha-ha-ha-ha!“ Höllengelächter schepperte vom Kahn herüber. Irgendjemand stakste das Ding mit langen dunkel glänzenden Stöcken voran. Konnte sie da William und Dionne erkennen? Mehr als merkwürdig. Und hinten ragte eine riesige Person in die Höhe. Na, vielleicht war das ja die Freundin mit dem schmeichelhaften Namen. Intriga! Wie konnte man bloß so heißen.

„Komm doch, Schätzchen, wir fahren dich rüber. Du willst doch hinüber, nicht wahr?“ Giftbiene. Klar wollte Mira rüber, aber doch nicht mit denen! Der Stein in ihrer Hand war deutlich wärmer geworden.

Mira versuchte, dem Zwielicht irgendwelche Konturen abzuzwingen. Sie stand dicht am Ufer. In der bleiartigen Flüssigkeit des Sees schien es Lebewesen zu geben – irgendwas teilte immer mal wieder die Oberfläche. Jetzt war es ganz nah: Brrrr! Eine riesige Schlange, die im schwummerigen Schein der Bootsfunzel offenbarte, dass sie durchsichtig war. Gedärme, Knochen, die langen

Giftzähne – das alles war wie auf einem Röntgenbild zu erkennen.

Schaudernd wandte sich Mira um: Knox tastete sich gerade ultra-vorsichtig auf den Rand des Sees zu ... Da war noch einer, noch ein Kahn! Ohne zu zögern, sprang Mira hinein, natürlich nicht, ohne sich schnell noch Knox zu greifen. ALC blieb seltsamerweise am Ufer stehen. Im schwachen Licht schimmerten ihre Rasierklingen-Zähne doppelt so gemein. Sie schien es gar nicht so eilig zu haben. So, als säßen die beiden nun sowieso rettungslos in der Falle. Mira griff sich eine der langen Stangen und stocherte los. Zäh war sie, diese Flüssigkeit, auf der sie nun dahinschipperten. Und sie zerklickerte immer gleich in Kügelchen, wenn sie als Welle an die Kahnplanken schlug. Der Gamma-Trupp stakte hinter ihr her. Mira versuchte, auf die Wärme des Steins zu achten, den sie jetzt unter ihren Hosenbund geschoben hatte, um beide Hände für die Stange frei zu haben. Die Anderen waren deutlich in der Überzahl. Logisch, dass sie schnell näher kamen.

„Nun warte doch, Kindchen! Wir möchten dich in diesem Ferienparadies ein wenig begleiten!“ Mira stellte ihre Ohren auf Durchzug und stieß die Stange in den See, so schnell und so kraftvoll sie nur konnte. Dennoch war der andere Kahn jetzt gleichauf. Direkt auf Miras Höhe war William und grinste herüber. Wie sie den bloß mal toll finden konnte! Unangenehm war der Kerl, richtig schmierig... Jetzt hob er die Stange aus der Flüssigkeit und richtete sie auf Mira. Moment, da bewegte sich doch etwas in seinem Jackenärmel ... Bräunlich und glibberig, das zupfte gerade seine Armbanduhr zurecht: Saugnäpfe schillerten kurz auf ... Mieslinge! Was, um Gottes Willen, machten Mieslinge in ihrem William?

„Na, Mira, wie fändest du das, wenn ich dich jetzt ein wenig schubsen würde? Nur ein ganz klein wenig?" Williams Augen blitzten gemeingefährlich. Auch in seinem Haar bewegten sich Mieslingarme! Grauenhafte Vorstellung. Entweder hatten die Mieslinge William infiziert, wie Würmer oder Bakterien, die sich in einem Körper ausbreiteten und ihn plötzlich nach ihrem kranken Programm funktionieren ließen. Oder dieser William war eine Attrappe, ein Doppelgänger, eine Täuschung aus Gammas mieser Trickkiste, fast war sich Mira sicher. Ein Doppelgänger – sie konnte sich mit diesem Gedanken jetzt aber nicht weiter aufhalten. Sie packte den Stock, der auf sie gerichtet war, und stieß ihn so kräftig zurück, dass William auf seinem Hinterteil landete und der ganze Kahn mächtig ins Schaukeln geriet. Das kurze Chaos an Bord nutzte Mira, um sich ganz schnell voran zu arbeiten, Richtung Seeufer, auf die andere Seite. Natürlich hatten sie sie sofort wieder eingeholt. Und dieses Mal gab es nicht nur ein harmloses Wortgeplänkel. Sobald der feindliche Kahn auf ihrer Höhe war, wurde geentert.

Die vier vermeintlichen Freunde sprangen zu Mira ins Boot, alle gleichzeitig, so dass es einen heftigen Schlag gab. Um ein Haar wäre das marode Teil gesunken. Sie packten Mira und schüttelten sie durch. Iiihh, wie die stanken! Genauso wie die Mieslinge. „So, Mira und nun hätten wir gern das Handy!" Schon wieder war William der Gemeinste von allen. Blitzschnell hatte er ihr die Tasche vom Bauch abgeschnallt. Mit irrem Indianergeheul schleuderte er sie über seinem Kopf herum. „Bist du verrückt? Wenn du sie loslässt, war der ganze Zauber für die Katz!" Gamma klang mehr als gebieterisch. „Und jetzt bringt Mira und ihren Köter dorthin, wo sie hingehören. Ende der Vorstellung! Aus! Basta!"

Sie waren am anderen Ufer des Quecksilber-Sees angekommen. Dort lauerte schon ALC. William schubste Mira rüde an Land, die Anderen folgten kichernd und kreischend nach. Dionne hatte sich Knox geschnappt. Plötzlich begann sich William zu drehen und wild hin- und her zu springen. „Dieses verdammte Ding macht, was es will!“, brüllte er. „Das hopst!“ Auch unter Aufbringung seiner gesamten Kräfte konnte er die Handytasche einfach nicht festhalten. Sie flutschte geradewegs zurück zu Mira.

„Was soll der Quatsch?“, scholl es sofort vom anderen Kahn herüber. „Ich weiß nicht, was mit dem Ding los ist, es hat sich einfach selbstständig gemacht. Mit Mörderkräften.“ Wie William jetzt dastand, mit Hängeschultern und offenem Mund – einfach lächerlich! „Solange sie das Handy hat, können wir sie nicht festsetzen. Nicht wirklich zumindest. Also mach was. Und zwar schnell.“ Diese Stimme war nicht so schneidend, irgendwie sanfter und einschmeichelnd. Offenbar gehörte sie Intriga.

Mira hatte die Zeit genutzt, um das Handy zu aktivieren. Sie spürte: Hier war sie richtig. Der Stein war nämlich noch heißer geworden. Sie musste also weiter geradeaus in die Dunkelheit hinein. Na, vielleicht funktionierten wenigstens die Grundfunktionen des Handys: Mira drückte ⇔, schaute ganz weit ins Dunkle hinein, riss den aufjaulenden Knox von Dionnes Schulter, und schon schoss sie los. Und ... Vollbremsung! Bloß gut, dass das Ding so etwas wie eine vollautomatische Bremse eingebaut hatte. Mira befand sich offenbar ganz dicht vor einer Wand, ihre Stupsnase stieß schon fast daran. Mist – von hinten näherte sich schon wieder etwas. Der Stein an ihrem Bauchnabel glühte. Mira tastete vorsichtig die Wand ab. Das fühlte sich an wie ... ein Tor! Ein gigantisches Tor musste das sein! Aus Metall, seidenglatt und eiskalt. So, jetzt genauso cool bleiben. Der Kleine Dirigent hatte ihr eingebläut: Das, was sie in der Brunnenschale finden würde, das sei der Schlüssel zu allen Orten, die sie aufsuchen müsste. Und diesen Schlüssel müsse sie mit der Myrte aktivieren. Also Myrte aus Knox' Maul rupfen, Stein aus dem Hosenbund – beides aneinander reiben ... und es sprang lautlos auf – das Tor. Grauenhafter Lärm schlug ihr entgegen.

Holla. Da ging's aber arg tief hinunter. Mira wagte einen kurzen Blick: Die Doppelspirale. Offenbar stand sie am oberen Ende, denn sie konnte Kilometer weit in die Tiefe blicken. Zwei schimmernde Bänder, ineinander verdreht, mit Unmengen Lichtpünktchen gespickt. Mira wusste, was jedes dieser Pünktchen bedeutete ... Und dieser ätzende Krach der obergemeinen Sorte: Das Quietschen von Schultafelkreide, das metallische Kreischen von Straßenbahnschienen, das fiese Sirren von Zahnarztbohrern, Presslufthämmern, Motorsägen, Formel-1-Boliden. Und das Aller-aller-Übelste: Über all dem schwebte Musikmüll, jawohl, Musikmüll: Das hörte sich so an, als ob sich totale Nichtskönner an total verstimmten Instrumenten austobten. Grauenvoll! Folter für Ohren und Seele ...

Achtung! Was war das für ein Steg? Er begann direkt vor Miras Füßen und führte in ein schwebendes Etwas hinein. Das sah aus wie eine Monsteramöbe. Mira wunderte sich, dass ihr das jetzt einfiel – da war ja im Biologieunterricht richtig was hängen geblieben. Das Geräusch hinter ihr war nun ganz nah. Mira drehte sich um und sah ALC auf sie zu galoppieren, die gerade zu einem gewaltigen Sprung ansetzte. Offenbar wollte sie Mira mit in die Tiefe reißen. Mira aber duckte sich pfeilschnell und ALC verfehlte sie um Haaresbreite. Mit einem gellenden Schrei knallte sie auf die gegenüberliegende Warteschleife, verlor jede Orientierung und sauste die Spirale hinab, schneller und immer schneller! Jetzt wusste Mira genau, wo sie hin wollte: NICHT auf die Spiralen-Achterbahn!

Sie lief über den Steg auf das amöbenhafte Gebilde zu. Der Stein in ihrer Hand war jetzt megaheiß. In dem Augenblick, als sie und Knox sich im Inneren dieses wundersamen Gebildes befanden, hatten Gamma, Intriga und die vier Pseudo-Freunde die Warteschleife erreicht. Sie lauschten. „Da unten sind sie! Fünfte Ebene!“ William schien bestens über die örtlichen Gegebenheiten informiert zu sein. „Dann haben wir sie sicher.“ Auf ein gebieterisches Zeichen von Intriga rückte eine schwarzgläserne Plattform auf der nächstliegenden Spirale vor ihnen in Position. Die ganze Truppe sprang auf und sauste mit rasch wachsender Geschwindigkeit abwärts.

„Die wären wir erst mal los. Vorwärts Knox, weiter.“ Mira begann, ihre Umgebung zu untersuchen. Da war eigentlich gar nicht so viel Auffälliges. Das einzig Interessante war dieses stahlblau schimmernde Gebilde, das in der Mitte des Amöbengewölbes schwebte. Ganz eindeutig: Eine Doppelspirale. Mira trat näher. Das war die Warteschleife in Miniaturausgabe! Nur, dass diese hier quer im Raum lag, während die andere sich senkrecht nach unten in die Erde wand. „Schau mal!“ Mira deutete auf das linke, untere Ende. Dort schoss ein Lichtpunkt die Wendeln entlang. „Das sind sie bestimmt!“ Doch Knox winselte sein nervigstes Winseln. Mira versuchte, ihn im bläulichen Dunkel zu entdecken. Da stand er, die Schnauze steil nach oben gereckt. „Donnerwetter!“ Die elektronische Spirale trug eine Art Bauchbinde, ähnlich dem Schieber auf dem Rechenschieber, den Dad immer noch auf seinem Schreibtisch liegen hatte. Dad sammelte solche Sachen aus dem vergangenen Jahrhundert. Na, egal.

Mira studierte die exotische Bauchbinde nun ganz genau. Sie bestand aus einem Gewirr von Drähten und Verkabelungen, die aber alle zusammen völlig durchsichtig waren. Konzentrierte man sich auf ein einzelnes Kabel, dann konnte man es auch genau erkennen. Schaute man das Ganze an, dann wurde alles durchsichtig und beinahe unsichtbar. Aber es gab einige runde Flächen darauf, die etwas weniger durchsichtig schienen ...

Mira führte den heißen Stein an die Bauchbinde heran. Die begann augenblicklich grünlich zu strahlen. Offenbar war sie nun aktiviert, denn in einem der Kreise erschien:

X ENTER NAME X

Ohne zu zögern, tippte Mira

X YUSUF BEN NAZAR X

in die Miniaturtastatur ein. Kurze Pause. Der Schieber wechselte seine Farbe in curry-gelb:

X FLOOR SIX. No 2828 X

Oh je! Was tun? Mira ließ den Schieber zum 6. Tiefgeschoss gleiten. Genau dort befand sich gerade die Plattform mit Gamma & Co. Interessant, der Schieber wirkte wie ein Vergrößerungsglas. Die sechs machten sich dort irgendwie zu schaffen. Mira konnte aber nichts Genaues erkennen. Jetzt fuhren sie los, zurück nach oben. Das wurde eng. Trotzdem drückte Mira auf die runde Fläche, auf der *CONNECT* zu lesen stand. Kurzes Rauschen, dann: „Ja?“ Mira vernahm eine sehr, sehr traurige, kraftlose und völlig apathische Stimme.

„Mira hier“, flüsterte sie. Keine Reaktion. „Hallo Fürst? Yusuf Ben Nazar! Sorry, ich weiß immer noch nicht, wie man Sie richtig anspricht, Hoheit! Mira May ist hier!“ Der Fürst schien aus einem abgrundtiefen Traum zu erwachen. „Wer ist da?“ „Mira May! Ich bin hier, um Ihre Seele zu befreien!“ Stille, ein Seufzer: „Mira – wie wunderbar! Darauf warte ich seit fast tausend Jahren. Doch ... nicht jetzt, Mira. Sie sind dir zu nah. Mit Verlaub, erst musst du dich in Sicherheit bringen, dann kannst du dein erhabenes Vorhaben angehen, mich zu retten. Flieh und hole dir Verstärkung. Allein ist das ein zu verwegenes Ansinnen, Dame May! Es wird dir nicht gelingen, glaub mir. Aber schon zu diesem Zeitpunkt aufkeimender Hoffnung: Meinen untertänigsten Dank an dich und den Beweis deines außerordentlichen Mutes! Ich lege dir all den Dank, den ich aufzubringen imstande bin, zu Füßen.“

Hm. Sie war so nah am Ziel, aber wahrscheinlich hatte der Fürst Recht. Doch wie sollte sie sich in Sicherheit bringen? Sie musterte die stahlblaue Doppelspirale. Dort, wo sie selbst stand, blinkte ganz schwach eine bläuliche Amöbe. Und darüber, am ganz rechten Ende, da, wo die beiden Spiralen aufeinander trafen, da kreuzten sich zwei Schlüssel. Na, das war ja kinderleicht! Schlüssel hieß Tür, und Tür hieß Ausgang, oder? Also dort, rechts, musste der Ausgang sein. Mira brachte ihren heißen Stein näher an die beiden Schlüssel heran. Na, wer sagt’s denn: Sie glühten curry-gelb auf, und es tat einen metallischen Schlag. Die rechte Amöbenwand war aufgesprungen! Mira warf noch einen sehnsuchtsvollen Blick auf das sechste Tiefgeschoss, schnappte sich Knox und lief nach draußen.

„Yippiehhh! Licht!“ Tatsächlich: Von oben drang Tageslicht herein. Himmel, es wird doch nicht schon Morgen sein? Mami und Dad würden durchdrehen vor Sorgen!

Doch jetzt mussten sie erst mal hier rauskommen aus dem Spiralen-Wahnsinn. Mira suchte. Und suchte – und suchte. Dort oben – das waren vielleicht nicht mehr als zehn Meter – da war das Licht, die Freiheit, da war alles. Nur dorthin führte nichts. Keine Leiter, kein Seil, schon gar keine Treppe. Sie versuchte sich mit dem Magic Handy nach oben zu beamen. Blöderweise funktionierte das nicht, es war einfach zu wenig Licht hier unten, und ihr Handy brauchte wenigstens einen satten Lichtstrahl dafür.

Plötzlich klingelte es. AIR von Johann Sebastian Bach erklang. „Mira, hier ist der Kleine Dirigent. Zur Zeit – wegen der Bedeutung der Ereignisse nenne ich mich General Hieronymus Takt.“ Jetzt brach es aus Mira heraus: „Bitte, bitte, Kleiner Di... ähm, General Takt, hol mich hier raus! Ich will sofort hier raus! Es ist so schrecklich, alle sind sie hinter mir her, ich habe den Fürsten noch nicht befreien können, ach, es ist die Hölle. Weißt du, wo ich bin?“ „Klar, Mira. Nur – es tut mir wahnsinnig leid. Ich, ich ... ich muss dir sagen: Wir können nicht zu dir in das finstere Reich der Schwarzen Gamma und ihrer Kumpane kommen. Ohne Licht geht einfach gar nichts. Wir werden aber trotzdem versuchen, dich ganz schnell aus dem Loch da herauszuholen. Verhalte dich nur ganz still. Bis gleich!“ Noch einmal die Melodie von Bach – General Takt war verschwunden.

„Siehst du, Knox. Alles wird gut.“ „Oh ja, das kann mal wohl sagen!“ Die Schwarze Gamma und Intriga hatten sich am Eingang zur Spiralhöhle aufgebaut. Irgendetwas hielten sie gemeinsam in der Hand. Etwas silbrig Glänzendes. Handschellen! Jede der beiden Horrorladies hielt eine davon umklammert. Jetzt kamen die beiden auf Mira zu. Ganz langsam. „Der Geist fliegt voran, die Wirklichkeit hinkt hinterher. HICKS!“ Mira war eigentlich nicht nach Sprüchen zumute, pure Gewohnheit.

Plötzlich ging alles ganz schnell. Die beiden sprangen auf Mira zu, KLICK-KLICK! waren die Handschellen geschlossen. Schon saß Mira samt Knox auf der Plattform und sauste in die Tiefe, Intriga und Gamma hinterher. „Noch nie hat jemand ein so hochrangiges Geleit gehabt hier unten!“, zischte Gamma. „Macht nichts. Jetzt haben wir sie wenigstens.“

Intriga kettete Mira direkt neben dem Fürsten an. „Na, ihr habt euch bestimmt ‘ne Menge zu erzählen. Genügend Zeit dafür werdet ihr nun ja haben!“ Schauderhaftes Gelächter. „Falls du dir irgendwann überlegen solltest, dass du das Handy gegen Spiralen-Erleichterungen eintauschen möchtest, dann lass es uns wissen. Vielleicht in hundert Jahren? Oder in zweihundert? Gute Unterhaltung! Adieu!“ Weg waren sie. Was blieb, waren Düsternis und eine grausame Geräuschkulisse.

„Das tut mir unendlich Leid.“ Der Fürst schaukelte auf seiner Plattform hin und her. „Ich habe schlimme Schuld auf mich geladen. Ich habe dich in eine fürchterliche Lage gebracht.“ „Nein, nein, machen Sie sich keine Sorgen, ist schon okay so. Ich habe ja noch das Handy. Und ich glaube nicht, dass der Kleine Dirigent ...“ „Schsch!“, unterbrach sie der Fürst und legte einen Finger auf die Lippen. „Kein Wort hier unten von dem anderen Reich ...“ „... ich glaube nicht, dass die uns hier ewig schmoren lassen werden.“ Mira weigerte sich strikt, auch nur einen einzigen negativen Gedanken zuzulassen. Trotzdem: Sie musste weinen. Knox lag zu ihren Füßen und ließ die Ohren hängen. Der Fürst nahm Miras Hand und schwieg.

„Ach Kind, ach Kind – Mira, Mira – tse-tse-tse –, zu dumm aber auch, das Ganze.“ Krisensitzung. Der Weiße

Gründer hatte so viele Sorgenfalten auf der Stirn wie ein persischer Faltenhund. „General Takt, haben wir denn tatsächlich noch nie eine Expedition, ein Gefecht, eine Verhandlung oder was auch immer im Reich der Dunkelheit geführt? Wirklich noch nie?“ Der Kleine Dirigent war nicht wiederzuerkennen: eine schneidige Erscheinung! Das Zottelhaar war unter einem sonnengelben Schirmkäppi verschwunden – und die ebenso sonnengelbe Uniform mit den ausladenden Epauletten machte echt was her. Dekoriert war das Ganze mit einer Unmenge von Orden, die seine Brust zierten. Sogar die Meerkatze trug eine sonnengelbe Uniform mit Käppi. „Nein, Eure Erleuchtung. Wir haben uns tatsächlich noch nie auf dunklem Gebiet bewegt. Tut mir Leid. Da haben wir keinerlei Erfahrung.“

„Und was ist, wenn wir uns einfach Licht dort mit hinnehmen?“ Vanilla war sichtlich nervös. So hatte man sie noch nie gesehen. Sie zitterte richtig – so dass die Unmengen klitzekleiner Spiegelchen, die heute ihren Body schmückten, laufend klingelten und klirrten. „Das Problem ist ...“, Pergament kämpfte mächtig mit einem Stress bedingten Schweißausbruch und fuchtelte mit seiner Löschpapierrolle herum – „... das Problem ist: Wenn sie uns irgendwie den Saft abdrehen, dann sind wir doch ALLE verloren. Zu hohes Risiko!“

„Aber dort gibt es doch Licht.“ Alles drehte sich zu Giggel um. Der sah so ernst aus, dass zunächst alle befürchteten, er sei krank. „Wir müssten doch nur von der Höhle, in der Mira eben saß, Licht nach innen transportieren. Entweder mit einer Lichtleitung – oder als Päckchen. Nachschub gibt's ja unendlich.“ Stille. Alles überlegte fieberhaft. War das jetzt eine typische Giggel-Schnapsidee – oder war das ein brauchbarer Gedankenblitz? „Ja.“ Mehr sagte der Weiße Gründer nicht und faltete die Hände. Die

Runde hatte verstanden. „Also sollten wir die Harflinge unterrichten. Und trainieren."

General Takt schlug aufgekratzt die Hacken zusammen. Das klang wie Big Ben. „Ja, das sollten wir. Alle Harflinge. Alle. Sofort". Müde klang er, der Weiße Gründer. Wahnsinnig müde. Giggel hielt ihm wortlos seinen Lachsack hin.

25

Das Tor der Sieben Brunnen. Es raschelte im verdörrten Unterholz, als ob eine Kompanie Feldmäuse Kindergeburtstag feierte. Das mit der Kompanie stimmte auch – nur waren das keine Feldmäuse, sondern Harflinge. Hunderte von ihnen sammelten sich um ein fast vollständig von wilden Rosen überwuchertes Erdloch und begannen, ihre Instrumente zu stimmen. Doch Etliche waren unter ihnen, die hatten statt der Instrumente eigenartige Gebilde aus Glas dabei: Riesenhafte Pipetten aus bräunlich gefärbtem Glas, mit goldenen Gummiaufsätzen hintendran.

General Hieronymus Takt stand etwas abseits unter einem knallrot blühenden Hibiskus-Strauch. „General Takt an Einsatzzentrale HWG. Ich melde: Die Symphonischen Truppen samt lichttechnischem Hilfswerk sind in wenigen Augenblicken einsatzbereit.“ Er sprach in seinen goldenen Notenschlüssel hinein, offenbar eine etwas andere Art Handy. „Zweierlei möchte ich zu bedenken geben. Zum einen sollten wir umgehend zum Angriff schreiten. Falls es zu länger anhaltenden Gefechten kommen sollte, wären die problemlos über mehrere Stunden durchzuhalten – bis zum Sonnenuntergang. Die Zeitspanne für das Gefecht ist also begrenzt. Zu allererst bitte ich um sofortige Meldung darüber, wo genau in der Warteschleife sich Mira May befindet.“ Pergament sprach in die Mikrofon-Nase seines dienstbaren rollenden Begleiters Sony hinein, während er auf seinem Arbeitstisch Lage- und Schlachtpläne wälzte. Mira, immer wieder Mira ließ ihn mit Schweißperlen kämpfen. Doch dieser Kampf in Granada – der war ein weit gewichtigerer. Da nahm sogar Pergament den Hauch eines Schwitzflecks gelassen hin.

„Leider haben wir gerade darüber keinerlei Aufschluss gewinnen können, hochverehrter General Takt. Unsere Lookilookis arbeiten zwar heutzutage schon hervorragend in der Nacht – aber leider noch nicht unter der Erde.“ „Verstanden“, klang es aus Sonys Lautsprecher-Ohr heraus. „Wir werden uns vor Ort kundig machen. Projektname: Spiralen-Erhellung.“

Harfling Schmus stopfte sich kirschgroße Stöpsel in seine auffallend abstehenden Ohren. Kurzes, freundliches ‚Mussi denn, mussi denn zum Städtele hinaus‘- Geklingel, die Licht-Pipette geschultert – PFFFT! und schon war er im Boden verschwunden. „Viel, viel Glück“, murmelte Zotikus ihm hinterher und wienerte nervös seine Flöte. „General Takt wird exakt eine Stunde auf seine Rückkehr warten ...“

Durch die Warteschleife sauste ein freundlich schimmernder Lichtfleck hinab, von Zeit zu Zeit aus der Pipette ein paar Lichtspritzer versprühend. Tiefer und tiefer gelangte er, in großen Bögen die Spiralschleifen umfliegend. Doch dann begann er plötzlich zu trudeln. Ob er an einer der herausstehenden Plattformen hängen geblieben war oder vielleicht auch die Orientierung verloren hatte, war nicht auszumachen. Jedenfalls schoss ein außer Kontrolle geratenes Lichtkügelchen durch die Gegend, vollführte chaotische Zickzack-Bewegungen und verschwand im Nichts.

„Klemmt bitte die Ohrstöpsel bombenfest in die Ohren! Um Lichtnachschub braucht ihr euch nicht zu kümmern. Dafür ist das lichttechnische Hilfswerk da. Sonst noch Fragen?“ General Takt balancierte auf dem Ende eines Heckenrosenzweiges und schwebte langsam über den ordentlich sortierten Hundertschaften von Harflingen hin und her.

„Länger können wir nun nicht mehr warten. Es wird allerhöchste Zeit!" General Takt hob den Dirigentenstab weit in die Höhe Richtung Sonne – so dass der Diamant an seiner Spitze einen gigantischen Funkenregen versprühte: „Musik, zwei, drei! Seelen, hört die Signale! Auf zum großen Musik-Gefecht! Die Symphonischen Truppen – Marsch!" Blitzschnell verschwand die musizierende Mannschaft im Erdreich – ein Harfling nach dem anderen sauste durch die dunkle Öffnung hinab.

„Alles Glück, Licht und Segen des Universums wünsche ich euch." Der Weiße Gründer stand auf einem schwebenden Bänkchen vor dem geöffneten Fenster. Die auf dem Rücken verschränkten Hände drehten hektisch Däumchen – er blickte weit hinaus zum leuchtenden Horizont.

Eine unübersehbare Menge schimmernder Farbflecken tanzte zwischen der obersten Wendel der Warteschleife, angeführt von einem sonnengelben Punkt. Die erste Angriffswelle rollte! Von oben sausten mit Lichtpipetten bewehrte Harflinge heran, und ein gigantisches Feuerwerk ergoss sich aus den Hunderten Pipettenspritzen. Gleichzeitig setzte die Musik ein: So gewaltig, perfekt und mächtig rollten die Klänge von Händels Feuerwerks-Musik durch die Wendeln der Spirale, dass diese in warmem Orange zu leuchten begannen.

Die Orchestermusik schien geradezu auf den goldenen, weißen, hellblauen, rosa und hellgrünen Feuerwerksfontänen und explodierenden Funkenbällchen in die Tiefe zu galoppieren. Vom nervtötenden Lärm, der vorher alles beherrscht hatte, war nichts mehr zu spüren. Eine

Harmoniesalve nach der anderen perlte die Spiralen hinab, immer größere Bereiche leuchteten hell auf. Die Gefangenen auf ihren kleinen Inseln begannen sich zu strecken und zu recken, schaukelten zaghaft mit der Musik.

Schon erreichten die ersten befreienden Salven das untere Ende der Warteschleife. Dort war eine unübersehbare Menge von Mieslingen fieberhaft dabei, die Krumme Wuchtbrumme zu laden: Unentwegt schwebten sie auf kleinen Transportblasen heran und kippten den schwärzlichen Inhalt in das riesenhafte Gebilde, das an eine schmerbauchige Kanone erinnerte. Jedesmal, wenn eine Salve Orchestermusik auf eine Gruppe Transportblasen traf, zerplatzten diese mit einem elendiglichen PFOFFF, und Mieslinge purzelten ins Bodenlose.

Baron le Teer hatte sich auf der nach oben gerichteten Spitze der Wuchtbrumme aufgebaut und ließ ohne Unterlass seine Peitsche knallen. Ob das irgendetwas bewirkte, war allerdings nicht auszumachen. Die Schwarze Gamma und ihre Busenfreundin Intriga hatten sich hinter die Kanone verzogen, dorthin, wo aus der Tiefe des Kanonenbauchs eine Batterie elektronischer Lunten heraushing. Mit jeder Salve harmonischer Musik schlüpften sie kreischend ins Innere der Kanone, quälten sich aber immer wieder zurück, um bloß nicht das entscheidende Zeichen von Baron le Teer zu verpassen.

Jetzt schien es so weit. Die Transportblasen-Auskipperei hatte aufgehört – die nächsten Nachschub-Mieslinge warteten schon im Hintergrund. Baron le Teer wirbelte krumme Teerklumpen-Kreise mit seinem Tambourstab in die Dunkelheit. „Achtung!“, schnarrte er – da warf ihn ein hellgrüner Dreiklang auf die Nase, Intriga und Gamma verschwanden im Kanonen-Bauch, etliche Transportblasen wurden als vermisst gemeldet. Doch schon hatte sich der

Baron berappelt, Gamma und Intriga hatten die Lunten fest im Griff: „Achtung! Wir hassen Musik! Wir hassen das Licht! Und wir werden beides vernichten! Feuer!“

Gamma setzte mit ihrem Ring die elektronische Zündung in Gang. Im Inneren der Kanone begann es gewaltig zu rumoren. Ein tiefes Brummen, Grimmen, Brodeln setzte ein. Baron le Teer hatte sich schon längst in Sicherheit gebracht, als der Kanonenbauch von innen heraus rotglühend zu pulsieren begann – die Wuchtbrumme begann zusätzlich um die eigene Achse zu rotieren –, und kurz bevor das Ding unweigerlich hätte zerplatzen müssen, ging der Schuss los. Nichts als ein gewaltiger Donner – ein alles verschlingender, alles niederwalzender Donner. Schwarz und brüllend wälzte er sich scheinbar unendlich energiegeladen die Doppelspirale hinauf. Dort, wo er vorbeikam, löschte er alles Licht. Hinter ihm blieb nichts als der bekannte Höllenlärm.

Oben spielten die Symphonischen Truppen der Harflinge beharrlich weiter, eine Feuerwerksladung nach der anderen ergoss sich in die Spiralen-Tiefen. Doch der General hob plötzlich den Taktstock in die Höhe – und die Musik erstarb. Dann malte er ein riesiges silbriges „O“ wie „Ohren“ in die Höhe: Wieselflink stopften sich die Harflinge ihre Ohrstöpsel in die schimmernden Gehörgänge – und als General Takt seinen Stock senkte, wummerte er ihnen schon entgegen, der Donner der Finsternis. Wie eiskalte Lava quoll er aus der Tiefe ... und prallte ab am Plattenbau. Die Harflinge hatten in Windeseile ihre fein polierten Metallplatten-Köpfe zu einer Art eisernem Vorhang vereint. WOMMM! Natürlich wurde der schwer erschüttert, als der Donnerschlag dagegen krachte. Aber er hielt. Ein Augenblick Totenstille. Dann hagelte der Donner – zersplittert in Tausende kleiner, spitzer Grummler und Brummer – wie ein metallischer Geräusche-Regen nach unten zurück. Hektisch begann das lichttechnische Hilfswerk, das Feuerwerk erneut in Gang zu setzen.

Im Wechselbad der Geräusch-Gefühle wurden Mira und der Fürst arg gebeutelt. Immer, wenn von oben die Orchesterklänge herunterwogten, blühten sie auf, spürten sogar, wie jedes Mal die Handschellen ein wenig weicher wurden – doch die Donnersalven von unten, die sie in ihrem sechsten Tiefgeschoss ganz besonders heftig überrollten, machten ihre zaghafte Freude wieder zunichte und erzeugten ihnen jedes Mal ein grauenhaftes Pochen und Stechen im Kopf. Das einzig Hilfreiche war, dass die Plattform, auf der sie saßen, wenigstens nach unten hin ein wenig Donnerschutz bot.

Baron le Teer bereitete gerade die zehnte Donnerattacke vor. Seine Kräfte ließen langsam nach, das war zu spüren. Er zitterte sogar ein wenig. WUSCH! Zum Wer-weiß-wievielten Mal haute ihn ein Orchesterklang um. Dieses Mal war es ein Allegrissimo. Wieder verzischten etliche Transportblasen. Langsam waren zu viele als vermisst gemeldet.

Auch die Symphonischen Truppen fidelten nicht mehr ganz so dynamisch. Hin und wieder vergriff sich sogar mal einer im Ton. Und manchmal war unter den Feuerwerkssalven ein Rohrkrepierer dabei. Einige der polierten Platten waren deutlich in Mitleidenschaft gezogen und wiesen Rillen und Dellen auf.

Baron le Teer rutschte auf dem schwarz glühenden Kanonenbauch zu Gamma und Intriga nach unten, wobei er sich einen hässlichen Riss in seiner grell flimmernden Hose zuzog. Darunter schien etwas sehr Kleinkariertes durch. Während die Miesling-Transportblasen unaufhörlich weiter luden, zogen sich die drei in den Kanonenbauch zurück.

Kurz bevor der Ladevorgang endlich beendet war – schließlich war die Arbeit durch das Dauerprasseln von spitzen Grummlern und Brüllern stark erschwert –, kletterte der Baron zurück auf die Spitze der Kanone und hob zu erneuter Teer-Klumpen-Schleuderei an. „Wir hassen Musik! Wir hassen das Licht! Und wir werden beides vernichten! Dauer-Feuer frei!"

Sofort ordneten sich die Mieslinge in Achtertrupps und entleerten ihre Transportblasen gruppenweise in die Kanone. Auch Gamma und Intriga änderten ihre Luntenstrategie: Sie banden jeweils vier oder sechs von ihnen zusammen. Als Baron le Teer das Zeichen zum Angriff gab, zündeten sie nur ein einziges Luntenbündel – nach einer kleinen Pause folgte Nummer zwei ... und so machten sie weiter, während die Miesling-Trupps unaufhörlich für Nachschub sorgten. Die Krumme Wuchtbrumme begann nun rhythmisch zu pulsieren und spuckte rotierend einen brutalen Schallmauerknall nach dem anderen aus, ohne Unterlass. Aus der Spiralen-Tiefe schoss nun ein mörderisches Dauergewummer nach oben.

Nach dem fünfzehnten Knall wurde General Takt unruhig. Zwar zerbröselte einer nach dem anderen an dem genialen Plattenbau seiner Harflinge, doch sie waren jetzt schachmatt gesetzt: Weder konnten sie angreifen, das heißt spielen – noch konnte die lichttechnische Versorgung weitergeführt werden! Hören konnten ihn die Symphonischen Truppen auch nicht, denn sie hatten ja alle ihre Ohren verstöpselt. Knall Nummer 18, 19, 20, 21 – der Plattenwall wackelte leicht. Die mangelnde Lichtversorgung schien sich schon bemerkbar zu machen, die Symphoniker begannen zu schwächeln. Ganz klar: Es wurde eng. Sehr eng.

Der Weiße Gründer saß auf dem Fensterbrett, die Beine baumelten herab. Er trug flache Riemenschuhe und starrte auf seine sorgfältig gepflegten Füße. „Vanilla, wenn du jetzt eine Idee hättest, die genauso gut wäre, wie du heute riechst, dann würde ich mit dir glatt eine ganze symphonische Nacht verbringen“, brummelte er. „Eure Lichtheit, mit Verlaub, heute habe ich Weihrauch aufgelegt. In einer Mischung mit Jasmin und Rose. Das Interessante ist: Der Blütenduft kann sich besonders stark entfalten, weil er den sehr herben, sehr harzigen Weihrauch besetzt und ihm so alle strengen Noten nimmt. Weihrauch wiederum gibt der Tiefe des Blütendufts enorme Kraft.“ Das hatte sie wieder sehr schön gesagt.

Vanilla begann, die Füße des Weißen Gründers zu massieren. „Vielen Dank, Vanilla. Du weißt aber auch immer, was einem gerade fehlt.“ Komisch, sie war heute so schlicht gekleidet, fast enttäuschend schlicht: Der vanillefarbene Body war pur, ihre langen Haare trug sie offen, gehalten von einem Stirnband. ‚LOVE‘ stand darauf geschrieben. Natürlich in vanille-gold. „Was hast du gerade gesagt, Vanilla? Der Blütenduft besetzt den Weihrauch. Nimmt ihm alle strengen Noten. Der wiederum gibt dem Blütenduft enorme Kraft.“

Der Weiße Gründer sprang mit einem für seine Verhältnisse gewaltigen Satz vom Fensterbänkchen mitten hinein in den Raum mit den ausladenden Ruhekissen auf dem Boden. Er griff nach Vanillas Händen und deutete einen Tanzschritt an: „Bei dir gibt’s immer guten Rat. Umsonst.“ Er tippte auf ihr Stirnband. „‚Love don’t cost a thing‘. Das muss ich gleich weitergeben. Und dann,

Vanilla, kommst du mit auf eine kleine Reise in die Berge. Ich habe da noch einen wichtigen, sehr, sehr wichtigen Termin.“

Plötzlich verließ General Takt seine Kommandoposition, drehte ab und setzte sich seinen Truppen so vor die Nase, dass sie ihn sehen konnten, ohne den Plattenwall zu gefährden. 29, 30, 31 – die Knallkanonade riss nicht ab. Er hob den Taktstock. 32, 33 – und begann, ihn rhythmisch mit den folgenden Schlägen zu bewegen, mit dem 34., mit dem 35. und weiter und weiter. Die Symphoniker spielten! So schräg, wie sie in ihrer Plattenbauhaltung eben hingen! Unglaublich: Die Musik passte zu dem fürchterlichen Gewummer, war das nicht ‚Love don't cost a thing'? Na, auf jeden Fall klang das so schön, so warm, so verwegen, dass die Knaller überhaupt nicht mehr auffielen, mehr noch: Sie schienen irgendwie symphonisch gezähmt. Denn die Wucht der Einschläge auf den Plattenwall ließ deutlich nach und versiegte langsam. Sofort wendete sich die Symphonische Truppe um und musizierte befreit und mit voller Action, die lichttechnische Versorgung war auch wieder angelaufen. Puuh, das war knapp gewesen.

Jetzt ging die Musik nahtlos in das Concierto de Aranjuez über. Das Geniale war, dass die Wummerwellen mit den Klängen des Konzerts wie ein Echo nach unten zurückgeworfen wurden, nun aber mit wunderschönen Melodien besetzt, so dass sich die Doppelspirale langsam von oben nach unten orangerot verfärbte und zu leuchten begann. Die Symphonischen Truppen spielten und spielten und spielten. Die Harmonie der Klänge schien das dunkle Reich im Innern der Erde auszufüllen. Immer stärker wurde die Leuchtkraft der Spiralen – sie brillierten und funkelten –, tausend kleine Sonnen erhellten die Düsternis. Die Gefangenen standen auf, begannen sich vorsichtig zu bewegen, rieben ungläubig ihre Hand- oder Fußgelenke: Die Hand- und Fußschellen waren weg! Einfach weggeschmolzen! Schon tanzten einige selig zu der mächtigen Musik. Weiter und weiter breitete sich die befreiende Klangwolke in alle Richtungen aus, vor allem aber nach unten. Sie erreichte nun auch die in den tiefsten Tiefen gefangenen Seelen. Die Gefangenen verloren ihre Jahrhundertstarre, bewegten sich und lachten dem Lichtregen entgegen.

26

Mira saß auf ihrer Plattform und spielte das Konzert auf ihrem Magic Handy leidenschaftlich mit – neben ihr der Fürst. Behutsam tastete er seine Handgelenke ab. Da war nichts. Da war ... nichts! Er sah sie genauer an. Dieses Leuchten in seinen Augen – nie, nie, nie würde Mira das vergessen.

Ganz unten, in der Tiefe, war hektisches Treiben im Gange: Rückzug, und zwar ungeordnet. Äußerst ungeordnet! Denn wie auch immer er es angestellt haben mochte: Giggel hatte ganze Arbeit geleistet! Irgendwie musste er mit einer der Orchestersalven mitten unter die Feinde gerauscht sein – mit verheerenden Folgen für sie. Überall, aber auch überall, hingen Mieslinge herum, dicht an dicht an die Spiralwendeln geklebt, ja, sie hatten sich sogar an der krummen Wuchtbrumme festgesaugt.

Und – es war nicht zu fassen, das war geradezu ungeheuerlich: Sie taten allesamt das, was eigentlich ihren sicheren Tod bedeutete, weil es ihnen sämtliche Kraft zum Miesepetern raubte: Sie lachten! Was sich bei ihnen zwar eher keckernd und schepprig anhörte, aber sie lachten, und zwar so sehr, dass ihnen sogar die nahende Licht- und Musikwoge entging! Saugnäpfe klatschten auf Bäuche, Hakennasen rieben sich aneinander, Plastikumhänge segelten auf Lachsalven durch die Luft ... Das war Kino. Jahrhundertkino. So etwas hatte es im Reich der Dunkelheit noch nicht gegeben ...

Gamma, Intriga und Baron le Teer sausten in panischer Angst auf hastig zusammengeflickten Transport-Blasen Richtung Quecksilber-See. Der Rest allerdings, die Hunderten und Tausenden von Mieslingen, die blieben.

Völlig weggetreten, lach-besoffen, platt-gegiggelt wurden sie von der symphonischen Welle des Lichts überrollt.

Mira und der Fürst standen nun, noch halb betäubt und ein wenig unsicher, auf dem Spiralen-Band. „Puh, jetzt wird's noch mal richtig anstrengend! Sechs Riesenstockwerke nach oben. Wissen Sie, wie viele Umdrehungen ein Stockwerk hat, Hoheit?" Mira schüttelte lachend ein paar symphonische Spritzer ab. „Sieben." Der Fürst schritt bedächtig auf dem orange leuchtenden Band nach oben. „42 Wendeln, na klasse", keuchte Mira. Sie spürte jetzt sehr deutlich, wie lange sie schon nichts mehr gegessen hatte. Pommes frites! Pizza! Oder Burger! Und Cookies! Diese Vorstellung erschien ihr noch schöner als die Musik, die sie noch immer umbrandete. „Aber ist es nicht wunderbar, Hoheit? Sie, Ihre Seele, ist frei! Und die Seele Ihrer Geliebten Yvonna wartet auf Sie!" „Verzeih mir, Mira, meine heldenhafte Prinzessin. Aber so lange ich nicht in der Gewissheit bin, draußen zu sein, im Licht, an der Luft, an der Sonne, solange wage ich es nie und nimmer, an die ewige Befreiung zu glauben. Zu nah sind sitzen die Jahrhunderte der quälenden Düsternis, noch mag ich an gar nichts glauben. Wie lange habe ich mir diesen Augenblick ersehnt, wie lange nach Freiheit gedürstet. Zu sehr fürchte ich mich vor der Rache der Düsternis im allerletzten Augenblick."

Zielstrebig, ohne Hast schritt er weiter. Eine Lichtwelle nach der anderen floss die Spirale hinab. Hoppla, das Handy sang! Mira drückte auf Perlmutt. „Schalte den Bildschirm ein, Mira!" Wer sprach da? Mira hatte das in der rundherum sprudelnden Musik nicht raushören können. Folgsam drückte sie auf ⊕. Leicht flackernd zwar – der Empfang war hier unten trotz des orangeroten Leuchtens ziemlich schlecht –, aber immerhin: Das Display flackerte kurz auf, und da war auch schon das Bild.

„Omi!“ Um ein Haar wäre Mira das Handy aus der Hand gefallen. „Jetzt mach aber, dass du da rauskommst, Kind! Ich habe mir unendliche Sorgen gemacht. Wie geht es dir, bist du gesund?“ Omi hatte ihre Stimme wieder! „Omi, wie hast du das denn hingekriegt? Du kannst ja wieder sprechen!“ Mira hechelte dem Fürsten hinterher. Schließlich hatte sie ja auch noch Knox zu schleppen. „Ich habe da gar nichts hingekriegt. Das war dieser nette Herr hier.“ Mira blieb stehen und versuchte mit zusammengekniffenen Augen auf dem Display etwas zu erkennen. „Das ist doch ...“, sie kramte in ihrem Gedächtnis herum, „... das ist der nette Herr aus dem Central Park! Der mit den komischen weißen Klamotten!“ „Jawohl, Mira. Ich habe mir gedacht: Wenn du die Schwarze Gamma und ihre Mischpoke so wunderbar ablenkst, dann kann ich hier ungestört ein paar andere wichtige Dinge erledigen.“

Der Herr hatte jetzt noch seltsamere Klamotten an. Morgenmantelmäßig. Jetzt lächelte Omi wieder aus dem Display heraus. „Ich werde dir den ... Herrn demnächst mal vorstellen, Mira. Nun mach aber hin. Beeil dich. Man weiß nie. Woraus besteht Zauber? Aus Herz, Verstand und Unerschrockenheit.“ Weg war Omi. Hoidenoi, war der Fürst aber schon weit weg! „Vertraue auf Allah, aber binde dein Kamel an“, japste Mira beim Weitergehen. Die Musik wurde jetzt langsam schwächer. Offenbar gehörte Mira zu den letzten, die die Spirale verließen, die Harflinge packten ihre Instrumente ein – das Feuerwerk versiegte. Von ganz tief unten drangen seltsame Grummelgeräusche herauf.

Mira spürte, wie ihre Kräfte schwanden. „Nur nicht schlappmachen, nur nicht schlappmachen!“, murmelte sie unaufhörlich. Schwindlig war ihr, und das nicht zu knapp. Stille. Nur ihre eigenen Schritte hallten von der Spirale gegenüber zurück. Von unten her baute sich offenbar der alte Lärmwall wieder auf. Da mussten noch eine Menge Feinde des Lichts sein – die Mächte der Dunkelheit formierten sich neu!

Mira drückte hektisch auf dem Handy herum, kam dabei ins Stolpern, weil sie nicht auf den Spiralboden schaute. Keine Taste reagierte. Es war viel zu dunkel geworden, und der Akku war offenbar wieder leer. Noch zwei Wendeln! Das war nicht mehr sehr weit, aber Mira konnte einfach nicht mehr. Knox hing wie ein nasser Sack auf ihren Armen. Sie sank auf der Spirale nieder. „Lauf, Knox!“, kriegte sie gerade noch raus. Dann wurde alles so wunderbar ruhig um sie herum.

Rasend schnell breitete sich der Höllenlärm nach oben aus. Von ALC angeführt, sausten die restlichen Mieslinge die Spiral-Wendeln hinauf, zwischen sich ein Netz aus verklebten Transportblasen aufgespannt. Offenbar sammelten sie alles ein, was die verlorenen Seelen hinterlassen hatten. Schon hatten sie Mira erreicht. Johlend stürzten sie sich auf den leblosen Körper und wickelten ihn unter Absingen scheußlichster Hymnen in ihre Netze ein.

Knox saß in der Höhle am Ende der Spirale und winselte verzweifelt. Oben, über dem Erdloch, färbte das Abendlicht den Himmel in mildes Erdbeerrot. Freudengesänge schallten herunter, hin und wieder hing ein tanzender Harfling über dem Rand. Niemand entdeckte den kleinen schwarzen Punkt am Grund der Höhle. Doch da kam jemand hektisch angerannt, aus der Amöben-Steuerzentrale! General Takt war das, er war noch komplett in Sonnengelb – und neben ihm der maurische Fürst. „Der Fehler unseres Lebens!“, stotterte General Takt, aschfahl im Gesicht, „Der Fehler unseres Lebens.“ Schon sauste er nach oben. Gesang und Musik erstarben auf der Stelle. Der Fürst wandelte unruhig in der Höhle hin und her.

Schon kam der General zurück, von seinem gesamten Lichttechnischen Hilfswerk begleitet. Die Harflinge sahen zwar alle etwas mitgenommen aus, doch sie schienen wild entschlossen und zu allem bereit. Ihre Lichtpipetten waren prall gefüllt, und zusätzlich hatten sie glänzende Lichtschnurrollen geschultert, an den Enden mit Widerhaken bewehrt. Weg war der Trupp. Abgetaucht in die Tiefe. Der Fürst verschwand wieder in der Steuerzentrale. Knox blieb allein zurück. Platsch, saß er auf seinem Hinterteil und drückte Pfoten-Daumen.

Offenbar hatte der General eine Art Überfallkommando organisiert. Alle Harflinge trugen Stöpsel in den Ohren, keine Musikbegleitung, kein Aufsehen: Aha, das hatte der Fürst gemeint, als er eben von einem chirurgischen Eingriff sprach!

ALC, die Ratte, hatte sich das Netz mit der kostbaren Fracht höchstpersönlich geschnappt. Schon war sie zwei, drei Wendeln heruntergezischt, begleitet von einem versprengten Trupp Mieslinge, da wurden sie vom General und den Seinen eingeholt. Der Chef der Harflinge zögerte keinen Augenblick: Kurzes Funkensignal aus seiner Lichtpipette, und die Rettungsaktion lief an. Kein Kampf Mann gegen Mann, Harfling gegen Miesling – das wäre ihm zu riskant gewesen, auch, weil die Gefahr bestand, in diesem Getümmel das Netz mit Mira doch noch zu verlieren. Nein: Die Truppen des Lichttechnischen Hilfswerks feuerten nun von unten nach oben, und zwar äußerst geschickt: Sie ließen aus ihren Pipetten feine Lichtfäden entschweben, die sich zu einer Art Hängematte aus Strahlen verwoben. Die wurde in Windeseile unter Mira, ALC, den Mieslingen und allem, was da so wuselte, ausgebreitet. Im selben Moment warfen andere Harflinge von oben die Lichtseile mit den Widerhaken hinab, hängten sie an den Seiten der Hängematten ein, und schon ging's ab – nach oben.

In der Hängematte entstand sofort ein Riesen-Tohumwabohu. Mieslinge kugelten durch die Gegend, Mira strampelte im Netz, ALC biss wüst um sich. Doch bevor die Meute irgendwie richtig zur Besinnung kam, war der ganze Kladderadatsch schon nach oben gezogen – ins kräftige orangerote Licht der Abendsonne. Empfangen wurden die Ankömmlinge mit einem traumschönen Orchesterkonzert. Die Symphonischen Harflinge standen fein säuberlich um das Tor der Sieben Brunnen herum und jubilierten auf ihren Instrumenten.

Blitzschnell wurde ALC mit Lichtlassos gefesselt, die Mieslinge zappelten in Höllenqualen so heftig auf der Hängematte herum, dass sie – einer nach dem anderen – hintenüber plumpsten und zurück in die Abgründe des Lochs fielen. Einige Harflinge ließen eine Strickleiter aus fein gesponnenen Lichtfäden in die Höhle zum Fürsten hinab. Mühelos hangelte er sich – mit Knox auf dem Arm – zum Licht hinauf, zur inzwischen sanft rot am Horizont untergehenden Abendsonne.

Inzwischen war Mira aus dem klebrigen Netz der Mieslinge befreit worden, freundliche Harflinge zupften ihr die widerlichen Reste aus den Haaren und massierten ihr die etwas steif gewordenen Arme und Beine. Selig lächelnd saß sie im Gras. Als Knox ihr voller Überschwang auf den Schoß sprang, kippte sie lachend nach hinten über. Plötzlich hielt sie inne. „Weißt du was, Kleiner Dirigent? Das Einzige, was jetzt noch richtig knifflig wird, das sind meine Eltern. Die haben wahrscheinlich die Polizei von ganz Andalusien wegen mir alarmiert."

„Da unterschätzt du deine Omi aber mächtig, Mira." Der Kleine Dirigent hatte sich seiner quietschgelben Generalsuniform bereits entledigt, ihm wedelten schon wieder die Frackschöße um die Beine. „Die hat schon längst bei deinen Eltern angerufen und ihnen was von einer Nachtwanderung mit ihrer spanischen Freundin erzählt. Das kam deinen Eltern zwar ein bisschen spanisch vor – und du wirst da noch einiges erklären müssen, aber sie haben's erst mal geschluckt." „Omi", seufzte Mira und wählte ihre Nummer auf dem Handy.

„Mira, bevor ich nun gehen muss, möchte ich mich bei dir aufs Innigste bedanken. Dein Mut, deine Unerschrockenheit und dein großes Herz – damit hast du die Feinde des Lichts besiegt. Es steht zu befürchten, dass das nur von kurzer Dauer ist – doch du hast sie besiegt. Zwar ziemt es sich nicht, dies von einer Frau zu sagen, doch ... dies, Dame Mira, war heldenhaft. Das wird für immer unvergessen bleiben. In vielen tausend Seelen. Die Dinge erfüllen sich, an die man wirklich glaubt – auch wenn es manchmal schier unendlich lange dauert. Der Glaube macht es geschehen. Du bist der beste Beweis dafür. Hier ...", der Fürst hatte sich neben Mira niedergelassen, nahm bedächtig die goldene Kette von seinem Hals und reichte sie Mira, „... nimm sie. Ich möchte dich untertänigst bitten. Ein Geschenk von Herzen – und mit zwei Seiten. Vergiss das nie. Mit zwei Seiten. Und bitte ich mich Unhöflichen zu entschuldigen. Anstatt mich deines Einsatzes weiter gebührlich erkenntlich zu zeigen, bin ich von größter Eile – und Sehnsucht – erfüllt: Du weißt: Dona Yvonna de Sanchez Duquessa de Frias, Marquesa de Hinojosa y Castelnuovo ..." Der letzte Teil des Endlosnamens war nur noch ganz leise zu hören. Der maurische Fürst verschwand im hereinbrechenden Dunkel der Nacht.

Mira saß völlig verdattert da und hielt staunend die schwere goldene Kette in den Händen. Dieses Medaillon – so etwas Prachtvolles hatte sie noch nie vorher gesehen. Auch der Kleine Dirigent war schwer beeindruckt: Das Medaillon war aus Bronze, von ovaler Form, mit orientalischen Ornamenten in Silber. Darin aus Edelsteinen eingelegt: Eine Sonne mit Flügeln.

Die Schwarze Gamma hockte in ihrer unterirdischen Kommandozentrale und hatte das Lupenband der elektronischen Spirale über die gekreuzten Schlüssel geschoben. Mit zitternden Krallen drehte sie am Schärfenregler. Als die goldene Kette des Fürsten mit dem Sonnenmedaillon in ihr Blickfeld kam, zerschmolz das Lupenband zischend zu einem schwärzlichen Klumpen. „Zeckenstich!", sie spuckte aus, zitternd vor Wut. Oh ja, das hieß Rache. Rache, dass die Funken sprühen! Alles was rot war an ihr – und das war bekanntlich einiges: Von den Schuh-Pünktchen bis zu den Pupillen – schleuderte Blitze. Fürchterliche Rache! Oh, die würde alle treffen! Auch alle Busenfreundinnen, Kumpane, Mieslinge und sämtliche andere Versager. Hoho! Und erst das Reich des Lichts, der Hof des Weißen Gründers! Sie alle würden erfahren, aufs Schmerzlichste erfahren, was es hieß, wenn die Schwarze Gamma Rache nimmt. Die grausamste Rache des Jahrhunderts würde sie sich nun zusammenglühen – das stand fest. Keine Pannen, keine Penner – nur noch Profis dürften ran. Ein absolut zuverlässiges Team der Düsternis. Ein scheußliches „ALC, Baron le Teeeeer – hiiierher!" hallte bis in die finstersten Winkel des Schwarzes Lochs.

„Tja, Mira, jetzt bin ich aber mal gespannt, wie du deinen Eltern das alles verklickern willst." Der Kleine Dirigent schaukelte schon wieder vergnügt auf seinem Notenschlüssel. „Du solltest nämlich möglichst bald nach Gibraltar reisen ...“ „So ein Quatsch. Wieso denn das? Ich muss mich vor allem möglichst bald erst mal um meine Freunde kümmern.“

Mira war inzwischen längst klar, dass die Figuren in der Alhambra und am Quecksilber-See alles andere als ihre Freunde gewesen waren. Oh nein, das war eine – zugegeben – trickreiche Falle, ersonnen von der Schwarzen Gamma. Da waren die Mieslinge beteiligt gewesen an dem miesen Spiel, das war ihr klar – und eigentlich war es Mira jetzt ziemlich egal, wie die das angestellt hatten mit den New Yorker Freundesattrappen. Ganz und gar nicht egal war es ihr allerdings, ob die vier vielleicht Schaden genommen hätten von diesem grässlichen Spiel. Mira tippte die Nummer von William ins Handy.

Tut-tuuuut. Tut-tuuut. Tut-tuuut. „Pronto!!“ „Äh, Mira May. Könnte ich bitte William sprechen?“ Na, das war bestimmt falsch verbunden. Oh nein: Das folgende Gelächter knatterte dermaßen laut aus dem Handy, dass Mira alle Mühe hatte, es in Händen zu halten. „Mira, du untreue Tomate!“, schepperte es typisch Dionne-mässig durch die Abendluft. „Du hast seit Ewigkeiten nichts von dir hören lassen!“ „Sorry. Hatte ein bisschen viel um die Ohren“, hauchte Mira glücklich zurück, „kann ich jetzt ...“ „William hat einen Zündholzkopf zwischen den Ohren. Das gibt ein Unglück, wenn der dich jetzt nicht ans Handy kriegt! Ciao, bella, reste fidele!“. Mit markerschütterndem Indianer-Geheul reicht Dionne offenbar das Handy weiter.

„Mira, geht's dir gut? Ich habe mir Sorgen gemacht“. Hui, William klang wie bei der Beerdigung seiner Lieblingskatze. Tat DAS gut! „Ja, William, alles in Ordnung. Könnte allerdings sein, dass ich Dich bald brauche. Hier. Für einen – sagen wir – äußerst wichtigen Einsatz.“ „Lass uns darüber unter vier Ohren reden, Mira. Erstmal bin ich sehr erleichtert, dass nichts Ernstes war mit dir." Jetzt hatte Mira den Zündhölzerkopf. „Nein, nein. Nichts Ernstes. Lass uns darüber unter vier Augen reden, William." „Ich freu mich drauf. Sehr. Gute Nacht, Mira." KLICK.

Puh. Doch was war das für ein Grollen? Mira gluckste in sich hinein. Ihr Magen! Bärenhunger!

Ja, gleich. Aber erst noch schnell die Münchner Freunde. Schnell tippte Mira eine SMS für sie. „Alles ist gut. Habe sooo viel erlebt. Ach, wärt Ihr doch hier! Ich vermisse Euch. Morgen mehr! Mira".

Sie ließ das Handy sinken. Der Kleine Dirigent schob ihr wortlos einen gigantischen Keks rüber. Knox kaute schon an dem schmackhaftesten Schweinsohr seines Hundelebens herum. Welch eine Wonne! Keks und Abendsonne! Doch was glänzte denn da in den letzten Strahlen des rötlichen Lichts? Das Amulett.

Kekskauend drehte Mira das kostbare Gehänge um. Da war eine Schrift eingraviert! Mira stockte der Atem – und das Kauen sowieso:

* DAS LACHEN IST EINE
DER GRÖSSTEN ERFINDUNGEN GOTTES *
* GIB * R * ALTAR *